NACHTSCHWARZE KÜSSE

Darkness Chosen

Band 1: Nachtschwarze Küsse
Band 2: In den Armen der Nacht
Band 3: Samtschwarze Nacht
Band 4: Flammen der Nacht

Christina Dodd wurde für ihre Romane bereits vielfach ausgezeichnet – u. a. mit dem »America's Golden Heart« und dem »RITA Award«. Ihre Bücher stehen regelmäßig auf diversen amerikanischen Bestsellerlisten. Die Autorin lebt mit ihrem Mann und den beiden Kindern in Texas.

CHRISTINA DODD

NACHTSCHWARZE KÜSSE

Roman

Aus dem Amerikanischen
von Beate Darius

Weltbild

Die amerikanische Originalausgabe erschien 2007 unter dem Titel
Scent of Darkness
bei Signet, an imprint of New American Library,
a division of Penguin Group (USA) Inc.

Besuchen Sie uns im Internet:
www.weltbild.de

Genehmigte Lizenzausgabe für Verlagsgruppe Weltbild GmbH,
Steinerne Furt, 86167 Augsburg

Übersetzung: Beate Darius
Umschlaggestaltung: zeichenpool, München
Umschlagmotiv: www.shutterstock.com
(© Irina Solatges; LenLis; fuyu liu; Oleg Gekman; ardni)
Gesamtherstellung: CPI Moravia Books s.r.o., Pohorelice
Printed in the EU
ISBN 978-3-86365-177-0

2015 2014 2013 2012
Die letzte Jahreszahl gibt die aktuelle Lizenzausgabe an.

Für Lisa Kleypas,

meine Freundin, meine Kollegin
und Herzensschwester,
die mir im Übrigen ein bisschen
Russisch beigebracht hat.

Za vas!

Wie alles anfing

Jahrhundertelang verbreiteten die Kosaken unter den Völkern Zentralasiens Angst und Schrecken, allen voran die Varinskis, eine Dynastie gnadenloser Eroberer, die raubten, plünderten, vergewaltigten und mordeten.

Noch heute leben die Varinskis in den russischen Steppen. Sie sind begnadete Kämpfernaturen, haben ein Gespür für die Schwächen des Feindes, und bei ihren Raubzügen hinterlassen sie ein Meer von Blut und Tränen, Verwüstung und Tod. Es wird gemunkelt, dass Konstantine Varinski, der Stammesbegründer, einen Pakt mit dem Teufel geschlossen haben soll – und dieses schauerliche Gerücht ist tatsächlich wahr.

Vor tausend Jahren trieb Konstantine Varinski in den endlosen Weiten der russischen Steppe sein Unwesen. Er war ein für seine Grausamkeit berüchtigter Krieger, ein unbezwingbarer Kämpfer, getrieben von einer unersättlichen Gier nach Macht. Dafür, dass er ihm die Fähigkeit gab, all seine Feinde zu besiegen, verkaufte er dem Teufel seine Seele. Um diesen Pakt zu besiegeln, versprach er Luzifer die Familienikone, ein Gemälde mit vier Allegorien der Heiligen Jungfrau.

Für dieses Heiligtum, das Herzstück des elterlichen Hausaltars, tötete er sogar seine eigene Mutter – und brachte seiner Seele ewige Verdammnis.

Bevor sie starb, riss sie ihren Jungen an sich und flüsterte ihm mit bebenden Lippen etwas ins Ohr.

Konstantine schenkte ihrer Prophezeiung keine Beachtung. Sie war schließlich bloß eine Frau. Er glaubte nicht daran, dass die Worte der Sterbenden den Lauf des Schicksals in irgendeiner Form beeinflussen könnten. Außerdem – und das war das Entscheidende – wollte er den Pakt mit dem Bösen auf gar keinen Fall gefährden.

Obwohl Konstantine die Prophezeiung seiner Mutter für sich behielt, wusste der Fürst der Dunkelheit, dass er es mit einem Lügner und Betrüger zu tun hatte. Er witterte Konstantines Verrat, denn er wusste um die starken Bande des Blutes und der Familie und um die Macht der Worte einer sterbenden Mutter. Um sich die Varinskis und ihre Dienste für alle Zeit zu sichern, schnitt er heimlich ein kleines Stück aus der Ikone heraus. Und schenkte es einem Stamm armer Vagabunden mit dem Versprechen, es werde ihnen Glück bringen.

Während Konstantine seinen Deal mit einem großen Gelage feierte, schickte der Teufel heimlich eine Feuergarbe, ließ in die wertvolle Ikone den Blitz einschlagen und verstreute die vier Ansichten der Madonna in sämtliche Himmelsrichtungen.

Konstantine Varinski und seinen Nachkommen verlieh Satan indes die Gabe, sich bei Bedarf in ein wildes Tier zu verwandeln. Sie konnten in Schlachten nicht fallen – es sei denn durch einen anderen Dämon, und jeder Nachfahre lebte für gewöhnlich lange, gestählt und gesund bis ins hohe Alter. Kampfgeschick, Angriffslust und Schnelligkeit machten sie zu wohlhabenden Männern, die überall in Russland respektiert und gefürchtet waren.

Unter den Zaren, Bolschewiken und Präsidenten behielten sie ihren Status als Krieger und ließen sich für ihre Söldnerdienste gut entlohnen. Sie schlugen Aufstände mit gnadenloser Brutalität nieder und forderten von den Besiegten bedingungslose Unterwerfung ein.

Sie bezeichneten sich selbst als die *Eminenzen des Grauens*.

Die Varinskis konnten ausschließlich Söhne zeugen, eine Tatsache, die sie gewiss nicht bedauerten. Die Frauen, die sie sich wahllos nahmen und in ihre Lager schleppten, machten sie sich mit brutaler Gewalt gefügig. Nachdem sie sie geschwängert hatten, entrissen sie ihnen die Neugeborenen und zogen sie selbst auf. Feierten die Geburt eines neuen Dämons und erzogen das Kind zu einem blutrünstigen Krieger, der des Namens Varinski würdig war.

Die Varinskis verliebten sich nicht.

Alle, bis auf einen.

Die Varinskis heirateten nicht.

Alle, bis auf einen.

Die Varinskis blieben ihrem Dasein als Krieger treu.

Alle, bis auf einen.

Zum ersten Mal seit Hunderten von Jahren bröckelte das solide Fundament, auf dem der Pakt mit dem Teufel gründete.

Das Gute brach sich Bahn.

Das Böse wütete weiter.

1

»Reicht mir mal den Wodka rüber! Ich möchte einen Toast aussprechen.« Die Wilder-Kinder stöhnten theatralisch, doch Konstantine Wilder, Nachfahre einer langen Ahnenreihe von Dämonenkriegern, ließ sich durch die schlechten Manieren seiner undisziplinierten Brut nicht erschüttern. Sie sollten ruhig stöhnen, und seine Gäste konnten grinsen, trotzdem erwartete die kleine Stadt Blythe im Staat Washington von ihm, dass er auf den Familienfeiern der Wilders seine obligatorische Rede hielt. Seine Ansprache gehörte genauso dazu wie die Picknicktische, die sich unter russischen Delikatessen wie *kasha* und *tabaka* bogen. Natürlich gab es auch Hot Dogs und gegrillte Maiskolben, russische Musik und Tanz, Pokerrunden, rundum alles, was für eine gute Stimmung unerlässlich war.

Er mochte seine Gäste nicht enttäuschen.

Er schritt zu dem Lagerfeuer, pflanzte sich vor den zuckenden Flammen auf. Seine Stimme erhob sich über dem Knacken der lodernden Scheite. »Meine Familie und ich flohen aus Mütterchen Russland, die Dämonen der Hölle dicht auf unseren Fersen. So kamen wir in dieses Land, wo Milch und Honig fließen.« Mit einer ausladenden Geste seiner großen Hände deutete er auf das Tal – sein Tal. »Und hier haben wir uns niedergelassen. Wir bauen Trauben an, die besten Trauben in ganz Washington. Wir haben unseren eigenen Garten. Eigenes Vieh. Geflügel. Und, noch wichtiger, wir haben unsere Kinder zu verantwortungsbewussten Erwachsenen erzogen.«

Die Bewohner von Blythe rutschten auf ihren Stühlen nach vorn und grinsten zu den drei jungen Wilders, die unwillkürlich die Köpfe einzogen, als ginge es ihnen im nächsten Augenblick an den Kragen.

»Jasha ist groß und stark und ein attraktiver Mann. Er schlägt nach mir.« Damit hatte er den Nagel auf den Kopf getroffen. Ein Wolf. »Er besitzt – er ist der Chef! – seine eigene Mostkelterei in Napa, Kalifornien, wo er die Trauben seines Papas zu gutem Wein verarbeitet.« Konstantine reichte eine Flasche herum und zeigte allen stolz das Etikett. »Er ist klug. Er ist reich. Er ist mein Ältester, mein erstgeborener Sohn, und trotzdem hat er mit vierunddreißig …«

»Jetzt kommt's«, stieß Jasha aus einem missmutig verzogenen Mundwinkel hervor.

»… keinen Funken Respekt vor seinem Vater, dessen Gehör hervorragend funktioniert.«

»'tschuldigung, Papa.« Jasha baute sich breitbeinig vor ihm auf und verschränkte die Arme vor der Brust.

Konstantine ließ sich weder von der gemuffelten Entschuldigung noch von dem Imponiergehabe seines Sohnes beeindrucken. Jedoch bemerkte er das ärgerliche Aufblitzen in Jashas goldgesprenkelten Augen. »Und trotzdem ist er mit vierunddreißig noch ein Single.«

Rurik boxte Jasha mit dem Ellbogen so fest in die kurzen Rippen, dass dieser seitwärts taumelte.

»Er bricht mir das Herz. Vielleicht möchte eine von den hier anwesenden jungen Damen ihn heiraten. Bei Interesse melden Sie sich bitte im Laufe der nächsten Woche bei mir. Dann bestelle ich das Aufgebot.« Konstantine nickte, erkennbar zufrieden, dass er einen Punkt von seiner mentalen Liste abhaken konnte: *Mein ältester Sohn gehört endlich unter die Haube gebracht.*

Er wandte sich seinem nächsten Opfer zu. »Rurik ist ein Abenteurer.«

»Ich bin Archäologe, Papa«, versetzte Rurik.

»Ob Archäologe oder Abenteurer – das bleibt sich gleich. Immerhin habe ich alle Indiana-Jones-Filme gesehen. Und weiß Bescheid.« Konstantine wischte Ruriks Einwand mit einer wegwerfenden Handbewegung beiseite. »Rurik ist klug, sehr klug, er hat einen glänzenden Abschluss an der Universität hingelegt. Und er ist attraktiv, genau wie sein Papa.« Mit seinen topasfarbenen Augen, den weichen braunen Locken und einem gut geschnittenen Gesicht ließ Rurik so manches Frauenherz höher schlagen. Davon konnte sein Vater ein Lied singen. »Er ist zwar nicht so vermögend wie sein Bruder, aber nach meinem Tod wird er einen Teil meines Besitzes hier in den schönen Cascade Mountains erben, folglich bringt er Geld mit in die Ehe. Ich erwähne das ausdrücklich, weil er mit dreiunddreißig ...«

Jasha revanchierte sich, indem er Rurik empfindlich in den Solarplexus boxte.

»... noch Single ist. Er bricht mir das Herz. Vielleicht möchte eine von den hier anwesenden jungen Damen ihn heiraten. Bei Interesse melden Sie sich bitte im Laufe der nächsten Woche bei mir. Dann bestelle ich das Aufgebot.«

Die männlichen Gäste lachten aufgeräumt, während die anwesenden Frauen anerkennend seine Söhne taxierten.

Gewiss, Blythe war ein kleiner Ort mit nur zweihundertfünfzig Einwohnern, einschließlich der umliegenden Farmen, und manche Frauen waren sehr jung, andere wiederum aus dem gebärfähigen Alter längst heraus, und etliche hatten Beine wie Baumstämme und eine Haut wie alte Baumrinde. Andererseits hatten seine Jungen sich über zehn Jahre in der Weltgeschichte herumgetrieben und keine Braut mit heimgebracht, und außergewöhnliche Umstände verlangten nun mal nach außergewöhnlichen Maßnahmen.

Konstantine hatte sich nämlich fest vorgenommen, vor seinem Tod einen Enkel in den Armen zu wiegen.

Wenn alles so gelaufen wäre, wie er und Zorana es vor fünfunddreißig Jahren geplant hatten, als sie in dieses Land kamen, würde er jetzt über Adrik sprechen …

Die Gäste fassten sich wieder und warteten gespannt. Sie wussten um seine Betroffenheit und respektierten seinen tiefen Kummer.

Adrik war ihnen abtrünnig geworden. Verloren wegen der Verworfenheit seiner Seele. Verloren an die Verlockungen des Pakts.

Konstantine tat einen langen, stoßweisen Atemzug. Bog die Schultern nach hinten und wischte den Schmerz in seiner Brust entschlossen beiseite. Breit grinsend deutete er auf Firebird. »Und schließlich haben wir da noch meine kleine Tochter. Heute feiern wir nicht nur den Unabhängigkeitstag der Vereinigten Staaten, sondern auch Firebirds einundzwanzigsten Geburtstag.« Es war unfassbar, selbst nach all den Jahren!, schoss es ihm durch den Kopf. In seiner Familie hatte es seit über einem Jahrtausend keine Mädchengeburt mehr gegeben. Bis er Vater einer Tochter geworden war. Firebird war sein kleines Mädchen, sein Baby, sein Wunder.

Von Liebe und Dankbarkeit überwältigt, fehlten ihm die Worte, und er bewunderte sie stumm. Sie war wunderschön, mit blonden Haaren, die sie jungenhaft kurz geschnitten trug, und willensstarken, strahlend blauen Augen. O ja, seine Tochter hatte ihren eigenen Kopf. Schon als kleines Kind war sie beharrlich hinter ihren großen Brüdern hergestolpert, sie hatte hartnäckig für ihre Gymnastikkür trainiert und sich das Laufen wieder beigebracht, als die Holme des Barrens brachen und ein komplizierter Beinbruch ihren Traum von einer großen Sportlerkarriere beendet hatte.

Heute Abend strahlten ihre Augen allerdings nicht so hell wie sonst.

Sie war in ihrem letzten Collegejahr erwachsen geworden. Sie war jetzt eine Frau, mit den kleinen Ticks und Geheimnissen einer Frau.

Wieso fiel ihm das jetzt erst auf?

»Meine Firebird ist eine Schönheit, und sie ist bei Weitem intelligenter als ihre Brüder.«

Ihre beiden Brüder knufften Firebird sanft in die Seite. Ihre Schwester hätten sie glatt in Watte gepackt.

»Sie bestand die Aufnahmeprüfungen an vier Colleges.« Wie um seine Worte zu unterstreichen, hob Konstantine vier Finger. »Sie war an der Brown, einer äußerst renommierten Schule. Dort schaffte sie in nur drei Jahren einen Abschluss als Softwareprogrammiererin und ihr Diplom in Japanisch.« Er schlug sich stolz auf die Brust. »Und jetzt fragen Sie sich bestimmt, wozu eine Frau die ganze Bildung braucht, was?«

Seine Zuhörer lachten von Neuem.

»Ich weiß es ehrlich gesagt auch nicht. Welcher Mann will schon eine Frau, die mehr Grips hat als er?«, sinnierte er laut.

»Ist dir wohl noch nicht aufgefallen, dass die Frauen in der überwiegenden Zahl der Fälle mehr draufhaben als ihre Männer«, versetzte Zorana trocken.

Das aufbrandende Gelächter der Gäste nahm Konstantine vorübergehend den Wind aus den Segeln, und er hob sich seine Antwort auf, bis der Tumult verebbte. Dann schüttelte er bekümmert den Kopf. »Da sehen Sie, was ich durchmache. Zwei ledige Söhne, eine blitzgescheite Tochter und eine aufsässige Ehefrau. Ich hab wahrhaftig mein Päckchen zu tragen.«

»Ach, Sie Ärmster. Wenn ich irgendwann mal Zeit finde, werde ich Sie tüchtig bedauern«, meinte Sharon Szarvas lakonisch. Sie war die Frau von River Szarvas, einem Einwanderer aus Osteuropa, und hatte keinen Funken Mitleid mit Konstantines scheinbar angeknackstem männlichen Ego.

Dafür kannte sie ihn zu gut. Er verfügte über ein ausgeprägtes Selbstbewusstsein, das sich durch nichts und niemanden erschüttern ließ. »Ich finde, meine Tochter sollte das Haus hüten, aber meine Frau, meine Zorana, ist dagegen. Sie möchte, dass unsere kleine Firebird flügge wird und sich in der Welt umschaut. Eines Tages kommt unsere wilde Hummel bestimmt wieder zu uns zurück.« Er nötigte sich ein Lächeln ab, wie um Firebird zu zeigen, dass es ihm mit seinen Worten ernst war, obschon es ihm mal wieder das Herz brach.

Sie lächelte zurück, ihre Lippen formten ein »Danke, Papa«.

An ihren ehrgeizigen Plänen war er nicht ganz unschuldig. Ein bisschen lag es auch an seinen Söhnen. Sie hatte die Jungs glühend beneidet, weil sie Freiheiten genossen, die einem Mädchen versagt blieben. Konstantine war klar, dass er sein Nesthäkchen von Geburt an verhätschelt hatte. Er hatte Firebird sein kleines Wunder genannt und ihr jeden Wunsch von den Augen abgelesen, trotzdem war sie unzufrieden.

»Liebe, verehrte Anwesende« – er deutete mit dem Finger auf seine Gäste – »obwohl Firebird einundzwanzig ist und damit im heiratsfähigen Alter, kann sie sich mit der Ehe noch Zeit lassen. Also, Männer, Finger weg von meiner Kleinen.«

Die männlichen Gäste räusperten sich verlegen. Und musterten sie heimlich. Die Winzer, die Farmer, die Rancher, die Künstler – alle hatten sie ein Auge auf seine Firebird geworfen.

Sie ignorierte die vielen Bewunderer, stattdessen presste sie eine Hand in ihr Rückgrat, legte die andere auf ihren Bauch und bedachte ihren Vater mit einem tief bekümmerten Blick.

Was war bloß auf einmal mit seinem Mädchen los?

Indes war jetzt nicht der richtige Zeitpunkt, um ihr deshalb auf den Zahn zu fühlen.

»Du hast mir so viel Glück geschenkt. Dafür danke ich dir, liebste Zorana.« Er streckte seine Hand aus, die Zorana lächelnd fasste.

Die ein Meter fünfundfünfzig kleine, zierliche Frau hatte fein geschnittene Züge, tintenschwarze Haare, lebhafte braune Augen und ein feuriges Temperament. Sie war jünger als er, und er hatte sich damals vom Fleck weg in sie verliebt. Er liebte sie mehr als sein Leben.

Inzwischen war sie einundfünfzig, und er trug sie immer noch auf Händen. Er schlang seinen Arm um ihre Schultern, blickte zu ihr hinunter und gewahrte seine Reflexion in ihrer dunklen Iris. In ihren Augen war er ein guter Mann. Ein großartiger Mann. Ihr Ehemann.

»Diese Frau ist ein Schatz, und ich genieße jede Sekunde mit ihr«, murmelte er, mehr für sie bestimmt als für die Gäste. Küsste sie auf die lächelnden Lippen. Dann hob er den Kopf und ließ den Blick über die Tische schweifen, an denen Freunde, Bekannte, aber auch Fremde saßen. Er hob die Stimme. »Zorana und ich und meine Kinder – alle meine Kinder –, wir danken den Vereinigten Staaten von Amerika, dass sie uns die Einreise aus Russland bewilligten und wir hier eine ganz normale amerikanische Familie sein dürfen, unser eigenes Land haben und in Frieden leben können. Wir fühlen uns hier wohl und sicher, wir haben es zu einigem Wohlstand gebracht, und wir haben viele gute Freunde, die heute den Unabhängigkeitstag mit uns feiern.«

Die Anwesenden lauschten schweigend. Als jemand Beifall klatschte, standen alle auf, stimmten in den Applaus mit ein und ließen den Gastgeber hochleben.

Von weit her hörte Konstantine die alten Widersacher wütend und frustriert aufheulen, und er lächelte still in sich hinein. Das Leben, das er sich aufgebaut hatte, war perfekt.

Er deutete mit einer einladenden Geste auf die Flaschen, und alle schenkten sich eilends Wodka, Wein oder Wasser nach. Er hob sein Glas, prostete seinen Gästen und seiner Familie zu. »*Za vas*!«

»Auf euch!«, antworteten sie, und alle nahmen einen tiefen Schluck, sogar Miss Mabel Joyce, die altjüngferliche Lehrerin, und Lisa, die verrückte New-Age-Kräutertante, die alle mit Vornamen anredeten, weil man ihren Nachnamen nicht kannte, und vor allem der alte Doktor, der Firebirds Geburt glatt verpasst hatte, weil er seinen Rausch ausschlafen musste.

Dann entzündeten Jasha und Rurik ein Feuerwerk, das den nachtschwarzen Himmel mit bunt glitzernden Sternen überhauchte – und dabei setzten die beiden Idioten prompt die Wiese in Brand. Die Nachbarsjungen schleppten Eimer mit Wasser an und brüllten vor Lachen, während sie fleißig mitlöschten.

Als das Feuer gelöscht war und die Aufregung sich legte, machten sich die Nachbarn auf den Heimweg. Kopfschüttelnd dachten sie darüber nach, was die Wilder-Jungen früher alles angestellt haben mochten.

Die Nachbarn hatten keine Ahnung.

Miss Joyce stakste zu Zorana, küsste sie auf die Wange und sagte: »Meine Liebe, ein Besuch bei Ihnen ist zwar immer wieder ein Erlebnis, aber jetzt muss eine alte Frau wie ich nach Hause.«

»Besuchen Sie uns bald wieder.« Zorana war erst sechzehn gewesen, als sie mit Konstantine nach Amerika gekommen war, und sie sprach nahezu akzentfrei. »Wir vermissen Ihre Besuche.«

Miss Joyce keckerte fröhlich. »Als Ihre Jungs in unsere Schule gingen, war ich jede Woche hier. Daran musste ich heute Abend wieder denken.« Sie blickte von den Jungen, die sie mit rußgeschwärzten Gesichtern angrinsten, zu Firebird. »Ich war nah dran, die Klasse abzugeben.«

»Ein Glück für uns, dass keiner den Job haben wollte.«

Jasha schlang seiner früheren Lehrerin einen Arm um die Schultern und drückte sie kurz.

»Bloß wegen euch. Die Wilder-Teufel. Die schlimmsten Kinder in Washington, D.C.« In Miss Joyces Stimme schwang leiser Stolz mit. Sie war in dem kleinen Ort Blythe dreißig Jahre lang Lehrerin für die Klassen sieben bis zwölf gewesen. Als Konstantines ältester Sohn in ihre Klasse gekommen war, hatte ihr Vorgänger drei Kreuze gemacht. Sie dagegen hatte sich auf einen harten Kampf eingestellt.

Zum Glück war sie eine erfahrene Pädagogin – zuvor hatte sie elf Jahre lang an einer Highschool in Houston unterrichtet. Nachdem einer ihrer Schüler sie mit einem Messer angegriffen und sie sechs Monate im Krankenhaus gelegen hatte, war sie nach Blythe gewechselt. Da sich kein Lehrer darum riss, vierzig Kinder unterschiedlichen Alters in einem einzigen Klassenzimmer zu unterrichten, hatte Miss Joyce weit über ihr Pensionsalter hinaus gearbeitet. Sie beteuerte, das Unterrichten hielte sie jung, und vielleicht war da was Wahres dran. Nachdem Firebird die Schule abgeschlossen hatte, ging Miss Joyce in den wohlverdienten Ruhestand. Inzwischen hatte sie einen Altersbuckel und konnte sich nur noch mithilfe eines Gehstocks fortbewegen.

Ihre Augen funkelten jedoch so lebhaft wie eh und je.

»Möchten Sie, dass ich Sie nach Hause fahre?«, erbot Rurik sich. »Ich mach das gern.«

»Du bleibst hier und räumst mit auf«, versetzte Firebird. »*Ich* fahr sie.«

Die jungen Leute begannen zu streiten, woraufhin Miss Joyce mahnend eine Hand hochhielt und unversehens auf wundersame Weise Ruhe einkehrte. »Ich bin mit den Szarvas gekommen. Die nehmen mich auch mit zurück.«

»Den Trick mit dem Handhochhalten muss ich auch noch lernen«, grummelte Konstantine.

»Zu spät, Liebster.« Zorana tätschelte seine Wange. »Komm, wir helfen River und Sharon Szarvas beim Einladen der Gäste. Manche haben ganz schön einen gebechert.«

Die Mitglieder der Familie Szarvas waren Künstler: Sharon malte stimmungsvolle Landschaftsbilder; River und ihre Tochter Meadow fertigten auffallend schöne Glasobjekte. Nachts boten ihr altes Bauernhaus und die Scheune, in der sie ihr Atelier hatten, Schlafgästen Quartier – aufstrebende Künstler, junge wie alte, die bei ihnen hospitierten. Die Künstlerfamilie spendierte großzügig Kost und Logis und ließ die Studenten an ihrem Wissen teilhaben. Es waren gute, gefällige Menschen.

Heute Abend hatten sie fünf Studenten mitgebracht. Fünf junge Menschen, deren Augen aufleuchteten, als sie die vielen gut gefüllten Schüsseln auf den Tischen gesehen hatten. Drei Männer und zwei Frauen, die nur ein Thema hatten: die Kunst. Die sich an Blinis satt gegessen und viel zu viel getrunken hatten.

Eben klemmte Konstantine sich einen der schlaksigen, ungesund blassen, sturzbetrunkenen jungen Männer auf die Schulter und trug ihn zu der Rostlaube von VW-Bus, den River Szarvas fuhr.

Sharon und Zorana folgten ihm angeregt plaudernd, beide beladen mit prall gefüllten Körben und warmen Decken.

River schlenderte neben Konstantine. »Manchmal haben die jungen Leute gar kein besonderes Talent, aber das stört sie nicht weiter. Sie kommen zu uns und bleiben, in der Hoffnung, dass es noch werden wird. Das ist auch völlig okay – nicht unmöglich, dass sie den Dreh irgendwann rauskriegen.«

Konstantine nickte. Der Junge auf seinen Schultern wog höchstens sechzig Kilo, trotzdem war er im betrunkenen Zustand schwer wie Blei. Der Russe ächzte leise. *Vermutlich wurde er allmählich alt.*

»Dieser junge Typ« – River nickte zu dem Mann auf Konstantines Schulter – »ist seit einer Woche bei uns. Hat die ganze Zeit nichts gemacht, außer herumzulungern und allen anderen bei der Arbeit zuzusehen. Sharon und ich dachten schon, er ist einer von denen, die nichts gebacken kriegen. Aber von wegen. Unglaublich, was er heute Abend gemacht hat. Ich muss es Ihnen unbedingt zeigen.«

»Mir zeigen?«, presste Konstantine kurzatmig hervor.

»Mmmh. Kurz bevor er ohnmächtig wurde, erklärte er mir, es sei ein Geschenk für Zorana.« River schüttelte den Kopf. »Es ist schön. Außergewöhnlich schön.«

Konstantines Hände, mit denen er den jungen Mann festhielt, zuckten mit einem Mal unkontrolliert.

Seltsam. Bestürzend.

»Laden Sie ihn da ab.« River öffnete die Hecktür des Vans. »Ich müsste mich schon schwer irren, aber der Junge ist in Firebird verknallt.«

Konstantine schob den schlaffen Körper in den mit Teppichboden ausgelegten Kofferraum.

River nahm einen in Tücher eingeschlagenen Gegenstand vom Vordersitz. »Kommen Sie.«

Sie kehrten zum Feuer zurück, Sharon und Zorana folgten ihnen neugierig.

»Schauen Sie mal!« River stellte den sperrigen Gegenstand auf den Tisch und wickelte behutsam die Tücher ab.

Der junge Künstler hatte eine Statue von Firebird in den noch feuchten Ton modelliert. Er hatte ihre Silhouette eingefangen, wie sie dastand, eine Hand in die Hüfte gestützt, die andere behutsam auf den Bauch gelegt, und die spielenden Kinder betrachtete.

»Grundgütiger.« Zorana wich einen Schritt zurück. »Grundgütiger. Es ist … Firebird.«

»Sie ist perfekt getroffen.« Konstantine warf hastig das Tuch über die Statue. »Sie ist wirklich wunderschön!«

Was sollte das? Keiner von den dort anwesenden Amerikanern begriff die Geste. Zorana jedoch war Zigeunerin. Und sie war abergläubisch. Ihr Volk hauchte Ton kein Leben ein, und diese Statue … diese Statue war faszinierend. Lebensecht.

Gespenstisch.

Zorana sank in Firebirds Arme.

»Findest du sie wirklich so gelungen, Mama? Kann ich echt nicht finden.« Firebird umarmte ihre Mutter und flüsterte ihr ins Ohr: »Ist schon okay, Mama. Entspann dich.«

Zorana schlang einen Arm um Firebirds Taille. Sie wirkte winzig neben ihrer Tochter, dunkelhäutig und schwarzhaarig neben dem hoch aufgeschossenen blonden Mädchen, das sie zu beschwichtigen suchte. Zu River meinte sie knapp: »Wenn der junge Mann aufwacht, danken Sie ihm für das Kunstwerk.«

River nickte. Er war Künstler und visualisierte Dinge, die anderen verborgen blieben. Er begriff Zusammenhänge, die bei den meisten Menschen auf Unverständnis stießen – trotzdem vermochte er nicht nachzuvollziehen, wieso diese Statue bei den Wilders kühle Ablehnung hervorrief.

Die Gäste von den umliegenden Farmen, von dem Chinarestaurant in der Stadt und dem einzigen Burger-Drive-in im Umkreis von fünfzig Meilen verabschiedeten sich nach und nach von ihren Gastgebern.

Konstantine schüttelte Hände, froh und dankbar, dass die Nachbarn seiner Einladung gefolgt waren und seine Gastfreundschaft, seine Familie und sein Leben hier in Amerika zu schätzen wussten.

Vater Ambrose, der katholische Geistliche, legte widerstrebend die Pokerkarten weg und stellte sich in der Reihe an. Als Wanderprediger verkündete er im westlichen Teil Washingtons das Evangelium und zelebrierte Messen in Wohnzimmern und Hinterhöfen der kleinen Städte. Er war ein guter Mensch.

Konstantine respektierte ihn. Er verschränkte die Hände auf dem Rücken und verbeugte sich ehrfürchtig vor dem Priester.

Vater Ambrose lachte. »Ich würde mir wünschen, meine katholischen Schwestern und Brüder wären so respektvoll wie Sie, Konstantine Wilder. Irgendwann hab ich Sie so weit, dass Sie in die Messe kommen.«

»Keine Chance.« Reverend Geisler, der Geistliche der Kongregationskirche, schob Ambrose spaßeshalber beiseite. »Wenn er erleuchtet wird, dann gehört er mir.«

Vater Ambrose schüttelte lachend den Kopf. »Sie sind bloß an neuen Schäfchen interessiert, Sie selbstsüchtiger Protestant.«

Reverend Doreen, der Verkündiger der New-Age-Heilslehre, trat zu ihnen. »Konstantine Wilder ist bereits erleuchtet. Wussten Sie das etwa nicht?«

Die beiden anderen Geistlichen verdrehten genervt die Augen.

Konstantine verbeugte sich vor allen dreien, schüttelte ihnen aber nicht die Hand.

Irgendwann war die Party vorbei. Die Rückleuchten des letzten Wagens verschmolzen mit der Dunkelheit. Es kehrte wieder Ruhe ein. Die Familie stand allein am Lagerfeuer, dessen Flammen orange glühend erstarben.

Eine dünne Rauchsäule stieg zum Himmel. Der Feuerschein warf rubinrot zuckende Schatten auf ihre Gesichter, und Konstantine fühlte ein erstes Bohren in der Magengrube, jenes untrügliche Gefühl, das Ärger vorhersagte.

Gleichwohl lebten sie schon lange in den USA. Sehr, sehr lange. Hier waren sie bestimmt in Sicherheit.

»*Wir* und eine normale amerikanische Familie? Papa, ich muss schon sagen, du hast Nerven!«

Rurik grölte los. Und Konstantine wartete, bis sein Sohn sich wieder gefasst hatte. »Was sonst?« Er hob verständnislos die Schultern und ließ sie wieder sinken. »Wir *sind* eine ganz normale amerikanische Familie.«

»Demnach bauen ganz normale amerikanische Familien Wein an, sprechen Russisch und verwandeln sich bei Bedarf in wilde Bestien.« Jasha fand das kein bisschen lustig.

»Na und?« Konstantine zuckte mit den Achseln. »Okay, okay, die meisten Amerikaner können kein Russisch.«

Zorana schlang einen Arm um seine Taille und drückte ihn zärtlich an sich.

»Ich gehöre zur Familie, trotzdem verwandle ich mich

nicht in ein wildes Tier.« Firebird lächelte gewinnend. Seit dem Collegeabschluss lächelte sie nur noch selten. »Du etwa, Mama?«

»Nein, ich auch nicht.«

»Einmal im Monat verwandelt ihr euch in fauchende Katzen«, brummelte Jasha.

»Darüber spricht *Mann* nicht. Das ist Frauensache.« Zwischen Konstantines Brauen schob sich eine tiefe Falte. Seine Söhne waren mächtig vorlaut.

»Genau wie Wäschewaschen«, konterte Rurik.

»O Mann. Gleich gibt's Ärger.« Jasha duckte sich vorsichtshalber.

Konstantine dachte das Gleiche und ging seiner Frau aus der Schusslinie.

Die temperamentvolle Zorana teilte Rurik jedoch keine Backpfeife aus. Stattdessen blickte sie fragend zu Konstantine hoch. »Du hast gar nicht über Adrik gesprochen.«

Sein Herz zog sich schmerzvoll zusammen, dennoch antwortete ihr Mann gefasst: »Adrik ist für uns gestorben.«

»Nein.« Zorana schüttelte heftig den Kopf.

»Er ist für uns gestorben«, wiederholte er mit Nachdruck. Seine Familie beobachtete ihn, tief bestürzt, dass sie den Jungen verloren hatten. Konstantine war jedoch der Patriarch. Er musste hart bleiben.

Adrik war ihm ungehorsam gewesen. Er hatte auf sein Recht zur Transformation beharrt, und die Verwandlung hatte ihn tief in den Schlund des Bösen gestürzt.

O ja. Konstantine kannte diesen Schlund sehr gut. Zuweilen, nachts, hatte er das Gefühl, er lebte noch dort.

Die Sonne war am Horizont verschwunden. Der Mond

ging auf, und die Sterne glitzerten wie winzige Diamantsplitter am samtschwarzen Himmel.

Die Wilders standen allein auf ihrem riesigen Anwesen. Allein – und dennoch lauerten ihre Brüder und Schwestern überall im Gebüsch. Ein kühler Windhauch zauste die Zweige, und die Zedern verströmten ihren würzigen Duft.

Zorana löste den Blickkontakt mit Konstantine. Kehrte ihrer Familie den Rücken und ballte die Fäuste. »Ich hasse dieses Ding da.«

»Welches Ding?« Jasha hatte es noch nicht gesehen.

»Mama, lass doch. Komm, reg dich nicht auf«, versuchte Firebird zu beschwichtigen.

»Es ist infam.« Zorana riss die Tücher von der Statue, die der junge Künstler modelliert hatte. »Es ist eine Unverschämtheit!« In einem plötzlichen Temperamentsausbruch ging sie wütend mit den Fäusten auf den noch weichen Ton los.

»Nein, Mama. Nicht!« Firebird packte ihre Mutter am Arm.

Alle erstarrten.

Keiner wusste, warum. Sie wussten nur, dass etwas geschehen war.

Oder dass etwas geschehen würde.

Langsam drehte Zorana sich um, betrachtete entrückt die knisternden Scheite. Und war mit einem Mal … eine andere. Eine Fremde.

Als sie sprach, klang ihre Stimme leise, tief, kehligweich.

Erschreckend anders. Es war nicht die Stimme seiner Frau. Das war nicht Zorana.

»Jeder meiner vier Söhne muss eine von den Varinski-Ikonen finden.«

»Vier … Söhne?« Konstantine ließ den Blick über seine Kinder schweifen. Die beiden Söhne, seine einzige Tochter – und war in Gedanken bei dem anderen Sohn, seinem Adrik.

»Kraft ihrer Liebe können sie die Heiligenbilder heimbringen.« In Zoranas kohlschwarzen Augen funkelte ein wildes Feuer. »Ein Kind kann das Unmögliche vollbringen. Oder die geliebte Familie wird durch Verrat zerstört – und in die Flammen springen.«

Zorana war in einen Trancezustand gesunken.

Vor ihrer Heirat mit Konstantine war sie die Seherin ihres Stammes gewesen und hatte die Zukunft weissagen können. Nachdem er sie von ihrem Clan weggeholt hatte, hatte sie keine einzige Vision mehr gehabt.

Mit einem Mal schien es, als sprudelten die lange unterdrückten Prophezeiungen mit Macht aus ihr heraus.

Zorana hob ihre Hand und deutete von einem Kind zum anderen.

»Die Blinden können sehen, und die Söhne von Oleg Varinski haben uns gefunden.«

Jasha straffte sich und sagte mit Bestimmtheit: »Mutter, hör sofort auf damit.«

Dummer Junge. Als hätte er damit irgendetwas bewirken können.

Sie hörte ihn nicht einmal. Sie war weit entrückt von dieser Welt. *»Du darfst dir nie sicher sein, denn sie sind überall. Um den Pakt nicht zu gefährden, wollen sie dich vernichten.«*

Sie deutete mit ihrem Zeigefinger auf Konstantine. *»Wenn*

die Wilders den Pakt mit dem Teufel nicht zu brechen vermögen, wirst du nach deinem Tod in die Hölle hinabfahren und auf ewig von deiner geliebten Zorana getrennt werden …«

»Mama, warum sagst du so was? Wieso redest du von dir, als wärst du gar nicht hier?« Firebirds Stimme überschlug sich fast vor Hysterie.

»Denn du, mein Geliebter …« Zoranas Augen füllten sich mit Tränen, und zum ersten Mal gewahrte Konstantine, dass sie nicht in Trance war, sondern genau wusste, was sie sagte. *»Du weilst nicht mehr lange auf dieser Erde. Du hast dein Leben verwirkt.«*

Seine Augen wurden feucht. Er bekam keine Luft mehr. Und empfand einen stechenden Schmerz, als schlüge eine Raubkatze ihre Krallen in seine Brust und risse ihm bei lebendigem Leib das Herz heraus. Hinter seinen Augäpfeln zuckten weiß glühende Blitze.

Wie eine gefällte Eiche brach er plötzlich zusammen.

2

Ann Smith achtete sehr auf gute Manieren. Immer schon. Wenn sie einen Heiterkeitsanfall bekam, hielt sie sich dezent eine Hand vor den Mund, um das Lachen zu dämpfen. War sie traurig, weinte sie sich in der Abgeschiedenheit ihrer eigenen vier Wände aus. Sie benutzte das Sch-Wort nicht – es war ihr höchstens einmal unwillkürlich herausgerutscht, als ihr die Auflaufform aus der Hand gerutscht war und die köstliche Lasagne sich über den ganzen Küchenboden verteilt hatte. Aber da war sie allein gewesen.

Wie so oft. Sie war Single und meistens allein.

Sie legte großen Wert auf angemessene Kleidung. Erst als Stenotypistin, dann als Sekretärin und später als Assistentin der Geschäftsführung für den Chef von Wilder Wines.

Und wieso trug sie dann neue, superlässige, total angesagte Klamotten und fuhr einfach so, aus eigener Initiative, von Kalifornien nach Washington, um ihrem Chef wichtige Dokumente in sein Ferienhaus an der Küste zu bringen?

Warum wohl? Weil sie verliebt war. In Jasha Wilder.

Jippie! Wer war das nicht?

Er war groß, einen knappen Meter neunzig. Was ihr ausgezeichnet in den Kram passte, weil sie es auf Strümpfen auf einen Meter achtzig brachte. Oder barfuß, wie ihre Freundin Celia Kim kleinlich betonte. Er hatte das Gesicht eines gefallenen Engels: dunkles Haar, dunkle Brauen, lange, dunkle gebogene Wimpern, die Augen von einem ungewöhnlichen Goldbraun umrahmten. Und er hatte ein Tattoo auf dem Arm. Das Motiv ähnelte zwei umeinander gewundenen Schlangen, die von seiner Schulter zu seinem Handgelenk krochen und sich dunkel und geheimnisvoll von seiner gebräunten Haut abhoben. Sonderbar, aber es vermittelte Ann das Gefühl, als würde sie etwas verbinden, irgendetwas, das sich nicht in Worte bringen ließ. Sie hätte natürlich nie gewagt, ihn darauf anzusprechen – und auch gar nicht gewusst, wie sie es ihm erklären sollte.

Die stechenden Augen, die auffallende Tätowierung und

seine hochgewachsene, trainierte Statur gaben ihm etwas Brutales, was er nicht war, zumindest solange man ihm bei seinen Geschäften nicht in die Quere kam.

Da ließ er sich kein X für ein U vormachen. Niemals.

Er hatte eine klassisch griechisch geformte Nase, einen sinnlichen Mund mit strahlend weißen Zähnen und einem wahrhaft umwerfenden Lächeln, sinnierte Ann hingerissen.

Sein Körper haute sie jedoch glatt um. Er war perfekt. Muskelbepackte Schultern, Waschbrettbauch und knackiger Po. Insgeheim stellte sie sich vor, wie es sich anfühlen würde, diesen sexy Po zu streicheln.

Sie sah seine nackten Beine jeden Tag, wenn er von seinem Lauftraining ins Büro zurückkehrte und sich die schwitzenden Schenkel und Waden mit einem Frotteetuch abrieb. Diese Aufgabe hätte sie mit Kusshand für ihn übernommen, aber dazu fehlten ihr natürlich der Mumm und ein anderes Jobangebot, falls er sie umgehend entlassen hätte.

Zweifellos hätte sie spielend leicht einen neuen Job gefunden; sie war eine hervorragende Geschäftsführungsassistentin und bekam dauernd lukrative Angebote von anderen Weingütern und Restaurants in Napa Valley.

Sie hatte alle abgelehnt. Jasha Wilder war ihr Chef, und sie interessierte sich für keinen anderen Mann.

Deshalb befuhr sie auch den Highway 101, der sich entlang der steil abfallenden Felsküste wand, mit gefährlich engen Haarnadelkurven, unter ihr der wild brandende Ozean und undurchdringliche Wälder.

Seitdem sie Washington passiert hatte, war sie etwa fünfundzwanzig Meilen gefahren und hatte weder ein Haus noch ein anderes Auto gesehen, nur ein paar Seevögel, die am Himmel kreisten. Das passte korrekt auf Jashas Schilderungen; beim Erwerb des Wochenendhauses hatte er das Land im Umkreis von zwanzig Meilen gleich dazuerworben. Er beteuerte, dass er gern allein war, aber ihr drückte die Einsamkeit allmählich aufs Gemüt. Was, wenn ihr Wagen plötzlich schlappmachte?

Sie hatte ein voll aufgeladenes Handy dabei, beschwichtigte sie sich, und außerdem blieb ihr Auto nicht stehen. Der Miata war flammneu, ein richtiger Sportflitzer, passend zu ihrem neuen Image. Wie die abgefahrenen Klamotten, die stylische Frisur, das neue Make-up, die Laser-Augenkorrektur, die straffen Titten – okay, Jasha bezahlte sie gut, aber eine Brustkorrektur war trotzdem nicht drin. Stattdessen hatte sie sich einen Wonderbra gekauft, der ihr Wundermöpse machte. Sie war eine völlig neue Ann!

Sie kurbelte das Seitenfenster runter, ließ sich den Wind durch ihre schulterlangen Haare wehen und drückte aufs Gas, fest entschlossen, die Kurven wie die Profirennfahrer aus der Werbung zu nehmen.

Du bist wohl lebensmüde oder was?

Der Wind pfiff durch das Fenster, blies ihr ein topmodisch blondiertes Strähnchen in den Mund. Sie prustete und spuckte. Eine weitere Strähne peitschte ihr in die Augen. Sie musste blinzeln. Als sie ein Lid aufklappte, gerade noch rechtzeitig genug, um eine Kurve wahrzunehmen, die rasend schnell näher kam, brach ihr der kalte Schweiß aus sämtlichen Poren. Sie versuchte gegenzulenken. Mit einem dumpfen Quietschen kamen die Reifen von der Straße ab und schabten an der steilen Böschung entlang. Hektisch nahm sie den Fuß vom Gas. Der Wagen brach aus. Zweige schlugen gegen den Seitenspiegel.

Ann schaffte es, den Miata wieder auf die Straße zu lenken, und kroch dann fast im Schneckentempo weiter. Sie zitterte am ganzen Körper und war froh, dass niemand ihr idiotisches Fahrmanöver beobachtet hatte. Nachdem sie mehrmals tief durchgeatmet hatte, hielt sie sich genau an die vorgeschriebene Geschwindigkeit und ging entschieden vorsichtiger in die Kurven.

Sie inspizierte den Kilometerzähler. Noch ungefähr fünf Meilen bis zum Ziel. Dann würde sie mit Jasha sprechen, ihm das mit dem Anruf und den Dokumenten schildern. Irgendwann war es dunkel und eine nächtliche Rückfahrt würde er ihr bestimmt nicht zumuten wollen. Stattdessen würde er ihr anbieten, in seinem Ferienhaus zu übernachten, überlegte sie. Sie trug eine lässige naturweiße Leinenhose und darüber ein hautenges orangefarbenes Top mit Spaghettiträgern. Das coole Teil entblößte ihre vom Bodybuilding gut definierten Arme und betonte ihre schmale Taille.

Sei vernünftig, seufzte sie, und bleib ein braves Mädchen. Probier deine Verführungskünste erst an ihm aus, wenn du wieder in Napa bist, vielleicht irgendwo in den lauschigen Weinbergen oder so. Außerdem gibt es da erstklassige Hotels und das pralle Leben. Nicht hier in seinem Ferienhaus, an dieser wild zerklüfteten Küste, dem sturmgepeitschten Ozean und unter bleigrauen Wolkenbergen, die unter einem verwaschen blauen Himmel dahinjagten.

Wenn sie den Kilometerzähler nicht im Blick gehabt hätte, wäre sie glatt an der Zufahrt zu Jashas Anwesen vorbeigerauscht.

Hohe Rhododendronbüsche versperrten ihr die Sicht. Sie bremste scharf, bog um die Ecke und befand sich auf einer Schotterpiste, die so eng war, dass sie einem entgegenkommenden Fahrzeug unmöglich hätte ausweichen können. Ihr schickes neues Auto holperte durch Dutzende Schlaglöcher, und sie dachte verärgert an die unverschämt hohe Rechnung, die seinerzeit von dem Straßenbauunternehmen gekommen war.

Jasha hatte die Überweisung anstandslos mit einem müden Lächeln unterzeichnet.

Nach fünfhundert Metern passierte sie zwei Pfeiler mit kauernden, in den Stein geschnittenen Löwen. Danach war die Straße wieder asphaltiert. Links und rechts dunkler, undurchdringlicher, kühler Wald mit uraltem Baumbestand.

Die Straße verlief in einer lang gestreckten Kurve nach Westen, bis sie glaubte, sie würde gleich im Ozean landen.

Die Vorstellung war gar nicht so abwegig.

Der Wald lichtete sich, und tief unter ihr lag der Atlantik, endlos weit, wild und aufgewühlt. Ann bremste und stellte den Motor aus. Sie stieg kurz aus dem Wagen, vertrat sich die Beine und inhalierte die salzige Luft in tiefen Zügen. Als sie aus Napa weggefahren war, hatte der Wetterbericht zwar keine Sturmwarnung gebracht, trotzdem braute sich da etwas zusammen. Das hatte sie irgendwie im Gefühl. Sie genoss den auffrischenden Wind, der an ihren Haaren zerrte, und beobachtete die Wellen, die sich mit aufpeitschender Heftigkeit an den Klippen brachen.

Bei Jasha empfand sie ähnlich heftig. Er spukte ihr ständig im Kopf herum. Verrückt, schlimm und gefährlich zu wissen. In einem verborgenen Winkel ihres Herzens stellte sie sich vor, wie sie eine Streetgang anführte, mit den Navy SEALs kämpfte, für die CIA spionierte und pausenlos gegen Gesetze verstieß.

Sie lachte laut auf. Nie im Leben würde die spießige Miss Ann Smith so etwas bringen!

Schluss mit lustig. Sie schob entschlossen ihr Kinn vor. Okay, sie war kein It-Girl, aber wenn Jasha Wilder erst einmal bei ihr angebissen hätte, würde sie ihn an der kurzen Leine halten – was Meghan Nakamura nicht geschafft hatte. Ann malte sich insgeheim aus, wie er sie verliebt anschaute und dabei zärtlich beteuerte: »Mein Schatz, ich kann ohne dich nicht leben.« Und nicht: »Ann, wenn Sie die Pinot-Weine katalogisiert haben, schicken Sie Jennifer Chavez bitte einen Strauß rote Rosen mit einem Kärtchen, dass es mir leidtut wegen ihrer Katze.«

»Was hat denn ihre Katze?«

»Sie hatte eine allergische Reaktion.«

»Auf was?«

»Auf mich.«

»Mögen Sie keine Katzen?« Ann dachte an Kresley, ihren alten Kater.

»Doch, ich finde sie sehr lecker.«

Ann lachte unschlüssig.

Sie war sich nicht sicher, ob das ein Witz sein sollte.

Als das Anwesen vor ihr auftauchte, verringerte sie das Tempo. Unversehens geisterte ihr durch den Kopf, was Jasha ihr über das Haus erzählt hatte – dass es ein Schloss sei, zu Beginn des zwanzigsten Jahrhunderts von einem Holzbaron erbaut. Als große Geste und glühendes Bekenntnis seiner tiefen Liebe zu einer jungen Frau, seiner Traumfrau. Seine Herzdame ließ sich davon nicht beeindrucken, und er hatte bis zu seinem Tod allein in der prachtvollen Hütte gelebt.

Jasha hatte das Anwesen auf einer Auktion ersteigert und komplett renoviert. Weil er auf ihren Geschmack und ihre Stilsicherheit vertraute, hatte er Ann gebeten, Möbel, Tapeten, Vorhänge und Teppiche auszusuchen und in seinem Auftrag zu bestellen. Folglich empfand sie es so, dass sie das Haus gemeinsam eingerichtet hatten, und ihr Herzschlag beschleunigte sich gespannt …

Die Auffahrt wurde breiter. Die Baumreihen lichteten sich. Das Schloss tauchte vor ihr auf.

Sie trat hektisch auf die Bremse, würgte beinahe den Motor ab.

Wenn sie mit vielem gerechnet hätte, aber damit nicht. Schreck lass nach!

Im Geiste hatte sie sich ein Märchenschloss ausgemalt, so ähnlich wie bei Cinderella, wenn auch mit weniger Zinnen und Türmchen.

Stattdessen ragte der hohe, schmale Bau wie ein stilisierter Phallus in die vorüberflitzenden Wolken. An einen Felsvorsprung geklammert, erhob sich das Schloss über dem alten Baumbestand. Es sah aus wie ein Monster, sann Ann, der Letzte seiner Spezies, der sich vor lauter Gram im nächsten Augenblick über den Klippenrand in den Tod stürzen wollte. Die Fassade wirkte abstoßend bizarr, denn Wind und Wetter hatten dem Stein ein tristes Grau verpasst. Verwitterte Wasserspeier starrten aus leeren Augenhöhlen von drei Seiten des Gemäuers in die Tiefe, und die Spitze des grauen Schindeldachs zerriss die geballten Wolkenberge in winzige Fetzen.

Das breite Frontportal, das sich schwer auf eine in das Felsfundament geschnittene Stufe stützte, wurde von unbehauenen Granitsäulen flankiert, die ein vorstehendes, dick verschiefertes Vordach trugen. »Die Raubritterburg lässt grüßen«, japste Ann.

Warte, bis die Sonne rauskommt, beschwichtigte sie sich halbherzig, dann sieht der olle Kasten gleich besser aus.

Die Sonne stahl sich durch die Wolken.

Das Geisterschloss sah kein bisschen besser aus.

Goldene Strahlen glitzerten auf den Scheiben, verwandelten die dunkel gähnenden Rauten in glühende Augen, dass es geradezu unheimlich anmutete. Die Schatten wurden bereits länger.

Auf der Suche nach Jasha ließ Ann unschlüssig den Blick über das Grundstück schweifen. Sie entdeckte ihn weder auf der Wiese noch auf dem Vorplatz mit den dicht gewachsenen Koniferen, die jede Menge Licht schluckten. Die Garage war hinter dem Haus; womöglich war er dort. Vielleicht war er auch in die Stadt gefahren oder eine Runde joggen. Wie dem auch sein mochte – sie war jedenfalls heil angekommen, und sie würde bleiben.

Ann fuhr vor den Eingang. Sie bremste, atmete tief durch, während sie skeptisch das Lenkrad umklammerte.

Sie hatte es so gewollt. Sie hatte auf diesen Trip hingearbeitet, war ausgiebig shoppen gegangen und hatte von nichts anderem mehr geträumt. Wenn sie jetzt kniff, würde sie sich ständig Vorhaltungen machen.

Wenn sie jetzt einen Rückzieher machte, verdiente sie ihr Glück nicht.

Sie konnte es packen, klar, sie würde es locker schaffen.

Sie zog reflexartig die Handbremse – das tat sie immer, selbst auf ebener Fläche, weil sie ja eigentlich eine besonnene Fahrerin war. Nahm ihre lederne Aktenmappe – ein Geschenk von Jasha – und ihre Handtasche vom Beifahrersitz. Als sie hinausglitt, riss der Wind so heftig an der Wagentür, dass sie sie kaum festhalten konnte. Sie drückte die Tür mit einem energischen Hüftschwung zu, ließ den Kofferraumdeckel mit der Fernbedienung aufschnappen und nahm ihren Koffer heraus – einen großen, schweren, vollgepackten Koffer, wohlgemerkt. Sie brauchte beide Hände und ihre neu erworbenen Fitnessstudio-Muckis, um ihn aus dem Kofferraum zu heben. Zum Glück hatte das schwere Biest Rollen, auf denen sie es zum Eingang zog.

Der Wind stemmte sie zur Seite, verwuschelte ihre Haare, riss an ihrem Top. Aus der Ferne drang das Tosen der Brandung zu ihr, das zornige Schlagen der aufgewühlten Wellen. Die Luft roch nach Salz und Seetang, Immergrün und ungezähmter Wildheit.

Während sie mühsam einen Fuß vor den anderen setzte, ragte das Schloss bedrohlich vor ihr auf. Warf seinen gespenstisch ausgezackten Schatten wie einen dunklen Mantel über die junge Frau. Auf der Steinstufe vor dem Portal blieb sie stehen. Blinzelte, um ihre Augen an das Dämmerlicht zu gewöhnen. Hier war sie zwar geschützt vor dem gnadenlosen Wind, trotzdem schauderte ihr von der kühlen, unwirtlichen Atmosphäre.

Als sie den Koffer auf die Stufe zerrte, knirschten die Rollen gequält über den rauen Schiefer. Ann nahm kritisch die Tür in Augenschein, die sie selbst bei einem Avantgardekünstler in Auftrag gegeben hatte. Sie hatte schwarzes Walnussholz mit Kassetten aus brasilianischem Mahagoni bestellt. Sie konnte weder das Holz noch den Lüster ausmachen, und der Türgriff, ein Löwenkopf mit einem Ring aus massivem Messing, war in der Dunkelheit kaum zu erkennen. Sie fand die Klingel und drückte auf den Knopf.

Im Innern läutete eine Glocke.

Niemand kam an die Tür.

Sie klingelte abermals, dann klopfte sie zaghaft mit dem Messingring auf das Holz. Nichts. Die Tür war verschlossen.

Jasha war nicht zu Hause.

Was tun? Zurückfahren? Sich gut zureden, dass sie es immerhin versucht hatte, und auf ein nächstes Mal warten?

Es würde kein nächstes Mal geben, das stand für sie fest. Jetzt oder nie. Also ging sie ihre sämtlichen Schlüssel durch und fand den richtigen.

Immerhin war sie Jashas persönliche Assistentin. Und las ihm jeden Wunsch von den Augen ab. Redete seine Mutter mit Vornamen an. Sie hatte sogar einen Ersatzschlüssel für seinen Safe. Folglich brauchte sie gar keine Skrupel zu haben, den ihr anvertrauten Haustürschlüssel auch zu benutzen.

Sie drehte ihn vorsichtig im Schloss. Das Portal ließ sich problemlos öffnen und schwang geräuschlos auf. Sie spähte in die Eingangshalle – und atmete erleichtert auf.

Drinnen sah es schon besser aus. Viel besser. Wohlig einladende Wärme umfing Ann. Sie tastete nach dem Lichtschalter. Sobald der Kristallleuchter aufflammte, tanzten tausend bunte Prismen an der hohen Decke und den mattweißen Wänden. Eines der Prismen streifte das Blinklicht der Alarmanlage, und sie hielt den Atem an. Ließ Handtasche und Schlüssel auf den Tisch neben der Eingangstür fallen. Und stellte sich vor das Kontrollpaneel.

Sie gab den Code ein.

»Jasha? Mr. Wilder?«, rief sie.

Keine Antwort.

Okay. Sie beschloss, drinnen auf ihn zu warten.

Sie zerrte den Rollenkoffer über die Schwelle. Nachdem sie die schwere Eingangstür hinter sich zugedrückt hatte, bewunderte sie die Fenster in der Halle. Böhmisches Kristallglas – im Stil Art déco, eine Nachbildung von einer renommierten Glaserei an der Ostküste. Es war ihre Idee gewesen, und sie freute sich über die gelungene Umsetzung. Die Eleganz war wirklich ihren Preis wert. Jede der in Mahagonirahmen eingesetzten Scheiben mutete wie ein funkelnder Diamant an, der das Licht in bunt glitzernden Facetten brach.

Neugierig auf das Interieur, das sie quasi per Ferndiagnose bestellt hatte, lief sie weiter.

Das Foyer mündete in den großen Salon. Orientteppiche aus schimmernden Seidengarnen bedeckten das zu einem satten Goldton gedunkelte Holzparkett. Polster und Vorhänge waren in warmen, gedeckten Farben gehalten. Ein Konzertflügel aus schwarzem Lack dominierte eine Ecke des Zimmers. Die Gemälde – fröhlich bunte, moderne Kunst – waren ebenfalls in schwarz glänzendes Ebenholz gerahmt. Vor dem deckenhohen Elektrokamin, in dem ein munteres Feuer prasselte, stand eine schlichte, gemütliche Sitzgruppe.

Ann, die den Raum gestaltet hatte, klopfte sich mental auf die Schulter. Es sah echt super aus.

Eine holzgeschnitzte geschwungene Treppe führte zur Galerie im ersten Stock. Sie ging zum Treppenabsatz und rief nach oben: »Jasha?«

Sie lief zu der Tür, die in sein Arbeitszimmer führte, und dann zur Küche. »Mr. Wilder?«

Nichts. Keine Reaktion. Er war nicht da. Dann war er bestimmt irgendwo draußen. Trotz der unbehaglichen Witterung spulte er vermutlich im Freien sein Laufpensum ab. Er behauptete steif und fest, das halte seine kleinen grauen Zellen fit. Und hatte sie schon häufiger eingeladen, ihn zu begleiten.

Woraufhin sie ihm jedes Mal geantwortet hatte, ihre kleinen grauen Zellen seien fit genug.

Sie hatte einfach keine Lust, Joggingklamotten anzuziehen und mit ihm zu laufen. Meistens zog er dabei sein Hemd aus. Dann hätte sie womöglich die ganze Zeit auf seinen trainierten, von schwarz gekräuseltem Flaum bedeckten Oberkörper gestarrt und auf das ungewöhnliche Tattoo, das mit dem Muskelspiel seiner Arme zuckte. Jedes Mal, wenn er von seinem Lauftraining zurückkam, hätte sie ihm am liebsten die winzigen Schweißperlen von den Brustwarzen geschleckt und mit den Händen seine Schenkel gestreichelt, um zu testen, ob sie wirklich so hart waren wie in ihrer Fantasie.

Mit ihm laufen? Wovon träumte er? Noch bevor sie vom Parkplatz runter wären, würde sie hyperventilieren. Ihr reichte es völlig, dass er eine Hantelbank in seinem Büro stehen hatte und Gewichte stemmte, wenn er wie üblich länger arbeitete und einen verspannten Nacken hatte. Sein Bizeps war nicht zu verachten.

Also war sie allein in diesem Haus, wo sie gespannt darauf wartete, dass ihr erster Lover endlich zur Tür hereinspazierte.

Sie rieb nervös mit den Handflächen über ihre Hose.

Er konnte nicht ahnen, dass er ihr erster Mann war, geschweige denn, dass er überhaupt ihr Lover werden würde.

Und da lag das Problem. Wie könnte sie ihm das wärmstens ans Herz legen? Sie überlegte kurz, ob sie eine PowerPoint-Präsentation vorbereiten sollte; da würde es bei ihm bestimmt *Klick* machen, weil sie diese Technik bei Konferenzen beide intensiv nutzten und verstanden.

So viel zum Thema Aufklärung, giggelte sie. Sie erinnerte sich an die peinliche Unterrichtsstunde in der achten Klasse, als die verknöcherte Schwester Theresa irgendwas von Vermehrung, Enthaltsamkeit und Sündhaftigkeit heruntergeleiert hatte. Woraufhin Ann den Faden weitergesponnen und eine angeregte Diskussion über die Kunst der Verführung angestoßen hatte.

Sie fand es jedenfalls optimal, dass er nicht da war. Damit blieb ihr ein bisschen Zeit, um sich von der langen Fahrt frisch zu machen und sich eine heiße Verführungstaktik zu überlegen.

Sie hatte sich auch schon ein Schlafzimmer ausgeguckt: das mit dem größten Bett. Jashas Schlafzimmer.

Sie war cool. Und selbstbewusst. Sie war zum Äußersten entschlossen.

Und wieso lief sie dann auf Zehenspitzen zu ihrem Koffer, den sie gespenstisch leise aufhob, um sich damit geräuschlos zur Treppe zu schleichen?

Weil sie zeitlebens in der Requisite gestanden und darauf gewartet hatte, dass die große Liebe wie ein Silvesterknaller einschlagen würde. Und jetzt trat sie ins Scheinwerferlicht und wollte endlich beachtet werden – und sie würde Beachtung finden, egal wie. Ob mit tollen Klamotten – oder ohne.

Unvermittelt schoben sich Wolken vor die Sonne. Es wurde grabesdunkel im Raum. Der Wind heulte um das

Haus, rüttelte an den Läden, Regen klatschte gegen die Fensterscheiben.

Das Unwetter brach über sie herein.

3

Stranger war zurück.

Er war aus dem abweisenden Felsengemäuer am Rande der Klippen gekommen. Er gesellte sich nicht oft zu dem Wolfsrudel, und wenn, dann wirkte er eher wie ein domestizierter Hund. Er verhielt sich aber keineswegs so – sonst hätte das Rudel ihn glatt getötet.

Stattdessen hob er sich groß und geschmeidig von den anderen Tieren ab, seine bernsteingelben Augen von schwarzen Wimpern umrahmt. Er hatte sehnig-muskulöse Schultern und eine Markierung auf dem Vorderlauf, die wie zwei ineinander verschlungene Schlangen anmutete. Das Sonnenlicht reflektierte auf Strangers schwarz-silbrig glänzendem Fell, während er mit langen Sätzen durch den Wald hetzte. Pfeilschnell und kraftvoll.

Leader hasste ihn, denn das junge Weibchen mit dem weichen braunen Fell beobachtete Stranger mit feucht schimmernden Augen. Sie würde demnächst läufig werden und deutete damit an, dass sie es auf eine Paarung mit Stranger abgesehen hatte.

Stranger dagegen beachtete das junge Weibchen nicht weiter. Er rannte mit der Meute, den Blick starr nach vorn gerichtet, forderte er Leaders Autorität nie heraus.

Wenn er es darauf angelegt hätte, wäre es ihm jedoch ein Leichtes gewesen, den Leitwolf zu provozieren.

Leader wusste darum, und während er weiterhetzte, konzentrierte er sich auf Stranger, auf seine Bewegungen, seinen leise hechelnden Atem und die dynamischen Sätze, unter denen das Felsgeröll zerstob.

Seine Witterung signalisierte ihm, dass etwas *nicht stimmte* mit diesem Männchen. Ihm schwante … Schlimmes.

Das war der eigentliche Grund, weshalb Leader Stranger nicht provozierte. Nicht, weil Stranger unweigerlich siegen würde, sondern weil seinem Fell ein scheußlicher Geruch anhaftete, stechender als der Gestank toten, verwesenden Fleisches. Irgendetwas Unheilvolles. Verderbtheit, Ausgegrenztsein … Hoffnungslosigkeit.

Ein Fluch. Oder vielleicht ein Pakt mit dem lauernden Schatten, den Leaders Witterung nicht wahrnahm …

Während Stranger weiterlief, verfolgten ihn Unmut und bitterer Zorn.

Das Unwetter ließ nicht mehr lange auf sich warten. Es blitzte und donnerte apokalyptisch.

Leader fürchtete den Wetterumschwung, denn dieses Mal war es mit Sturm und Regen nicht getan. Leader fühlte ein Feuer, das in der Erde brodelte, als drohte ein lodernder Flächenbrand alles zu vernichten, woran sein Herz hing.

Stranger trug den Sturm in seinem Fell, in seinem Herzen. Die Markierung auf seinem Vorderlauf hüpfte und zuckte, und seine Augen glühten im diffusen Zwielicht des Waldes.

Und deshalb achtete Leader nicht auf die Witterung des Menschen und vergaß zu handeln.

Dann war es zu spät. Ein Mensch trat hinter einem Baum hervor und zielte.

Leader sah ihn, stürzte sich schützend auf sein Weibchen, als die tödliche Salve durch das Unterholz krachte. Wie von unsichtbarer Hand gelenkt, sauste Leader durch die Luft. Landete schwer auf den Pfoten, bereit zum Angriff. Gespalten zwischen Fluchtinstinkt und Furcht.

Stranger jedoch hielt auf den Mann zu.

Der Mann zielte erneut.

Stranger setzte zum Sprung an, und während er sprang, verwandelte er sich.

Das dichte Fell schrumpfte und wich Haut. Sein Körper wuchs. Seine Vorderläufe wurden Arme. Sein Kopf veränderte die Form. Nahm erschreckend menschliche Züge an. *Ein Mensch.*

Ein starker Windstoß bog die Stämme der Bäume, knickte sie, als wären es Zündhölzer.

Der Angreifer schrie. Schwang die Flinte wie eine Eisenstange über seinem Kopf und teilte panisch aus.

Er erwischte Stranger von der Seite. Der rollte in den Schmutz. Die Eisenstange blitzte und klirrte. Zweige brachen, Blätter und Nadeln rieselten wie Schneeflocken zu Boden.

Stranger kam auf die Füße, schnappte nach dem Gewehr. Schwang es im Kreis. Schmetterte den Kolben gegen einen Felsen. Gesteinsbrocken, Moose und Flechten flogen durch die Luft. Die Waffe zerbrach in zwei Stücke.

Der Angreifer sprang auf und floh.

Stranger straffte sich, fixierte Leader und sagte etwas.

Leader konnte die Sprache der Menschen zwar nicht verstehen, aber er verstand diesen Mann. Und er erkannte ihn wieder – er war nackt, mit dunklen Haaren und dunklen Brauen, dunkle, lange gebogene Wimpern umrahmten die ihm vertrauten topasschimmernden Augen. Die Tätowierung, die von seiner Schulter bis zu seinem Handgelenk ging, entsprach der Markierung auf Strangers Fell.

»Bist du okay?«, wollte Stranger wissen.

Leader blickte an sich hinunter. Blut tropfte aus seinem Fell. Es schmerzte höllisch. Sein Alpha-Weibchen leckte ihm die Wunden, und er wusste, er würde überleben.

Er senkte den Kopf.

»Er wird dich nie wieder angreifen.« Stranger verwandelte sich von Neuem. Und dieses Mal langsamer, als kostete es ihn große Mühe. Nach seiner Transformation war er wieder ein Wolf. Ein mutierter Wolf. Ein verdammter Wolf. Aber immerhin ein Wolf.

So hetzte er hinter dem Menschen her.

Leader führte sein Rudel tief in den Wald, wo sie sich versteckten. Vor den Menschen, vor Stranger und vor dem Geruch, den Leader mit einem Mal erkannte.

Es war der Odem der Verdammnis.

Das Unwetter brach über ihr herein. Und Ann war praktisch in Jashas Haus eingebrochen.

Das Bild passte irgendwie.

Jetzt saß sie hier fest wie die Maus in der Falle. Das hatte sie davon.

Sie lief die Stufen hinauf in sein Schlafzimmer, ohne unterwegs zu stolpern oder irgendetwas fallen zu lassen. Als sie ihren Koffer auspackte und ihre Sachen in den Schrank hängte, gab sie sich mental Pluspunkte für ihre Zielgerichtetheit, für ihr geschicktes Händchen beim Auspacken und dafür, dass sie ihre Nase nicht in Jashas Sakko steckte und seinen Duft einzog ... Mist, diese Punkte musste sie wieder streichen. Sie schnupperte unbewusst an seinem Ärmel, als sie ihren Mantel neben seinem deponierte.

Während sie herumwuselte, lauschte sie angestrengt, ob sie irgendetwas hörte, das auf Jashas Rückkehr hindeutete. Motorengeräusche. Das Klimpern des Haustürschlüssels. Nichts. Sie lief noch einmal auf die Galerie und blickte hinunter, aber er war nicht da.

Ihre blühende Fantasie ersann folgendes Szenario: Er war auf einem Spaziergang im Wald gestürzt und hatte sich das Bein gebrochen. Oder, noch dramatischer, ein Berglöwe hatte ihn unterwegs angefallen, er hatte ihn mit letzter Kraft abgewehrt, und jetzt rief er nach ihr.

Und sie – sie ahnte den Ernst der Lage und jagte durch die Nacht, bis sie ihn gefunden hatte. Sie säuberte und verband seine Wunden, konstruierte eine Trage aus Ästen und Zweigen und schleifte ihn nach Hause, wo sie ihn wieder aufpäppelte – blöderweise überzeugte sie diese Geschichte selbst nicht.

Nicht, dass Jasha unverwundbar gewesen wäre. Außerdem liebte er das Risiko. Waghalsig bestieg er die höchsten Gipfel, fuhr begeistert auf Paragliding ab, hatte schon einmal am Ironman-Triathlon teilgenommen und stand auf Kitesurfen. Im letzten Winter hatte er einen Skiunfall gehabt.

Sie war das Problem. Wenn sie Blut sah, fiel sie in Ohnmacht. Im Übrigen hätte sie persönlich mit dem Handy Hilfe angefordert.

Plötzlich hatte sie die Vision, dass sie, schön und aufopfernd wie Scarlett O'Hara, Verletzte pflegte – wenn da nur nicht die leidige Blutphobie gewesen wäre.

Grundgütiger, hoffentlich hatte Jasha keinen Unfall gehabt oder Schlimmeres!

Eines wusste sie hundertprozentig: Wenn ihm nichts zugestoßen war, war er spätestens zum Abendessen zurück – er ließ nämlich keine Mahlzeit aus. Und wenn sie sich beeilte, konnte sie noch schnell duschen und sich in das schwarz-weiße Seidenwickelkleid werfen, das in der Taille mit einem einzigen Knopf geschlossen wurde.

Ihre Freundin Celia hatte es als ideales Outfit bezeichnet, wenn man flachgelegt werden wollte.

Ann musste ihr irgendwie Recht geben, denn bei jedem Schritt schwang der Rockschlitz bis zu ihrem Oberschenkel auf. Wenn sie an Jashas gebräunte Hand dachte, die über ihr Bein glitt, überlief sie ein glutheißes Prickeln. Außerdem hackte Celia dauernd darauf herum, dass Ann die mit Abstand älteste Jungfrau von ganz Kalifornien sei, einmal abgesehen von den Nonnen aus dem Karmeliterorden an der Küste. Daran musste sich schleunigst etwas ändern.

Ann schnappte sich hastig das Kleid, ein Spitzenhöschen – ein sündhafter Hauch von nichts – und die schwarzen Betsey-Johnson-Riemchenstilettos mit den heißen Holzplateaus, auf denen sie noch größer wirkte, und sprintete ins Bad.

Sie stieg in die geräumige Dusche, drehte die in antikem Bronzelook gehaltenen Armaturen auf. Und brach sämtliche Rekorde im Schnellduschen. Sie benutzte Jashas Shampoo und seine Seife, beides wurde speziell für ihn hergestellt und war auf seinen Wunsch hin unparfümiert. Fertig geduscht, hielt sie ein Ohr an die Badezimmertür, horchte, öffnete die Tür einen Spaltbreit und lauschte erneut.

Nichts. Kein Geräusch. Er war noch nicht da.

Mit flattrigen Fingern griff sie nach einem der duftig frischen Badetücher und trocknete sich ab.

In Jashas Gegenwart schlug ihr Herz jedes Mal höher. Sie war nämlich bis über beide Ohren in ihn verknallt. Und in der ständigen Sorge, dass er irgendetwas merken könnte, wenn sie plötzlich wirr herumstammelte, bloß weil er sich am Schreibtisch mal wieder dicht über sie beugte. Zudem errötete sie immer, wenn er sie anschaute.

Der Typ merkte einfach nichts. Für Jasha war sie vermutlich ein Neutrum, eine ausnehmend effiziente graue Maus, die Verträge ausfertigte, seine Korrespondenz erledigte und Telefonate führte. War er geschäftlich unterwegs, übertrug er ihr die Verantwortung für Wilder Wines, und wenn seine Topmanager sich beschwerten, fixierte er die hohen Herren mit unbewegter Miene und erklärte: »Ann arbeitet eben effizienter als Sie.«

Auf jeden Fall. Immerhin musste sie etwas beweisen.

Sie musste *sich* profilieren – das hatte sie inzwischen kapiert, nachdem ihr vor einem halben Jahr ein Licht aufgegangen war. Da hatte sie es endlich gerafft: Jasha schien zwei elementare Tatsachen nicht zu erkennen.

Dass sie eben kein graues Mäuschen war, sondern ein Mensch. Und zudem eine Frau. Mit Gefühlen und Sehnsüchten.

Andererseits wusste sie alles über ihn, einschließlich der Tatsache, dass er voll auf gut aussehende, selbstbewusste Frauen abfuhr. Demnach musste sie schleunigst ihren Typ ändern.

Und das hatte sie getan.

Sie fönte ihre Haare, bis sie sich seidig glänzend um ihre Schultern bauschten, und trug Make-up auf – einen Hauch

Rouge für die blassen Wangen und Mascara, damit ihre blauen Augen unter den dunklen Wimpern sinnlich erstrahlten.

Mist, um sich vor einem Mann nackt zu zeigen, musste sie noch etwas kaschieren …

Sie drehte sich mit dem Rücken zum Spiegel und blickte stirnrunzelnd auf das auffällige Mal, das sie von Geburt an hatte. Blöderweise war es mit den Jahren nicht verblasst. Sie hatte mit dem Gedanken gespielt, es entfernen zu lassen. Gleichwohl behagte ihr die Vorstellung nicht, es einem Arzt zu zeigen, der sie dann mit peinlichen Fragen gelöchert hätte. Womöglich hätte sie ihm nicht mal antworten können – zumal sie den Fleck nicht erklären konnte. Wie erklärte man jemandem das Unmögliche?

Hastig tupfte sie mit einem Schwämmchen Make-up auf die Stelle. Schlüpfte in Höschen, Kleid und Pumps.

Sie betrachtete sich im Spiegel.

Obwohl sie fand, dass sie hinreißend aussah, fühlte Ann sich trotzdem wie ein verschrecktes Kaninchen.

Okay, Ann. Du gehst jetzt in den Salon, nimmst dir ein Glas Wein, drapierst deinen Luxuskörper aufreizend vor den Kamin und wartest auf Jashas Rückkehr. Das schaffst du schon. Du musst bloß nach unten laufen …

Trotz des heulenden Sturms vernahm sie einen lauten Knall.

Sie kannte dieses Geräusch. Immerhin war sie mitten in Los Angeles aufgewachsen.

Ein Schuss.

Sie lief zum Fenster, duckte sich dicht an die Wand. Schob behutsam die Vorhänge auseinander und spähte nach draußen.

Das Fenster ging zur Hausfront hinaus. Unheilvolle Gewitterwolken stoben über den dunklen Himmel. Der raue Wind trieb den Regen in schrägen Bahnen vor die Scheibe. Blitze zuckten über dem baumbestandenen Park, tauchten Zedern, Kiefern, Fichten und Rhododendronbüsche in ein gespenstisches Helldunkel.

Sie sah zwar das nass glänzende Dach ihres Wagens, aber ansonsten keine Menschenseele, weder einen schimmernden Gewehrlauf noch eine verdächtige Bewegung in dem angrenzenden Waldstück.

Und wenn da draußen in der Wildnis jemand war?

Ann ließ den Vorhang sinken – im selben Augenblick vernahm sie einen hohen, schrillen Schrei, dann fiel ein weiterer Schuss. Sie sprang vom Fenster weg und warf sich auf den Boden.

Minutenlang blieb es still.

Schließlich riskierte sie einen erneuten Blick nach draußen … und starrte wie gebannt auf den Waldboden hinter den vom Blitz gefällten Bäumen.

Schüsse und ein unmenschlicher Schrei. Schrien Panter so? Hatte jemand einen Panter erlegt?

Gab es in Washington überhaupt Panter?

Von wegen ekelhaft perverses Gruselschloss – sie nahm alles zurück und behauptete das Gegenteil! Hier drin war sie wenigstens sicher, geschützt vor dem Unwetter, vor streunenden Tieren und dem Verrückten mit der Knarre. Vielleicht war Jasha deswegen so gern hier; hier konnte er den schützenden Panzer ablegen, der ihn nach Anns Ansicht sonst umgab.

Mit einem mulmigen Gefühl in der Magengegend öffnete sie die Tür zum Schlafzimmer.

Jemand ging unten durchs Parterre. Irgendjemand … oder irgendetwas.

Sie hörte leise Schnüffellaute, unterbrochen von dumpfem Knurren.

Hatte sie den Alarm wieder eingeschaltet?

Nein. Hatte sie nicht. Und irgendjemand da draußen im Wald hatte ein Gewehr.

Hatte ein Verrückter, irgendein durchgeknallter Massenmörder, Jasha erschossen und sich ins Haus geschlichen?

Sie war ja so was von bescheuert! Typisch für sie, immer gleich alles zu dramatisieren. Ann Smith, die tüchtige Geschäftsführungsassistentin bei Wilder Wines, hatte verdammt schwache Nerven. Dabei war ihr noch nie etwas Schlimmes passiert. Trotzdem mischte sich ein schaler Geschmack von Angst in ihren Speichel. Sie zog ihre Highheels aus, packte in jede Hand einen, klemmte sie sich wie spitze Waffen vor die Brust. Dann glitt sie geräuschlos durch den Gang. Auf der Empore blieb sie stehen.

Sie vernahm leises Schnaufen. Und Hecheln.

Hatte Jasha einen Hund?

Sie spähte über das Geländer.

Tatsächlich, vor dem flackernden Feuerschein stand ein Hund. Er war riesig, mit massigen Schultern und langen, sehnigen Extremitäten. Sie schätzte das Tier locker auf siebzig Kilo, sein schwarz-silbriges Fell glänzte im Rotgold der Flammen. Ein dunkles, missfälliges Knurren entfuhr seiner Kehle.

Ann hatte zwar keine Angst vor Hunden, ein derart bedrohliches Knurren hatte sie allerdings noch nie gehört.

Unvermittelt drehte der Hund den Kopf. Angesichts seiner auffälligen Schnauze, den vernarbten Lefzen über den weißen, drohend gefletschten Zähnen wich Ann automatisch zurück.

Ein Wolf. Ein Wolf stand da unten vor dem Kamin.

Das Herz rutschte ihr in die Hose.

Wie war der Wolf ins Haus gekommen? War der hintere Eingang nicht verschlossen? War er etwa durchs Fenster gesprungen?

Wo war Jasha? Womöglich kam er noch nichts Böses ahnend ins Haus und wurde von dieser Bestie zerfleischt.

Sie beugte sich weiter vor, ließ den Blick über die Galerie nach unten schweifen, in jeden Winkel der bombastischen Halle.

Verdammt, keine Spur von ihrem Boss. Obwohl der Wolf nicht mehr knurrte, wusste Ann, dass er gefährlich war. Ein Killer. Ein Räuber.

Während sie sich vorsichtig vom Geländer löste, nahm ein Plan in ihrem Kopf Gestalt an. Genau das machte die unschätzbare Geschäftsführungsassistentin aus: ein kühler Kopf. *Geh wieder ins Schlafzimmer. Schließ dich ein. Ruf Jasha auf seinem Handy an und warn ihn. Danach verständigst du die Polizei, dass sie schleunigst jemanden rausschicken sollen, der dieses Vieh einfängt …*

Sie stockte mitten in der Bewegung und starrte wie paralysiert nach unten.

Der Wolf sah irgendwie anders aus.

Sie presste die Lider zusammen. Klappte sie wieder auf.

Ich glaub, ich reagier auf irgendwas allergisch. Auf den Geruch in dem neuen Wagen … Vielleicht auch auf Jashas Seife … Irgend so was. Weil ich ganz bestimmt halluziniere.

Er sah … größer aus. Das Fell auf seinen muskulösen

Schultern lichtete sich, und seine Ohren … seine Ohren waren mit einem Mal kahl und rundeten sich, legten sich seitlich an seinen Kopf.

Der Wolf begann einem Menschen … einem Mann zu ähneln.

Und dieser Mann hatte eine verblüffende Ähnlichkeit mit Jasha.

4

Oja, jetzt war sie definitiv übergeschnappt, seufzte Ann. Der ganze Stress angesichts der langen Fahrt, weil sie Jasha überraschen wollte, nahm ihr den Blick für die Realität.

Der Schock setzte ihr logisches Denkvermögen außer Kraft. Magisch angezogen von einer Faszination, die sie auch in Jashas Nähe empfand, glitt sie geräuschlos über das Parkett zu der obersten Treppenstufe.

Der Wolf stand auf seinen Hinterläufen. Hoch aufgerichtet wie ein Mensch.

Das Blut gefror ihr in den Adern. Eine eisige Gänsehaut lief über ihre Wirbelsäule. Die Atmosphäre im Haus mutete mit einem Mal gespenstisch erdrückend an.

Sie verfolgte das Szenario mit schreckgeweiteten Augen. Das *war* Jasha. Ja … dieses *Ding* da unten war wahrhaftig Jasha.

Der dichte Pelz auf seinem Kopf verwandelte sich in schwarzes Haar – Jashas Haar, an den Schläfen mit feinen silbernen Fäden durchzogen. Das Fell auf seiner Haut verschwand, und sie gewahrte das auffällige Tattoo auf seinem rechten Arm. Ann begann zu schwitzen.

Er war nackt. Splitternackt, ohne einen Fetzen Stoff am Leib.

Und sie war offenbar die schlimmste Perverse, die auf Gottes weiter Erde herumlief, denn sein nackter, knackig gebräunter Po machte sie total an. Sie bemühte sich, vor derart viel Erotik die Augen zu verschließen und tief durchzuatmen. *Womöglich schwebst du in großer Gefahr,* redete sie sich tüchtig ins Gewissen. Es half nichts.

Sie tastete sich zaghaft die Stufen hinunter, dabei musste sie zwangsläufig die Lider öffnen, um nicht zu stürzen. Tief durchzuatmen wagte sie nicht, aus Angst, er könnte sie bemerken.

Bloß nicht stolpern, Ann.

Sei leise, Ann.

Die Transformation vollzog sich langsam, ein- oder zweimal stöhnte er, als bereitete ihm die Verwandlung Schmerzen. Aus den Pfoten wurden Hände, große Hände mit Jashas langen Fingern, mit denen er sich seine Haare zurückschob. Halb ärgerlich, halb bestürzt – Ann kannte diese Geste.

Mit jedem Schritt die Stufen hinunter verwandelte sich das Unbegreifliche in Gewissheit. Die junge Frau bekam es mit der Angst zu tun. Der Mann, den sie anhimmelte, war ein Wolf. Ein wildes Tier. Ein übersinnliches, unnatürliches Phänomen.

Sie zog das Böse an. Und geriet dauernd an die falschen Menschen.

Jasha war bestimmt nicht falsch oder böse. Ausgeschlossen. Dagegen sträubte sie sich vehement.

Tja, und jetzt war sie hier. Sie hatte endlich den Nerv gehabt, ihren Träumen nachzujagen. Und war in ihrem schlimmsten Albtraum gestrandet: in einem Haus mit *ihm*. Diesem Ding.

Jasha.

Denk nach.

Ihr Schlüsselbund lag auf dem Tisch neben der Haustür.

Er hatte sie noch nicht bemerkt.

Wenn sie es schaffte, sich die Schlüssel zu schnappen, könnte sie die Tür aufreißen und zu ihrem Wagen sprinten. Der Vorsprung müsste genügen. Dann würde sie Gas geben und alles aus ihrem kleinen Flitzer herausholen. Zum Henker mit der Geschwindigkeitsbeschränkung.

Er hatte sie noch nicht bemerkt.

Sie würde fahren, als hinge ihr Leben davon ab, dass ihr die Flucht gelang – was vermutlich zutraf.

Noch fünf Stufen bis ins Parterre.

Er hatte sie noch nicht bemerkt.

Sie würde kurz in ihr Apartment zurückkehren, sich Kresley schnappen und dann mit ihrem Kater fliehen. Egal wohin. Und dieses Schockerlebnis in die Tiefen ihres Bewusstseins verdrängen.

Aber erst einmal musste sie die verdammten Schlüssel haben. Die Tür öffnen. Den Motor anlassen …

Aber genau wie in ihren Albträumen reckte das Ding unten im Salon den Kopf und schnüffelte. Drehte den Kopf langsam in ihre Richtung. Und sah sie an.

Verrückt. Dieses Ding hatte frappierende Ähnlichkeit mit einem Menschen. Einmal abgesehen von dem bestialischen Glanz in den bernsteingelben Augen, die mit einem Mal wie rot glühende Kohlen anmuteten. »Ann.« Seine tiefe Stimme klang rau, als wäre es erkältet. *Es* klang tatsächlich wie ein Mensch.

Und *es* sah aus wie Jasha, der Mann, in den sie bis über beide Ohren verliebt war.

Ihr Blick konzentrierte sich auf den kleinen dunkelroten Fleck, der in seinem Mundwinkel klebte.

Blut.

Er schlenderte zu ihr. Nackt. Er war so himmlisch nackt wie in ihren Träumen, trotzdem mochte sie keinen Blick riskieren für einen kleinen Gegencheck, ob Traum und Realität übereinstimmten.

Weil an seinem Mund Blut klebte.

Blut.

»Du kleine Spinnerin«, sagte er. »Was willst du überhaupt hier?«

Statt einer Antwort schrie sie aus Leibeskräften, zielte erst mit dem einen, dann mit dem anderen Plateauschuh nach ihm.

Er fing den ersten auf. Der zweite prallte ihm voll vor die Brust. Der spitze Absatz bohrte sich in sein Brustbein. Sie hörte, wie er aufstöhnte. Und schwankend zurückstolperte, sah, wie Blut spritzte.

Sie rannte. Stürmte panikartig los, dass sie beinahe über ihre eigenen Beine gestürzt wäre. Sie schnappte sich den Schlüsselbund. Umklammerte mit schweißnassen Fingern die Klinke.

Es war bloß noch eine Sache von Sekunden. Gleich … gleich hatte er sie.

Die schwere Tür schwang auf. Ein eisiger Wind schlug in die Halle, nahm ihr den Atem. Sie rannte durch das Portal.

Hinter ihr ertönte ein Knurren. Hellauf in Panik blickte sie sich um – und sah *es*.

Die Transformation wiederholte sich.

Jasha verwandelte sich erneut in den Wolf.

Fänge … und Pfoten … und ein intelligenter, rachsüchtiger Blick aus rot glühenden Augen, der sich auf sie fokussierte.

Sie nahm ihren ganzen Mumm zusammen, packte die Türklinke und knallte sie hinter sich ins Schloss.

Soll Mr. Wolfsmensch doch probieren, ob er mit seinen Pfoten die Tür aufmachen kann.

Während sie zu ihrem Wagen stürmte, nestelte sie hektisch an ihrem Schlüsselbund. Der windgepeitschte Regen schlug ihr ins Gesicht, sorgte für einen klaren Verstand. Doch was nutzte ihr jetzt ein klarer Verstand?

Alles, woran sie glaubte, ihr ganzes Weltbild war durch die Existenz dieses Monsters dort in dem Haus mit einem Mal in Frage gestellt.

Jasha.

Die Lampen des Miata blinkten auf, sobald sie mit einem Klick auf die Fernbedienung die Türen öffnete. Sie glitt hektisch auf den Fahrersitz, schrammte sich dabei an der Lenksäule das Knie. Es tat mordsmäßig weh, sie empfand jedoch keinen Schmerz. Jetzt nicht. Noch nicht. Bloß weg hier.

Sie schlug die Wagentür zu. Spähte zu dem Haus, während sie versuchte, den Schlüssel ins Zündschloss zu stecken. Probierte es wieder und wieder.

Ihre Hand zitterte einfach zu stark.

Sie spähte erneut zu dem Haus – und gewahrte den Wolf durch das Seitenfenster neben dem Eingangsportal. Der sehnig-geschmeidige Körper setzte soeben zum Sprung an, und das edle, teure Kristallglas zerbarst in tausend Splitter, als der schlanke Kopf mit gebleckten Zähnen durch die Scheibe zielte.

Wie von Geisterhand gelenkt glitt der Schlüssel ins Zündschloss. Sie startete den Wagen und atmete innerlich auf, als der Motor leise brummend ansprang. Für Ann war es das schönste Geräusch der Welt.

Sie drückte den Fuß auf das Gaspedal. Der Wagen schoss nach vorn, und sie brauste mit der Coolness einer professionellen Rennfahrerin über den Vorplatz.

Regen klatschte auf die Windschutzscheibe. Sie nestelte an dem Knopf für die Scheibenwischanlage, die Wischer legten los – im Intervallmodus. Während die Dinger grottenlangsam über die Frontscheibe krochen, beschimpfte sie das neue Auto, die ungewohnte Bedienung und vor allem sich selbst. Weil es eine Schnapsidee gewesen war herzukommen.

Warum war sie bloß so unvernünftig gewesen? Ausgerechnet sie? Sie war eine Waise, einsam und allein, von den bösen Mächten gezeichnet, von Gott verstoßen. Schwester Mary Magdalene hatte sie bekniet, sie solle ihr Schicksal akzeptieren und allein bleiben, doch dagegen hatte Ann rebelliert.

Jetzt schwor sie hoch und heilig, dass sie Gott auf Knien danken würde, wenn sie das hier überlebte – vor allem ohne angelegten Sicherheitsgurt.

Dann blickte sie in den Rückspiegel.

Der Wolf rannte über die Wiese, nahm die Verfolgung des Miata auf.

Zum Kuckuck mit dem verdammten Sicherheitsgurt.

Er konnte sie nicht einholen. Das war nach den Gesetzen der Physik ausgeschlossen. Wölfe waren nun mal erheblich langsamer als Autos.

Allerdings verwandelten Menschen sich nach denselben Gesetzen ebenso wenig in Wölfe. Ob Jasha wohl irgendein freakisches Monster war? Womöglich konnte er sich in einen gigantischen Roboter verwandeln, der sie und ihren Wagen mit einem Fußtritt zermalmte.

Sie lenkte ihr Augenmerk auf die Landstraße und fuhr um ihr Leben.

Der Sturm schüttelte ihren kleinen Flitzer, als wäre er eine Nussschale auf dem Ozean. Blitze zuckten, Donner grollten. Die Haare fielen ihr in die Augen. Ihre Hände hatten Mühe, das Lenkrad zu halten, denn sie waren klamm vom Regen und vom Angstschweiß. Sie blinzelte angestrengt durch die beschlagene Frontscheibe, nahm die engen Kurven zu schnell, sah die Felsen vorbeirasen, die steil zum Meer hin abfielen. Dann, als sie in Richtung Inland lenkte, wurde der Wald wieder dichter. Klippen und Waldstücke wechselten sich ab. Sie musste sich auf die Straße konzentrieren, immerhin war sie die Strecke erst ein Mal gefahren …

Unvermittelt verlief die Landstraße in einer lang ansteigenden Kurve und fiel ohne jede Warnung steil bergab. Der Wagen verlor seine Bodenhaftung, schoss durch die Luft. Sie wurde von ihrem Sitz hochgeschleudert. Ihre Zähne schlugen schmerzhaft aufeinander, als die Reifen wieder auf dem Asphalt aufschlugen. Der Airbag explodierte vor ihrem Gesicht, für Sekundenbruchteile sah Ann bloß noch weiße Schemen.

Während sie in ihren Sitz zurückgedrängt wurde, riss sie

hektisch den Airbag beiseite. Endlich konnte sie wieder etwas sehen. Der Wagen brauste stur geradeaus, obwohl die Straße in einer Kurve verlief. In einer Linkskurve, und vor sich sah sie nichts als Regen und tief hängende Wolken über dem Rand der Klippen.

Sie trat die Bremse bis zum Bodenblech durch. Der Miata schlitterte über die regennasse Straße, das Heck brach seitlich aus.

Endlich griffen die Reifen. Sie hatte den Wagen wieder unter Kontrolle.

Zu spät. Viel zu spät. Die Hinterräder scherten erneut aus, rutschten über den Steilhang. Die Hälfte des Wagens hing über dem Felsvorsprung, hoch über den wild zerklüfteten Klippen und dem wogenden Ozean. Das Chassis schrammte kreischend über den Asphalt.

Sie würde sterben.

Eine Seite des Wagens knallte gegen irgendetwas. Es war irgendetwas Großes. Ein Felsbrocken. Ein Baumstamm. Was auch immer. Metall knirschte. Der Wagen kam zum Stehen. Stand so plötzlich, dass Ann auf den Beifahrersitz katapultiert wurde. Dabei ließ sie das Lenkrad los. Ihre langen Beine streiften schmerzhaft das Handschuhfach.

Sie saß wie paralysiert da, während sie angstvoll darauf wartete, dass der Wagen die Böschung hinunterstürzte und mit ihr im Atlantik versank.

Es passierte nichts dergleichen. Der Gestank von glühendem Metall und brennendem Gummi stieg ihr in die Nase. Sie lebte noch – und da sie Wert darauf legte, dass es so blieb, würde sie schleunigst aussteigen müssen. Aussteigen, bevor der Wagen sich von den Klippen löste. Sich in Sicherheit bringen, bevor ihr Miata in Flammen aufging.

Sie zog reflexartig die Handbremse und schloss die Augen.

Während sie versuchte, ihr Gewicht nicht unnötig zu verlagern, tastete sie fahrig nach dem Griff der Beifahrertür und drückte sie behutsam auf. Ihre Vorsicht hätte sie sich sparen können; der Wind riss die Tür auf. Mit angehaltenem Atem erwartete Ann das Unvermeidliche: Gleich würde es bestimmt einen kräftigen Ruck geben, ihr Wagen würde sich zeitlupenartig von der Böschung lösen und sich auf seinem Weg in die Tiefe mehrmals überschlagen.

Nichts.

Abwesend registrierte sie, dass ihre Hand mit einem Mal so ruhig war wie ein Fels.

Irgendwo auf dieser wilden Irrfahrt hatte sie sich mental über diesen Psychoterror hinweggesetzt. Ihre Panik war wie weggewischt.

Sie schob ihre langen Beine ins Freie, rutschte mit dem Po langsam über den Sitz und stand wacklig auf.

Vorderräder und -achse ihres Wagens hielten den Kontakt mit der Straße, während die hintere Hälfte ähnlich einem lauernden Greifvogel über dem Abgrund kauerte.

Sie lief hastig ein Stück von dem Miata weg, um ihn mit einigem Sicherheitsabstand kritisch zu beäugen.

Der Wagen rührte sich nicht.

Sie stand allein auf einer einspurigen privaten Zufahrtsstraße. Ihr neues Auto war bloß noch ein Schrotthaufen, ein Beweis für ihre grottenschlechte Fahrweise – und für Jasha ein Hinweis, dass sie hier irgendwo herumirrte. Sie war barfuß, klatschnass und – sie warf einen Blick auf die Straße – dem Wolf in Jasha hilflos ausgeliefert.

Sie musste sich schleunigst verstecken. Aber wo?

Auf der einen Seite der steil abfallenden Straße leckte der Ozean an den gezackten Klippen. Auf der anderen Seite ragte der Urwald wie eine dunkle, dichte Wand auf, gespenstisch schlugen die Äste im Sturm. Dort mochte sie sich nicht verstecken.

In der Ferne heulte ein Wolf.

Er hatte ihre Witterung aufgenommen. Und kam, um sie zu holen.

Ann überlegte nicht lange. Sie setzte über die Straße und in den Wald.

5

Das grüne Dach der Bäume hielt das Dämmerlicht zunehmend ab, schützte Ann vor Sturm und Regen. Ihre nackten Füße sanken in den feuchten Waldboden. Der Duft würziger Kiefernnadeln schwebte in der Luft, und für einen kurzen Augenblick fühlte sie sich sicher aufgehoben im Schoß von Mutter Natur.

Plötzlich spaltete ein zuckender Blitz den zinngrauen Himmel, gefolgt von tosendem Donner. Das Unwetter schlug erbarmungslos zu, und sie hörte einen Wolf heulen, dann noch einen und noch einen weiteren. Es klang wie ein ganzes Rudel.

Das waren wahrscheinlich Jashas mordlustige Gefährten.

Das trügerische Gefühl der Sicherheit, in dem sie sich gewiegt hatte, war wie weggewischt. Sie strich sich das tropfnasse Haar aus den Schläfen und bemerkte, dass ihre Hände schwarz verschmiert waren. Ihre Mascara war hinüber. Ihr Kleid war ruiniert. Ihre Träume ein einziger Scherbenhaufen. Ihr Leben …

Beim Laufen bohrten sich Tannennadeln in ihre Fußsohlen, und sie lauschte angestrengt auf das Ächzen des Sturms in den Zweigen.

Irgendwo hinter ihr heulte ein einsamer Wolf. Es klang ärgerlich, geradezu wütend. Das war bestimmt Jasha.

Was war er eigentlich? Sicher nicht einer dieser legendären Wolfsmenschen; solche Bestien wurden für gewöhnlich mit dem Vollmond in Verbindung gebracht. Er war irgendein anderes … Ding.

Der nächste hell aufzuckende Blitz verwandelte die hohen Felsen in hagere, spöttische Grinsgesichter. Sie rannte weiter, auf der hektischen Suche nach einem Unterschlupf, wohl wissend, dass sie nirgends sicher war. Sie befand sich weitab von der Zivilisation. Und würde hier draußen wahrscheinlich an Hunger und Durst sterben … oder durch Jashas Hände.

Pfoten, Klauen – was auch immer.

Sie erspähte einen träge dahinfließenden Fluss und entsann sich eines Tricks, den sie bei den Pfadfinderinnen gelernt hatte. Wenn sie durch den Fluss watete, verlor Jasha ihre Witterung.

Sie steckte einen Fuß in das Wasser. Die Kälte war eine wahre Wohltat für ihre brennenden Fußsohlen. Sie watete vorsichtig weiter, da sie dauernd auf den großen glatten, moosigen Steinen ausglitt. Dabei lauschte sie auf verräterische Geräusche des Wolfs, vernahm jedoch nichts. Für eine kurze Weile wähnte sie sich in Sicherheit.

Dann hörte sie es. Ein lautes Platschen, gefolgt von dem lang gezogenen Hecheln eines Tieres, das durch gurgelnde Wassermassen setzt.

Er hatte sie gefunden. Er war da.

Sie hatte keine Chance mehr.

Ann stürmte völlig kopflos weiter, aus dem Wasser und über einen Pfad, der sich zwischen zwei gigantischen Felsen hindurchschlängelte. Der Weg wurde enger, und einen entsetzlichen Moment lang glaubte sie, sie hätte sich festgelaufen. Schließlich zwängte sie sich durch einen Spalt, ließ den Wald hinter sich. Vor ihr öffnete sich ein weites Feld, auf dem eine einzige gewaltige Fichte stand. Mit ihrem dichten Nadelkleid ragte die Krone in die Wolken.

Sie spurtete durch das satte Gras. Regen spritzte ihr ins Gesicht. Das Unwetter wütete weiterhin mit ungezähmter Kraft, ein Blitz teilte den Himmel und fuhr in den Stamm der Fichte. Sie fühlte die Hitze, hielt sich die Ohren zu, roch den unheilvollen Schwefelgestank … sank auf die Knie. Vögel flatterten kreischend auf, Eichhörnchen suchten erschrocken das Weite.

Während sie mit panisch geweiteten Augen das Schauspiel verfolgte, zerrte und riss der Sturm an den Ästen. Langsam, aber unaufhaltsam sank die vom Blitz gefällte Fichte auf das Feld. Ihre Wurzeln kamen aus dem Boden vor Anns Füßen. Aber das war noch nicht alles; sie rissen die Grasnarbe in einem weiten Radius aus, katapultierten Lehmklumpen und Erdreich in die Luft. Die schwarz verkohlten Zweige wogten wie zum stummen Protest empor, schließlich jedoch siegte die Schwerkraft, und der riesige Stamm traf so hart auf dem Boden auf, dass die Erde rings um Ann herum erzitterte. Sie rappelte sich hektisch auf und flüchtete wie die anderen Wesen aus Wald und Flur. Flüchtete vor der Natur. Vor Jasha. Flüchtete um ihr Leben, setzte über die frisch aufgeworfene Erde, in dem festen Glauben, dass sich in den abgebrochenen Ästen ein Versteck finden ließe, wo Jasha sie nicht aufspüren würde.

Wieder heulte der Wolf und machte ihre sämtlichen Hoffnungen zunichte. Erschöpft stolperte sie über einen Erdklumpen, stürzte zu Boden, spähte panisch um sich – und sah nicht den Wolf, der durch den Felsspalt setzte, sondern ein goldenes Aufblitzen und das Antlitz einer Frau, die sie anschaute.

Ein Gemälde. Eine Miniatur. Auf einer emaillierten Holzkachel?

Ann blinzelte. Und streckte vorsichtig die Hand danach aus. Umklammerte mit den Fingern das auf Holz gemalte Kleinod, das sich seltsam glatt anfühlte.

Das Heulen des Sturms hatte nachgelassen.

Sie hob das Bildchen aus dem Lehm auf, wischte es sauber und betrachtete es von allen Seiten.

Es war alt. Sehr alt. Trotzdem leuchteten die Farben, als wären sie ganz frisch aufgetragen. Die Jungfrau Maria hielt das Jesuskind in ihren Armen, und Josef stand zu ihrer Rechten. Ihre glitzernden Heiligenscheine waren aus feinstem Blattgold, die Robe der Jungfrau aus rotem Purpur, der Hintergrund mit Gold ausgelegt, und ihre Augen – die Augen der Madonna waren groß und dunkel, voller Weisheit, Barmherzigkeit und Güte.

Ann atmete unwillkürlich auf. Sie würde nicht aufgeben. Nein, sie wollte noch nicht sterben. Sie umklammerte die Miniatur so fest, dass die Ränder in ihre Hand schnitten. Eine gezackte Ecke bohrte sich so tief in ihren Handballen, dass ein Tropfen Blut aus ihrer Haut quoll. Sie rappelte sich auf und lief weiter, schnurstracks in den Wald hinein.

Am Himmel ballten sich weitere dunkle Wolkentürme zusammen. Lautes Donnergrollen zerriss unheilschwer die Luft. Kaum hatte sie den Saum des Waldes erreicht, spähte sie spontan über ihre Schulter – und sah den Wolf, der mit ausgreifenden Sätzen über das Feld kam, sein wachsamer Blick auf sie geheftet.

Ein plötzlicher Adrenalinstoß peitschte durch ihre Venen. Ihr Herz pumpte in ihrer Brust. Ihr blieben noch maximal dreißig Sekunden für eine Flucht, und vor ihr erstreckte sich nichts als ungezähmte Wildnis, dichtes Unterholz, undurchdringliches Dickicht, Urwaldriesen, Wurzeln, Moose und Flechten. Unterbewusst nahm sie Kurs auf einen riesigen Geröllhaufen, der ihr wie ein sicheres Versteck erschien. Beim Erklettern sprang sie irgendetwas von der Seite an.

Jasha.

Der Wolf.

Sie purzelte kopfüber in einen Berg nasses Laub, rollte und rutschte weiter, und als sie sich endlich berappelt hatte, holte sie voller Wucht mit dem Arm aus und knallte die Hand, die das Bildchen umklammert hielt, in die Fratze, die bedrohlich über ihr lauerte.

Mit einem bellenden Aufschrei sprang *es* zurück. Blockierte ihren Arm, als sie zu einem weiteren Schlag ausholte. Die nasse Miniatur rutschte ihr aus der Hand, und sie befand sich Auge in Auge mit einem knurrenden Wolf.

Er warf sich auf sie, sein Körper bebend vor wütender Erregung, sein Fang mit den langen weißen Zähnen gebleckt, seine Augen bernsteingelb, und tief in seinen Pupillen war ein Glühen.

Während sie krampfhaft nach Atem rang, wanderte der Blick des Wolfs hungrig über ihren hilflosen Körper. Ehe er behutsam den Kopf sinken ließ und mit seiner Zunge ihren Hals leckte. Immer wieder.

Ann schloss die Augen. Putzten Wölfe ihre Beute, bevor sie sie töteten? Sie rechnete jeden Augenblick damit, dass er seine Fangzähne in ihre Luftröhre schlagen und sich dort festbeißen würde. Nachher würde er ihr die Kehle zerfleischen und seine Beute in den Wald schleifen. Wo man sie niemals finden würde …

Aber, Grundgütiger, das warme feuchte Lecken seiner langen Zunge auf ihrer Haut fühlte sich fast … erotisch an, und Anns ohnehin adrenalingepeitschter Herzrhythmus beschleunigte sich. Er stupste sie am Ohr, ganz sanft, beinahe wie ein gehauchter Kuss. Sie spürte seinen Atem auf ihrem Halspuls und verkrampfte sich abermals, weil sie mit dem Schlimmsten rechnete … indes leckte er ganz zart ihren Mundwinkel.

Er fühlt sich an wie ein Mensch, überlegte sie verblüfft. *Aber wetten, wenn ich die Augen aufmache, hab ich wieder diese Bestie vor mir?*

Sie klappte die Lider auf und sah Jasha. Jasha mit den intensiv goldgesprenkelten Augen, den sinnlich vollen Lippen und einem knallroten Fleck auf der Wange.

Er kniete über ihr und fragte grinsend: »Wer hat dich geschickt?«

»Was?« Was meinte er damit? Sie hatte keine Ahnung, worauf er hinauswollte.

»Wer hat dich geschickt?« Jashas Stimme klang weich

und warm und feurig wie Brandy, der mit einem leichten Brennen die Kehle hinunterrann. »Wieso bist du mir hierher gefolgt?«

»Ich bin … ich bin wegen der großen internationalen Transaktion hier. Die Sache geht in die Hose, wenn du nicht umgehend die Verträge unterzeichnest. Ich hab sämtliche Unterlagen mitgebracht. Sie sind in meiner Aktentasche. Im Haus.« O Gott. Seine Augen schimmerten intensiv wie Goldtopase. Und sein Blick wanderte … Sie sah an sich hinunter.

Sie war völlig verdreckt. Das Seidenkleid klebte klitschnass an ihrem Körper, und der weiße Push-up enthüllte so ziemlich alles, was sie zu bieten hatte: den Schwung ihrer Brüste, die Farbe ihrer Knospen, die sich fröstelnd spitz darunter abzeichneten. Der aufreizende Wickelrock schmiegte sich an ihre Schenkel, und Jasha legte eben seine Hand auf ihr Knie und schob ihn langsam höher.

Ihr stockte der Atem.

Sie hatte Angst. Skrupel. Wer hätte ihr das verdenken können? Und in ihre Panik mischte sich eine neue, ihr unbekannte Emotion – sie hatte Lust. Sie war erregt. Und zu allem bereit.

War sie noch ganz dicht? Über ihr zuckten grellweiße Blitze, kalter Regen schlug ihr unbarmherzig ins Gesicht – wie um alles in der Welt konnte sie da auf einen Mann scharf sein, auf ein Monster wie Jasha?

Keine Frage, sie begehrte ihn.

Ann gehörte zu den Menschen, die sich von ihren Instinkten leiten ließen. Von einer Laune des Augenblicks. Von irgendwelchen Verrücktheiten. Wovon auch immer, sie hätte es nicht zu sagen gewusst. Sie wusste nur, dass sie sich spontan wünschte, dass seine Hand, die eben über ihren flachen Bauch streichelte, tiefer glitt.

»Hilf mir mal auf die Sprünge.« Jasha blies ihr sanft eine Haarsträhne aus der Schläfe. »Worum geht es bei dieser internationalen Transaktion?«

»Um die Ukraine.«

»Ach ja, natürlich.« Er lachte kehlig. »Die Ukraine. Mann, bist du naiv. Klar bist du naiv. Unschuldig wie der Teufel. Wie der illegale Jäger da eben im Wald. Unschuldig wie meine eigene Mutter.«

Sie hatte keinen Schimmer, wovon er da redete oder wen genau er damit meinte. »Mit meinem Besuch wollte ich dir bestimmt nicht zu nahe treten. Oder meinst du, ich will dich brüskieren, wo ich dich doch …?«

»Liebe? Du bist in mich verliebt, kleine Ann?«

»Nein.«

»Doch, bist du wohl.«

»Du hast keine Ahnung.« Woher sollte er die auch haben?

»Aber hallo! Glaub mal, ich kenne dich besser, als dir vielleicht lieb ist. Ich bin ein wildes Tier, schon vergessen? Gegen meine Instinkte kommt ein normaler Mensch niemals an.«

Er machte sich wohl lustig über sie? Er besaß nicht wirklich ausgeprägte Instinkte, oder? Er konnte ihr nicht in die Seele schauen, ganz bestimmt nicht, beschwichtigte sie sich im Stillen.

»Und? Bist du immer noch in mich verliebt, nachdem du weißt, was mit mir los ist?«

»Ich bin nicht in dich verliebt.« *War sie noch in ihn verliebt?* Schwierige Frage. Sie wusste bloß, dass er sie mit seinen Berührungen von einem verschreckten Mädchen in eine erregte Frau verwandelte, mit einem willenlosen Körper. Sie hatte Lust auf ihn. Jetzt gleich. Trotz ihrer Angst und Erschöpfung. »Wirst du mich umbringen?«

»Dich umbringen?« Seine goldgesprenkelten Augen verengten sich zu Schlitzen. Einen Wimpernschlag lang sprühten die dunklen Pupillen magentaglühend auf. »Mhmm, ich werde dich umbringen – wieder und wieder und immer wieder.«

Mental empfand sie seine Worte als Drohung, ihr Körper jedoch wusste ganz genau, wie er das meinte.

Sie umklammerte seine Handgelenke, versuchte, ihn von sich zu schieben.

Vergebliche Liebesmüh. Er brachte locker zwanzig Kilo mehr Muskelmasse auf die Waage als sie. Folglich ließ er sich keinen Millimeter von der Stelle bewegen. Sie mochte aber auch nicht rabiat werden, um sich schlagen oder treten. Sie konnte Jasha einfach nicht wehtun.

»Was denkst du jetzt, Ann? Dass ich dir die Kehle zerfleischen könnte?« Er schob seine Hand in ihren winzigen Slip. Seine Finger glitten zwischen ihre Schamlippen, fanden ihre Klitoris und streichelten sie zart wie eine Feder.

Die einzige Person, die diese Stelle bislang gestreichelt hatte, war – sie selbst gewesen, und jede seiner Liebkosungen ließ ihre Nervenenden vibrieren. Sie vergaß, wer sie gewesen war – sie hatte keine Vergangenheit, keine Zukunft –, sie lebte im Hier und Jetzt.

»Fühlst du die kalte Erde auf deiner Haut und den Regen, der dein Gesicht streichelt?«, girrte er, als wäre sie ein wilder Vogel, den er einzufangen versuchte.

Ihre Sinne schärften sich, gewahrten den Duft der Erde,

den kühlen Regen, die wilde Landschaft um sie herum – Jashas animalische Wildheit.

»Oder konzentrierst du dich voll auf das heiße Kribbeln zwischen deinen Beinen? Wartest du sehnsüchtig darauf, dass ich meinen Finger in dich schiebe?«

Er konnte ihre Gedanken lesen. Und zog sie schamlos auf.

»Bloß ein klitzekleines Stück? Oder vielleicht den ganzen …«

»Hör gefälligst auf, dich über mich lustig zu machen!«

Er entblößte die Zähne. Sie waren zwar nicht raubtierhaft, dafür aber schneeweiß. »Mir war noch nie so ernst wie in diesem Augenblick. Schau mich an.«

Sie fixierte sein grimmig entschlossenes Gesicht mit den gelb glühenden Augen, die im Dämmerlicht golden aufblitzten. Wo sie ihn mit dem Heiligenbild getroffen hatte, zeichnete sich ein dunkelroter Fleck auf seiner Wange ab.

»Nein, nein, nicht so. Betrachte mich mal *richtig*, Ann.«

Panikartig realisierte sie, was er von ihr wollte. Sie hatte es bisher bewusst vermieden, seinen nackten Körper zu betrachten. Warum? Aus Angst vor dem Wolf, der in ihm steckte?

Oder aus Angst vor dem Mann und seinem Verlangen?

Sie atmete tief durch, bevor ihr Blick seine breiten Schultern streifte, die sie vor dem Regen beschirmten, und über den schmalen, dunkel gekräuselten Streifen Flaum glitt, der seine Brust bedeckte. Das Tattoo wand sich schwarz und geheimnisvoll um seinen muskulösen Arm.

Über seinen linken Rippenbogen zog sich ein tiefer Kratzer, mitten in der Brust klaffte eine kleine, kreisrunde Wunde. Als wäre er dort von einer Pfeilspitze getroffen worden oder – nein, nicht von einer Pfeilspitze. Von dem dünnen Absatz ihres Stilettos.

Ann nagte schuldbewusst an ihrer Unterlippe. Wo sie doch eigentlich ganz zufrieden mit sich hätte sein können. Sie hatte ihn voll erwischt, und er hatte es nicht besser verdient.

Nein, das ließ sie nicht gelten, die Erklärung war ihr zu einfach. Ann war nämlich weichherzig und quoll über vor Mitgefühl. Sie hatte geweint, als *Bambis* Mutter gestorben war. Sich die Augen zugehalten, als sie *Ghostbusters* gesehen hatte. Und sie hatte Jasha verletzt, brutal verletzt. Sie berührte die blutige Stelle mit ihren Fingerspitzen. »Das da tut mir wahnsinnig leid. Aber … aber du hast mich halb zu Tode erschreckt und ich … hmm …«

»Du bist verdammt treffsicher.« Damit wischte er ihre Entschuldigung brüsk beiseite. »Und jetzt heul bloß keine Krokodilstränen, sondern *schau mich an.*«

Ungeachtet des eisigen Sturms, der durch die Bäume heulte, war ihr mit einem Mal glutheiß. Sie lenkte ihren Blick auf seinen Waschbrettbauch, ließ ihn verschämt tiefer gleiten … wo seine Erektion hell und pulsierend in die Dunkelheit ragte. Sein Penis war größer als … nun, in den Magazinen, die sie bisweilen heimlich durchblätterte, waren sie bei Weitem nicht so groß.

»Fass mich an.«

»Was?«

»Fass mich an.«

In seiner Stimme schwang mühsam unterdrückter Zorn. Er schien wütend – auf sein Leben, auf das bizarre Spiel der Naturgewalten, auf sie. Wenn sie clever war, fügte sie sich seinem Willen.

Aber seine Erektion berühren? Ob sie dazu den Nerv hatte? Zumal sie fast in Ohnmacht fiel, wenn er ihr bloß die Hand gab.

Er las die Skepsis in ihren Augen, denn seine Hand in ihrem Tanga schmiegte sich fordernd an ihre Scham, während sein Finger stimulierend um ihre Vagina kreiste.

Das Gefühl war so intensiv, dass sie sich flach auf den Waldboden drückte und ihre Finger haltsuchend in das nasse Laub grub. Wie aus Angst, dass die Gesetze der Schwerkraft unversehens aufgehoben wären und sie sonst in höhere Sphären katapultiert würde.

»Fass mich an«, wiederholte er.

Sie blickte auf ihre Hände, ließ unschlüssig Blätter und Lehm zu Boden rieseln und umschlang seine Schultern. Seine Muskulatur fühlte sich ähnlich beeindruckend an wie in ihren Traumvisionen, und er holte tief Luft, als wollte er Ann mit weiteren Argumenten von ihrem Glück überzeugen. Bevor er jedoch etwas sagen konnte, schob sie eine Hand auf seinen Brustkorb.

Die Hand zwischen ihren Beinen verharrte. Möglich, dass er sie auf eine lustvolle Folter spannen wollte. Vielleicht genoss er es auch, dass sie seine Brustspitzen streichelte, umkreiste, zwickte. Als sie hart wurden, vernahm sie Jashas raues, kehliges Keuchen.

Na also. Sie war mithin beherzter, als sie geglaubt hatte, dachte Ann erleichtert.

Und nachdem sie sich ein Herz gefasst und ihn gestreichelt hatte, mochte sie gar nicht mehr damit aufhören. Sie genoss das Gefühl seiner warmen Haut und fand die Vorstellung reizvoll, dass er sie gejagt hatte wie ein verängstigtes Reh. Ein raubtierhafter Mann mit einem animalischen

Beutetrieb. Ann erschauerte. Gleichwohl hatte sie die Kontrolle über ihn, solange sie ihn *nicht* berührte. Ihn *nicht* streichelte …

Er zog seine Hand aus ihrem Höschen, fasste ihre Finger und schloss sie um seinen Penis. »Da«, keuchte er. »Streichel mich.«

Er war heiß, glutheiß. Sie wollte die Hand zurückziehen, bevor der Funke der Lust übersprang. Allerdings umklammerte er ihre Hand und streichelte sich selbst. Seine Stimme klang dumpf, als er sagte: »Ich weiß nicht, wie ich es dir erklären soll, Ann. Ich bin eben erregt. Du bist vorhin vor mir weggelaufen. Ich hab dich gefunden. Du hattest Angst. Jetzt … hast du keine Angst mehr.«

»Doch«, sagte sie schnell. Es wäre dumm von ihr gewesen, wenn sie keine Angst gehabt hätte – und dumm war sie schließlich nicht. Sie war um ihr Leben gerannt. Er hatte sie aufgespürt. Und jetzt würde er nicht lange fackeln und sie … vernaschen. Ganz ohne Zweifel bekam dieser Mann immer, was er sich in den Kopf setzte. Da konnte sie sich noch sosehr wehren, schreien und kratzen, bis ihr der Mund trocken und die Arme lahm würden.

Plötzlich ließ er ihre Hand los.

Wieso sollte sie ihn jetzt loslassen, überlegte sie fuchsig. Von wegen! Stattdessen umkreiste sie mit ihrem Daumen verführerisch seine pralle Spitze und fühlte den seidigen Lusttropfen, den sie genießerisch verrieb.

Er zog zischend den Atem zwischen den Zähnen ein, und einen Augenblick lang fürchtete sie, dass er sich erneut in den Wolf verwandeln könnte.

Zum Glück tat er es nicht. Er behielt seine menschliche Gestalt.

Und sein Körper war ungemein faszinierend.

Er beugte sich dichter über sie und flüsterte ihr ins Ohr: »Wusstest du, dass ein Wolf wittert, wenn ein Weibchen erregt ist?«

Sie riss ihre Hand fort und funkelte ihn wütend an. »Das kannst du deinem Friseur erzählen, aber nicht mir!«

Er schnüffelte in ihren Haaren, hinter ihrem Ohr. Dabei lachte er sein tiefes, kehliges, wölfisches Lachen. »Ich kenne deinen Duft wie meinen eigenen. Ich weiß um deine Launen. Ich kenne deinen Zyklus. Ich weiß sogar, dass du eine Katze hast.«

»Nein.« Er wusste bestimmt nicht, dass sie in ihn verknallt war. Dass sie sich dauernd in glühenden Farben ausmalte, wie er sie verführte. O Schreck, das wäre ja entsetzlich!

»Doch. Und ich weiß, wenn ich dich hier streichle« – seine Hand glitt erneut in ihren Slip – »verliert sich der Geruch der Angst, und der sinnliche Duft deiner Erregung steigt mir zu Kopf und bringt mich halb um den Verstand.«

»Ich war schon früher erregt, und da hast du gar nichts gemerkt«, versetzte sie lakonisch.

»Das war was anderes. Ich war es nicht wirklich, der dich anturnte.« Er lachte leise, derweil er den weichen Flaum über ihrer Klitoris spielerisch um seinen Finger wickelte.

Sie schloss die Augen, überwältigt von der süßen Sehnsucht. Ihr Verstand war mit einem Mal ausgeschaltet, und ihre Lippen bewegten sich kaum, als sie fragte: »Wer sonst?«

»Irgendein Traummann, der in Wahrheit nicht existiert. Weil ich nicht dein Traummann bin.« Er machte seine schamlose Drohung wahr und glitt mit dem Finger tief in ihre Vagina. »Ich bin dein schlimmster Albtraum.«

6

Woher wusste Jasha, dass Ann genau das durch den Kopf gegangen war? Konnte er sich nicht nur in einen Wolf verwandeln, sondern auch Gedanken lesen?

Er rieb seine Handfläche an ihrer Klitoris. Während er ihre samtig feuchte Vagina mit seinem Finger stimulierte, ging mit Ann ebenfalls eine Verwandlung vor. Sie entpuppte sich als ein lustvolles Geschöpf, befeuert von der Glut seiner Leidenschaft.

Sie grub ihre Fersen in den Waldboden. Wand sich in dem nassen Lehm. Bäumte sich unter Jasha auf, presste sich an ihn, während ihr Becken rhythmisch zuckte.

Abrupt zog er seinen Finger weg und streifte ihr das Höschen herunter. Er kniete sich zwischen ihre Beine. Die Augen geschlossen, seine Miene sinnlich entrückt, winkelte er mit den Handflächen ihre Schenkel an und presste die Spitze seiner Erektion zwischen ihr samtig weiches Fleisch. Während er ihre Schamlippen streichelte, wurde sie feucht. Nicht vom Regen, sondern von den quälend verheißungsvollen Wonnen, die er ihr bereitete.

Dann – Grundgütiger – zuckte sein Penis, und er wäre fast in sie geglitten. Aber nur fast, denn ihr Körper rebellierte, indem er Ann signalisierte, wie schmerzhaft sein Eindringen werden würde.

Sie konnte sich ein leises Stöhnen nicht versagen. Sie war eben ein ausgemachter Angsthase, und er … er war ein Wolf.

Er erschauerte. Und sah sie mit großen Augen an. »Jungfrau«, flüsterte er.

»Na und?« Sie fasste sich wieder und funkelte ihn herausfordernd an.

»Nichts und.« Er drückte behutsam ihre Schenkel auf den Waldboden. »Ich bin ein Barbar, der Sohn eines Barbaren, ein Jäger …«

»Ein Killer«, schob sie provozierend nach, in der Hoffnung, er würde es abstreiten.

In seinen irisierend goldenen Tiefen gewahrte sie ein blutrünstiges Aufflackern. »Ja. Ein Killer.«

Zuckende Blitze und Donnergrollen erinnerten sie daran, wo sie war und wie es dazu gekommen war. Als könnte sie das jemals vergessen! Automatisch dachte sie wieder an den gelbäugigen Wolf, die panikartige Flucht – das Blut an seinen Lefzen. Er hatte sie durch dieses Weltuntergangswetter gejagt, das Bäume gefällt und den Waldboden zum Erzittern gebracht hatte. Sie hatte die Bequemlichkeiten der Zivilisation weit hinter sich zurückgelassen, und ihr erstes Mal würde im Wald stattfinden, im nassen Laub, mit einem Mann, der sich jeden Augenblick wieder in eine Bestie verwandeln und sie töten könnte – ihr vielleicht aber auch den heißesten Sex bescherte, den eine Frau je erlebt hatte.

Ihre Zähne schlugen plötzlich fröstelnd aufeinander, und sie versuchte, sich unter ihm wegzuschlängeln.

Spontan stemmte er sie mit dem Gewicht seines Körpers auf den Waldboden.

»Hast du Angst, Ann?«, flüsterte er, während er sich zwischen ihre Beine schob. »Die solltest du auch haben. Versteh mich nicht falsch. Ich will dich nicht töten, sondern gefügig machen.«

Dabei schoben sich seine Lippen auf ihren Hals. Ann geriet in Panik. »Wie … wie meinst du das?«

»Wie ich das meine?« Er hob den Kopf und grinste, entblößte zwei Reihen weiß blitzender, scharfer Zähne. »Ich werde dir nicht die Unschuld rauben. Du wirst sie mir schenken.«

»Nein!« Sie war jetzt seit drei Jahren seine Assistentin, und soweit sie wusste, hatte er bisher noch immer seinen Willen bekommen.

»Wetten doch?«

»Ich ... will ... nicht!« Impulsiv zielte sie mit der Faust auf seine Nase.

Er drehte gerade noch rechtzeitig den Kopf zur Seite.

Stattdessen traf sie seinen Wangenknochen. Und holte erneut aus.

Er schnappte nach ihrer Hand und fuhr Ann halb aufgebracht, halb belustigt an: »Das ist heute dein dritter Treffer. Seitdem ich erwachsen bin, hat das keiner mehr geschafft.« Er packte ihre andere Hand, schob beide über ihren Kopf und umklammerte sie mit seiner.

Zum ersten Mal spürte sie sein Gewicht schwer, muskulös und unnachgiebig auf ihrem Körper. Er drückte sie zu Boden, dass sie völlig wehrlos war. Seinen Obsessionen hilflos ausgeliefert.

»Keine Geheimnisse mehr.« Mit seiner freien Hand nestelte er an dem Knopf, mit dem ihr Wickelkleid in der Taille geschlossen war. Als öffnete er ein Geschenk, schob er die beiden Stoffbahnen andächtig beiseite.

Ann schluckte nervös. Sein Gesichtsausdruck behagte ihr gar nicht.

Er sah so hungrig aus wie der große böse Wolf in dem Märchen.

Als er jedoch eine ihrer Brüste umschloss und seine Lippen auf ihre dunkle Knospe drückte, war er unglaublich sanft. Es war wie ein zärtlicher Hauch, der ihre Haut erotisierend kribbelnd überlief.

Das feuchte Erdreich umschmiegte ihre Silhouette. Er wärmte sie mit seinem Körper. Regentropfen sprühten auf ihr Gesicht. Alles an diesem Augenblick war archaisch, intensiv … animalisch. Sie war ein Opfer der Naturgewalten. Und ein Opfer für Jashas Begierden. Ein williges noch dazu: Jedes Mal, wenn seine Zunge ihre Knospe umkreiste, erschauerte sie von Neuem.

Die unwillkürliche Erregung und die ungewohnte Feuchtigkeit zwischen ihren Schenkeln fand Ann alarmierend. Dergleichen war ihr nicht geheuer. Sie wand sich unter ihm, bemüht, ihm zu entwischen, bevor sie seinem Drängen nachgab.

Und sich ihm bedingungslos hingab.

Er presste seine Wange auf ihr Brustbein und lachte leise kehlig. »Schling deine Schenkel um meine Hüften, das ist bestimmt angenehmer für dich.«

Und mach schön die Beine breit, damit ich es bequemer habe? Pustekuchen, das könnte dir so passen, fauchte Ann insgeheim. Ihr war jedenfalls unbehaglich zumute bei der Vorstellung. »Für wie blöd hältst du mich eigentlich?«

Er hob den Kopf von ihrem Busen. Das Haar klebte nass auf seiner Kopfhaut, Wasser perlte von seinem Gesicht. Hinter ihm erleuchtete ein zuckender Blitzstrahl den Himmel, sodass Ann sein Gesicht deutlich wahrnahm. Er lächelte provozierend, das Lächeln des erfolgsverwöhnten Siegertypen. »Ich hab dich *nie* für blöd gehalten. Ich glaube aber – nein, ich weiß es –, dass du mir über kurz oder lang gehorchen wirst, Ann.«

Dieses *Ann* klang so ganz anders als früher. Im Büro hörte es sich mehr beiläufig an, nüchtern-sachlich wie »Aktenschrank« oder »Kopierer«. Jetzt dehnte er die eine Silbe zärtlich, als ließe er ihren Namen auf der Zunge zergehen. Er verwandelte ihren grottenlangweiligen Vornamen in etwas Exotisch-Betörendes.

Er setzte seine Stimme ein, um sie gefügig zu machen. Er küsste ihre geschlossenen Lider, presste seinen Mund auf ihren.

Sie riss panisch die Augen auf.

Jasha und Ann lagen nackt und in inniger Umarmung, hatten sich jedoch noch nie geküsst. Wie oft hatte sie sich vorgestellt, dass er ihren Mund mit heißen, stürmischen Küssen eroberte …

Sie hatte total falschgelegen! Er verwöhnte ihren Mund nämlich genauso zärtlich wie zuvor ihre Brust. Seine Zunge streifte sinnlich die Konturen ihrer Lippen, bis Ann sie ihm willig öffnete. Ihr Herz trommelte gegen ihren Rippenbogen.

Ihre Lider wurden schwer. Sie versuchte, sich auf seine hohe Stirn zu konzentrieren und sein übriges Gesicht auszublenden. Währenddessen schob sich seine Zunge zwischen ihre Lippen, seine Finger kosten ihre Ohrläppchen – wann hatte er ihre Hände losgelassen? –, und er flüsterte: »Ann, komm und spiel mit mir.«

Komm und spiel mit mir? Was meinte er damit?

Er beantwortete die Frage damit, dass seine Zungenspitze um ihre kreiste, und als sie das Spiel erwiderte, sog er ihre Zunge in seinen Mund und ließ sie – erforschen.

Sie umklammerte seine Handgelenke, fühlte die kraftvolle Muskulatur unter seiner glatten Haut. Als sensible

Frau realisierte sie, dass dieses Kraftpaket sie beim Liebesakt dominieren würde.

Er dominierte jedoch nicht, nein, er verführte, und das machte er himmlisch gut. Als sie die Lider aufklappte, glitt sein Mund abermals zu ihren Brüsten.

Und sie hatte ihre Beine um seine Lenden geschlungen.

Er hatte gewonnen.

Aber sie hatte nicht verloren. Jede seiner Liebkosungen war ein verheißungsvolles Geschenk für ihre Sinne.

Sie hatte nicht wirklich vor, ihn zu ermutigen. Ihre Hände entwickelten jedoch ein Eigenleben, streichelten über seine Schultern, spürten die straffe Haut über seinem angespannten Bizeps. Als ihre Finger seinen seidigen Nackenflaum streiften, erstarrte er, und für einen kurzen Augenblick fühlte sie seinen heißen Atem auf ihrer samtig feuchten Rispe.

»Streichle mich«, erklang sein raues Keuchen durch das Donnergrollen hindurch. Er sog ihre Knospe in seinen Mund, saugte gierig daran, befeuerte ihre Sinne mit seinen Lippen und seiner Zunge, bis ihre Furcht dahinschmolz und sie leise wollüstig aufstöhnte.

Ihr Stöhnen verriet sie.

Er verwöhnte mit kleinen Liebesbissen ihre Knospen, verschaffte der sensiblen Haut ein lustvolles Prickeln.

Ihre Finger gruben sich in sein Haar, rissen seinen Kopf auf ihre Brust. Seine Lippen glitten weiter, hauchten federnde Küsse auf ihren Rippenbogen, ihren flachen Bauch, schoben sich zwischen ihre Schenkel. Er leckte sie, ein Wolf, der sein Weibchen beim Paarungsspiel markiert. Seine Zunge drang in ihre Vagina ein, schenkte ihr himmlische Wonnen. Zärtlich saugte er an ihrer Klitoris, und als sie gegen die Wellen der Leidenschaft ankämpfte, die ihren Körper durchwogten, und sich ihm zu entziehen suchte, hielt er sie mit sanfter Gewalt fest, bis sie sich ihm willig hingab.

Sie war nicht von Sinnen; sie wusste genau, was sie tat. Dennoch schenkte er ihr einen Orgasmus, der ihre glühendsten Vorstellungen weit übertraf. Ein ekstatischer Schauer folgte dem anderen. Der letzte Rest Selbstkontrolle fiel von ihr ab. Sie stöhnte hemmungslos. Bäumte sich unter ihm auf, wand und wälzte sich, nahm ihren Körper bewusst wahr, die Erde, den Sturm, das Tosen des Donners in ihren Ohren, und Jasha.

»Jasha …«

»Ja?« Er glitt auf sie, umspannte ihre Schultern, massierte sie mit seinen großen Händen. »Was? Ann, sag mir, was du möchtest.«

Es klang so devot, als wollte er ihr zu Willen sein, dabei hatte er sie überrumpelt und zur Sklavin seiner Lust gemacht; sie genötigt, ihm gefügig zu sein.

»Jasha, bitte.«

»Was? Sag es mir.« Er rieb mit seinem Schenkel ihre feuchte Klitoris, um ihren Höhepunkt hinauszuzögern. Unter zärtlichen Küssen flüsterte er ihr leise begütigend ins Ohr: »Sag es, Ann.«

Sie hob verwundert die Lider.

Er klang unbeschreiblich sanftmütig.

Und mutete brutal an, der Blick seiner gelben, zu Schlitzen verengten Augen intensiv und fordernd. Er sah aus wie ein Mensch, aber er bewegte sich geschmeidig wie ein Tier, seine sehnigen Muskelstränge kontraktierten unter der nass glänzenden Haut.

Regen perlte über sein Gesicht, und von einem sonderbaren Instinkt geleitet, leckte sie ihm einen Tropfen von der Wange. Es schmeckte salzig.

Er spannte sich an. Stemmte seine Beine zwischen ihre und schob seine Arme unter ihre Schultern. Er umschloss mit einer Hand ihren Hinterkopf, senkte seinen Blick beschwörend in ihren.

Der wütende Sturm verlor sich leise wispernd in den Ästen der Bäume, die Erde schien mit einem Mal still zu stehen, seine Stimme rau, verzweifelt, als er seine Bitte wiederholte. »Ann, verdammt nochmal, sag es endlich.« Und der Himmel war ihr einziger Zeuge.

»Jasha, bitte, bitte« – sie kämmte mit den Fingern verlegen durch seine Haare – »bitte nimm mich.«

Seine Lippen verzogen sich zu einem triumphierenden Grinsen, entblößten große, strahlend weiße Zähne, die Ann an das Raubtier in ihm erinnerten.

Panik war jedoch zwecklos. Er drang mit einem harten, tiefen Stoß in sie ein.

Und der Sturm wütete von Neuem los.

Es war berauschend. Und er gigantisch groß. Er würde ihr wehtun, dachte sie noch, bevor der gesamte Kosmos auf sie und ihn zusammenschmolz. Jasha verschlang sie mit Blicken, dominierte sie mit seinem Körper. Er stemmte sich in sie, glitt zurück, drang wieder und wieder in ihre Mitte, und jedes Mal tiefer. Ein gieriges Flackern trat in seine Augen. Er verlangsamte den Rhythmus, genoss den Reiz der Stimulation, ließ ihr Zeit, jenes neue Gefühl auszukosten, während er sie unbarmherzig auf den Höhepunkt der Glückseligkeit zutrieb.

Sie überwand den Schmerz und sträubte sich nicht mehr,

sondern stöhnte ihre Lust laut heraus, Erregung, Euphorie, die Verschmelzung zweier Körper, zweier Seelen.

Schließlich besaß er sie ganz. Sein Brustkorb hob und senkte sich keuchend, und er betrachtete sie – als wäre sie jetzt ein Teil von ihm.

Sie erschauerte. Sie hatte sich noch nie jemandem so nahe gefühlt. Hatte bislang geglaubt, sich auch beim Sex niemals ganz verlieren zu können, sondern immer einen kühlen Kopf zu bewahren. Stattdessen verschmolzen sie miteinander, und sie war wie Wachs in seinen Händen. Er bewegte sich in ihr, zunächst langsam, dann schneller, und jeder heftig tiefe Stoß bescherte ihr ungeahnte Empfindungen. Sie wollte sich auflehnen, vor ihrer Leidenschaft fliehen, doch er hielt sie fest. Seine Brust rieb sich an ihrer. Er verführte sie mit prickelndem Sex und betörenden Schmeicheleien, die er ihr erotisierend leise ins Ohr raunte. Regentropfen fielen auf Anns Gesicht, vermischten sich mit ihren Tränen, Tränen des Glücks und der Hingabe, während die Erde erbebte, nicht vom Donnergrollen, sondern von ihrer rauschhaften Vereinigung mit Jasha.

Das hier war Sex. Gierige Obsession. Es war wilder, animalischer Sex, ganz anders als in ihren Träumen – und viel, viel besser.

Das Unwetter erreichte seinen Höhepunkt, ein ohrenbetäubender Lärm aus Blitz und Donner, bedrohlich dunkle Wolkenmassen, die unter einen bleigrauen Himmel dahinjagten.

In diesem Augenblick bäumte er sich über ihr auf, zerstreute alle ihre Vorbehalte, konzentrierte sie auf den Höhepunkt.

Ein tiefes Stöhnen entfuhr seiner Brust, während er sie

wieder und wieder stieß, bis er erschauernd über ihr zusammensank.

In der Nähe schlug ein Blitz ein; sie hörte die Explosion, roch das Feuer, den Rauch. Als sie kam, war die Welt mit einem Mal völlig verändert.

Sie veränderte sich.

Ein weiterer Blitz leuchtete grell über ihr auf. Erfüllte sie mit seiner Glut, entflammte sie – für Jasha.

Ein glutrotes Leuchten trat in seinen Blick, und sie bemerkte seine Züge, in denen sich tiefes Begehren zeigte.

Er hatte sich ebenfalls verändert.

Sie waren eins.

Ganz allmählich entspannte sich Ann. Jashas aufgewühlter Atem verlangsamte sich. Ihre Sinne wurden ruhiger.

Er löste sich behutsam von ihr. Unbegreiflich, wie leer sie sich ohne ihn fühlte. Aber trotzdem himmlisch gut.

Jetzt wirkte er vollkommen menschlich. Abgesehen von der Tatsache, dass er es draußen bei strömendem Regen auf dem Waldboden mit ihr getrieben hatte und, statt sie zärtlich zu umgarnen, bisweilen wie ein Tier über sie hergefallen war – mit seinen wölfisch hellen Augen, die sie mit irisierender Intensität belauert hatten. Wenn sie wollte, könnte sie so tun, als hätte sie seine Transformation nie miterlebt. Als wäre alles völlig normal.

Dann tat er etwas Unglaubliches: Er schob seine Handfläche zwischen den Ansatz ihrer Schenkel. Dann zeigte er ihr seine Hand, blutig rot von ihrer verlorenen Unschuld. Er wischte das Blut an den Felsen, der neben ihnen aufragte. »Ein Tribut an Mutter Erde«, sagte er. Damit war es ihm ernst.

War das noch *normal*?

Nichts würde je wieder normal sein, aber das konnte Ann zu diesem Zeitpunkt nicht einmal ahnen.

7

Um das befremdliche Ziehen in ihrem Unterleib nicht noch zu verstärken, setzte Ann sich behutsam auf. Und rutschte von Jasha weg, dabei ließ sie ihn nicht aus den Augen.

Er kniete am Boden und beobachtete sie mit wissendem Blick.

Er sah zu viel, hörte zu viel. Dass sein Geruchssinn außergewöhnlich gut entwickelt war, wusste sie ebenfalls.

Wie sollte sie ihre Geheimnisse vor ihm bewahren?

Ähnlich wie ihr rauschhaftes Begehren war das Unwetter inzwischen abgeklungen. Ann blinzelte in den leichten Nieselregen und betrachtete verträumt den Sonnenuntergang. Ob sie das womöglich alles bloß geträumt hatte?, tröpfelte es mit einem Hauch von Melancholie in ihr Bewusstsein.

Jasha – ein Wolf? Ihr Boss – ein heißblütiger Verführer?

Nein, es war kein Traum. Sie saß hier irgendwo tief in der Wildnis, während die Sonne glutrot am Horizont versank, und hatte ihre Unschuld verloren.

Und ängstigte sich vor dem Mann, der ihre Jungfräulichkeit genommen hatte.

Nicht weil er ihr wehgetan hatte, sondern weil ihr der

Schmerz bewies, dass dies alles keine Einbildung gewesen war. Er *war* vor ihren Augen zu einem Wolf mutiert. In welchem Universum lebte sie? Wo war so etwas möglich? Ann schüttelte ratlos den Kopf.

Er öffnete die Lippen, als wollte er etwas sagen, und schloss sie unverrichteter Dinge wieder.

Sie wich seinem Blick aus. Versuchte, ihr Kleid sittsam um ihren Körper zu schlingen. Stellte fest, dass es ruiniert war – der schwarzseidene Rock war durchgescheuert und voller Lehm, der weiße BH zerrissen.

»Bleib hier.« Er erhob sich geschmeidig.

»Wohin gehst du?«

»Ich bin gleich zurück«, erwiderte er.

Sie stellte fest, dass er ihre Frage nicht beantwortete. Nicht einmal den Versuch unternahm.

»Versprich mir, dass du hierbleibst«, beharrte er.

Von wegen. Wenn er ihre Fragen nicht beantwortete, brauchte sie ihm auch nichts zu versprechen. »Was sollte ich schon großartig machen, hmm? Wegrennen oder was? Du hast mir bereits bewiesen, dass das zwecklos ist.«

»Versprich es«, wiederholte er. Aha, er traute ihr nicht. Ja, er wusste zu viel.

»Meinst du, ich würde mein Versprechen halten?«

Grinsend beugte er sich zu ihr hinunter, senkte seinen Blick in ihren. »Wie viele Jahre bist du schon als meine Assistentin tätig, Ann?«

»Drei.«

»Geh mal davon aus, dass ich dich verdammt gut kenne.«

Ihr Widerstand erlahmte. »Okay, versprochen.«

»Du brauchst gar nicht so zu schmollen.« Er hauchte ihr

einen Kuss auf die missmutig geöffneten Lippen, ehe er geräuschlos im Wald verschwand.

Am liebsten wäre sie aufgesprungen und Hals über Kopf geflüchtet. Aber das wagte sie nicht. Das letzte Mal hatte er sie gejagt, überwältigt und verführt. Das nächste Mal würde er sie womöglich … töten.

Unfassbar, so etwas auch nur zu denken. Sie schüttelte wie benommen den Kopf. Allerdings konnte man als Frau nie vorsichtig genug sein, vor allem, wenn man sich mit einem Wolf einließ.

Wie zum Beweis spürte sie unversehens ihre brennenden Fußsohlen. Während der Flucht durch den Wald hatte sie sich bestimmt sämtliche Zehennägel ruiniert, seufzte Ann. Ihre Beine schmerzten; sie erinnerte sich dunkel, dass sie sich an einem vorstehenden Ast den Oberschenkel aufgeschrammt hatte. Ihre Hand … sie starrte auf ihre helle, blutbefleckte Haut. An der bemalten Kachel hatte sie sich die Handfläche aufgeritzt.

Sie war mit dem Bildchen auf Jasha losgegangen. Dabei war es ihr aus der Hand geglitten.

Spontan besann Ann sich wieder auf die dunklen, ernsten Augen der Madonna, auf den goldenen Heiligenschein, die purpurrote Robe.

Wo war das Bildchen bloß abgeblieben?

Sie tastete behutsam den Boden ab und entdeckte es in einer Felsritze, unter Blättern versteckt. Sie schob das raschelnde Laub beiseite, wischte behutsam den Staub ab und hielt das Bild in das zunehmende Dämmerlicht.

Es war eine historische Darstellung der Jungfrau Maria. Auf dem winzigen Gemälde war die Madonna von ihrer Familie umgeben, etwas, das Ann aus dem Herzen sprach.

Eine Familie zu haben war ihr glühender Wunsch. Als sie es umdrehte, entdeckte sie die winzigen Rauchspuren an den Rändern des lasierten Holzes.

Woher stammten die? Wie alt mochte das Bild sein?

Wie war es an diese Stelle gekommen? Und wieso hatte ausgerechnet sie es gefunden?

»Ann«, ertönte Jashas Stimme hinter einem der Felsen, eine Warnung, dass er im Anmarsch war.

Ann versteckte das Bildchen hastig wieder unter dem Laub. Als sie den Kopf hob, sah sie, wie er über die Felsen auf die kleine Lichtung zuhielt.

Er hatte sich angezogen, trug Jeans, ein T-Shirt und Laufschuhe.

Dieser Schuft. Ärger kochte in ihr hoch.

Eigentlich hätte sie nach dem, was zwischen ihnen geschehen war, darauf getippt, dass sie nichts und niemand mehr schockieren könnte.

Falsch getippt. Sie stöhnte insgeheim auf, weil sie sich auf ihren grotesken Aufzug besann – Lehm in den Haaren und im Gesicht, überall Kratzer und Schrammen. Dies zum Thema erste sexuelle Erfahrung! Falls man es überhaupt so nennen konnte. Der Begriff schien ihr trivial für ein derart kosmisches Erlebnis. Grundgütiger, immerhin war ihr gesamtes Weltbild in Schieflage geraten.

»Woher hast du die Sachen?«, wollte sie wissen.

»Für den Notfall hab ich immer ein paar Klamotten im Wald versteckt.« Er hielt ihr ein langärmeliges Männeroberhemd mit geknöpftem Kragen hin.

»Notfall? Bezeichnest du es als Notfall, wenn du Frauen durch den Wald hetzt und dann über sie herfällst?« Blöde Frage. Er war schließlich ein Wolf.

Das Problem war bloß, dass er *Jasha* zum Verwechseln ähnlich sah. »Um mal was klarzustellen: Ich hab erst einmal eine Frau durch den Wald gehetzt und bin ... äh ... vielleicht ein bisschen stürmisch über sie hergefallen.« Er legte ihr das Hemd um die Schultern. »Okay, mag sein, dass ich mich falsch verhalten habe, aber ich ...«

»Aber du?«, hakte sie nach, als er mitten im Satz stockte.

Jasha, der eben ihre Arme in das Hemd schob, betrachtete Ann. Ihre Brüste, ihren flachen Bauch, den Ansatz ihrer Schenkel. »Sei nicht so neugierig. Irgendwann erzähl ich es dir.«

Sie riss ihm den Stoff aus der Hand und knöpfte das Hemd hastig selbst zu. Seine sinnlich entrückte Miene sprach Bände. Besser, sie schob seinem neu erwachten Begehren sofort einen Riegel vor, statt ihn mit ihrer Nacktheit zu provozieren.

Er hatte selbst eingeräumt, dass er quasi über sie hergefallen war. Wenn sie auch nur einen Funken Selbstachtung im Leib hätte, müsste sie schleunigst zur Polizei gehen und ihn wegen Nötigung anzeigen.

Sie war jedoch eher erleichtert, dass sie ihre Unschuld los war. Deshalb war sie schließlich hergekommen. Sie wollte doch bloß, dass er so war, wie sie ihn kannte – ihr Idealmann, ihr Traumtyp. Und ein Mensch wie sie.

Sie musterte ihn verstohlen.

Er hockte auf den Fersen; seine Hände lässig auf die Knie gestützt, betrachtete er sie belustigt. »Wär besser gewesen, wenn ich dir das Hemd zugemacht hätte.«

»Wieso?«

»Weil du dich verknöpft hast.«

Vor Entrüstung verschlug es ihr die Sprache.

»Du siehst schon viel besser aus.«

»Ich … ich …«, stammelte sie.

»Tut es noch weh?«

»Es geht. Jedenfalls hab ich nicht mehr diese panische Angst.«

War sie noch ganz dicht? Dass sie etwas akzeptierte, was unmöglich war? Völlig irreal?

»Ist schon in Ordnung. Wenn wir uns das nächste Mal lieben, werde ich dir nicht mehr wehtun. Versprochen.« Seine goldgesprenkelten Augen nahmen einen warmen Glanz an. »Ich werde dich zu einer sehr glücklichen Frau machen.«

»Das ist es nicht. Ich meine …« Er wusste sehr genau, was sie meinte. Er hatte bloß keine Lust, das Thema zu vertiefen.

Sie schaute sich im Wald um. Wassertropfen perlten von den nassen Zweigen, Tiere huschten durch das raschelnde Unterholz. Sie erinnerte sich an das Heulen der Wolfsmeute und begriff, dass seine Argumente für sich sprachen.

Er schlug ihr behutsam den Hemdkragen um. »Ich bin immer nackt, wenn ich mich verwandle, deshalb diese Vorsichtsmaßnahme. Stell dir bloß mal vor, in so einem Moment taucht zufällig der FedEx-Bote auf und will eine Unterschrift von mir! Der hält mich doch für komplett durchgeknallt, wenn ich nackt durch die Gegend spaziere.«

Jasha redete so beiläufig darüber, als wäre es ein ganz alltägliches Phänomen. Und er senkte seinen Blick beschwörend in ihren, dass sie ihn so akzeptierte, wie er war, und nicht weiter nachbohrte.

Sie streifte die viel zu langen Ärmel zurück, die ihr über

die Hände baumelten, und begann, die Manschetten hochzukrempeln. Hielt den Blick auf den Stoff gerichtet, um ihn nicht anschauen zu müssen.

»Keine Frage, wir sind hier in Washington. Da gibt es jede Menge Nudisten. Der FedEx-Typ würde mir wahrscheinlich bloß einen Vortrag über die Gefahren eines Sonnenbrands halten.« Jasha griff nach dem Ärmel, rollte ihn wieder herunter und faltete die Manschette ordentlich neu.

»Lass das. Das kann ich schon noch selbst«, fauchte sie ihn an. Mist, um sich von ihm abzulenken, wollte sie sich irgendwie beschäftigen.

Er schob ihre Hände beiseite. »Ich tippe darauf, du hattest nie jemanden, der dir bei irgendwas geholfen hat.«

»Wie kommst du jetzt darauf?«, fragte sie abweisend.

»Als du klein warst, hat dir da jemand beim Anziehen geholfen?«

»Nein. Wieso?« Sie stutzte.

»Weil du bei allem, was du machst, erschreckend zupackend und tüchtig bist. Weißt du, ich frage mich öfters ... warst du jemals Kind?«

Sie schwankte zwischen Betroffenheit – weil sie seine Äußerung als Kritik auffasste – und Verblüffung, weil sie nicht im Traum gedacht hätte, dass er im Büro überhaupt Notiz von ihr nahm. »Meine Tüchtigkeit ist der Grund, weshalb ich deine persönliche Assistentin bin.«

»Einer der Gründe.« Er hatte die Manschetten ordentlich hochgerollt und zupfte den Hemdkragen zurecht. »Also, um auf meine Frage zurückzukommen: Durftest du je Kind sein?«

»Oh, ich hab echt gedacht, die Frage wäre rein rhetorisch gemeint.«

»Falsch gedacht. Ich find's bloß merkwürdig, dass du sie nicht beantworten magst. Wer hat dir eigentlich beigebracht, so zurückhaltend zu sein, Ann Smith?«

Bereute er, was er getan hatte? Versuchte er, locker mit ihr zu plaudern, ihr Komplimente zu machen, bevor er ihr klipp und klar erklärte, dass die ganze Episode eine große Dummheit gewesen war? »Die Nonnen.«

»Du warst in einer katholischen Schule?«

»Ja.« Das stimmte – zumindest teilweise.

»Hm.« Skepsis zeigte sich in seinem Blick.

Sie schauderte, weil sie diesen Blick zur Genüge kannte. So musterte er Mitarbeiter oder Unternehmensgegner, von denen er genau *wusste*, dass sie ihm Informationen vorenthielten. Bisher war sie jedes Mal schwer beeindruckt gewesen, weil ihr Chef ein fantastischer Menschenkenner war.

Nun … bisher.

Inzwischen schwante ihr, dass er geradezu übersinnliche Fähigkeiten besitzen musste.

»Komm, ich schau mir mal deine Füße an.« Er inspizierte sie nacheinander und schnalzte milde bestürzt mit der Zunge. »Auweia, das sieht schlimm aus. Wir müssen schleunigst umkehren und deine Schrammen desinfizieren. Tut es sehr weh?«

»Ich merk nicht viel. Meine Füße sind eiskalt.«

Er massierte ihre Zehen. »Das sind ja Eiszapfen.«

»Ich hab meistens kalte Füße.«

»Komm, ich trag dich.« Er schlang einen Arm um ihre Schultern, schob einen unter ihre Knie. Drückte sie an sich und stand auf. »Du kannst sie nachher im Bett an meinem Rücken wärmen.«

»Was soll ich an deinem Rücken wärmen?«, fragte sie

baff. Sie umklammerte seine Schultern. Er war warm. Himmlisch warm.

»Deine eisigen Füße.« Von der Vorstellung beflügelt, grinste er sie an.

Er wollte wieder mit ihr schlafen.

»Also willst du mich nicht verschlingen?«, platzte sie heraus.

Er setzte sich in Bewegung. »Doch. Mit Haut und Haaren.«

Sie versuchte, den Kopf zurückzubiegen. Inniger Körperkontakt war ihr genauso fremd wie seine erotischen Wortspiele. Außerdem stand Jasha zu dem, was er sagte. Immer. Als seine persönliche Assistentin wusste sie davon ein Lied zu singen.

Ob die Aussicht so prickelnd war, von einem Wolf vernascht zu werden? Der noch dazu traumhaft gut mit der Zunge war?

»Du kannst mich nicht den ganzen Weg zurücktragen. Das schaffst du nie.« Bei ihrer Größe war das bestimmt kein Pappenstiel.

Er stapfte ungerührt weiter. »Ist doch bloß ein knapper Kilometer.«

»Das stimmt nicht!«, versetzte sie gereizt. »Ich bin viel weiter gefahren!«

»Weil die Uferstraße in weiten Kurven verläuft. Mein Haus ist nur einen Steinwurf von hier entfernt.«

Ann blieb stumm. Und überlegte krampfhaft, wo die Realität aufhörte und der Wahnsinn begann. Ob sie noch richtig tickte? Oder war sie in irgendwelchen Illusionen gefangen, weil ihr der Sex mit ihm zu Kopf gestiegen war? Als der Wald lichter wurde, öffnete sich die Wiese vor ihnen. Kaum hatte sie den vom Blitz gefällten Baum registriert, machte es schlagartig *Klick* in ihrem Oberstübchen.

Sie hatte das Wichtigste vergessen. »Nein, warte. Ich muss nochmal zurück und die Madonna holen!«

Er blieb stehen. »Was für eine Madonna?«

»Ich hab ein Bild von der Heiligen Jungfrau gefunden.«

Er erstarrte.

»Als ich auf dich losging, ist es mir aus der Hand gefallen. Ich hab es wiedergefunden, als du vorhin weg warst und …« Sie merkte, dass er wie versteinert dastand. »Jasha?«

»Wo hast du die Madonna gefunden?« Er fixierte sie milde gefasst.

»Als der Blitz in den Stamm einschlug, lag sie in der aufgewühlten Erde.« An einem Tag voller Wunder war das vielleicht das größte.

»*Lag* sie?« Seine Stimme klang sonderbar gepresst, fast niedergeschlagen. »Und wo ist sie jetzt?«

»Da, wo wir vorhin waren.«

Er trug Ann zurück. Ließ sie sanft zu Boden.

Ann wühlte im Laub, entdeckte die Emaillemalerei und zeigte sie ihm.

»Mein Gott.« Jasha kniete sich neben sie, sein Blick entrückt und verwundert. »Ich glaub's einfach nicht …« Er sah von Ann zu dem Heiligenbildchen. »Du hast die Ikone gefunden.«

»Du kennst es?« *Unmöglich!*

Wie hatte er das Bildchen bezeichnet? Als Ikone. Na logo, realisierte Ann spontan. Darauf ließen die stilisierte Maltechnik, die leuchtenden Farben und die feierlich-ernste Haltung der Madonna schließen. Das war die russische Malerschule – außerdem wusste sie, dass Jashas Familie aus Russland stammte. »Gehört sie dir?«

Er lachte freudlos. »In gewisser Weise schon.« Er nahm ihr die Ikone behutsam aus der Hand, seine Handfläche glitt über das Antlitz der Madonna. Und zu Anns großem Entsetzen rötete sich seine Haut spontan, als hätte Jasha sich verbrannt. Es knisterte verräterisch, und Ann hätte schwören können, dass sie einen fein gekräuselten Rauchkringel wahrnahm.

8

Ohne auch nur den leisesten Schmerzenslaut zu äußern, ließ Jasha die Ikone fallen.

Ann umklammerte seine Unterarme und drehte sie um. Ein hässliches rotes Mal zog sich über eine Handinnenseite bis zu den Fingern. »Was ist das?« Sie mochte ihren Augen nicht trauen. »Kann es sein, dass du allergisch auf die Farben reagierst?«

»Allergisch, hmmm.« Er riss seine Hände weg und steckte sie in eine der Wasserpfützen, die sich in dem weichen Lehmboden gebildet hatten. »Hast du mich vorhin damit attackiert?«

»Ja.« Und tatsächlich, die knallrote Stelle auf seiner Wange sah ebenfalls aus wie ein Brandmal. »Kommt das auch daher?«

»Ja. *Sie* bewirkt das. Die Heilige Jungfrau. Ich darf sie nicht berühren.«

»Na, hör mal! Willst du mich veralbern?« Ann hob mit spitzen Fingern die Ikone aus dem Matsch und wischte sie mit einem Hemdzipfel sauber. Der gezackte Rand verfing sich in dem Stoff. »Es ist doch bloß ein Bild.«

»In Russland sind Ikonen nicht bloß Bilder. Sie stehen für die russische Seele, das russische Herz und den orthodoxen Glauben. Traditionell wird dem jungen Paar bei der Hochzeit eine Ikone der Heiligen Jungfrau mit dem Jesuskind geschenkt. Und die Familienikonen werden für gewöhnlich in der *krasni ugol*, der schönen Ecke, mit Kerzen und roten Spitzendeckchen dekoriert.« Er wischte sich die schmutzigen Hände an seiner Jeans, sein Blick klebte auf dem Antlitz der Madonna. »Im Übrigen werden Ikonen der Madonna nicht gemalt – sie erscheinen.«

»Wie bitte?«

»Ikonenmaler signieren ihre Werke nicht. Folglich heißt es, dass Ikonen Erscheinungen, Wunder sind.«

Ann betrachtete das Kultbild genauer. Zwischen ihre schön geschwungenen Brauen schob sich eine steile Falte. Woran mochte Jasha sich wohl verletzt haben?

Die Jungfrau blickte zurück, ernst und entrückt.

»Die Madonna will nicht, dass ich sie berühre«, fuhr Jasha fort. »Aber du darfst es. Dir vertraut sie.«

»Das ist doch …« Ann japste nach Luft.

»Das ist was? Aberglaube? Ein Ding der Unmöglichkeit?« Jasha betastete seine Wange. »Trotzdem hab ich mich verbrannt. Und das ist kein Wunder, es tut nämlich höllisch weh.«

Unwillkürlich berührte sie das Mal auf ihrem Rücken. Bildete sie sich das bloß ein? Sie spürte es kaum, so als wäre da gar nichts. Aber nein, Irrtum, es war da.

Sie hätte damit rechnen müssen, dass ihr Leben irgendwann eine dramatische Wendung nehmen würde, sagte sie sich. Nach so vielen Jahren Normalität hatte Ann jedoch gedacht – geglaubt, gehofft –, dass alles so normal weiterlaufen würde wie bisher. Schließlich wusste außer Schwester Mary Magdalene niemand, wo Baby Ann gefunden worden war und dass dies eine Fülle von Problemen mit sich gebracht hatte. »Schätze, ich muss meine Meinung ändern, von wegen möglich oder unmöglich«, murmelte sie.

Er lachte bitter und blickte sich um. Der Sturm hatte sich gelegt; der Donner verstummte allmählich, die Wolkendecke löste sich auf. »Das Unwetter ist zwar vorbei, trotzdem ist es hier draußen ungemütlich. Komm, lass uns verschwinden.« Er schlang seine Arme abermals um Ann, hob sie hoch und stapfte los.

Er legte ein ordentliches Tempo vor, und Ann war klar, in welcher Gemütsverfassung er sich befand, das hatte sie nach der langen Zusammenarbeit raus: Er war besorgt. »Jasha, wovor hast du Angst?«

»Dass ich versagen werde.«

Was meinte er bloß damit?, überlegte Ann unbehaglich. Die letzten Sonnenstrahlen fielen durch die Bäume, malten lange, breite Schatten auf den Waldboden. Sie vernahm das unablässige Rascheln im Dickicht. Wilde Tiere – und Schlimmeres. Nicht auszudenken: Womöglich waren es Geschöpfe wie er.

Die Wölfe.

Jasha und Ann erreichten das Schloss in Rekordzeit. Wenn sie sich nicht verirrt hätte, dachte sie im Nachhinein, wäre sie vorhin in null Komma nichts wieder zum Haus zurückgelangt. Und hätte vor verschlossenen Türen gestanden, denn er trug sie zum hinteren Eingang. Dort, wo die Garage im rechten Winkel ans Haus angebaut war, mit vier breiten Schwingtüren, hinter denen bestimmt Jashas teure Luxuskarossen parkten.

Das erinnerte sie an – »Mein armes Auto«, stöhnte sie.

»Ich ruf jemanden an, der es morgen von dort abschleppt.«

»Wenn es dann noch da ist«, versetzte sie dumpf.

»Ja. War ein verdammt heftiges Unwetter. Im wahrsten Sinne des Wortes.« Jasha schnaubte belustigt, ein kurzes bitteres Lachen. Es signalisierte Ann, dass er etwas wusste, was er ihr nicht verriet.

Er setzte sie auf der hinteren Verandatreppe ab und stützte sie, bis sie die Balance wiedergefunden hatte. »Alles okay mit dir?«

Ja, bis auf ihre brennenden Füße. Und sie war mächtig erschöpft von der ganzen Rennerei. Sie hatte jedoch die Ikone, und sie lebte. Sie hatte sich noch nie besser gefühlt. »Mir geht es blendend.«

Er tastete mit den Fingern den Türsturz ab, bis er den Schlüssel fand, und schloss auf. Er drückte ihr sanft eine Handfläche ins Kreuz und schob sie ins Innere, als wenn sie ihm sonst jeden Moment türmen könnte.

Und damit lag er vermutlich gar nicht so falsch. Inzwischen grauste ihr vor dem Haus, in dem er sich vor ihren Augen in einen Wolf verwandelt hatte. Sie sah die Szene noch lebhaft vor sich. Igitt! »Wie bist du eigentlich vorhin ins Haus gekommen?«

»Es gibt eine Hundeklappe.« Er gestikulierte abwesend auf die neben dem Portal angebrachte Klappe, während er das Alarmsystem erneut aktivierte.

»Na toll, eine Hundeklappe. Das leuchtet ein. Sonst kämst du als Wolf nicht mehr in dein eigenes Haus, stimmt's?«

Statt einer Antwort fixierte er sie mit seinem Blick.

Das feurige Begehren darin war kühler Skepsis und kaum verhohlenem Misstrauen gewichen. »Okay. Los, frag schon.«

»Was ... was meinst du?«

»Stell mir die Frage, die dir unter den Nägeln brennt.«

Sie hatte nicht nur eine, sie hatte viele Fragen. Irrsinnig viele Fragen. Eine quälte sie jedoch am meisten. Sie wippte verlegen von einem Fuß auf den anderen. Wollte sie es überhaupt so genau wissen? *Was ich nicht weiß, macht mich nicht heiß,* flüsterte eine kleine Stimme in ihrem Kopf. Allerdings hatte Schwester Mary Magdalene ihre Schülerinnen stets darauf gedrängt, die Wahrheit zu suchen. Folglich fragte sie: »Hast du ihn getötet?«

»Getötet? Wen?« Er trat aus den Sportschuhen, ohne sie aufzubinden, und schob sie mit seinen nackten Füßen in eine Ecke.

»Sind es so viele, dass du dich nicht mal mehr genau erinnern kannst?« Sie zupfte an dem Hemdensaum und versuchte verschämt, damit ihre Schenkel zu bedecken.

Seine sinnlich vollen Lippen zuckten ärgerlich. »Ich hab in letzter Zeit niemanden getötet, wenn dich das beruhigt.«

»Bevor du reinkamst, hörte ich einen Schuss. Und du ... du hattest Blut an deinem Mund.« Sie wartete angespannt, in der Hoffnung, dass Jasha alles abstritt. Zumal sie die Vorstellung unerträglich fand, dass er einen Menschen ermordet haben könnte – und sich anschließend über sie hergemacht hatte.

»Ist das deine Frage?« Es war schon ziemlich dunkel in

dem schmalen rückwärtigen Flur. Das Dämmerlicht verschattete seine steinerne Miene, gleichwohl bemerkte Ann auf einer Wange eine blasse, gezackte Narbe, auf der anderen das feuerrote Mal, wo die Ikone ihn gestreift hatte. Seine Augen jedoch sprühten Blitze, maßen sie mit der bohrenden Intensität eines Beutejägers. »Ist das alles, was du wissen willst?«

»Sagen wir mal so, es würde mir fürs Erste reichen.«

»Du verblüffst mich.«

Sie schwieg hartnäckig.

»Nein. Ich hab ihn nicht umgebracht.«

Ein erleichterter Seufzer entfuhr ihrer Kehle.

»Es war ein Jäger. Er war betrunken und schoss auf das Wolfsrudel.«

»Das ist verboten.« *Und du hättest dabei getötet werden können.*

»Eine Menge Dinge sind verboten, und trotzdem stört sich keiner daran.« Jashas grimmige Miene hellte sich auf. »Ich hab sein Gewehr zerlegt und ihn halb zu Tode erschreckt. Der lässt sich hier nicht mehr blicken.«

»Sind die anderen Wölfe wie du?«

»Du meinst, ob sie sich verwandeln? Nein. Sie sind Tiere, aber sie sind schlau und loyal, und obwohl es Leader nicht behagt, lässt er mich friedlich mit seinem Rudel laufen. Manchmal, wie beispielsweise heute, kann ich meinen Frust und meine Wut auf diese Weise am besten abreagieren.«

»Auf den Jäger oder so?«

Er strich mit seinem Daumen gedankenvoll über ihre Wange, sah ihr dabei tief in die Augen. »Mein Vater hat uns immer wieder ermahnt, wir sollten uns möglichst nicht verwandeln. Weil wir dabei jegliches Moralempfinden einbüßen und uns angreifbar für die Wildheit in unseren Herzen machen würden. Wenn ich die heutigen Ereignisse so sehe, muss ich ihm verdammt Recht geben.«

Sie streckte spontan den Arm aus, wie um ihre Handfläche auf sein Herz zu legen, zog ihn aber hastig zurück und machte eine Faust. »Ich mag diese Wildheit.«

»Nein, nicht …« Er umschloss ihr Handgelenk. »Mach mich nicht wieder an. Es ist alles noch so neu und so frisch, und ich war vorhin wahnsinnig scharf auf dich.« Er küsste ihre Fingerknöchel. Als sie ihre Faust lockerte, brachte er ihre Handfläche an seine Lippen und küsste ihre Lebenslinie. Er beobachtete sie, während er mit gehaucht weichen Küssen zu ihrem Handgelenk glitt, bis seine Lippen auf ihrer bläulich schimmernden Pulsader hielten. Er schob die Hand hinter ihren Rücken und riss Ann an sich.

Sie fand den engen Körperkontakt mit ihm immer noch schockierend intim, und als er seine Lippen auf ihre presste, signalisierte ihre Libido neu erwachtes Begehren und prickelnde Leidenschaft.

Er schmeckte himmlisch gut, und sie ließ ihn gewähren. Ihre Brüste spannten, und sie fühlte die warme Feuchtigkeit, die verräterisch zwischen ihren Schenkeln kitzelte.

Mit einem missmutigen Ächzen ließ er sie los und wich zurück. »An dir verbrenn ich mir noch die Finger. Wie an der Ikone.«

Sie sah ihn mit verräterisch feuchten Augen an. Obwohl sie sich mit jeder Faser ihres Körpers nach ihm sehnte, war sie den Tränen nahe.

Jedes Mal, wenn sie Gefühle zeigte, wurde sie ausgelacht oder kritisiert – oder niemand bemerkte es.

Sie machte es nie richtig.

»Nicht hier, Ann, nicht im Eingang und so verdreckt, wie wir sind … heul doch nicht gleich los!« Er schlang einen Arm um sie, schob sie in den Wirtschaftsraum und knipste das Licht an. Der Boden war gefliest, Mäntel hingen an Haken, Stiefel standen ordentlich aufgereiht an der Wand. In einer Nische entdeckte Ann Waschbecken, Spiegel und sogar eine kleine Duschkabine.

Sie fuhr mit den Fingern über ihre Lippen. Seit ihrer Rückkehr aus dem Wald hatte er den stürmischen Lover abgestreift und war wieder der Jasha, wie sie ihn kannte: geschäftsmäßig, effizient, knallhart. Das eine Mal mit ihr hatte ihm bestimmt gereicht, seufzte sie innerlich.

Sein Kuss hingegen war kein bisschen geschäftsmäßig gewesen. Vielmehr besitzergreifend. Sie sollte froh sein, dass es ihm etwas bedeutete, wo sie sich liebten, statt dass er irgendwo über sie herfiel.

War sie aber nicht.

Sie machte sich Sorgen um ihn. »Was, wenn der Jäger zur Polizei geht?«

»Was soll er denen denn erzählen?« Jasha nahm Handtücher aus dem Schrank und legte sie auf die Ablage, die über dem Waschbecken angebracht war. »Dass er auf einen Wolf schoss, der sich in einen Menschen verwandelt und ihm die Knarre zerlegt hat? Der sich dann in einen Wolf zurückverwandelte, ihn jagte und biss? Bevor er abermals Mensch wurde und ihn gewaltsam in sein Auto stopfte?«

»Du hast ihn gebissen? Grundgütiger, das spricht eindeutig gegen dich, wenn sie es dir beweisen können.« Ann fasste sich innerlich an den Kopf. Unglaublich, was für ein Thema sie da gerade behandelten!

»Können sie aber nicht. Mein Gebissstatus als Wolf ist nirgendwo dokumentiert.«

»Nein … stimmt.« Sie war erleichtert. Und verwirrt. Und – heiß auf ihn. »Kannst du dich eigentlich beliebig oft hin- und herverwandeln?«

»Im Prinzip schon, aber je öfter ich mich nacheinander verwandle, umso langsamer geht es. Es kostet mich jedes Mal einen Haufen Kraft.« Er stützte den Arm auf die geflieste Handtuchablage, als hätte er einen anstrengenden Tag mit zig Transformationen hinter sich. Vielleicht auch, weil er ihren hübschen Luxuskörper den ganzen Weg hierher getragen hatte.

»Und als Wolf weißt du noch genau, was du tust. Du bist dann nicht geistig unterbelichtet oder so was?«

»Wenn du mich fragst: Tiere sind lange nicht so blöd, wie wir das vielleicht gern hätten.«

Interessiert hakte sie nach. »Du wirst also nicht von irgendwelchen Mondphasen oder von deinen Stimmungen beeinflusst?«

»Die Geschichte mit dem Mond ist völliger Quatsch. Außerdem bin ich kein Werwolf. Ich bin ein …« Er hielt inne.

»Wer bist du?«

Er wich ihrem Blick aus. »Ich bin ein Typ wie jeder andere, nur dass ich mich in einen Wolf verwandeln kann«, versetzte er. »Meistens, wenn ich ausraste, was nicht passieren darf. Nicht bei dir. Und jetzt eine schnelle Dusche« – Jasha schob die Glastür auf – »ein ausgedehntes Bad gibt es nachher oben. Und dann ab ins Bett mit dir. Du bist bestimmt hundemüde.« Er drehte das Wasser auf. »Bin mal kurz weg. Ich muss die Alarmanlage überprüfen und das zerbrochene Fenster neben der Haustür notdürftig reparieren. Und mich um ein paar andere Dinge kümmern. Schaffst du das hier allein?«

Sie bekämpfte den Impuls, sich hilflos in seine Arme zu stürzen. »Ich komm schon klar.«

»Ganz bestimmt. Du bist ein starkes Mädchen.« Er presste seine Hand auf ihre Wange, drehte ihr Gesicht zu sich und küsste sie hart auf den Mund. »Bademäntel findest du an der Garderobe«, sagte er und verschwand.

Eilends legte sie die Ikone auf die Ablage, zog ihre Sachen aus und stieg in die Dusche. Der verkrustete Schmutz rann in braunen Rinnsalen über ihre Haut, während sie sich akribisch schrubbte. War das himmlisch, den Dreck endlich loszuwerden! Als Kind hatte sie sich nie gern schmutzig gemacht; ihre Uniform war so makellos sauber gewesen, dass die anderen Schulkinder, die Kinder mit Eltern wohlgemerkt, sie mit wachsender Begeisterung mit Grasklumpen beworfen hatten.

Eine der jüngeren Nonnen, Schwester Catherine, hatte sich redlich bemüht, sie zum ausgelassenen Herumtollen und Toben zu bewegen. Sie hatte mit ihr im Sand gespielt, sich mit ihr im Gras gewälzt oder wild geschaukelt. Ann hatte es versucht, war aber nie mit dem Herzen dabei gewesen.

Einmal wollte Schwester Catherine sie dazu überreden, mit Fingerfarben zu malen. Und musste laut losprusten, weil die sonst so folgsame Ann ihr eine miesepetrige Grimasse schnitt.

Eines Abends, als die anderen Kinder Hausaufgaben machten, hatte Schwester Catherine mit Ann draußen auf einer der großen Schaukeln gesessen. Sie hatte sie beide immer höher in die Lüfte geschwungen und atemlos gelacht, gar nicht wie eine Ordensschwester, sondern glockenhell wie ein Engel, der seine Schwingen ausbreitete und unbeschwert davonflog. Und plötzlich hatte das Mädchen in ihr Lachen eingestimmt und für einen kurzen Augenblick ihr schweres Los vergessen.

Und jetzt stand Ann unter der Dusche, eine Hand auf ihren Rücken gepresst, ihren Blick nach innen gekehrt.

Das Lachen war ihr bald vergangen.

Sie zog das Böse an. Und geriet dauernd an die falschen Menschen.

Sie hatte ihre Lektion gelernt, eine harte Lektion, die sie für das Leben geprägt hatte. Nie wieder war Ann so ausgelassen gewesen, denn bei allem, was sie tat, schwebte der Geist von Schwester Catherine bedrohlich über ihr.

Jasha glaubte, sie hätte niemals Kind sein dürfen.

O doch. Allerdings war sie ein sehr folgsames Kind gewesen. Ann hätte niemals etwas getan, was man nicht tun durfte.

Bis jetzt.

Sie lehnte ihren Kopf an die feucht bedampften Fliesen und schloss die Augen.

Einmal ist immer das erste Mal. Ein einziges Mal bloß hatte sie etwas Verruchtes und Verbotenes gemacht, und prompt hatte sie die Bescherung.

Alles Jammern nützt nichts, hätte Schwester Mary Magdalene jetzt gesagt. Was passiert war, war passiert, und Ann musste mit den Konsequenzen leben.

Ann stieg aus der Duschtasse, trocknete sich ab und wickelte sich in den Bademantel.

Sie nahm das Heiligenbild von der Ablage, wusch vorsichtig den Schmutz ab. Dabei betrachtete sie es von allen Seiten.

Die Ikone war schön. Perfekt. *Ein Wunder.*

Unmöglich, dass Jasha sich daran die Haut verbrannt hatte, sann sie verwirrt. Gleichwohl hatte sie den Rauch genau gesehen.

Sie war bei Nonnen aufgewachsen. Und wusste sehr wohl, was ein derartiges Omen bedeutete.

Irgendwie, irgendwann hatte er Gott enttäuscht, und jetzt lastete ein Fluch auf ihm.

Eine einsame Träne kullerte über ihre Wange, tropfte auf das Madonnenantlitz, und Ann wischte sie gedankenverloren weg.

Das alles war ihr unbegreiflich. Stimmte irgendetwas nicht mit Jasha? Hatte er übernormale Fähigkeiten? Gut, er war attraktiver als die meisten Männer, aber auch nicht überirdisch schön. Er zog Frauen an wie der Honig die Bienen, aber das war offensichtlich keine übernormale Gabe, zumal seine Verlobte ihn wegen der dauernden Flirtgeschichten verlassen hatte. Zweifellos war er ein brillanter Geschäftsmann, aber doch nur darum, weil er bis spät in die Nacht arbeitete und ein Händchen für gute Mitarbeiter hatte, und nicht, weil seine Rivalen nach mysteriösen Wolfsattacken das Zeitliche segneten.

Wer oder *was* war er? An diesem Punkt wich er ihr aus und weigerte sich hartnäckig, ihr diese Frage zu beantworten.

Lastete ein Fluch auf ihm?

Und wenn ja, was bedeutete das für sie? Sie hatte ihm nachgegeben. Statt sich mit Händen und Füßen zu sträuben, hatte sie die Finger nicht von ihm lassen können.

Schlimmer noch, sie versuchte nicht mal mehr zu fliehen.

Sie ließ die Ikone in die Tasche des Bademantels gleiten.

Jetzt würde sie in sein herrschaftliches Schlafzimmer gehen und sich in eine Wanne mit dampfend heißem duftendem Wasser legen.

Und dafür irgendwann ganz sicher in der Hölle schmoren müssen.

Folglich konnte sie diese Nacht in vollen Zügen genießen, als ob es ihre letzte wäre.

9

Jasha stand bewegungslos in der großen Halle und nahm konzentriert Witterung auf. Er roch das vorüberziehende Gewitter, harzigen Tannenduft und feuchten Waldboden. Diese Gerüche strömten durch das zerbrochene Fenster und erfüllten das gesamte Haus.

Er schnupperte die strengen Ausdünstungen des Wolfsrudels, die er vorhin mit hereingebracht hatte. Anns femininer Duft hing überall im Haus; er entströmte wie ein duftiger Hauch den Unterlagen, die sie aus dem Büro mitgebracht hatte, der Aktentasche, die sie für ihn gepackt hatte, und dem Laptop, den sie benutzte. Jedoch schien dieser Duft jetzt von ihrem Entsetzen überlagert, mit dem sie seine Verwandlungen beobachtet hatte; es war jene Witterung, die er gleich nach ihrer Ankunft aufgenommen hatte. Damit war er auf sie aufmerksam geworden.

Sonst war niemand da gewesen. Zumindest kein Mensch.

Er lauschte angespannt. Im Wirtschaftsraum drehte Ann eben die Dusche ab. Er hörte das Summen des Wasserboilers im Keller. Draußen raschelte es in den Büschen, weil die Wolfsmeute das Haus umkreiste.

Sonst war es still.

Sein Blick glitt forschend in jeden Winkel. Der Wind, der durch das zerbrochene Fenster pfiff, hatte die Zeitschriften auf dem Kaffeetisch aufgeblättert. Er gewahrte die Pfotenabdrücke, die er auf dem Parkett hinterlassen, die Stilettos, die Ann nach ihm geworfen hatte, und betrachtete nachdenklich das eingetrocknete Blut auf seiner Brust.

Die Frau hatte ein gutes Auge und war ziemlich treffsicher.

Er berührte das brennende Mal auf seiner Wange.

Verdammt treffsicher.

Außer Ann war heute niemand in sein Haus eingedrungen.

Aber *sie* würden kommen.

Seine Mutter hatte eine Vision gehabt. So viel stand fest. Und sie war in einen Trancezustand gefallen. Möglich, dass sie ihre eigenen Vorahnungen ausgesprochen hatte. Irgendwelche düsteren Prophezeiungen. Keine Ahnung, verflucht nochmal. Er hatte sie nie zuvor so erlebt. Hatte nicht mal geahnt, dass sie diese Gabe besaß. War seine Mutter tatsächlich eine Hellseherin?

Die Blinden können sehen, und die Söhne von Oleg Varinski haben uns gefunden.

Die Akten der Familie Wilder waren sicher aufgehoben. Sein Haus war mit einer Alarmanlage gesichert. Es hatte sich nichts verändert.

Doch – alles hatte sich verändert. Alles.

»Du darfst dir nie sicher sein, denn sie sind überall. Um den Pakt nicht zu gefährden, wollen sie dich vernichten.«

Der Pakt. Er wusste um den Pakt. Es war zwangsläufig geschehen: an dem Tag, als seine erste Verwandlung stattgefunden hatte. Da hatte sein Vater sich zu ihm gesetzt und ihm alles erklärt. Aber ein Dreizehnjähriger, der gerade festgestellt hatte, dass er sich in ein Raubtier verwandeln konnte, und dabei ein megacooles Tattoo an seinem Körper entdeckte, dem auf beiden Wangen dünne Tast- statt Barthaare wuchsen, hatte weiß Gott andere Probleme. Ehrlich gesagt hatte ihn dieser unsägliche Pakt damals nicht die Bohne interessiert.

Vor tausend Jahren? Die Familie Varinski? Der meistgefürchtete Name im gesamten russischen Zarenreich? Ein Pakt mit dem Teufel?

Ja, Papa. Klar, Papa. Cool. Jetzt kann ich die ganze Nacht ausbleiben, denn wenn ich mich in ein wildes Tier verwandeln kann, brauche ich nicht mehr in die Schule zu gehen.

Er und Konstantine hatten daraufhin eine hitzige, wortreiche Auseinandersetzung geführt.

Jasha war am nächsten Morgen zur Schule gegangen. Solange er mit seinem Vater unter einem Dach wohnte, hatte er keinen Schultag versäumt, und als er ein einziges Mal nachts weggeblieben war, hatte Konstantine ihm gehörig die Leviten gelesen.

Sein Vater stammte nämlich aus dem früheren Zarenreich, aus Russland, und seine Söhne gehorchten ihm, fürchteten – und liebten ihn.

Und du, mein Geliebter. Du hast dein Leben verwirkt.

Unfassbar. Mit diesen Worten hatte seine Mutter das Todesurteil über seinen Vater verkündet.

Jasha lief zum Telefon, weil das rote Licht des Anrufbeantworters aufleuchtete. Und lauschte abermals Firebirds Stimme: »Papa wird nicht mehr künstlich beatmet. Es geht ihm den Umständen entsprechend gut. Die Ärzte haben immer noch keine genaue Diagnose gestellt, außer dass es was mit dem Herzen zu tun hat. Aber was, da stehen sie vor einem Rätsel.« Firebird senkte die Stimme. »Ich hab mitbekommen, wie die Schwestern sich zuflüsterten, dass sie es bei Papa mit einem parapsychischen Phänomen zu tun hätten und wir bei einem Geisterheiler besser aufgehoben wären.«

»Typisch«, grummelte Jasha und löschte die Aufzeichnung.

Zorana liebte Konstantine. Jasha wusste das so sicher, wie der Mond um die Erde kreist. Aber vor drei Tagen, am vierten Juli, hatte sein Weltbild einen Knacks bekommen. Da hatte seine Mutter Dinge gesagt, schauerliche Dinge. Er würde niemals vergessen, wie seine Mom mit dem Finger auf seinen Dad gezeigt und ihm den Tod und ewige Verdammnis prophezeit hatte.

Ihre Prophezeiung war nicht einfach aus der Luft gegriffen – wie sich augenblicklich gezeigt hatte.

Sein Vater hatte Zorana angestarrt. Währenddessen füllten sich seine Augen mit Tränen. Dann war er zusammengebrochen. Und sie war mit einem Satz bei ihm gewesen.

Hatte sie allen Ernstes geglaubt, sie könnte diesem Baum von einem Mann aufhelfen? Seine zarte, winzige Mutter? Gleichwohl hatte sie ihn den ganzen Weg die Treppe hinunter gestützt und zum Krankenwagen begleitet, der ihn mit Blaulicht und Sirene nach Seattle in die Klinik gebracht hatte.

Jasha schlenderte zu den deckenhohen Fenstern und blickte hinaus – über die wild zerklüftete Küstenlinie auf den sturmgepeitschten, gischtsprühenden Atlantik.

Sobald die Ärzte Konstantines Zustand für stabil erklärten, hatte Jasha seine Pflichten als stellvertretendes Oberhaupt der Familie wahrgenommen. Er hatte Zorana, Firebird und Rurik am Krankenbett seines Vaters zurückgelassen und war hierhergefahren, um sich zu vergewissern, dass die geheimen Dokumente der Familie – ihre Wertpapiere, ihre Einwanderungsdokumente, ihre privaten Aufzeichnungen – unangetastet unten im Safe lagen.

Alles war noch da, gut versteckt in seiner bizarr anmutenden Villa am Meer und von der besten Alarmanlage geschützt, die man für Geld kaufen konnte.

Die Alarmanlage, die Ann ausgeschaltet und nicht wieder eingeschaltet hatte.

Hatte sie das absichtlich gemacht? Hatten die Varinskis sie dafür bezahlt, dass sie herkam und ihn in die Falle lockte? Oder Ann mit Drohungen weichgeklopft, weil sie nicht freiwillig mitspielte?

»Hi.« Sie stand in dem gewölbten Türbogen. In seinen flauschigen weißen Frotteebademantel gekuschelt, in dem sie fast versank. Er registrierte die tiefroten Kratzer auf ihren wohlgeformten Waden. Sie hatte ihre noch feuchten Haare streng nach hinten gebürstet, und ihr Gesicht sah blass und mitgenommen aus. Ihre blauen Augen waren dunkel umwölkt. Allerdings lächelte sie zaghaft, ein entrücktes Lächeln, genau wie im Büro, wenn sie sich von ihm unbeobachtet glaubte. »Ist alles in Ordnung?«

»So weit ja.«

»Kann ich mich irgendwie nützlich machen?«

Sie würde niemals falschspielen und ihn ans Messer liefern. Jedenfalls nicht bewusst. Ann Smith war grundehrlich. Dafür würde er seine Hand ins Feuer legen.

Außerdem bewunderte sie ihn. Das war ihm gleich beim Einstellungsgespräch aufgefallen. Anns Schwärmerei für ihn hatte ihre Arbeitsleistung nie negativ beeinflusst, ganz im Gegenteil, das bisweilen elektrisierende Knistern zwischen ihnen wirkte sich höchst positiv aus.

Sie humpelte zur Treppe und stolperte über die Teppichkante. Mit einem gepressten Stöhnen spähte sie zu ihm, unsicher, ob er sie beobachtete. Dann atmete sie tief durch. »Bist du sauer, dass ich hergekommen bin? Ich meine, du hast mich schließlich nicht erwartet, sonst …«

»Hätte ich mich nicht in einen Wolf verwandelt, meinst du das?«

»Ja. Genau das.«

Er hätte hinauslaufen und sich Leaders Rudel anschließen sollen, aber der Schock war ihm in sämtliche Glieder gefahren. Er hatte nur noch gedacht: *Was kann ein einziges Mal schon groß ausmachen?*

Jetzt wusste er es.

Hätte er ihren Duft doch bloß früher gewittert …

»Du fragtest vorhin, wer mich geschickt hat. Und du sagtest, ich wäre wie der Teufel und der illegale Jäger und wie deine Mutter.« Ann straffte sich und bohrte den Blick in seinen. »Wie ist das im Klartext zu verstehen?«

»Ich war eben wütend«, entschuldigte er sich halbherzig. Etwas Besseres fiel ihm dazu nicht ein.

»Du liebst deine Mutter, oder etwa nicht?« Auf Anns

Gesicht malten sich Hoffnung und Verzweiflung, wie bei einem ungeliebten Kind, das tief enttäuscht worden ist.

Wer war diese Frau, die die Ikone entdeckt hatte? Er wusste nichts über ihr früheres Leben. Es war ihm vorher nie wichtig gewesen. *Sie* war ihm vorher nie wichtig gewesen.

»Natürlich liebe ich meine Mutter. Sie kann nichts für das, was geschehen ist. Ich weiß nicht, wer uns das eingebrockt hat«, sagte er mehr zu sich selbst.

»Ärgerst du dich über die Verhandlungen mit den Ukrainern? Du kannst die Verträge nachträglich noch annullieren, wenn dir die Sache nicht geheuer ist. Da sehe ich kein Problem. Dann müssen wir die Expansion von Wilder Wines eben noch eine Weile auf Eis legen. Wir finden bestimmt einen anderen Partner, der unsere Weine im Ausland vertreibt.«

»Ich weiß.« Ihre Äußerungen zeigten ihm, dass Ann von dem fremden Unternehmen nicht mehr und nicht weniger wusste als er.

Er musterte sie eindringlich. Naiv? Ja. Unwissend? Ja.

Das besagte gar nichts. Trotz alledem konnte sie eine Verräterin sein.

Sie schauderte unter seinem Blick.

»Dir ist kalt. Geh nach oben ins Bett.«

»Kommst du auch? Ich meine, ins Bett? Vorhin hast du das gesagt. Aber ... kommst du auch bald?« In ihrer Stimme schwang Skepsis.

Was für eine faszinierende Frau. Sie hatte sein tiefstes, dunkelstes Geheimnis entdeckt. In einem Anfall von Wut und Verzweiflung hatte er sie wie ein Beutetier gejagt, sie gestellt und hemmungslos bestiegen. Er hatte keinen Funken Rücksicht auf ihre Befindlichkeiten und auf ihre Befriedigung genommen. Und obwohl er über sie hergefallen war, mit heißem, hungrigem Sex, grauste ihr geradezu davor, von ihm zurückgewiesen zu werden.

»Ich komm nach, sobald ich das Fenster repariert hab.« Er gestikulierte in Richtung Eingang.

»Ach ja. Das hätte ich fast vergessen.« Sie wandte sich zur Treppe um.

Keine Frage, er fühlte sich für seine junge, lebensunerfahrene Assistentin verantwortlich, als Unternehmer und als Mensch. Und er war bestimmt kein Typ, der die Bedeutung der traditionellen Symbole unterschätzte.

»Jeder meiner vier Söhne muss eine von den Varinski-Familienikonen finden.«

Ann hatte die Ikone gefunden. Ann war noch Jungfrau gewesen. Sie hatte ihm ihre Unschuld geschenkt. Sie war die Schlüsselfigur, die das Überleben seiner Familie garantierte, folglich lag ihm Anns Sicherheit ganz besonders am Herzen.

Er würde sie beschützen. Für seine Familie. Und für sich selbst.

»Ann.«

Sie sah ihn groß an, ihre Augen irisierend blau.

»Nichts und niemand könnte mich heute Nacht von dir trennen.«

10

Ann hörte Jasha das Schlafzimmer betreten und wunderte sich, wieso sie mit einem Mal ganz aufgeregt wurde. Sie blinzelte kritisch an sich hinunter, ob der Badeschaum – sie hatte mit den Massagedüsen jede Menge weiß perlenden Schaum erzeugt – ihren aufreizenden Luxusbody sittsam bedeckte. Auch wenn er schon alles gesehen und geküsst hatte, wollte sie nicht unbedingt aufreizend nackt vor ihm posieren.

Da war jede Menge prickelnder Schaum, aber um ganz sicherzugehen, drückte sie erneut einen Knopf, woraufhin die Whirlpooldüsen munter losblubberten.

Er trat in die Tür. »Gefällt dir mein Whirlpool?«

»Er ist toll.« Supertoll. Sie konnte sich mit ihren ein Meter achtzig bequem lang ausstrecken, trotzdem berührten ihre Zehen kaum das andere Ende. Die ringsum mit Düsen versehene Wanne war nämlich fast so breit wie lang, und der weiche Karamellton harmonierte mit den großen kupferfarbenen Fliesen. Durch das in die Decke eingelassene Oberlicht betrachtete sie die letzten watteweichen Wolkenfetzen, die über den Nachthimmel strichen, als wollten sie die Sterne blank polieren.

Natürlich war sie bestens informiert über das stimmungsvolle Ambiente und die Annehmlichkeiten, die dieses Haus bot. Immerhin hatte sie über den Umbauplänen gebrütet und sich von ihrem Büro aus um die komplette Restaurierung gekümmert. Jetzt hatte sie das fertige Ergebnis real vor sich. Sie beobachtete Jasha, der über den warmen Fliesenboden schlenderte. Geschmeidig lasziv wie ein Raubtier, wie sie nicht zum ersten Mal an diesem Tag bemerkte.

Unwillkürlich raffte sie die Schaumberge um sich.

Die Düsen trieben sie wieder weg.

Leicht hektisch schob sie den Schaum erneut zusammen.

»Hast du das Programm ›Selbst ist die Frau‹ eingestellt?« Er blickte in den Pool.

Die Schaumbläschen entwischten ihr immer wieder. »Das ›Selbst ist die Frau‹-Programm? Was zum …?« Vor ihrem geistigen Auge entstand das Bild, wie sie in seinem blubbernden Whirlpool saß, die Beine gespreizt, und er das Bad betrat. »Nein! Wie käme ich dazu?«

»Du solltest es mal ausprobieren.« Er kniete sich neben die Wanne, tauchte seinen Zeigefinger in das Wasser, und sein Gesicht. »Die Verkäuferin im Sanitärgeschäft gab mir durch die Blume zu verstehen, dass das Programm sehr entspannend sein soll.«

»Die Verkäuferin hat dir das gesagt?« Ann war schockiert über die Offenheit dieser wildfremden Frau. Schockiert und peinlich bestürzt.

»Sie erbot sich sogar, es mir vorzuführen.«

»Was war das denn für eine?«

»Keine Ahnung, allerdings hab ich ihr freundliches Angebot dankend abgelehnt.« Er bemühte sich, ernst zu bleiben. »Ich wollte einfach abwarten, wie es dir gefällt.«

»Ich würde niemals … ich meine, nicht in deinem Beisein …«

»Ach, komm, sei kein Frosch.« Süffisant grinsend schob er den Schaum beiseite und blickte ins Wasser. »Soll ich dir mal was verraten? Ich bin ganz wild auf diesen entrückten Ausdruck der Ekstase auf deinem Gesicht.«

»Du guckst mir dabei *nicht* ins Gesicht, okay?« Und was sollte sie mit ihren Händen machen? Sie auf ihre Brüste legen? Sah das nicht so aus, als würde sie daran herumspielen? Zwischen ihre …? Nein, das sah erst recht so aus, als würde sie sich selbst befriedigen.

»Wieso wirst du eigentlich rot?«

»Weil … oh, du Schuft!« Sie sank bis zum Kinn ins Wasser, schob die Hände schamhaft auf ihren Schenkelansatz. Um die Balance zu halten, wackelte sie dabei mit ihrem Becken wie eine verkappte Meerjungfrau. Grundgütiger, war ihr das unangenehm! Dass es ihr die Schamesröte ins Gesicht trieb, lag bloß an seinen glutvollen Blicken.

Und das wusste er ganz genau.

»Ich würde dich nie betrügen«, rutschte es ihr spontan heraus.

Seine amüsierte Miene verdunkelte sich, und Ann schwante Böses. »Nein. Jedenfalls nicht vorsätzlich«, versetzte er mit mühsam verstelltem Ärger. »Weshalb bist du hier?«

»Denk mal an deine Verlobung.«

»Meine Verlobung?« Er blinzelte konsterniert, zog automatisch die Hand aus dem Wasser. »Das war vor sechs Monaten.«

Dieser Dumpfbeutel. Was glaubte er eigentlich, weshalb sie den langen Weg hierher gefahren war? »Als du mich gebeten hast, einen Verlobungsring auszusuchen, war ich total … aufgeregt.« Sie errötete abermals. Grundgütiger, war ihr das peinlich. »Ich dachte, du hättest endlich begriffen, dass ich die große Liebe deines Lebens bin.«

Er streifte Schuhe und Socken ab, stieg in die Wanne und setzte sich auf den gefliesten Rand. Die Ellbogen auf seine Knie gestützt, beugte er sich vor und konzentrierte den Blick auf ihr Gesicht. »Ich bin beeindruckt.«

»Von wegen. Du wolltest den Ring für Meghan Nakamura.« Wenn Ann an die hinreißende, zierliche, umwerfend schöne Frau dachte, hätte sie am liebsten wild um sich geschlagen. Und Jasha eine gescheuert. Nein, Irrtum, am liebsten hätte sie der ach so superhübschen Meghan eine geschossen.

»Jedes Mal, wenn du ihren Namen ins Spiel bringst, klingst du …«

»Sarkastisch?«

»Nein. Missfällig. Wie eine Nonne.«

Ann setzte sich kerzengerade auf. »Ich bin aber keine Nonne.«

Sein Blick glitt über den Schwung ihrer Brüste, von denen prickelnder Schaum perlte. Er grinste. »Das hab ich gemerkt.«

Sie sank wieder ins Wasser. Wieso war ihr vorher nie aufgefallen, dass sein Grinsen wölfisch anmutete, mit jeder Menge weißer Zähne? Müssten bei ihr nicht spätestens jetzt sämtliche Alarmglocken schrillen? Aber von wegen, sie sehnte sich nach seiner Nähe. Schöner Mist. Sie atmete tief durch, bevor sie herausplatzte: »Die Wanne ist groß genug für uns beide.«

»Glaub mir, auch das ist mir nicht entgangen.« Er machte jedoch keinerlei Anstalten, ins Wasser zu gleiten.

»Zieh wenigstens die Hose aus. Sie wird sonst nass.« Immerhin war sie nackt, da konnte er sich gefälligst auch entblättern. So was nannte man Waffengleichheit, oder?

»Wie ist das?« Er zog sein T-Shirt über den Kopf.

»Schon besser«, japste sie. Ihre Stimme überschlug sich fast. Kein Wunder bei dem Sixpack, dem Mordsbizeps und dem tintenschwarzen Tattoo auf seinem muskelbepackten Arm. Sie hatte seinen entblößten Oberkörper schon öfter gesehen, wenn Jasha sich nach seinem Lauftraining im Büro die verschwitzten Sachen auszog. Noch vor einer Stunde hatte sie ihn sogar hautnah bewundern können. Trotzdem faszinierte er sie immer aufs Neue. Er hatte vor ihren Augen sein T-Shirt ausgezogen. Das war immerhin ein Anfang. Und mutete wie ein verheißungsvolles Angebot an – für später.

»Wir waren bei Meghan«, rekapitulierte er.

Sie fasste sich hastig wieder. »Also ... das war echt nicht nett ... Das mit der Nonne, meine ich.« Sie hörte sich bestimmt nicht so an wie die prüde Schwester Mary Magdalene. Das wäre ja der Gipfel!

»Nööö, war bloß ein Scherz«, ruderte er zurück. »Los, erzähl weiter von Meghan und mir und dir.«

»Muss ich deinem Spatzenhirn echt auf die Sprünge helfen? Also gut. Ich hab dir einen traumhaften Diamantring besorgt. Den hast du ihr geschenkt. Dann hast du mich gebeten, einen professionellen Hochzeitsausrichter zu kontaktieren, und bist mit Meghan groß essen gewesen.« Ann funkelte ihn wütend an. »Schon mal was von unglücklicher Liebe gehört? Es ist die Hölle. Der reinste Frust!«

»Soso. Du liebst mich.«

»Da draußen« – sie deutete mit einem ärgerlichen Kopfnicken zum Fenster – »wusstest du, wann ich erregt war. Du hast behauptet, du würdest so etwas wittern.«

»Ja, aber …« Er stockte, als suchte er nach einer plausiblen Erklärung.

»Du wusstest es, da aber so ziemlich *jede* Frau in deinem Dunstkreis scharf auf dich ist, denkst du dir nichts dabei.« Sie tippte mit dem Finger auf ihn. »Stimmt's?«

Er fuhr sich mit den Fingern durch die Haare.

Sie drehte sich auf die Seite, damit er ihr Gesicht nicht sah.

Himmel, wie oft war sie auf die Damentoilette gerannt und hatte sich die Augen ausgeheult! Etliche Kolleginnen hatten versucht, sie zu trösten – vergeblich. Und zu der niederschmetternden Einsicht, dass sie mit Jashas schönen Frauen bestimmt nicht mithalten konnte, kam letztlich die Erkenntnis, dass wenigstens die halbe Firma von ihrem Dilemma wusste.

Das war das Problem ihres ganzen einsamen, ungeliebten Lebens.

Sie hatte mit dem Gedanken gespielt, ihren Job zu kündigen, an dem sie wahnsinnig hing, und den geliebten Mann zu verlassen, bevor der informelle Kommunikationsfluss losrauschte – soll heißen, die Gerüchteküche zu brodeln begann. Nachher kam noch irgendjemand auf die wahnwitzige Idee, Jasha brühwarm zu erzählen, dass die lange Bohnenstange Ann total auf ihn abfuhr.

Ihre Kolleginnen ließen die unglücklich Verliebte jedoch nicht hängen, sondern hatten sich blitzschnell ein Ablenkungsprogramm überlegt. Echte Goldstücke, diese Mädels! Sie stopften Ann kurzerhand in ein Auto und fuhren mit ihr zum Shoppen. Sie hatten ihr schicke neue Sachen ausgesucht, sie zum Kauf des Wonderbras beschwatzt. Celia, die Initiatorin der Aktion, wurde nicht müde, ihr vorzubeten, dass sie die Zukunft umarmen solle, sich Ziele setzen und Pläne machen müsse. Diese Frauen, und ganz besonders Celia, hatten ihr den Kopf zurechtgerückt und sie mit der Tatsache konfrontiert, dass sie entweder aktiv werden musste oder ihr Leben lang weiter träumen konnte. Wollte sie etwa als alte Jungfer sterben?

Neiiin! Das wollte sie natürlich nicht. Das hier behagte ihr jedoch genauso wenig. Dass Jasha ein Wolf war und sie die Wächterin einer Ikone mit übernatürlichen Kräften ...

Er glitt zu ihr in die Wanne und rutschte hinter sie. Umschlang sie und schmiegte sie an seine Brust. Seine leise gehauchten Worte zausten die feuchten Löckchen in ihrem Nacken. »Nach außen hin tat Meghan so, als wäre sie eine wahnsinnig heiße Braut. Aber im Bett ... da beschwerte sie sich darüber, dass sie beim Orgasmus mit mir schwitzen würde. Dass ich dauernd scharf auf sie wäre und zu oft Sex fordern würde. Sie fand Körperflüssigkeiten – ihre, meine – eklig. Stell dir bloß vor, was da los gewesen wäre, wenn ich mich in ihrem Beisein verwandelt hätte!«

Ann zuckte mit den Schultern, während sie versuchte, sich ihm zu entwinden.

Jasha knabberte an ihrem Ohrläppchen. »Die hätte mich glatt zu einem Hundeausbilder geschleppt, vermutlich zu einem Typen für besonders schwer erziehbare Köter.«

Ann giggelte widerstrebend.

»Sobald Meghan eine Tretmine von mir gefunden hätte, hätte sie mich in einen Hundezwinger eingesperrt.« Er schmiegte seine Wange an Anns Haar.

Oh, dieser Schuft zog sämtliche Register seines Charmes. Weil er sie zweifellos zu manipulieren versuchte, und Ann fand das … ungeheuer reizvoll. »Da kennst du sie aber schlecht«, giftete sie.

»Wie bitte?«

»Die hätte dich erst gar nicht in einen Zwinger gesperrt, die hätte dich eiskalt erwürgt.«

Er lachte und drehte ihr Gesicht zu sich. »Dabei hätte sie zumindest ihre langen, im Fingernagelstudio gepflegten Krallen eingebüßt.« Er streichelte über Anns Wange. »Im Übrigen hast du mich mit einem verdammt spitzen Absatz erwischt.«

Sie spähte auf seine Brust. Entdeckte eine kleine rote Narbe, die die Form ihres Absatzes hatte.

»Du wärst mir beinahe entwischt.«

»Wär ich auch, bloß bin ich leider keine trainierte Waldläuferin.«

»Ein Glück für mich.«

Seit ihrer Ankunft fühlte sie sich in ein Wechselbad der Gefühle gestürzt. Sie war nervös, fasziniert, erregt, schockiert, euphorisiert zugleich. Himmelhoch jauchzend, zu Tode betrübt. Ein Schock jagte den nächsten. Warum sagte er so etwas? Was mochte er wohl von ihr halten? Sie hätte viel darum gegeben, wenigstens ein kleines bisschen Gewissheit zu bekommen. »Du erwähntest vorhin, du hättest das nicht tun dürfen. Mich durch den Wald hetzen, meine ich.«

»Stimmt. Das war nicht richtig von mir. Trotzdem spar ich mir den Atem für eine Entschuldigung. Denn Ann, Liebes, ich bedaure nichts.« Seine Miene signalisierte eiskalte Entschlossenheit. »Und ich würde es wieder tun, um dich zu besitzen.«

11

Jashas Worte hingen bedeutungsschwer in der dunstigen Stille.

Ann schluckte, denn seine Augen glühten gelb wie die eines Wolfs, der Blut geleckt hat. Er meinte es ernst, und sie besann sich spontan wieder ihrer Panik und des körperlichen Schmerzes, ausgelöst von seinen obsessiven Passionen. Früher hatte sie sich ausgemalt, dass der Sex mit ihm das ultimative Verwöhnerlebnis wäre. Allenfalls mit ein paar kleineren Konflikten gewürzt – à la Meg-Ryan-Romanze. Sie hatte nie realisiert, dass dieser umwerfende Womanizer und Traumtyp eine dunkle Seite haben könnte. Aber wo Licht ist, ist bekanntlich auch Schatten, seufzte sie insgeheim.

»Ann, ich will ganz offen zu dir sein. Du bist meinetwegen in eine schlimme Geschichte hineingeraten. Jetzt kommst du da schwer wieder raus«, sagte er mit leiser, belegter Stimme, aus der Betroffenheit – und eine gewisse Befriedigung sprachen.

»Das war nicht meine Absicht«, erwiderte sie weich, ihre Stimme leise stockend.

»Dein Platz ist hier. Dich hat der Himmel geschickt. Mit dir an meiner Seite kann ich diese Katastrophe durchstehen. Oder würdest du mich verlassen, wenn es hart auf hart kommt?«

»Nein!«

»Ich tippe mal darauf, dass du deswegen auserwählt wurdest. Weil du ein mutiges Mädchen bist. Und natürlich deshalb.« Er küsste sie.

Sie trommelte mit den Fäusten auf seine Schultern, bemüht, sich seiner Umarmung zu entziehen. Nein, nein, nein. Er irrte gewaltig, sie war kein bisschen mutig.

Er umschlang zärtlich ihren Nacken und hielt sie fest. Streichelte ihre nackten Brüste. Seine Lippen fanden die ihren.

Diesmal ließ Ann sich nicht lange bitten. Sie sehnte sich nach ihm – schon die ganze Zeit. Sie saugte seine Zunge zwischen ihre Lippen, schob ihre tief in seinen Mund, gab sich den süßen Wonnen hin, die er ihr bescherte.

Sobald er den Kopf hob, zerrte sie an seinem Hosenbund. »Zieh sie aus.«

»Das kann ich nicht.«

»Weil sie nass ist? Komm, ich helf dir.« Sie nestelte an seinem Reißverschluss.

Er schnappte nach ihrer Hand, die eben die verräterische Ausbuchtung in seinem Schritt berührte, riss sie grinsend weg und zog eine Grimasse. »Nein, denn wenn ich meine Hose ausziehe, kann ich für nichts mehr garantieren.«

»Na und?« Sie riss ihre Hand los.

»Dann verlier ich die Kontrolle über mich, dring in dich ein und tu dir weh. Ich war vorhin viel zu brutal. Du bist noch Jungfrau.«

»Jetzt nicht mehr.«

»Weiß ich doch.« In seine Augen trat wieder jenes rötliche Flackern.

Na und, sann Ann unbekümmert. Was war daran so dramatisch, wenn er sich wieder in einen Wolf verwandelte? Nichts. »Ich will aber noch nicht schlafen!«, maulte sie. Nicht bevor er sie gewärmt, gestreichelt und vernascht hätte.

»Wer spricht denn von Schlafen?« Er schob seine flache Hand auf ihre Brust und drückte Ann sanft, aber bestimmt in den Pool zurück. »Nachdem wir jetzt im Warmen sind und die Alarmanlage eingeschaltet ist, kann ich mir alle Zeit der Welt lassen und dich verführen. Ich brauche mir keine Sorgen zu machen, dass jemand einbricht, mir heimtückisch den Rücken aufschlitzt und dich entführt.«

Der Jäger. Er spielte bestimmt auf den unheimlichen Jäger an. »Vorhin im Wald hattest du damit anscheinend kein Problem.«

»Im Wald hatte das Wolfsrudel ein Auge auf meinen Rücken.« Er glitt mitten in die Wanne, stellte den Whirlpool an und lehnte sich entspannt zurück, streckte seine langen Beine neben ihren aus.

»Das Wolfsrudel? Das Wolfsrudel gehorcht dir?« Sie hätte nicht zu sagen vermocht, was sie mehr schockierte: die Geschichte mit den Wölfen oder sein jungenhaft verschmitztes Grinsen.

»Ich hab Leader das Leben gerettet. Dafür ist er mir dankbar. Komm her, Ann.«

»Warum?«

»Ich hab dir nachgestellt. Bin im Wald über dich hergefallen. Willst du keine Revanche?«

Aus seinem Mund klang dieses dämliche Wort richtig animierend. »An welche Revanche denkst du?«

»Setz dich auf mich, dann zeig ich es dir.«

Als Jasha Ann behutsam auf das Bett legte, fühlte sie sich schläfrig und glücklich, weil sie wieder und wieder gekommen war.

Und er hätte mit seinem kleinen Freund Nägel in die Wand schlagen können.

Okay, er hatte es nicht besser verdient, aber davon wurde der Schmerz kein bisschen angenehmer. Seine nasse Jeans rieb wie Sandpapier über seine Genitalien, und er wollte bloß noch eins: Ann bis zur Besinnungslosigkeit vögeln. Als echter Varinski hätte er diesbezüglich keine Hemmungen gehabt. Er hätte seiner animalischen Natur bloß nachzugeben brauchen. Andererseits hatte er miterlebt, was geschehen war, nachdem Adrik vor den dunklen Mächten kapituliert hatte. Jasha schüttelte den Kopf. Nein, seine Eltern würden es niemals verwinden können, einen weiteren Sohn zu verlieren. Ihre Situation war auch so schon dramatisch genug.

Jasha überlegte, ob er kalt duschen sollte. Um einen kühlen Kopf zu bekommen und seinem kleinen Freund einen Dämpfer zu verpassen. Nachher könnte er sich entspannt zu ihr ins Bett legen und neben ihr einschlafen. Er betrachtete Ann. Sie hatte die Lider geschlossen, ihre langen, braunen Haare fächerten sich über das Kissen.

Er hatte Angst vor den dunklen Mächten, und deshalb sträubte er sich für gewöhnlich gegen die Verwandlungen, obwohl er die Natur liebte und für sein Leben gern durch den Wald stromerte und jagte.

Dieses eine Mal hatte er dem Impuls jedoch nachgegeben, weil er sich als Wolf die Entrüstung und Wut über den Fluch abreagieren konnte, der inzwischen ihrer aller Leben bestimmte. Durch seine Impulsivität hatte er eine Kette von Ereignissen ausgelöst, die grundlegenden Einfluss auf sein Schicksal nehmen sollten. Er konnte sich des Eindrucks nicht erwehren, dass ihm vorherbestimmt war, sein künftiges Leben mit einer einzigen Frau zu verbringen. Damit hätte er niemals gerechnet.

Ann hatte vor vier Jahren als Sachbearbeiterin bei Wilder Winery angefangen. Ihm war gleich aufgefallen, dass sie eine tüchtige, umsichtige Mitarbeiterin war. Folglich hatte er ihr nach einer entsprechenden Einarbeitungsphase den Job als seine persönliche Assistentin angeboten.

Er hatte sie nie als Frau gesehen; Frauen konnte er an jedem Finger zehn haben.

Aber eine persönliche Assistentin, die sämtliche Geschäftsgeheimnisse kannte, weil sie sein absolutes Vertrauen genoss? Danach konnte man lange suchen, denn jemand wie Ann war ein seltener Glücksgriff. Ein lupenreiner Rohdiamant, wie man ihn selten fand.

Ann war sein Schicksal. Der Allmächtige hatte sie ihm geschickt, eine Jungfrau. Sie war noch unberührt gewesen, und sie hatte die Ikone gefunden.

Er hatte keine Alternative. Entweder verhielt er sich wie ein Gentleman, oder ihm war wahrhaftig nicht mehr zu helfen.

»Jasha?«, flüsterte sie schläfrig.

»Ja?« Er beugte sich über sie.

Sie war bezaubernd, keine Frage. Er hatte einen Blick für schöne Frauen. Sie hatte ein offenes Gesicht mit fein geschnittenen Zügen, ihre großen blauen Augen wurden von langen dunklen Wimpern umrahmt. Und wenn sie lächelte … gütiger Gott, dann ging für ihn eine Sonne auf.

Ann war die sanftmütigste, liebenswerteste Frau, die er je kennengelernt hatte – und jetzt gehörte sie zu ihm. Er würde sie nie mehr hergeben.

12

Ann blieb im Kücheneingang stehen und lehnte sich an die Türfüllung. Sie trug eine enge weiße Hose, die ihren knackigen Po betonte, und dazu einen orangefarbenen Pullover mit einem modisch weiten Rundhalsausschnitt. Den locker gestrickten Pulli hatte sie ganz bewusst gewählt, weil er ihre schlanke Figur umschmeichelte und den schwarzen Spitzen-BH aufreizend durchschimmern ließ. Die hochhackigen Riemchensandaletten hatte sie extra gekauft, um ihre sorgfältig manikürten Fußnägel besser zur Geltung zu bringen. Blöderweise sahen ihre Zehen nach dem unfreiwilligen Waldlauf verboten aus!

Jasha saß an der stylischen Essbar und trank Kaffee aus einem bauchigen Keramikbecher. Die Morgensonne, die in schrägen Strahlen durch das Küchenfenster fiel, erhellte seine kantigen Wangenknochen, seinen großen sinnlichen Mund, die schläfrig zusammengekniffenen Augen. Er konzentrierte sich auf den Bildschirm seines Laptops und grinste dabei. Ann wusste, was dieses Grinsen bedeutete: Er hatte irgendeinen heiklen Gegner ausgeschaltet. Sein schwarzes T-Shirt spannte über dem trainierten Brustkorb und dem imposanten Bizeps. Letzte Nacht hatte Jasha sie wahnsinnig zärtlich umgarnt und ihr ungeahnte Wonnen geschenkt.

Ann wünschte, sie wäre weniger zurückhaltend. Dann wäre es ihr um einiges leichter gefallen, sich ganz selbstverständlich in seinem Haus zu bewegen oder ihn in ein Gespräch zu verwickeln, damit sie endlich Klarheit bekam. Sie hatte geglaubt, ihn gut zu kennen. Jetzt wusste sie, dass dieser Mann ein dunkles, ein abgründiges Geheimnis vor ihr verbarg.

Wen wunderte es, dass ihr daher eine Menge Fragen auf der Seele brannten? Aber womit sollte sie anfangen? Was sollte sie zu ihm sagen? Es war eine ganz schön vertrackte Situation. Darauf konnte sie dankend verzichten.

Als er aufblickte, fasste sie sich mental an den Kopf. Ein klärendes Gespräch? Worüber denn? Warum alles zerreden, wenn sie auch …

»Komm, sieh dir mal an, was heute in unserer lokalen Tageszeitung steht.« Er drehte den Laptop halb zur Seite und tippte auffordernd auf den hohen Hocker, der neben seinem stand.

Sie fasste sich ein Herz, durchquerte die Küche, schwang sich auf den Barstuhl und lenkte den Blick auf den Bildschirm.

Die Headline lautete: »Kalifornischer Jäger nach übermäßigem Alkoholgenuss verhaftet«.

Jasha stand auf. »Ich hol dir einen Kaffee. Möchtest du Rührei?«

»Ich mach das schon.« Sie sprang hektisch auf.

»Lies erst mal.« Eine Hand auf ihre Schulter gelegt, drückte er sie auf die Sitzfläche des Hockers.

Der Kalifornier Eric Lofts wurde gestern verhaftet, nachdem er die örtliche Polizei aufgesucht und dort behauptet hatte, in den Wäldern von einem Wolfsmenschen angegriffen worden zu sein. Mr. Lofts beteuerte, dass sich der Wolfsmensch von einem Wolf in einen Mann verwandelt und sein Gewehr zerstört hätte. Danach hätte er sich wieder in einen Wolf transformiert und ihn zu seinem Wagen gejagt.

Er habe Todesängste ausgestanden. Als Beweis zeigte der Kalifornier auf eine frische Bisswunde an seinem Hals. Im Laufe der weiteren Befragung räumte Lofts ein, dass er den Angriff provoziert habe, da der »Wolfsmensch« wohl merkte, dass er illegal auf eines der Rudel geschossen habe, die in den Olympic Mountains leben. Ein Blutalkoholtest ergab, dass Mr. Lofts stark angetrunken war. Er wurde wegen Fahrens unter Alkoholeinfluss, Irreführung der Behörden, Wilderei und Jagd auf bedrohte Arten inhaftiert. Inzwischen ist er gegen eine Kaution von zehntausend Dollar wieder auf freien Fuß gesetzt.

»Sie haben ihm kein Wort geglaubt.« Ann nahm den dampfenden Kaffeebecher in Empfang und nippte daran. Jasha wusste, wie sie ihn trank: Café au Lait mit fettarmer Milch zubereitet und mit Süßstoff gesüßt. Wenn sie abends länger im Büro waren, weil sie irgendwelche Deals einfädelten oder eine weitere Expansion planten, schütteten sie tassenweise Kaffee in sich hinein.

»Ich hatte auch nichts anderes erwartet.« In Jashas Stimme schwang selbstgefällige Genugtuung mit. Er schlug Eier in einer Schüssel auf. »Mit Käse?«

»Ja, gern.« Sie hatten sich bei der Arbeit auch schon häufiger einen kleinen Snack gemacht. »Und was ist mit der Bisswunde an seinem Hals?«

»Die Leute bei der Polizei gehen vermutlich davon aus, dass er von irgendeinem Hund angefallen wurde.« Er gab Butter in eine Pfanne und schaltete das Kochfeld an.

»Das denk ich auch.« Verrückt, wie relaxed sie hier zusammensaßen, dachte Ann. Und das nach einer solchen Nacht mit ihren vielen reizvollen Enthüllungen. Das war doch genau der passende Zeitpunkt, um ihm ein paar vorsichtig formulierte Fragen zu stellen, oder?

»Wieso hast du dich an der Ikone verbrannt?« Sie stöhnte innerlich auf. Besonders vorsichtig formuliert hatte das weiß Gott nicht geklungen. Eher nach der Holzhammermethode.

Er bedachte sie mit einem schiefen Seitenblick. »Das erzähl ich dir nach dem Frühstück.«

»Warum nicht jetzt?«

»Weil man manches nach einem guten Frühstück besser verkraftet. Vorher will ich aber noch genau wissen, was im Büro vorgefallen ist. Was hat dich dazu bewogen herzukommen?« Er goss die schaumig aufgeschlagene Eimasse in die Pfanne und schob Weißbrot in den Toaster.

»Das hab ich dir doch schon gesagt. Die Ukrainer drohen damit, dass sie aus der Sache aussteigen, wenn du nicht umgehend reagierst.«

»Stimmt, das hattest du gesagt«, murmelte er gedankenvoll. Er stellte einen Teller vor sie, hauchte ihr einen Kuss auf die Wange. »Hey, schau nicht so geknickt. Das bekommen wir schon hin. Ist bloß ein Klacks.« Er zog seinen Hocker beiseite. »Wir beide sind schließlich ein eingespieltes Team.«

»Ja, das sind wir.« Du lieber Himmel, jetzt redete er den gleichen Schmus wie im Büro. Dabei waren sie über die Teamebene längst hinaus. Sie waren ein Liebespaar, und ihre Beziehung würde der Zeit trotzen.

Oder?

Jasha hielt große Stücke auf Ann. Sie war ungeheuer intelligent und ehrgeizig, und das wusste er zu schätzen. Seine Worte sollten ihr Mut machen, sie motivieren.

Wenn die bevorstehende Fehde nämlich so brutal würde, wie es sich allmählich abzeichnete, würde sie ihren Intellekt und Ehrgeiz bitter nötig haben. Sie war die ideale Frau an seiner Seite. Ihre ungeheure Willensstärke und Hartnäckigkeit imponierten ihm, wenngleich sie nie übers Ziel hinausschoss. Außerdem war sie treu wie Gold. Sie würde ihn niemals verlassen.

Gestern Abend hatte er gezweifelt, ob sie als Gefährtin taugte.

Bei Tageslicht erkannte er, dass das Schicksal ihm die richtige Frau an die Seite gegeben hatte.

Und wenn sie die Schlacht gewinnen sollten – und das würden sie, davon war er fest überzeugt –, würde sie ihm prächtige Kinder schenken. Vielleicht sogar eine Tochter.

Er betrachtete sie nachdenklich.

Ann war groß gewachsen, mit einer sportlich schlanken Figur. Schwangerschaften verliefen bei ihr bestimmt problemlos. Die Kombination ihrer Gene würde hübsche, intelligente Kinder garantieren. Lauter kleine Wilders, die mit ihren genialen unternehmerischen Schachzügen irgendwann die Welt des Weins regieren würden.

Sie fing seinen Blick auf und hob fragend die Brauen. »Ist irgendwas?«

»Du bist viel, viel hübscher als Meghan Nakamura.«

»Um das zu checken, hast du aber verdammt lange gebraucht. Angeblich hast du doch einen erlesen guten Geschmack bei Frauen.« Anns Stimme klang frostig wie Eisnadeln.

»Stimmt, das sagt man mir nach.« Er lächelte charmant und dachte bei sich: *Trotzdem versteh ich die Frauen nicht.*

Er hatte nämlich nicht die Spur einer Ahnung, womit er Ann vergrätzt haben könnte.

Sie aß ihre Eier und ihren Toast, trank ihren Orangensaft und den Kaffee, füllte sich nach. »Erzähl mir von dir. Wieso bist du so … wie du bist?«

Heute Morgen brachte sie es wohl nicht über die Lippen. Das mit seinem Wolfy-Tick, wie Firebird es verniedlichend umschrieb. Ann musterte ihn skeptisch.

»Wie ich bin?« Er wackelte vielmeinend mit den Brauen.

»Du weißt schon. Teilweise … halb … manchmal ein …« Sie kannte ihn verflucht gut. Wusste, dass er sie hochnahm. »Du hast ein Hundetörchen in die Mauer eingelassen, besitzt aber gar keinen Hund.«

»Ich erzähl dir von mir, versprochen – aber zuerst will ich ganz genau wissen, wieso du hergekommen bist. Mal abgesehen von der Tatsache, dass du bis über beide Ohren in mich verknallt bist.« Er lachte.

Ann fand das kein bisschen witzig.

Okay, okay, Scherz beiseite. Rücksicht und Verständnis waren wohl eher angesagt, zumal sie vorher noch mit keinem Mann intim gewesen war. Er musste ihr Vertrauen gewinnen. Gut möglich, dass dieses Vertrauen in nicht allzu ferner Zukunft die schmale Gratwanderung zwischen Leben und Tod bedeutete. Er wurde ernst. »Du weißt, dass meine Familie aus Russland stammt«, begann er. »Väterlicherseits sind wir Kosaken. Die Familie meiner Mutter sind Roma. Zigeuner.«

Ihr Kinn in die Hand gestützt, fixierte sie ihn gespannt mit den Augen. »Echt? Deine Mutter ist eine Zigeunerin?«

»Meine Eltern mussten Russland verlassen. Moms Clan

wollte nicht, dass sie meinen Vater heiratete. Dads Familie hält sowieso nichts von der Ehe.«

»Mit einer Roma, meinst du?«

»Nein, prinzipiell nicht.« Jasha hatte die Geschichte an einem eisigen Winterabend gehört. Damals war er siebzehn gewesen und in der Abschlussklasse der Highschool. Er fieberte seinem Studium am MIT entgegen, weil er wie alle jungen Leute darauf brannte, endlich ausziehen und auf eigenen Füßen stehen zu können. Folglich kreisten seine Gedanken um völlig andere Dinge.

Als sein Vater jedoch erklärte, dass er die Geschichte nur ein einziges Mal erzählen wollte, hatte Jasha gespannt zugehört. Zumal sein alter Herr seine Geschichten für gewöhnlich wieder und wieder und wieder zum Besten gab.

Aber nicht, was seine Vergangenheit betraf. Oder seine russische Heimat.

»Und die anderen in deiner Familie … du weißt schon …?«, fragte sie zaghaft, als grauste ihr vor seiner Antwort. Womöglich konnte sich seine gesamte Verwandtschaft wahllos in irgendwelche Zombies verwandeln.

»Alle Männer.«

»Alle Männer? Bloß die Männer?«

»Es ist eine komplizierte Geschichte.« Er hatte keinen Schimmer, wie viele schockierende Enthüllungen er ihr noch zumuten durfte. Obwohl sie heute Morgen die coole, taffe Ann Smith herauskehrte und nicht jenes zauberhafte Wesen, das Stürme der Leidenschaft in ihm entfesselt hatte.

Welche war die wahre Ann Smith?

»Das scheint mir auch so. Vielleicht war die Familie deiner Mutter deswegen gegen diese Heirat.«

»Weil sie was gegen Typen hat, die sich in Wölfe verwandeln? Womöglich wären ihr Gremlins lieber gewesen.«

Ann fand das kein bisschen lustig.

Mann, der Witz war doch gut, oder? Er wollte sie doch bloß zum Lachen bringen, aber sie blieb stur.

Uff, das war definitiv die wahre Ann Smith. Er konnte selbst in kritischen Situationen herzhaft lachen, während sie geduldig abwartete, bis der Anfall vorüber war, und ihn dann sanft, aber bestimmt auf den Boden der Realität zurückholte.

Aber Mann, wie er es hasste, ihr die Wahrheit zu beichten. »Okay, Spaß beiseite. Es steht zu befürchten, dass die Familie meines Vaters schwer verstimmt ist.«

»Weil die beiden geheiratet haben?«, fragte sie ungläubig.

»O ja.«

»Dann existiert das Dilemma schon seit über dreißig Jahren, oder?«

Wenn sie wüsste. »Tausend Jahre treffen es womöglich besser.«

»Was redest du da für einen Blödsinn?«

»Ich habe Insider-Informationen.« Früher oder später würde er mit der ganzen Geschichte herausrücken müssen – aber dazu fehlte ihm der Mumm. Wenn sie begriff, wo sie da hineingeraten war, würde sie bestimmt flüchten. Er konnte ihr das nicht verübeln, trotzdem blieb ihm in dem Fall nichts anderes übrig, als sie aufzuhalten.

»Um nochmal auf die Ukrainer zurückzukommen«, wechselte er hastig das Thema, »also, was ist jetzt mit dem fraglichen Deal?«

»Ich bekam ein Fax.« Bevor er sie unterbrechen konnte, setzte sie hinzu: »Vor drei Tagen.«

»Das war am fünften Juli, korrekt?«

»Ja.«

»Und?«

»In dem Fax stand, dass sie sich mit unseren Bedingungen einverstanden erklären, aber nur, wenn du dich Ende der Woche mit ihnen triffst.«

»Ein Treffen mit ihnen? Wo?«

»In deinem Büro.«

Seine Augen wurden schmal, während er mental die verschiedenen Möglichkeiten durchging.

Hatten die Varinskis ihn aufgespürt? Davor hatte sein alter Herr immer Paranoia gehabt, zumal er ein dunkles Geheimnis zu verbergen hatte. Andererseits hatte Jasha im Laufe der Jahre nicht einen verräterischen Hinweis aufgeschnappt, dass jemand aus ihrer früheren Heimat es auf seine kleine Familie abgesehen haben könnte.

Trotzdem ging er kein Risiko ein. Er hatte seine Spuren verwischt, indem er in behördliche Computer eingedrungen war und seine persönlichen Daten gelöscht hatte. Jetzt war er ein Enigma, ein Mann ohne Vergangenheit – man konnte ja nie wissen.

»Sie möchten die Sache zu einem Abschluss bringen. Und dich persönlich treffen, um die Vertragsunterzeichnung unter Dach und Fach zu bringen«, erklärte Ann weiter.

Um ihn zu bedrohen? Ihn zu töten?

Um herauszufinden, wo seine Familie lebte, und sie alle auszulöschen?

»Was hast du ihnen gesagt?«, wollte er wissen.

»Dass du wegen familiärer Verpflichtungen nicht im Büro seiest …«

Wenn sie auf spezielle Informationen aus gewesen wären, hätten sie bestimmt an diesem Punkt nachgehakt. »Was haben sie darauf gesagt?«

»Sie haben überhaupt nichts *gesagt*. Es ging alles per Fax hin und her. Zu deinen privaten Aktivitäten haben sie sich im Übrigen nicht geäußert.« Sie hob die Brauen, wartete auf seine nächste Frage. Als er nichts sagte, fuhr sie fort: »Ich habe ihnen gefaxt, dass ich dich kontaktieren würde, und sie um etwas Geduld gebeten.«

»Das passte ihnen nicht in den Kram, stimmt's?«

»Sie waren sauer, ja. Folglich erbot ich mich, mit den Verträgen zu dir zu fahren und sie gemeinsam mit dir durchzugehen. Damit konnte ich sie wohl überzeugen, noch ein bisschen Geduld zu haben.«

Er musterte sie nachdenklich. Waren sie ihr gefolgt? Hatten sie einen Spitzel auf Ann angesetzt? Was hatte sie unwissentlich noch alles ausgeplaudert? »Hast du die Unterlagen komplett bei dir?«

»Selbstverständlich!« Wollte er seine supertüchtige Assistentin beleidigen? Sie glitt von dem Barstuhl, holte ihre Aktenmappe und breitete Verträge und Faxe auf dem Tisch aus.

Er blätterte die Schriftstücke durch, die in zeitlicher Abfolge sortiert waren. Und las sie mit ganz neuen Augen. Dabei hatte er die Stimme seiner Mutter so deutlich im Kopf, als säße sie neben ihm.

Die Söhne von Oleg Varinski haben dich gefunden. Du bist in Gefahr.

13

Jashas Nackenhaar stellte sich unwillkürlich auf. Er schaute zu Ann, die seinen Blick ruhig und gefasst erwiderte.

Wären die Varinskis ihr gefolgt, hätte sie es gewiss niemals bemerkt. Wenn sie gemerkt hätten, wer sie war – die Hüterin der Ikone, die von der Madonna Auserwählte –, wäre das ihr sicherer Tod gewesen.

Mit mehr Nachdruck in der Stimme fragte er: »Haben sie dir irgendwas geschickt, was du mir geben sollst? Ein Zeichen ihres guten Willens? Irgendwas?«

»Nein.«

»Bist du sicher?«

»Jasha.« Sie klang empört. »Du kannst dich zweihundertprozentig auf mich verlassen. Wenn ich etwas für dich hätte, hätte ich es mitgebracht.«

»Das weiß ich.«

»Hört sich aber nicht so an.«

»Ann, ich vertraue dir. Aber ich traue diesen Leuten nicht.«

»Diese Kunden sind Weinhändler wie andere auch.« Sie machte eine wegwerfende Geste. »Was gibt es da großartig zu vertrauen?«

»Du bist vielleicht naiv.« Sie war völlig ahnungslos in diese uralte Fehde hineingeraten, weil sie ihm gegenüber loyal war.

»Naiv? In unserem *Business?*« Sie plusterte sich entrüstet auf. »Willst du damit sagen, dass ich *beschränkt* bin oder was?«

Mist, er hatte sie nicht persönlich angreifen wollen. Er schob den Stapel Unterlagen beiseite. »Nein, auf gar keinen Fall.«

»Oh.« Sie sank wieder auf ihren Hocker. »Okay.«

Dass sie ihn skeptisch musterte, versetzte ihm einen empfindlichen Stich in die Brust. Nach drei Jahren intensiver Zusammenarbeit mit etlichen Überstunden, einer Hetzjagd durch den Wald und einer langen Liebesnacht traute sie ihm wohl immer noch nicht so richtig über den Weg. Tja, wäre seine Mutter hier, würde sie Ann bestimmt schonend beibringen, dass man für ihn durchs Feuer gehen konnte.

Im Moment musste er dafür sorgen, dass er den Varinskis immer einen Schritt voraus war. Er versank in Anns schönen, dunkel umwölkten Augen. Er bürgte für ihre Sicherheit. Und er würde sie beschützen, bis zum letzten Atemzug. »Was hältst du davon, wenn wir heute Morgen einen Spaziergang zu deinem Wagen machen?«

Sie blinzelte, weil er plötzlich das Thema wechselte. »Okay.«

»Mal sehen, ob er noch immer auf der Klippe hängt. Dann bestell ich den Abschleppdienst, und du informierst deine Versicherung. Lass dir was Überzeugendes einfallen.« Sein Vater beteuerte immer, dass eine gute Lüge die richtige Mischung aus Wahrheit und taktischem Kalkül sei. Und wo sein Dad Recht hatte, da hatte er einfach Recht. Punkt. »Willst du dich nicht schnell umziehen?«

Sie senkte den Blick auf ihre Füße. »Ich hab weder Turnschuhe noch Jeans dabei. Ich hab bloß das hier eingepackt.«

Er betrachtete sie mit leicht geneigtem Kopf. »Du siehst

toll aus.« Sie sah sogar super aus, eine große, schlanke Frau mit endlos langen Beinen. Gestern Abend, nach dem Bad, war sie in seinen Armen eingeschlummert. Er hatte seine Erregung kontrollieren müssen, weil er wusste, dass er sie nicht bedrängen durfte.

Sie dagegen hatte friedlich geschlafen, erschöpft von den Ereignissen des schicksalhaften Tages.

Sie war noch unberührt gewesen.

Eine Jungfrau. Verdammt nochmal.

Das Verlangen, sie zu besitzen, wuchs mit jeder Sekunde, jagte seinen Testosteronspiegel in die Höhe. Ihr sinnlich femininer, verführerischer Duft zerrte an seinen Nerven. Er schmeckte ihren süßen Nektar noch auf seiner Zunge. Er hatte sie geschmeckt, und die Erinnerung verlieh seinem Begehren Flügel.

Wetten, wenn er in diesem Augenblick die Ikone betrachtet hätte, hätte die Madonna ihn schief angegrinst?

»Du siehst toll aus«, wiederholte er, »trotzdem brauchst du hier oben sportliche Klamotten. Weißt du was? Meine Schwester hat oben in dem kleinen Schlafzimmer ein paar von ihren Sachen hingehängt. Willst du mal schauen, ob dir davon was passt?«

»Okay.« Ann glitt von dem Barstuhl und ging auf die Tür zu, wo sie zu ihm herumschwenkte. »Aber … macht es deiner Schwester auch nichts aus?«

»Nööö. Firebird ist ziemlich unkompliziert.« Zwar nicht bei ihren Klamotten, aber was sollte es? Ann würde davon sowieso nichts passen, denn seine Schwester war um einiges kleiner und erheblich üppiger.

Es war bloß ein Trick, damit Ann aus dem Zimmer verschwand. Damit er seine Suche ungestört fortsetzen konnte.

»Bist du sicher?«, wandte sie zweifelnd ein.

Himmel, dieses Palaver um irgendwelche Fummel war wieder mal typisch Frau. »Weißt du was«, erwiderte er gereizt. »Wenn du sie kennenlernst, kannst du sie ja fragen.«

»Werde ich sie denn kennenlernen?«

»Klar doch. Mein Dad … ähm …« Wie sollte er es Ann erklären? »Mein Dad hatte Probleme mit dem Herzen. Irgendein Herzanfall oder so was in der Art.«

»Was?« Ann lief wieder an den Tresen und setzte sich. »Wann?«

»Am vierten Juli.«

»Wieso hast du mir das nicht gesagt?«

»Es war die totale Hektik. Er wurde von einem Krankenhaus ins andere verlegt, und meine Mutter war so …« Er gestikulierte fahrig mit den Händen.

»Das kann ich mir vorstellen!« Ann nahm seine Hand und umschloss sie mit ihren beiden Händen.

Jasha war ihr dankbar, dass sie nicht weiterbohrte. Es fiel ihm sehr schwer, über seinen Vater zu sprechen. Weil es wieder jene Ängste, Beklemmungen und Enttäuschungen in ihm wachrief. Am liebsten hätte er mit den Wölfen im Mondlicht geheult. Und etwas gejagt, jemandem die Gurgel zerbissen, am besten einem Varinski. Er wollte – er wollte doch bloß wieder ein geordnetes Leben führen. Angenehm, sorglos wie früher. Aber die Zeiten waren vorbei.

»Wie geht es ihm?« Sie drückte mitfühlend seine Hand.

»Ich hab heute Morgen schon mit Rurik gesprochen.« Wobei die Brüder nicht daran denken wollten, dass Konstantine in der Hölle schmoren würde, sollte er jetzt sterben.

Männer, die einen Pakt mit dem Teufel schlossen, mussten die Konsequenzen tragen.

»Nach seiner Einlieferung in die Klinik hieß es zunächst, wir sollten Abschied von ihm nehmen.« Jasha fühlte spontan wieder die Ohnmacht und Hilflosigkeit, die ihn bei diesen Worten erfasst hatten. Er sah noch das kummervolle Gesicht seiner Mutter vor sich, hörte Firebirds zerrissenes Schluchzen. Er drückte Anns Hand, als wäre sie sein rettender Anker. »Inzwischen ist er auf dem Weg der Besserung und kann vermutlich demnächst wieder nach Hause.«

»Alle Achtung. Und wie haben sie ihn therapiert?«

»Die Ärzte können ihn nicht therapieren. Sie wissen nicht mal richtig, was ihm fehlt.«

»Sie schicken ihn nach Hause und wissen nicht mal, was er hat?« Sie hob die Stimme. »So einfach würde ich mich an eurer Stelle nicht abspeisen lassen. Die Ärzte sollen euch klipp und klar …«

»Sie meinten, sie wollen die Krankheit nach ihm benennen.« Sie schluckte. »Entschuldige. Das war voreilig von mir. Ich mag deinen Dad. Er ist ein netter Typ. Ich meine, ich hab bisher nur mit ihm telefoniert, aber am Telefon ist er immer so herzerfrischend fröhlich. Neulich fragte er mich, wie alt ich sei und warum ich nicht …«

Sie wurde unvermittelt knallrot im Gesicht, und Jasha amüsierte sich zum ersten Mal wieder köstlich, seitdem seine Mutter ihre Prophezeiung abgegeben hatte.

»Er hat dich gefragt, wie alt du bist und warum du mich nicht heiraten willst, stimmt's?« Jasha erwog, ob er ihr reinen Wein einschenken sollte. Nein, dafür war es noch entschieden zu früh. Stattdessen sagte er: »Auf unserer Party am vierten Juli hat er nämlich versucht, mich meistbietend an eine der anwesenden Frauen zu versteigern.«

»Du machst wohl Witze, was?«

Jasha kostete ihre Verblüffung weidlich aus. »Er nannte meine Vorzüge und bot mich wie einen Preisbullen feil. Rurik übrigens auch.«

»Macht er das öfter?«

»Nein, meistens liest er Fachzeitungen und regt sich über die idiotischen Gesetze auf, die die Weinindustrie regulieren, oder er beschwert sich über das Wetter, dass die Trauben nicht richtig reifen oder so. Er will auf jeden Fall Enkelkinder, und wenn mein Vater sich ein Ziel gesetzt hat, kommt man ihm besser nicht in die Quere.« Sie konnte ruhig wissen, wie Konstantine wirklich war. Nachher fiel sie noch aus allen Wolken. »Wenn wir hier fertig sind, fahren wir zusammen ins Krankenhaus.«

Ann sah ihn erschrocken an.

»Du wirst sie mögen«, meinte er begütigend. »Dann kannst du Firebird sagen, dass du dir was von ihr ausgeborgt hast.«

»Ach ja, richtig.« Ann stand auf und lief abermals zur Tür.

Er wartete, bis ihre Schritte auf der Treppe verklungen waren und sich ihr betörender Duft verlor.

Dann tastete er eilends die Dokumente ab, auf der Suche nach verräterischen Unebenheiten oder dergleichen. Er schnupperte daran: Haftete ihnen etwa der Gestank der Varinskis an? Waren sie heimlich in seinem Büro gewesen?

Er entdeckte nichts Ungewöhnliches.

Er schüttelte den Aktenordner.

Es fiel nichts heraus.

Anns Aktentasche stand auf dem Tisch, edles schwarzes Vollrindleder, handgenäht mit Schulterriemen, gebürsteten Aluminiumbeschlägen und einem modischen Vorhängeschloss – ideal, um einen Minisender darin zu verstecken.

Er durchwühlte ihre persönlichen Sachen und grinste, als er einen Umschlag öffnete und eine Notiz von Celia an Ann herausflatterte. Ein Blick darauf reichte, um zu erkennen, dass sie *Mr. Wilder* und *Sexy Po* in einem einzigen Satz erwähnte.

Na schön.

Er kramte sein Taschenmesser hervor, ritzte sämtliche Nähte ihrer Aktentasche und den Schultergurt auf. Leder und Futteral breitete er auf dem Tisch aus.

Die Aktentasche war sauber.

Er hob den Blick, spähte aus dem Fenster in einen sonnigen Morgen hinaus. In ihrer Aktentasche war nichts, okay, dann aber bestimmt in ihrem Wagen …

Plötzlich witterte er ihre Betroffenheit, begleitet von einem gedämpften Seufzer der Empörung. Er schnellte herum.

Ann stand in der Tür, ihr Blick auf die geliebte Aktentasche und ihre persönlichen Unterlagen geheftet. Sie betrachtete die viel zu kleinen Sachen, die sie in der Hand hielt. Nach einem mordlustigen Blick flüchtete sie aus dem Esszimmer.

Er spähte auf die Einzelteile ihrer Aktentasche, die auf dem Tisch verstreut lagen.

Okay, es sah schlimm aus. Aber dafür gab es eine einfache Erklärung … oder er ließ sich besser schleunigst eine einfallen.

Er sprang auf und setzte ihr nach. Setzte ihr nach – seine Instinkte trieben ihn zu Höchstleistungen.

Stell ihr nach. Hetz die Frau. Überwältige sie. Nimm sie dir …

Nein! Grundgütiger, nein, das hatte er schon einmal getan.

Und es war himmlisch gewesen. Ihre Haut war seidenweich und makellos glatt, ihr Körper heiß und feucht …

Er hielt inne, stemmte seine flachen Hände auf die Wand und atmete tief durch. Kontrolle. Was war mit seiner Selbstdisziplin? Er hatte noch nie ein Problem damit gehabt, seine Begierden zu zügeln.

Wieso dann jetzt? Wieso bei Ann? Diese Frau hatte etwas an sich, was sein wildes Verlangen entfachte.

Wenn er gekonnt hätte, hätte er von der Verfolgung abgesehen, aber er musste sie stoppen, bevor sie etwas Unüberlegtes tat. Er würde ihr so einiges erklären müssen.

Ob sie nach oben ins Schlafzimmer gelaufen war, sich aufs Bett geworfen hatte und weinte? Nein. So einfach würde Ann es ihm nicht machen.

Sie musste das Haus durch den hinteren Eingang verlassen haben.

Er witterte es genau. Im Flur hing eine leichte Ausdünstung von wütender Entrüstung – zudem hatte sie den Alarm ausgelöst.

Er tippte den Code erneut ein und stoppte die Alarmsirene, bevor die Cops bei ihm anrückten.

Ein kurzer Blick auf die an der Wand angebrachte Schlüsselleiste zeigte ihm, dass sie seine Autoschlüssel hatte mitgehen lassen. Die Schlüssel zu seinem schönen neuen BMW M6.

»Mist, verdammter!« Er rannte durch die Hintertür ins Freie.

Sie wollte ihn doch wohl nicht mutterseelenallein hier zurücklassen? Nicht nach dem, was zwischen ihnen gelaufen war, oder? Wusste sie etwa nicht, was das bedeutete?

Er hatte ihr die Unschuld genommen, und jetzt gehörte sie zu ihm.

Ein Knurren, halb menschlich, halb wölfisch, grummelte tief in seiner Kehle.

Noch bevor die Garage ganz aufgeschwungen war, setzte sie den BMW rückwärts raus, woraufhin das Wagendach gegen die Bohlen der stabilen Hartholztür schrammte. Als Holz splitterte und die Wagenfarbe mit einem kreischenden Knirschen abplatzte, war Jasha wieder ganz Mensch.

Und er war sich unschlüssig, was ihm mehr Sorgen machte: sie oder das Auto.

Dann entschied er, dass sie in dem Wagen sicher aufgehoben war, und trauerte vorsichtshalber um den schönen BMW.

Sie wendete.

Er lief in die Einfahrt. Er musste sie stoppen.

Sie legte den ersten Gang ein, drückte aufs Gas und ließ die Kupplung kommen.

Abgemurkst. Sie startete erneut und würgte den Motor abermals ab. Beim dritten Versuch hatte sie mehr Glück, sie hakelte sich vom ersten in den zweiten Gang, ihr mörderischer Blick auf ihn fixiert.

Er schlang die Arme um seinen Körper und sah sich im Geiste schon hektisch beiseitespringen.

Gott sei Dank hatte sie nicht den Nerv, ihn eiskalt zu

überrollen. Stattdessen heulte der Motor gequält auf, und sie landete im Gras. Die Räder drehten in dem feuchten Lehm durch, bevor Ann das Geschoss wieder auf die asphaltierte Zuwegung lenkte und langsam ums Haus fuhr.

Er schnellte herum und rannte durch das Haus nach vorne.

14

Das war ja wohl der Gipfel! Jasha hatte ihre schöne Aktenmappe in ihre sämtlichen Bestandteile zerlegt. Die Tasche, die er ihr im ersten Jahr ihrer Zusammenarbeit geschenkt hatte und die Ann immer mitnahm. Die sie in Ehren halten wollte. Und er hatte dieses Ding zerschnippelt, weil er davon ausging, dass sie ... mit irgendwelchen faulen Tricks arbeitete. Jedenfalls dachte er nicht besonders positiv von ihr, schlimmer noch, er hatte kein Vertrauen zu ihr.

Vier lausige Jahre war sie mittlerweile in seinem Unternehmen beschäftigt, drei davon als seine persönliche Assistentin, und da vertraute er ihr nicht?

Dieses Arschloch.

Sie rollte um die hintere Hausecke. Und drückte wütend aufs Gas.

Der BMW heulte auf, um dann mit quietschenden Reifen über den Asphalt zu schießen. Was Ann einen heftigen Adrenalinschub verpasste.

Jasha liebte seine Autos. Vermutlich stand er soeben kurz vor einem Nervenzusammenbruch.

Irgendwann einmal – es lag weit zurück – war sie genauso sorglos und unbekümmert gewesen, allerdings mit tödlichen Folgen. Damals war sie noch ein Kind gewesen, und alle hatten beteuert, dass es nicht ihre Schuld gewesen sei. Die sonst so strenge Schwester Mary Magdalene hatte Ann sogar ernsthaft ins Gewissen geredet, dass sie sich nichts vorzuwerfen habe.

Sie machte sich zwar keine Vorwürfe, aber sie hatte ihre Lektion gelernt. So etwas würde ihr nie wieder passieren. Seitdem zeichnete sie sich durch Vertrauenswürdigkeit und Verantwortungsbewusstsein aus.

Wieso vertraute Jasha ihr nicht?

Sie steuerte über den kreisförmig angelegten Vorplatz. Sie brauchte bloß auf die Tube zu drücken und von hier zu verschwinden. Dann war sie ihn ein für alle Mal los.

In diesem Moment stürzte Jasha aus der Eingangstür und rannte direkt vor den Wagen.

Dieses Arschloch hatte vielleicht Nerven!

Sie stieg voll in die Bremse.

Verdammt gute Nerven.

Sie riss das Lenkrad herum.

Verfluchte Hacke!

»Hör mir zu«, brüllte er. »Ich brauch dich!«

»Ja, ja«, schrie sie zurück. Was er vermutlich gar nicht hörte, da das Wagenfenster fest geschlossen war. Und wenn schon. Ann fand es einfach mordsmäßig gut, ihn anzuschreien.

Sie legte den Rückwärtsgang ein und fuhr auf die gegenüberliegende Seite des Vorplatzes.

Er setzte über die Wiese und hechtete ihr abermals vor den Wagen. »Ann, bleib bei mir.«

Sie drehte erneut und fuhr einfach quer über den vornehmen englischen Rasen.

»Ann ...« Er lief mit schützend vor sich ausgestreckten Armen vor dem BMW her und grinste sein jungenhaftes Grübchenlächeln. »Bitte ...«

Am liebsten hätte sie ihm das scheinheilige Grinsen aus dem Gesicht geschlagen.

Als hätte ihr Wunsch prophetische Wirkung, flog etwas an ihrer Fahrerseite vorbei, bohrte sich in Jashas Schulter.

Er stolperte rückwärts und fiel hin.

Was war das?

Egal. Bloß weg hier!

Sie drückte aufs Gas, brauste an ihm vorbei. Sauste über den Vorplatz und spähte zaghaft zurück.

Er hatte sich aufgerappelt und stand schwankend da wie ein Betrunkener. Sie bremste scharf. In seiner Schulter steckte ein Pfeil, komplett mit Federn.

Großer Gott, Ann verstand die Welt nicht mehr.

Er kippte vornüber. Schleppte sich in geduckter Haltung auf die Veranda.

Nicht schlecht. Jetzt konnte sie wenigstens in aller Ruhe verschwinden.

Und warum wendete sie dann und lenkte wieder in Richtung Haus? *Weil da irgendein beknackter Idiot mit Pfeilen um sich schoss!*

Sie sollte türmen. Schleunigst das Weite suchen. In seinem Wagen. Solange sie in dem Auto saß, konnte ihr gar nichts passieren.

Jasha hatte es halb auf die Veranda geschafft, wo er zusammensackte. Seine Beine waren unter ihm weggeknickt und ragten schlaff in die Auffahrt hinein.

Sie steuerte den Wagen neben ihn. Sprang auf der Beifahrerseite heraus, packte ihn unter den Armen und versuchte ihn wegzuzerren.

Er brüllte vor Schmerz, wehrte sich jedoch nicht. Der Bursche war wahrhaftig kein Leichtgewicht.

Dann machte es Plopp. Der Vorderreifen des BMW war getroffen. Der Wagen senkte sich zur rechten Seite hin.

Ein Schuss.

Panische Angst gab ihr die Kraft, ihn zum Haus zu ziehen.

Er schrie erneut auf, und als sie erschrocken losließ, stöhnte er: »Bring mich ins Haus.« Er half ihr, indem er mit den Beinen über den Boden robbte. Seine Jeans schürfte über den rauen Schieferboden der Veranda.

»O Gott, o Gott, o Gott«, murmelte Ann wie ein Mantra.

Sobald sie ihn über die Schwelle und in die Halle geschleift hatte, knallte sie die Haustür zu und schloss hektisch ab. Lief zum Telefon.

»Was machst du da?« Jasha rollte sich zu ihr herum.

»Einen Krankenwagen anrufen!« Sie schüttelte hektisch den Hörer. »Mist, die Leitung ist tot.«

»Er hat das Kabel durchgeschnitten.«

Sie stürzte sich auf ihre Handtasche. *Wo war ihr Handy?* »Ich probier's auf dem Handy.«

»Das dauert zu lange. Los, zieh mir den Pfeil raus.«

»Unmöglich. Das schaff ich nicht. Im Krankenhaus …«

»Ich sagte doch, das dauert zu lange. Wenn der Heilungsprozess einsetzt, bleibt das Teil drin, was auch immer er in mich reingeschossen hat, und das darf nicht passieren.«

»Tickst du noch ganz richtig? So schnell heilt doch nichts!« Sie blaffte ihn an – nicht weil sie ihm nicht glaubte, sondern gerade im Gegenteil.

»Ich hab ein Messer in der Tasche.«

»Das scheinst du wohl ständig mit dir herumzutragen.« Verdammt, sie sollte sich ihren Sarkasmus verkneifen.

»Äh … ja.« Er klang verblüfft.

»Ich weiß.« Beim Security-Check am Flughafen hatte er schon zwei Mal eins rausrücken müssen. War vermutlich eine ausgemachte Männermacke, so ein sperriges Ding mit sich rumzuschleppen, dachte Ann. Wenn ihr jemand gesagt hätte, dass sie ihm mit der spitzen Klinge irgendwann einmal einen *Pfeil* aus der Schulter schneiden müsste, hätte sie sich an den Kopf getippt.

Und jetzt hatte sie den Salat, seufzte sie.

Sie riss einen der hübsch geknüpften Seidentroddel von den Vorhängen, lief wieder zu Jasha und band ihm damit provisorisch den Arm ab. Um den Blutfluss zu stoppen, der von seiner Schulter auf den Boden rann. »Wie kommst du darauf, dass er irgendetwas in dich hineingeschossen hat?«, wollte sie wissen. »Ich meine, mal abgesehen von der Pfeilspitze.«

»Schätzchen, wenn er mich hätte umbringen wollen, hätte er eine Knarre mit Zielfernrohr benutzt.«

O Gott, Jashas T-Shirt war voller Blut. Sein Gesicht war kalkweiß, und die Pfeilspitze war tief in seine Schulter eingedrungen.

»Ganz gleich, was es ist, es ist jedenfalls nicht tödlich.«

»Es könnte eine Droge sein, damit ich mit ihnen kooperiere.«

Plötzlich ging ihre Fantasie mit ihr durch.

»Oder ein schleichendes Gift, wofür nur sie das Gegengift haben.«

Er zog eine Grimasse. »Darauf wär ich nie gekommen.«

»Weil du es abwegig findest!«, platzte sie heraus. »Aber das kam mal in irgendeinem Krimi. Das Ganze erinnert mich sowieso an einen schlechten Film!«

»Ann.« Mit seiner gesunden Hand umklammerte Jasha ihr Handgelenk. Als sie ihn ansah, sagte er mit ruhigem Nachdruck: »Hol den Pfeil raus.«

Sie schlug die Augen nieder. Es war allein ihre Schuld, dass man auf ihn geschossen hatte.

Sie zog das Böse an. Und geriet dauernd an die falschen Menschen.

»Schau mich an!« Er schüttelte ihren Arm. »Ich habe sonst niemanden, auf den ich mich verlassen kann. Niemanden außer dir.«

Sie hob die Lider.

Ihre Blicke verschmolzen.

Sie schluckte.

»Ich habe niemanden, nur dich.«

»Scheißtyp. Quatsch keinen Mist, du verdammter Charmebolzen. Jetzt bist du wohl völlig übergeschnappt?« Sie brachte das nicht. Nie im Leben. Sie kniete sich neben ihn, zog das Messer aus seiner Jeanstasche. Dabei zitterten ihre Hände so stark, dass sie es fallen ließ. »Eigentlich müsste es vorher desinfiziert werden.« Sie schlitzte sein T-Shirt vom Kragen bis zum Ärmel auf, legte seine Schulter frei.

Der Pfeil hatte sich in die straffe glatte Haut seines trainierten Schultermuskels gebohrt. Blut – verkrustetes Blut, frisches Blut – färbte die Wunde schartig rötlich braun. Sie schluckte. Kämpfte gegen eine plötzlich aufsteigende Übelkeit an. Und gegen die Tränen, die ihr in die Augen schossen.

»Mit ein paar Bakterien bringst du mich nicht um.« Er klang sehr sicher. »Offen gestanden kannst *du* mich überhaupt nicht umbringen. Du musst die Wunde vorsichtig öffnen, bis du den Pfeil mühelos herausziehen kannst, und dabei versuchen, nicht zu viel gesundes Gewebe zu verletzen.«

»Okay.« *Denk dran, es könnte Gift sein,* ermahnte sie sich. Die scharfe Klinge verharrte unschlüssig über der Wunde.

»Drogen sind eher wahrscheinlich«, versetzte er, als ahnte er ihre Bedenken. »Bitte, Ann, tu es für mich.« In seiner Stimme schwang ein flehender Unterton.

Die Tränen, die sie mühsam zurückgeblinzelt hatte, kullerten ihr aus den Augenwinkeln. Sie wischte sie fort und schnitt.

Seine Haut war straff. Die Muskulatur fest und gut durchblutet. Rohes, blutiges Fleisch. Sie setzte das Messer neben dem Pfeil an, grub die scharfe Klinge behutsam in das Gewebe. Und brauchte einen langen Augenblick, bis sie merkte: »Ich fühle den Knochen. Die Pfeilspitze ist bis zum Knochen eingedrungen.«

»Ich weiß«, murmelte er mit erstickter Stimme.

Sie brachte es nicht fertig, ihn anzuschauen. Ein Blick in sein schmerzverzerrtes Gesicht, und sie hatte Bammel, die unfreiwillige Operation fortzusetzen. »Wie bekomm ich die jetzt heraus?«

»Du musst kräftig ziehen.«

»O nein! Du machst wohl Witze?« Automatisch sah sie ihn an.

Seine Unterlippe blutete – er hatte sie zerbissen. »Na los, mach schon und zieh sie raus«, wies er sie an. »Mit einem festen Ruck ziehst du sie senkrecht raus. Ann, das ist wichtig. Wenn du den Pfeil schräg rausziehst, verletzt du die gesunde Muskulatur.«

Für wie blöd hielt Jasha sie eigentlich? »Das weiß ich auch!«

»Steh auf, stemm deinen Fuß neben den Pfeil, und dann ziehst du.«

Es war ein Albtraum. Ihr ganz persönlicher Albtraum.

Bevor sie aufstand, fasste er abermals ihre Hand. »Und noch was. Sollte ich nachher ohnmächtig werden oder irgendwie ausflippen, dann verständigst du über Handy den Notarzt. Die sollen herkommen. Aber geh auf gar keinen Fall raus. Versprich mir das, okay?«

»Ich geh nicht raus.«

»Sorg dafür, dass alle Türen verschlossen sind. Nimm die Ikone und geh damit zu dem Schränkchen im Gästebad – da drin sind Parfümflaschen. Wirf eine auf den Boden. Das verwirrt seine Geruchsnerven.«

Sie starrte ihn entgeistert an. Wirkten die Drogen bereits?

»Verstehst du jetzt, warum ich Parfüm nicht mag?« Für einen Mann mit einem Pfeil in der Schulter und Drogen in der Blutbahn klang er eigentlich recht gefasst.

»Dann gehst du nach unten und schließt dich im Tresorraum ein. Er ist mit einem Belüftungssystem ausgestattet – für den Fall, dass sie das Haus in Brand setzen. Du hast die Zahlenkombination bestimmt im Kopf, oder?«

»Ja«, seufzte sie matt. »Aber ich glaube nicht, dass ich dich so weit schleppen kann.«

»Schätzchen, ich lenk den Typen ab und halt ihn dir vom Leib. In der Zwischenzeit kannst du dich verstecken, klar?«

Das haute sie fast um. »Aber nur über meine Leiche.« Sie straffte sich, stemmte den Fuß auf sein Schulterblatt. Beugte sich vornüber, packte den Pfeil kurz über der Haut und zog energisch daran.

Einen grässlichen Augenblick lang rührte der Pfeil sich nicht. Dann gab er nach und ließ sich herausziehen.

Jasha schrie vor Schmerz.

Sie stolperte rückwärts. Hielt den Pfeil hoch und starrte darauf. Starrte auf den Stahlstab.

Die Pfeilspitze steckte weiterhin in seiner Schulter.

»Nein. *Nein.* Ich fass es nicht.« Sie kniete sich neben Jasha, der sich vor Schmerz am Boden krümmte. »Bleib still liegen!« Sie tastete mit einem Finger in die Wunde.

»Großer Gott!« Sie schauderte unwillkürlich, sobald sie die Verletzung berührte.

Sie fühlte die Konturen der Pfeilspitze, ein Dreieck, dessen spitz zulaufendes Ende tief in das Fleisch eingedrungen war. »Mir bleibt nichts anderes übrig, als die Spitze ganz vorsichtig herauszuziehen.«

»Tu, was du tun musst.« Er spannte sich an, verzweifelt bemüht, nicht wegzuzucken.

Sie schob mit ihrer Handfläche behutsam den klaffenden Riss auseinander, tastete mit den Fingern in das weiche, blutige Fleisch. Umklammerte die Pfeilspitze, versuchte, sie vorsichtig zu lösen. Zunächst erfolglos. Dann gab das Gewebe etwas nach.

Trotzdem bekam sie die Spitze nicht heraus.

Sie versuchte es erneut.

Endlich ließ sie sich eine Idee bewegen.

Er fühlte es auch. »Beeil dich. Jetzt!«

Sie zog. Ihre Hand rutschte ab. Ihre Finger schrammten über die scharf geschliffenen Pfeilkanten. Eine Ecke bohrte sich in ihre Handfläche.

Der Schmerz war höllisch, als hätte ein scharfkantiger Stein ihre weiche Haut geritzt. Sie zog ihre Hand weg. Tränen schossen ihr in die Augen. Eine normale Schnittwunde hätte niemals so wahnsinnig wehgetan.

Und Jasha krümmte sich qualvoll stöhnend am Boden.

»Es tut mir unwahrscheinlich leid«, hauchte sie atemlos. Der Ärmste war wirklich zu bedauern.

»Was zum Teufel ist das?«, keuchte er. »Es brennt wie Feuer.«

»Keine Ahnung. Ist das jetzt wichtig?«

»Nein, vermutlich nicht.«

Sie versuchte, ihren misslungenen Versuch mental zu verdrängen, und probierte es abermals. Der Pfeil ließ sich bewegen, und sie zog das grässliche Ding langsam und vorsichtig aus seinem Muskelgewebe.

Kaum war es draußen, meinte er: »Lass mich das mal sehen.«

Sie gab es ihm.

»Das ist Obsidian«, erklärte er. »Ein schwarzer, durchschimmernder Stein. Wusstest du, dass eine geschliffene Obsidiankante schärfer sein kann als ein Skalpell?«

»Seh ich so aus, als würde mich das brennend interessieren?« Sie umklammerte ihre blutende Hand.

»Nein? Dann vergiss es. Jedenfalls wollen sie mich lebend, so viel steht fest.« Er inspizierte sorgfältig die Spitze. Und seufzte erleichtert auf. »Du hast das Ding komplett rausgeholt. Siehst du?« Er hielt die Pfeilspitze ins Licht. »Siehst du die winzige Bruchkante? Sie ist wie eine Perforation in die Spitze eingefräst, damit das Ende im Knochen stecken bleibt. Bei meinem Metabolismus würde sie mit dem Knochen verwachsen. Und dann könnten sie jeden Schritt von mir verfolgen.«

Sie drehte den Kopf weg. Einfach ekelhaft, dieses blutige Ding anzustarren. Ihr war sterbensübel. Hinzu kamen ihre Panik, die Schmerzen in der Hand und das Gefühl, dass sie gleich in Ohnmacht fallen würde.

»Sei froh, dass du die Prozedur nicht nochmal wiederholen musst.«

Sie riss ruckartig den Kopf zu ihm herum. »Nochmal wiederholen?«

»Wenn die Spitze nicht mit herausgekommen wäre ...«

»O Gott, bei aller Liebe ...«

»Lass den da oben aus dem Spiel – der Allmächtige ist uns nicht sonderlich zugetan. Sagen wir mal so, du hättest es aus Liebe zu meiner Familie getan. Meine Lieben sind zwar bisweilen unerträglich, trotzdem würden sie sich ein Bein ausreißen, um mir zu helfen. Und ich würde alles tun, um sie zu retten.«

Familie? *Sehen so die Opfer aus, die man für die Familie bringen muss?* »Ich wäre besser gefahren.«

»Aber du konntest mich nicht kaltherzig verlassen.« Er streichelte Anns Arm. »Oder sie.«

»Sie?«

»Die Madonna.«

Ann zog die Ikone aus ihrer Tasche und zeigte sie ihm. »Irrtum. Schau mal, ich trag sie bei mir.«

Er lachte milde und schloss die Augen. »Lass uns hierbleiben. In der Halle sind wir gut aufgehoben. Die Bewegungsmelder sind über den Fenstern angebracht, zudem kann man durch die dicke Bleiverglasung kaum etwas erkennen. Und wenn jemand einbricht, geht die Alarmsirene an. Die lokale Polizei ist zwar wenig versessen darauf, dauernd von meinem Alarm behelligt zu werden, aber die Jungs haben sonst nicht viel zu tun. Außerdem spende ich einen Haufen Geld für ihre Pensionskasse. Die werden im Ernstfall zu uns rauskommen.«

Sie schaute sich um. Ja. Momentan fühlte sie sich hier verhältnismäßig sicher. Wenn sie jetzt zur Wand schlenderte, würde sie den Alarm auslösen.

»Duck dich«, warnte Jasha.

»Ich weiß.« Wann hatte sie eine Kämpfermentalität entwickelt? Draußen war noch immer strahlender Morgen – wie war es möglich? –, und sie hatte gedacht, im Hellen wäre ein Angriff unwahrscheinlich.

Ein Angriff. Sie war eine moderne junge Frau. Wieso sorgte sie sich da um einen Angriff?

Sie spähte zu Jasha. Weil sie eben einen Pfeil entfernt hatte bei einem Mann, der sich vor ihren Augen in einen Wolf verwandelt hatte.

Das Ganze war eine Halluzination, völlig abstrus und abwegig, das glaubte einem kein Mensch.

Wie dem auch sein mochte, Jasha sah jedenfalls zum Fürchten aus. Blutverschmiert, blass und schweißgebadet. Er stand unter Schock. »Mir ist kalt«, sagte er und schauderte.

Sie legte ihm mitfühlend ihre Hand auf die Brust, dann stand sie auf, lief zum Sofa, wo sie ein Kissen und eine Decke holte.

Als sie zurückkehrte und seinen Kopf anhob, hatte er die Augen geöffnet, zornig gelb glühend.

Sobald er Ann erkannte, entspannte er sich. »Danke«, flüsterte er. »Für alles.«

Als wenn sie eine Wahl gehabt hätte. Sie schob ihm das Kissen unter den Kopf und stopfte die Decke um seinen zitternden Körper. »Weshalb sträubst du dich eigentlich so dagegen, dass ich die Polizei verständige? Kannst du mir das mal erklären?«

»Weil sie dann vermutlich diesen obskuren Jäger drankriegen und der wird gegenüber dem Sheriff behaupten, dass ich ein Wolf bin. Und wenn sie dich befragen, wirst du erröten und wild herumstammeln, weil du eine grottenschlechte Lügnerin bist. Hinzu kommt, dass meine Verletzung sehr schnell heilen wird. Folglich würde jeder Arzt mutmaßen, dass da irgendwas nicht mit rechten Dingen zugeht. Und irgendwelche Spekulationen wollen wir in jedem Fall vermeiden.« Er fixierte sie mit seinen irisierenden Augen. »Oder?«

»Hmm ja, was du sagst, stimmt.« Bedauerlicherweise halluzinierte sie nicht, seufzte Ann. Es war keine Sinnestäuschung, und sie musste sich der Realität stellen, dass seit gestern Abend unendlich viel passiert war. »Es war aber nicht der betrunkene Schütze aus der Zeitung, oder?«

»Doch. Der betrunkene Jäger und einer meiner Cousins.«

Sie hakte nicht nach, woher er das wusste. Sie glaubte ihm einfach. »Wieso würde dein Cousin versuchen, dich zu töten? Sag jetzt nicht, weil deine Eltern geheiratet haben.«

»Wenn er mich ernsthaft umbringen wollte, wäre ich längst tot.« Jashas Stimme wurde schwächer.

»Du meinst, diese Typen stecken unter einer Decke mit den Ukrainern?«

»Ich meine, sie sind die Ukrainer.«

Ihre Empörung kochte erneut hoch. »Und du meinst, ich bin ihre Komplizin.«

»Nein, aber ich bin davon überzeugt, dass sie dich für ihre Zwecke instrumentalisierten. Die Dringlichkeit des Deals war bloß vorgeschoben. Sie benutzten ihn als Vorwand, damit du dich schleunigst ins Auto schwingen und mit den Dokumenten herkommen solltest. Vermutlich hätten die sonst ganz andere Saiten aufgezogen, bloß um zu erfahren, wo ich mich momentan aufhalte.«

»Das ist absurd!« In der realen Welt mochte das gelten. In dieser Grenzwelt, in der Jasha sich in einen Wolf verwandeln konnte und sein Cousin ihn mit einem Pfeil anschoss, war es durchaus vorstellbar.

»Mir ist immer noch kalt«, murmelte Jasha. »Ich weiß, es ist unbequem, aber könntest du dich nicht trotzdem zu mir legen und mich ein bisschen wärmen?«

Eigentlich war ihr mehr nach einer heißen Dusche. Sie müsste dringend die Schnittwunde in ihrer Handfläche desinfizieren. Womöglich musste die Hand mit ein paar Stichen genäht werden. Sie sehnte sich zurück in ihr Apartment. Wollte nur noch nach Hause, sich mit ihrer Katze auf das Sofa kuscheln und diesen Albtraum schleunigst vergessen.

Stattdessen biss sie die Zähne zusammen, wischte das Blut an ihrem orangefarbenen Pullover und der weißen Hose ab. Mit einem Hauch von Wehmut hakte sie sein schönes Badezimmer, duftende Seife und saubere Sachen ab. »Klar, mach ich«, sagte sie. Sie lief zu Jasha, kuschelte sich an seine unverletzte Seite, ängstlich bemüht, ihm nicht wehzutun. Sie rutschte unter einen Zipfel Decke und bettete den Kopf auf seine gesunde Schulter.

Er schlang den Arm um sie, hauchte ihr einen Kuss aufs Haar. »Die Madonna hat eine gute Wahl getroffen.«

Die Madonna? Schwester Mary Magdalene hatte immer beteuert, die Heilige Jungfrau wache über Ann. Insgeheim hegte Ann jedoch den Verdacht, dass die strenge Nonne keine Ahnung hatte. Zumal Schwester Mary Magdalene sie gelehrt hatte, dass die Wege des Herrn unergründlich seien. Kein Sterblicher konnte folglich wissen, ob die Mutter Gottes über Ann wachte – oder ob nicht der Teufel seine Finger im Spiel hatte.

Weil den Menschen in Anns Umfeld schlimme Dinge passierten.

Ihre Wünsche waren düstere Prophezeiungen, und ihre Liebe war tödlich.

Ann, die seinem gleichmäßigen Herzrhythmus lauschte, döste darüber ein. Sie wünschte, sie hätte Jasha Wilder nie kennengelernt und der Faszination der Liebe nicht nachgegeben.

15

»Ann, wach auf. Wir müssen los.«

Sie riss die Augen auf. Setzte sich so ruckartig auf, dass ihr schwindlig wurde.

»Hey, hey, ist schon okay. Bloß keine Hektik – die Jäger

sind weg.« Jasha war wieder topfit. Zwar ein bisschen blass um die Nase, leicht angespannt, aber trotzdem sehr gefasst.

Sie schaute sich benommen um. Draußen strahlte die Sonne, nach der Helligkeit zu urteilen, war es bestimmt schon Nachmittag. Sie ruhte auf dem Boden, in einem kuscheligen Nest aus Sofakissen und bunten Decken. »Was …? Wie …?«

»Du hattest einen Schock. Schlimme Albträume. Deshalb hab ich dir auf dem Boden ein Bett gemacht und dich ausschlafen lassen.«

Ann schob sich gedankenvoll die Haare aus dem Gesicht, derweil versuchte sie angestrengt, ihre Träume zu rekapitulieren. Sie war durch den Wald gelaufen, schneller und immer schneller. Sie hatte einen Blick über ihre Schulter geworfen und Wölfe bemerkt, die sie verfolgten. Mit einem Mal waren überall Wölfe. Sie war in Panik geraten … Dann war Jasha an ihr vorbeigehetzt. Er hatte gegrinst und sich ebenfalls in einen Wolf verwandelt. Schlagartig war ihre Angst verschwunden.

Gleichwohl begriff sie instinktiv, dass es kein Zurück gab. Flucht und Furcht würden ihr künftiges Leben bestimmen.

Sie rieb sich die Augen. »Es war schlimm.«

»Es wäre noch viel schlimmer gewesen, wenn du nicht bei mir geblieben wärst.« Er hielt ihr seine Hand hin.

»Was? Oh.« Er spielte offenbar auf seine Rettung an. Ann hingegen war mit der Deutung ihres Traums beschäftigt. Sie brauchte keinen Freud, um ihn zu interpretieren. Ihr war sonnenklar, was der Traum bedeutete, denn ihr Unterbewusstsein war alles andere als subtil. »Ja, ja, ich hab ein Herz für verletzte Tiere.«

Das hatte sie wahrhaftig. Kresley hatte halb verhungert, verfloht und mit eitrigen Bisswunden übersät vor ihrer Haustür gesessen. Ann war es unbegreiflich, wie der kleine Kerl das überlebt hatte. Anders als sie war Kresley jedoch ein Kämpfer und halbwegs wieder fit, hatte er sämtliche Hunde in der Nachbarschaft eingeschüchtert. Selbst der Rottweiler ihres Vermieters zog den Schwanz ein, wenn ihr Kater vorbeistolzierte.

Sie fasste Jashas Hand und ließ sich von ihm hochziehen. In seine zärtliche Umarmung.

Er eroberte ihren Mund mit einem langen, sinnlichen Kuss. Seine Verletzung, ihre Skrupel oder die Möglichkeit lauernder Gefahren waren mit einem Mal ausgeblendet. Stattdessen konzentrierte er sich darauf, Anns Ängste zu zerstreuen. Seine Hände glitten über ihren Rücken, massierten ihre Muskeln, verkrampft vom Liegen auf dem harten Boden und von ihrem prophetischen Traum. Seine Lippen öffneten ihre, seine Zunge drängte tief in ihren Mund. Unversehens stürmten die Eindrücke des vergangenen Tages auf sie ein. Der Wald, das Unwetter, Jashas hungriger Sex und ihr rauschhafter Höhepunkt.

Gleichzeitig fühlte sie ein verräterisches Ziehen im Unterleib, eine Warnung, dass sie zu impulsiv gewesen war und dafür büßen musste.

»Du bist eine hinreißende Frau«, flüsterte er.

»Findest du? Ich finde, ich seh wie eine Giraffe aus.« Das hatte sie so oft gehört, dass sie es inzwischen selbst glaubte.

»Und ich bin ein Wolf. An Halloween geben wir das perfekte Paar ab. Meine süße Giraffe, hab ich dir eigentlich schon mal gesagt, wie sehr ich deine endlos langen Beine mag?«

»So wie ein Wolf eine Antilope mag?«, zog sie ihn auf und glaubte ihm kein Wort. Im Büro schien er gegenüber ihren weiblichen Reizen nämlich total immun. Er machte diese Lippenbekenntnisse doch bloß deshalb, weil sie hier allein waren und er sie brauchte.

Trotzdem waren seine *Lippenbekenntnisse* einfach himmlisch, lächelte sie stumm in sich hinein. »Jasha, wieso müssen wir von hier weg? Wo willst du überhaupt mit mir hin?«

»Wir gehen in den Wald. Damit.« Er schob eine Hand in seine Jackentasche und zog einen winzigen silbernen Chip heraus. Er zeigte ihn Ann. »Er wollte mich markieren – als wäre ich einer von den bedrohten Wölfen. Um herauszufinden, wohin ich mich zurückziehe und wo ich mich verstecke. Jetzt werde ich den Spieß umdrehen. Ich werde ihn aufspüren, ihm eine Menge unbequemer Fragen stellen und ihn fertigmachen.«

»Ihn fertigmachen?«, wiederholte sie argwöhnisch.

Jashas Augen glitzerten wie Eiskristalle in der Sonne. »Ja, ich will ihn zur Strecke bringen, bevor er meine Familie findet. Ihn fertigmachen, bevor er uns fertigmacht.«

»Folglich fungieren wir als lebende Köder?«

»Wir haben die Alternative: Entweder spielen wir den Lockvogel und wenden das Blatt. Oder wir sind mausetot. Was ist dir lieber?«

»Klingt beides nicht besonders prickelnd.«

Er wartete.

Sie seufzte. »Okay, häng mich an einen Haken, wirf mich ins kalte Wasser und nenn mich einen Wurm.«

»Das ist mein Mädchen!« Er drückte sie an sich.

Entrüstet wehrte sie ihn ab und begann, Kissen und Decken vom Boden einzusammeln.

Er bückte sich, um ihr zu helfen.

Sie legte hastig eine Hand auf seinen Arm. »Nein, lass das. Du bist verletzt.«

»War bloß ein Klacks. Schau mal.« Er knöpfte sein Hemd auf und zeigte ihr seine Schulter.

Sie tastete mit ihren Fingerspitzen behutsam über die kritisch gerötete Stelle. Es sah zwar schlimm aus, trotzdem fühlte sie lediglich eine kleine Narbe.

Und das, obwohl sie hundertprozentig wusste, dass sie ihre Finger tief in die Wunde gesteckt hatte. Sonst hätte sie die Pfeilspitze niemals herausfischen können. »Ist diese Unverwundbarkeit auch ein Bestandteil des … äh … öh …?«

»Sprich es ruhig aus. Du meinst den Pakt mit dem Teufel, hmm?« Er sah Ann fest in die Augen, als wollte er ihre Reaktion testen. »Ja, meine Verletzungen heilen schnell, und das ist eine tolle Sache. Einer von vielen Vorzügen aus dieser unseligen Abmachung.«

»Du hast tatsächlich einen Pakt mit dem Teufel geschlossen?« Ihre Stimme überschlug sich fast.

Er dagegen wirkte cool und gefasst. Womöglich fand er diesen Wahnsinn ganz normal, dachte Ann. Das Blendwerk des Satans, außersinnliche Phänomene und Grenzerfahrungen, so etwas war ihr in höchstem Maße suspekt. Und daran gab es nichts zu rütteln, ganz egal, was passierte.

Trotzdem nahm sie den Gesprächsfaden interessiert auf. »Ein Pakt mit dem Teufel. Das klingt so melodramatisch wie in Goethes Faust.«

»Faust war ein lausiger Versager. Mit ein bisschen Verhandlungsgeschick hätte er für seine Seele bei Weitem mehr herauskitzeln können.«

Sie starrte Jasha mit offenem Mund an. »Das musst du gerade sagen«, fauchte sie. »Du verwandelst dich in einen *Wolf*. Ist dir nichts Cooleres eingefallen?«

Um seine Mundwinkel herum zuckte es. »Was denn zum Beispiel?«

»Keine Ahnung. Vielleicht der erste Platz bei *Let's Dance*?«

»Meinst du, der Leibhaftige könnte da was drehen?«

»Muss wohl. Sonst hätten Russell und Teresa die letzte Staffel bestimmt nicht gewonnen«, muffelte sie.

Er wieherte los, und als Ann ihn bitterböse anfunkelte, hüstelte er ertappt und setzte eine ernste Miene auf. »Wenn es nach mir ginge, hätte ich mir gewünscht, dass die *Giants* die Saison gewinnen.«

»Na toll. Ich steh mehr auf die *Yankees*.« Sie warf die Kissen auf die Couch.

Er trat hinter sie.

»Du … äh … kannst den Pakt nicht rückgängig machen?«, wollte sie wissen.

»Keine Chance.«

»Hmm. Schätze, der Fürst der Finsternis hat da ein kleines Wörtchen mitzureden.« Sie spähte unbehaglich zu Jasha. »Oder?«

»Ich glaube nicht, dass in den vergangenen tausend Jahren jemand mit ihm gesprochen hat.«

»Tausend Jahre sind eine verdammt lange Zeit.« Sie wiegte gedankenvoll den Kopf. »Dann hast du den Pakt gar nicht geschlossen? Deine Vorfahren haben dir das eingebrockt?«

»Korrekt. Einer meiner frühen Ahnen stellte die Bedingungen, und da gab es *Let's Dance* natürlich noch nicht.«

»Also ist die ganze Familie …«

»Nur die Männer«, erinnerte er sie.

»Mag der Teufel keine Frauen?«, giftete sie.

»Vater behauptet, dass Frauen dazu neigen, Luzifers Tricks zu durchschauen.«

»Oh.« Das schmeichelte ihr irgendwie. »Musstest du den Pakt denn unterschreiben oder so?«

»In diesem Fall sind es einzig die Sünden der Väter.«

»Kannst du nicht unsere Anwälte konsultieren und den Vertrag für nichtig erklären lassen?«

»Sämtliche Anwälte stecken mit dem Teufel unter einer Decke, das weißt du doch«, versetzte Jasha schlagfertig.

Sie grinste. »Also wenn unser Justiziar Bob Rutherford für den Leibhaftigen arbeitet, sollte der ihm gelegentlich ein geschmackvolleres Toupet spendieren.« Sie fasste Jashas Arm. »Aber mal ehrlich, wenn du aus dem Vertrag aussteigen wolltest, was könnte denn schlimmstenfalls passieren?«

»Ich bezweifle, dass es aus meiner Familie schon mal jemand ernsthaft in Erwägung gezogen hat, auf das Geschenk zu verzichten.«

Sie sah Jasha entgeistert an. »Welches Geschenk?«

»Würdest du es nicht als Geschenk betrachten, wenn du dich in einen Wolf verwandeln und frei und unbekümmert im Wald umherstreifen könntest?« Jasha tat einen tiefen Atemzug, als wollte er den Duft der Freiheit inhalieren. »Oder wenn du die Gestalt eines Falken annehmen und dich in die Lüfte schwingen könntest? Durch die Wolken schweben?«

»Kannst du dich auch in einen Falken verwandeln?« Echt cool. Fliegen zu können war Anns Traum.

»Nein, ich bin ein Wolf. Mein Bruder Rurik ist ein Falke. Mein anderer Bruder, Adrik, ist ein Panter.«

»Oh.« Ihr Verstand arbeitete auf Hochtouren. »Alle drei sind Raubtiere«, brachte sie es auf den Punkt.

»Und Beutejäger. Ja.« Jasha betrachtete sie aus gelb glühenden Augen. »Tausend Jahre lang ließ sich unsere Familie von Warlords, Diktatoren, Königen und Dieben anwerben. Wer entsprechend Geld hatte und zu zahlen bereit war, für den arbeiteten sie. Und sie erledigten die Aufgaben, für die sie bezahlt wurden, bis zum bitteren Ende.«

Sie fühlte sich von ihm beobachtet, als lotete Jasha aus, wie viel sie psychisch noch verkraften konnte. »Und welche Aufgaben waren das?«

»Menschen ausspionieren. Sie finden. Entführen. Foltern … und töten.«

»So was Ähnliches hab ich mir schon gedacht.« Sie legte die gespreizten Finger an ihre Schläfen. »Du sagtest, einer von den Typen da draußen sei dein Cousin. Hat er auf dich gezielt?«

»Ja. Kurz bevor ich von dem Pfeil getroffen wurde, hab ich die beiden flüchtig wahrgenommen. Und den Schützen spontan erkannt.« Jasha zuckte mit den Schultern. »Er stinkt nach Wildurin.«

Sie zog die Nase kraus. »Igitt.«

»Ich wittere so was auf Anhieb. Aber den anderen Typen hab ich vorher noch nie gesehen.« Jashas ärgerlich verkniffenen Lippen entwich ein wolfsähnliches Knurren. »Er ist einer von uns. Das spür ich.«

Ann hatte genug von dem Thema. Sie sammelte die restlichen Kissen ein, schüttelte sie auf, legte sie auf das Sofa zurück. Jasha war ihr geräuschlos gefolgt. Als sie sich umdrehte, stand er dicht vor ihr.

»So zu tun, als wäre gar nichts passiert, ist keine Lösung«, murmelte er.

»Mir hilft es«, versetzte sie patzig. »Okay. Was will dein Cousin von dir?«, lenkte sie schließlich ein.

»Vergeltung. Das wollen sie alle. Und sie hören nicht auf, bis sie sie bekommen.«

»Vergeltung? Wofür?«

Er seufzte. »Das ist eine lange Geschichte.«

»Das sagst du andauernd.«

»Ich wollte sie dir erzählen, aber du bist Hals über Kopf abgehauen.«

Du lieber Himmel, Jasha war ein wahrer Adonis, dachte sie. Groß, breitschultrig, muskelbepackt. Sie verdrängte das bisweilen, aber wenn er so wie jetzt vor ihr stand und zu ihr hinunterschaute, knisterte es erotisierend zwischen ihnen. Er begehrte sie erneut, das fühlte sie. »Ich bin nicht *abgehauen.*« Das klang verdächtig gelogen. »Ich habe die kluge Entscheidung getroffen zurückzufahren, weil du mir ganz offensichtlich nicht vertraust.«

»Du bist mit dem schnellsten Flitzer getürmt, den ich besitze.« Als sie sich an ihm vorbeidrücken wollte, fasste er ihren Arm. »Im Übrigen vertraue ich dir. Ist dir eigentlich inzwischen klar geworden, dass du es gar nicht gemerkt hättest, wenn sie dich verfolgt hätten?«

»Mag sein.« Sie musterte ihn forschend. »Wieso erzählst du mir das erst jetzt?«

»Ich wollte nicht, dass du dir Vorwürfe machst, von wegen du hättest sie zu mir geführt oder so.«

»Oh.« Na toll. Jasha war der große Schnellmerker. Und sie hatte es wieder mal versemmelt.

Er schob ihr seine Hand ins Kreuz und geleitete sie zur Treppe. »Komm, wir müssen uns beeilen.«

»Beeilen? Wieso?« Wollte sie es überhaupt so genau wissen?

»Mein Cousin hat in der Garage bei sämtlichen Autos die Reifen aufgeschlitzt. Er hat meine Telefonleitung durchgeschnitten. Und wenn ich mit dem Handy telefoniere, bekommt er garantiert heraus, wen ich anrufe und wo die betreffenden Personen zu lokalisieren sind.« Jasha grinste, entblößte scharfe weiße Zähne und zeigte tödlichen Charme. »Folglich werden wir beide meinen Cousin ein bisschen ins Schwitzen bringen. Indem wir eine kleine Treibjagd veranstalten.«

Wenn Jasha so aussah wie jetzt, hatte sie keinen Zweifel daran, wen – oder was – sie vor sich hatte. Während sie die Stufen hochkletterten, gab sie zu bedenken: »Er wird *uns* jagen.«

»Korrekt. Er wird uns mithilfe eines ausgetüftelten Kontrollsystems überwachen, in der Hoffnung, meine Familie zu finden und sie zu eliminieren.«

Jetzt kapierte sie gar nichts mehr. »Eliminieren?«, stammelte sie ungläubig. »Du meinst – sie töten? Deine ganze Familie? Das ist nicht dein … glaubst du wirklich … das ist ja fast wie in *Kaltblütig*, oder?«

»Er hat mit einem Pfeil auf mich gezielt. Sieht mir schwerlich danach aus, als könnte er mich besonders gut leiden.« Jasha schob sie in sein Schlafzimmer und von dort weiter ins Bad.

»Aber eine ganze Familie umzubringen, bloß weil …«

Er drehte die Armatur über dem Waschbecken auf und hielt ihre verletzte Hand unter den Wasserstrahl. »Morden können sie am besten, und meine Familie wäre nicht die erste, die sie komplett auslöschen. Sie schrecken nicht mal vor kleinen Kindern und Babys zurück.«

Das Wasser färbte sich rot. Sie verkrampfte sich. Gleich würde es bestimmt fürchterlich wehtun.

Sie fühlte jedoch nur ein leichtes Ziehen in der Hand. »Na, fabelhaft. Das sind ja schöne Aussichten.«

»Wir werden es überleben. Denk dran, ich bin einer von *ihnen.*« Er drehte ihre Handfläche nach außen, hielt sie ins Licht.

Ein roter Streifen zog sich quer über die Innenfläche ihrer Hand. Der Einschnitt war tiefer, als sie gedacht hatte, und an einer Seite geschwollen. Sie bemerkte die verblassten Narben auf ihren Fingern und die Handlinien, die teilweise nur noch schwach ausgebildet waren – trotzdem schien die Wunde lächerlich klein, verglichen mit ihrem Schmerz, als die Pfeilkante ihre Hand geritzt hatte. »Also das versteh ich nicht. Ich hab mich vorhin ganz ordentlich geschnitten. Es tat wahnsinnig weh.« Sie beobachtete, wie er ihre Haut abtastete.

»Unser Blut hat sich vorhin vermischt. Das lässt es schneller abheilen.«

Weil er einer von ihnen war.

Sie konnte sich einbilden, er wäre ein freundlicher, zahmer Wolf. Sie konnte es noch so toll finden, dass er um seine Eltern und Geschwister besorgt war und sich ein Bein ausriss, um ihnen zu helfen.

Die Wahrheit konnte sie jedoch nicht verleugnen.

Wenn Jasha wollte, verwandelte er sich in einen Wolf. Er

war ein Raubtier, ein Killer. Er war der Nachkomme von Mördern, Vergewaltigern und Attentätern.

Sie zog das Böse an. Und geriet dauernd an die falschen Menschen.

Sie konnte es drehen und wenden, wie sie wollte: Jasha war einer von ihnen.

16

Als Jasha und Ann durch den hinteren Eingang ins Freie traten, dämmerte es bereits. Er steckte die Nase in die Luft und nahm Witterung auf.

»Sind sie hier?« Sie spähte durch die dichte Hecke, die das Haus umstand, gewahrte in ihrer Fantasie hungrig glitzernde Augen, die im Gebüsch lauerten und jeden ihrer Schritte beobachteten.

»Nein, sie sind weg. Ich wette, mein Cousin hat sich aus dem Staub gemacht, um mit dem Jäger abzurechnen.«

»Du meinst, er bekommt Geld dafür?« Diese prinzipienlose Ratte.

»Er bekommt, was er verdient.«

Sie riss den Kopf herum, starrte Jasha entgeistert an. »Willst du damit andeuten, dass er ihn umbringen wird?«

»Keine Ahnung. Schon möglich. Kümmert dich das?« Jasha verriegelte die Tür, dann legte er mit einer endgültig anmutenden Geste eine Hand auf die Klinke, als sagte er dem Haus Lebewohl.

»Na, hör mal! Immerhin geht es um ein Menschenleben.«

»Der Jäger war betrunken und schoss auf frei herumstreifende Wölfe – auf mein Rudel, auf meinen Leitwolf. Nachher wusste er nichts Besseres zu tun, als völlig aufgelöst zur Polizei zu rennen. Dann tat er sich mit einem Fremden zusammen, sah mit eiskalter Genugtuung zu, wie der mit einem Pfeil auf mich zielte, und schoss mit seiner Flinte auf den Reifen meines BMW.«

Bestürzt über Jashas aufbrausenden Zorn, lenkte sie ein: »Ich hätte den Wagen erst gar nicht nehmen dürfen.«

»Ich bin mir nicht mal sicher, ob er überhaupt auf den Reifen zielen wollte. Womöglich hatte er es auf dich abgesehen.« Jasha fixierte sie eindringlich, seine Lippen zu einer dünnen, blassen Linie aufeinandergepresst. »Bei der Vorstellung, dass der Typ ebenso gut dich hätte erwischen können, bricht mir der kalte Schweiß aus.«

»An so was hab ich in dem Moment gar nicht gedacht.« Unwillkürlich umklammerte sie die Ikone in ihrer Hosentasche.

Verfolgte der Tod sie – von Neuem?

»Sein Problem, wenn mein Cousin ihn umnietet. Ehrlich gesagt lässt mich das völlig kalt«, setzte er mit Nachdruck hinzu.

Ann war da anders gestrickt. Sie verabscheute Brutalität – aber wessen Brutalität sollte sie in diesem Fall geißeln? Die des Jägers, der auf edle geschmeidige Raubtiere geschossen hatte, die frei im Wald herumliefen? Oder sollte sie seinen Cousin verteufeln, einen mutmaßlichen Killer, der es auf das Leben des Jägers abgesehen hatte? Beide waren grausam, und vielleicht – vielleicht war Jashas Einstellung gar nicht so falsch. Und außerdem konnte sie es ohnehin nicht ändern.

»Solange der Varinski damit abgelenkt ist, können wir unbeobachtet verschwinden. Hast du die Ikone? Und dein Handy?« Als sie beide Male zustimmend nickte, lief er über die Auffahrt zum Wald. »Na, komm schon. Auf zu neuen Abenteuern.«

Bevor sie mit einem letzten Schritt im Dunkel des Waldes verschwand, blieb sie stehen und schaute zurück zu Jashas Schloss, das sich gespenstisch in den dämmrigen Abendhimmel erhob.

War wirklich erst ein Tag vergangen, seitdem sie vor dem Portal vorgefahren und mitten in diese Gruselstory geraten war? Seitdem fühlte sie sich zunehmend von einem Sog der Ereignisse mitgerissen, den sie nicht zu stoppen wusste. Unseligerweise hielt das Leben keine Schilder mit der Aufschrift »Letzte Ausfahrt« bereit, seufzte sie leicht verzweifelt.

Wenn ich du wäre, würde ich umkehren, hätte ihr der feige Löwe aus »Alice im Wunderland« geraten.

Sie spähte zu Jasha, der im Schutz der Bäume auf sie wartete.

Vermutlich hatte der feige Löwe einen ungeheuer feinfühligen Charakter. Aber Jasha hatte versichert, dass sie keine andere Wahl hätten.

Lebender Köder oder mausetot.

Sie ging zu ihm.

Auf einmal war es stockfinster. Nachts waren die Gerüche des Waldes intensiver; von der Erde stieg der Duft vertrockneten Herbstlaubs auf; die wogenden Zweige der Bäume wisperten und tuschelten, erfüllten die Luft mit würzigem Kiefernnadelaroma. Sie konnte die Hand nicht vor Augen sehen, stolperte und fluchte.

Was hatte sie erwartet? Flutlicht oder stimmungsvolle Fackelbeleuchtung? Sie hatte drei Paar Socken übereinandergezogen, damit ihr Jashas Wanderschuhe wenigstens einigermaßen passten. Sie trug einen zu großen dunklen Hut, eines von seinen Seiden-T-Shirts, das bei ihm sicher hauteng gesessen hätte, ihr jedoch um den Körper schlotterte, darüber ein in Tarnfarben gehaltenes Hemd. Seine Tarnhose hielt lediglich durch den breiten Gürtel, den sie um ihre schmale Taille geschlungen hatte, die viel zu langen Hosenbeine hatte sie an den Knöcheln mit Bändern zusammengeschnürt und in die Stiefel gesteckt.

In diesem Outfit machte sie glatt jeder Vogelscheuche Konkurrenz, seufzte sie.

Er hatte ihre verletzte Hand verbunden und ihr zum Schutz seine Handschuhe darübergezogen. Dann rollte er ihr die Manschetten seines Hemds hoch und streifte ihr eine Weste über, in der Kompass und Taschenlampe steckten. Ann war zwar groß für eine Frau, aber er war bedeutend größer und hatte breitere Schultern. Sie erinnerte an ein kleines Mädchen, das die Sachen ihres großen Bruders trug. So hatte sie sich das bestimmt nicht vorgestellt. Ihr Plan hatte lange gemütliche Abende am Kamin vorgesehen, ein Glas Wein bei Kerzenschein und Jasha, der sie verliebt anhimmelte. Sie musste sich zurückhalten, sonst hätte sie mit irgendwas um sich geworfen. Vielleicht die Wasserflasche, die mit einem Karabiner befestigt an ihrer Hüfte baumelte? Oder das Messer, das er ihr in die schmale Tasche am Hosenbein geschoben hatte?

Um ihr Desaster komplett zu machen, trug sie – seine Unterwäsche. Sie hatte ausschließlich zarte verführerische Seidendessous dabeigehabt, die vor seinem kritischen Auge keine Gnade fanden. »Mit diesen durchsichtigen Fummeln rennst du mir nicht durch den Wald. Da«, hatte er aufbegehrt und ihr einen seiner braven, abtörnenden Mako-Doppelfeinripp-Slips zugeworfen.

Sie hatte mit unbewegter Miene verfolgt, wie der Liebestöter vor ihren Füßen gelandet war, und Jasha dann mit einem mordlustigen Blick torpediert.

»Entweder du ziehst dieses Ding an, oder ich lass dich hier«, knurrte er daraufhin.

Zähneknirschend hatte sie den Slip übergestreift. Musste das Schicksal so hart mit ihr umspringen?

Lass das Schicksal aus dem Spiel, Ann, wies sie sich mental zurecht. Es war ihre freie Entscheidung gewesen herzukommen. Folglich musste sie die Konsequenzen – in diesem Fall Doppelfeinripp – tragen. Und bei Nacht und Nebel durch den dunklen Wald stiefeln. Mit einem Mann, der weit mehr zu bieten hatte als Blumen, Kerzenschein und Romantik pur. Bei Jasha hatte sie gleich die ganze Familie adoptiert. Sie hatte sich stets gewünscht, adoptiert zu werden, aber doch nicht umgekehrt! Und sie musste ihm das Leben retten; die Chinesen behaupteten, dass, wer jemandem das Leben rettete, für dieses Leben verantwortlich war. Wenn das stimmte, stand sie vor einer Riesenverantwortung. Das konnte ja noch heiter werden.

Sie stolperte abermals.

»Deine Augen gewöhnen sich schnell an die Dunkelheit.« Er legte Ann einen Arm um die Schultern.

»Ich hab so ein unangenehmes Gefühl ... als würden wir beobachtet.« Sie wackelte unbehaglich mit den Schulterblättern.

»Wenn mich meine Sinne nicht täuschen, wittere ich

einen meiner Cousins irgendwo hier in der Nähe. Er glaubt, er hat einen Minisender in mich geschossen – aber hey, ich hab das Ding hier in dieser Plastiktüte –, und dass er damit fein raus ist. Er hält meinen Vater für ein Weichei und meine Mutter für eine dumme, dahergelaufene Zigeunerin. Und denkt, dass meine Geschwister und ich arrogante, verzogene Schwachköpfe sind.« Ann nahm wahr, wie Jashas Kiefer dabei ärgerlich mahlten. »Wir werden ihnen die Wahrheit zeigen.«

Die Wahrheit. Sie schauderte unbehaglich. Welche Wahrheit konnte sie jemandem zeigen? Sie war schließlich nicht Lara Croft, oder? Wenn man so wollte, war das einzig Besondere an ihr ein Geburtsmal, dessen Existenz sie auch noch die meiste Zeit verdrängte.

Eigenartig. Zum ersten Mal spürte sie an dieser Stelle ein schwaches Kribbeln unter der Haut.

Wie kam das? Was war passiert? Hatte Jasha irgendetwas mit ihr gemacht, während sie geschlafen hatte?

Oder täuschte sie sich?

»Du scheinst ja richtig gespannt auf einen Kampf«, stellte sie fest.

»Ich kämpfe lieber, als untätig zu warten, aber ich kann beides.«

»Ich bin mehr der Verhandlungstyp.« Sie wünschte, sie hätte nicht so optimistisch geklungen.

»Mit einem Varinski kann man nicht verhandeln«, sagte er tonlos.

»Was ist denn ein Varinski? Irgendeine Waffe oder so was?«

»Varinski ist ein Familienname. Nachdem meine Eltern aus Russland geflohen waren, änderten sie ihren Namen in

Wilder. Sie planten einen Neuanfang in der Neuen Welt.« Er klang enttäuscht. Wütend. »Den hatten sie zwar, doch die dunklen Mächte aus der Alten Welt sind uns hierher gefolgt.«

»Dabei bist du weder arrogant noch verzogen, oder?« Sie suchte verzweifelt einen Hoffnungsschimmer am Horizont.

Er schmunzelte und umarmte sie. »Auf gar keinen Fall. Haben sich deine Augen an die Dunkelheit gewöhnt?«

Eigentlich schon. Jedenfalls sah sie gut genug, um nicht der Länge nach hinzufallen. »Nicht wirklich.« Sie fand es himmlisch, Arm in Arm mit ihm zu gehen. »Und wie kommen die darauf?«

»Keine Ahnung. Die Kinder von Immigranten sind keine verzogenen Brötchen, weißt du. Unsere Eltern haben feste Vorstellungen für unsere Zukunft, und wehe, wenn wir nicht parieren. Ein paar Geschichten aus ihrer ehemaligen Heimat reichen aus, um uns schleunigst wieder auf Kurs zu bringen.«

»Du bist erfolgreich, weil deine Eltern es von dir verlangen?«

»Nein, weil sie nicht mehr, aber auch nicht weniger von mir erwarten dürfen. Was ist mit dir, Ann? Wieso bist du erfolgreich?«, meinte er betont beiläufig.

Irrtum, ihr konnte er nichts vormachen. Er wollte wissen, wer sie war, woher sie kam, wer ihre Eltern waren.

Und sie hatte nicht die Absicht, ihm das auf die Nase zu binden. »Findest du, dass ich erfolgreich bin? Finde ich nicht. Ich bin bloß eine Assistentin.«

»Du bist nicht bloß *irgendwer.* Mit dem richtigen Team könntest du aus Wilder Wines ein Unternehmen machen, das auf der ganzen Welt bekannt ist. Dazu hast du echt das Zeug. Warum warst du eigentlich nicht an der Uni? Du hättest Betriebswirtschaft studieren sollen oder so. Stattdessen arbeitest du für mich. Wieso, Ann?«

Mit einem Mal störte es sie, dass sie Arm in Arm liefen. Es war dunkel; wahrscheinlich konnte er ihr Gesicht nicht erkennen. Und wenn er ihre Bedrücktheit fühlte? Gemerkt hatte, dass sie unwillkürlich zusammengezuckt war? »Ich suche einen reichen Ehemann, und du schienst mir ein vielversprechender Kandidat. Inzwischen sehe ich das ein bisschen anders, zumal ich auf Tierhaare allergisch reagiere und Nachtwanderungen nicht ausstehen kann.« Das klang zwar ein wenig hart, aber das war reiner Selbstschutz.

Früher hatte sie mit ihrer Vergangenheit nicht hinterm Berg gehalten. Die Reaktion der Menschen war jedoch jedes Mal extrem gewesen – tiefes Mitgefühl und brennende Neugier. Für gewöhnlich fragten sie Ann Löcher in den Bauch und dann wandten sie sich von ihr ab, als wäre ihr Unglück eine ansteckende Krankheit. Als hätte sie irgendetwas angestellt und ihr Schicksal verdient.

Vielleicht war da was Wahres dran. Womöglich war sie mit diesem Geburtsmal geschlagen, quasi als Warnung für andere, sich von ihr fernzuhalten.

Vielleicht kümmerte es Jasha nicht. Vielleicht aber doch? Sie hielt es jedenfalls für sinnvoller und sicherer, ihr Geheimnis für sich zu behalten. »Ich seh jetzt ausgezeichnet«, murmelte sie und redete sich ein, dass sie erleichtert war, als er sie losließ und schweigend neben ihr herstapfte.

Die hohen Stämme der Douglasfichten schluckten den

letzten Rest Tageslicht, würziger Zederndufterfüllte die Luft. Wenn sie den Blick hob, konnte sie die Kiefernspitzen sehen, die den glitzernden Sternen zuwinkten. Früher hatte sie oft gerätselt, warum so viele Menschen an einen guten Stern glaubten, der ihr Schicksal bestimmte. Wenn sie als Kind die Sterne betrachtet und sich etwas gewünscht hatte, waren ihre Wünsche so gut wie nie in Erfüllung gegangen. Die Sterne waren weit weg, und die Menschen waren ihnen gleichgültig, und wer etwas anderes glaubte, war ein Spinner.

Sie wünschte, sie wäre auch so ein Spinner.

»So weit ich zurückdenken kann, hab ich Erinnerungen an Waldspaziergänge«, fuhr Jasha beiläufig fort, als merkte er ihre Reserviertheit gar nicht. »Noch bevor ich laufen konnte, trug mein Dad mich auf dem Arm über unser Grundstück, um mir zu zeigen, wo böse Menschen sich verstecken könnten. Ein Jahr später lief ich schon an seiner Hand, und er trug meinen Bruder Rurik. Das Jahr darauf trug er Adrik. Und schließlich, zehn Jahre später, drehten wir unsere Runden mit Firebird auf seinem Arm.«

Ann registrierte die tiefe Zuneigung, mit der er von seinem Vater sprach. »Dein Dad ist bestimmt ein Supertyp.«

»O ja. Er ist aus der Alten Welt. Und er achtet auf strenge Disziplin und vertritt hohe moralische Werte, gleichzeitig lässt er uns nie daran zweifeln, dass er uns liebt.«

Als Jasha ihr seinen brisanten Plan dargelegt hatte, wie er seine Familie zu schützen gedachte, hätte sie eigentlich froh und dankbar sein müssen, dass sie selbst eine Waise war.

Andererseits schwärmte er in derart glühenden Farben von seiner Familie, dass Ann richtig neidisch wurde.

Jasha fuhr fort. »Bevor wir uns verwandeln ...«

»Bevor ihr euch verwandelt? Was meinst du damit?«

»Ach so, ja das.« Es klang, als holte er zu einem längeren Vortrag aus. »Nach der Geburt ist ein Varinski erst mal ein Kind wie jedes andere auch. In der Pubertät zeigt sich dann die ... äh ...«

»Die Bestie, die in einem steckt?«, meinte sie trocken.

»Damit sprichst du meiner Mutter aus dem Herzen.« Er nahm es mit Humor. »Als wäre die Pubertät nicht schon stressig genug. Pickel, ungesteuerte Erektionen, Bartwuchs. Überall am Körper wachsen einem Haare. Und ein Tattoo, das aus dem Nichts auftaucht – als meine Lehrerin Miss Joyce meine Tätowierung sah, ist sie fast aus den Latschen gekippt.«

Sie entfernten sich vom Meer und gingen zügig über sanft geschwungene Anhöhen. Wenn sie in dieser Richtung weiterliefen, würden sie demnächst den Highway überqueren, vermutete Ann.

»Sobald wir halbwegs laufen konnten, brachte Dad uns bei, wie man im Wald überleben kann. Er warnte uns inständig vor Fremden. Er lehrte uns, Fährten zu lesen und unsere Fußspuren zu verwischen, damit man uns nicht verfolgen kann. Er brachte uns all das bei, was seit Generationen im Varinski-Clan überliefert wurde, und Mann – er war bärenstark! Er war unser Anführer – die Jungs in unserer Truppe wussten sich im Ernstfall durchzuschlagen. Überlebenstraining nannte er das. Wir waren richtig auf Zack. Und auf alles vorbereitet. Er legte Fährten für uns aus. Einmal, als mein Bruder und ich von der Schule nach

Hause kamen, trat ich mit dem Fuß in eine Tierfalle. Das Ding schnappte zu und schwang mich kopfüber in die Luft. Dabei streifte ich einen Ast. Deshalb hab ich diese Narbe.« Jasha verstummte, fasste ihre Hand und legte sie auf seine Wange.

Ann war die verblasste Narbe zwar schon aufgefallen, sie hatte jedoch gemutmaßt, er hätte sie von einem stilvollen Fechtduell um eine Frau zurückbehalten. Sie strich behutsam mit ihren Fingern über die Narbe, fühlte seine warme, angenehm glatt rasierte Haut. »Du hättest ebenso gut ein Auge verlieren können!«

»Das meinte meine Mutter damals auch. Sie war sauer auf meinen Vater. Ich hatte sie bis dahin noch nie so wütend erlebt. Als sie sich mit ihm anlegen wollte, sagte er seelenruhig: ›Ruyshka, besser eine Narbe im Gesicht als auf ewig in der Hölle schmoren.‹«

»Das … klingt gewaltig übertrieben.« Was sie nicht wirklich überraschte. Sie hatte häufiger mit Konstantine telefoniert. Mit seinem tiefen Bassbariton erzählte er gern und viel und neigte zum Dramatisieren.

»Das ist es ja eben: Es ist nicht übertrieben. Er erklärte uns wieder und wieder, wir müssten darauf vorbereitet sein, dass die Varinskis jederzeit auftauchen könnten. An mir krittelte er dauernd rum«, meinte Jasha mit gedämpfter Stimme. »Ich war ihm zu nachlässig, fühlte mich seiner Meinung nach zu sicher. Und würde demnach irgendwann empfindlich eins auf die Nase bekommen. Schätze mal, er hatte Recht mit seiner Vermutung.«

Ann schlang unschlüssig einen Arm um Jashas Taille und drückte ihn begütigend an sich. Sie wusste, dass er dabei an seinen Vater dachte, der im Krankenhaus lag.

»Ich werde es mir nie verzeihen können, dass meine Familie für diese Nachlässigkeit büßen muss. Und du auch.« Er schmiegte sie an sich. »Du leider auch.«

»Ach was …«

»Red es nicht klein. Du brauchst mich nicht zu schonen. So aufgestylt, wie du warst, kamst du, um mich zu verführen. Und was hast du davon? Das da.« Er beschrieb mit seinen Händen eine ausladende Geste.

»Ich weiß gar nicht, was du willst. Die Sterne sind doch sehr romantisch«, gab sie zurück.

Er hustete und prustete los, als hätte sie eben einen tollen Witz gemacht. »Auf Papas dringenden Wunsch hin hab ich Klamotten im Wald versteckt. Egal wohin wir gehen, es gibt überall Vorräte und Decken. Du hast es also warm. Und trocken. Und du wirst nicht verhungern.«

Sie fand es verblüffend, dass er auf dieses Thema abhob. »Ich weiß, dass du mich nicht hängen lässt«, rutschte es ihr unwillkürlich heraus.

Er blieb stehen. Und küsste Ann. »Du bist die einzige Frau, mit der ich mir dieses Abenteuer vorstellen kann. Ah – da ist schon der Highway.«

Tatsächlich, sie hatten den Highway 101 erreicht.

»Wir gehen ein paar Minuten nach Süden, dann drehen wir in Richtung Inland«, sagte er.

»Nach Süden? Toll.« Für Ann bedeutete Süden Städte und Menschen, Zivilisation und, natürlich, Kalifornien.

»Also dann« – er verschwand im Unterholz und kehrte mit einem schnittigen Geländemotorrad zurück – »wollen wir die Varinskis mal ein bisschen ins Schwitzen bringen.«

17

Sechs Stunden später, als dem Motorrad der Sprit ausging und die letzten Lichter erloschen, wusste Ann nicht mehr, wo sie war. Ihr taten die Arme weh, weil sie Jashas Taille krampfhaft umklammert gehalten hatte, und ihr Allerwertester war auf der langen Fahrt mit der Maschine ordentlich durchgerüttelt worden.

»Das reicht fürs Erste«, meinte Jasha selbstzufrieden. Er half ihr vom Sozius und bockte die Maschine auf.

Sie rieb sich ihre kribbelnde Kehrseite, stampfte mit den Füßen auf und schaute sich um. Es war tiefe Nacht, die längste Nacht in der Geschichte der Menschheit, so schien es ihr zumindest. Und dieser Ort war kein bisschen anders als alle anderen, die sie passiert hatten: wild, bewaldet und dunkel. Sehr, sehr dunkel. Als wäre die Elektrizität noch nicht erfunden. Ihre Augen schmerzten von dem beißenden Fahrtwind – einerlei, ob sie die Lider geöffnet oder geschlossen hielt.

»Der Varinski braucht zwei Tage, um uns hier aufzuspüren, bis dahin bleibt mir genug Zeit, um mein persönliches Armageddon auszuwählen.« In Jashas angenehm tiefer Stimme schwang versteckte Mordlust mit. Und Ann war froh, dass er es nicht auf sie abgesehen hatte.

»Du willst dir vorab dein Schlachtfeld aussuchen?«

»Hmmm, und er darf es auf gar keinen Fall merken. Ich will ihn überraschen.« Jasha war lediglich ein schwarzer Schatten in der Dunkelheit, gleichwohl hörte sie, wie er ihre Rucksäcke aus den Motorradkoffern nahm.

»Was, wenn er ein Raubvogel ist und kein Wolf? Findet er uns dann nicht schneller?« Sie waren lange gefahren, und es war merklich abgekühlt. Als Ann ihren Handschuh auszog und ihr Gesicht berührte, fühlte es sich eisig an, wie steif gefroren.

»Du fängst an, wie ein Wilder zu denken.« Das war zweifellos ein Kompliment. »Ich glaube, dass er Fell hat. Zumindest kann ich an ihm keine Federn wittern.« Jasha klang, als überließe er nichts dem Zufall. Und er bewegte sich wie ein General, der eine Armee befehligte. »Selbst wenn er ein Raubvogel ist, hat das für uns bloß Vorteile. Dann muss er nämlich in einem weiten Bogen hoch über dem Boden kreisen, bis er uns entdeckt. Wenn er Pech hat, übersieht er uns trotzdem. Diese Tarnkleidung funktioniert fabelhaft. Da.« Jasha schob ihr den Rucksack auf die Schultern. »Wenn du es schaffst, noch eine Meile zu laufen, kann ich dir einen warmen Schlafsack und für morgen früh ein gutes Frühstück versprechen.«

Eine Meile würde sie schon nicht umbringen.

Andererseits – eine Meile bergauf durch diese bleierne Schwärze ...

Sie wollte aufmucken, sparte sich aber den Atem. Stattdessen fluchte sie gedämpft, weil sie andauernd über die klobigen Wanderschuhe stolperte.

Die schmale Mondsichel, die am Horizont klebte, erleuchtete den dunklen Nachthimmel wie eine einsame Straßenlaterne.

Das bisschen Licht war ein schwacher Trost.

Als er nach einem, wie ihr schien, endlosen kilometerlangen Marsch stehen blieb, war sie total außer Atem und entsprechend wütend. Angesichts ihrer Entrüstung nahm sie kein Blatt vor den Mund. »Was, sind wir schon da? Also ich könnte noch stundenlang so weiterlaufen.« Sie zeigte auf die überdimensionierten Schuhe an ihren Füßen. Himmel, sie sah aus wie ein verkrachter Clown! »Wie wär's mit einer Runde Waldlauf?«

»Hier hast du frisches Wasser zum Zähneputzen.« Er goss Wasser aus einem Kanister in einen Becher.

»Womit denn? Soll ich mir etwa mit irgendeiner Baumwurzel die Zähne putzen? Oder mit einem Kiefernnadelzweig?« Sie ignorierte den Becher in seiner ausgestreckten Hand.

Er stellte ihn auf einen Felsvorsprung. »Ich hab unsere Schlafsäcke da hinten auf dem Holzstoß ausgerollt. Zieh die Stiefel und deine Sachen aus, bevor du reinkletterst.«

»Wir könnten uns einen Fuchsbau graben!«, rief sie in gespielter Begeisterung.

»Schscht.« Er schlang den Arm um ihre Taille, bog sie zurück wie einen Zweig im Wind und küsste Ann.

Sie war sterbensmüde. Und sauer auf ihn. Sie war so leicht zu durchschauen.

Sie drückte sich an ihn, erwiderte seinen Kuss mit verhaltener Skepsis, aus Furcht, erneut in Leidenschaft zu entbrennen. Andererseits war es sündhaft gut, ihn zu spüren und zu schmecken. Irgendwann ließ er sie los und wisperte: »Ich bin gleich zurück.«

»Was?« Ann schwankte. Ihre Knie gaben unter ihr nach. »Du willst wirklich nochmal weg?«

»Warte nicht auf mich«, flüsterte er, bevor er mit dem Dickicht des Waldes verschmolz.

»Gespenstisch«, murmelte sie – aber das war hier so ziemlich alles.

Sie trat unschlüssig von einem Fuß auf den anderen. Sollte sie wirklich auf Jasha hören und sich ausziehen? Zweifellos war der Schlafsack gut isoliert, und ihr würde in dem dicken Ding sonst zu warm.

Ob er böse wurde, wenn man seine Anweisungen nicht befolgte? Jasha mochte amerikanischer Staatsbürger sein, das täuschte Ann jedoch nicht über die Tatsache hinweg, dass er das bestimmende Wesen seiner männlichen Vorfahren geerbt hatte.

Für gewöhnlich fand sie diese besserwisserische Arroganz nervig, aber jetzt – jetzt schien sie ihr überlebenswichtig.

Unwillkürlich gähnte sie, dass ihr fast die Kiefer knackten. Was soll's, seufzte sie. Bei seiner Rückkehr würde sie sowieso schlafen. Sie zog sich bis auf seinen Slip und das schwarzseidene T-Shirt aus. Und schlummerte bereits, als er eine halbe Stunde später in seinen Schlafsack kletterte und sich an ihren Rücken kuschelte.

»Wo warst du?«, fragte sie schläfrig.

»Ich hab eine Ratte gefangen«, antwortete er.

Schlagartig war sie hellwach. »Den Varinski?«

Er lachte. »Nein. Eine echte Ratte. Schlaf jetzt. Ich zeig sie dir morgen.«

Der Duft von frisch gebrühtem Kaffee weckte Ann auf. Vögel zwitscherten in den Zweigen, ansonsten war es himmlisch still. Irgendetwas kitzelte ihre Wange. Mit geschlossenen Augen rieb sie darüber – und fühlte Jashas Hand. »Ich hasse dich.«

»Hier. Ich hab Kaffee für dich gemacht.« Er klang hellwach und putzmunter.

»Ich hasse dich trotzdem. Es sei denn, du servierst mir Speck, Eier, Toast und frische Pfannkuchen auf einem angewärmten Teller. Dann lass ich mit mir reden.« In ihrem Schlafsack war es mollig warm, und draußen wehte die kühle morgendliche Gebirgsluft. Igitt, Ann schauderte bei der Vorstellung, aus ihrem schützenden Kokon herauskriechen zu müssen.

»Wie wär's mit einem Baker's Breakfast Cookie?« Er raschelte mit der Verpackung an ihrem Ohr. »Willst du lieber den mit Ingwergeschmack oder Vollkorn mit Rosinen?«

»Ich will Eier mit Speck und sonst gar nichts.«

»Okay, dann nehm ich den mit Rosinen.«

»Nee, gib mir den.« Sie setzte sich ruckartig auf, nestelte an dem Reißverschluss ihres Schlafsacks, riss Jasha das Gebäckstück aus der Hand und funkelte ihn an. Er wusste genau, dass sie Ingwergewürz auf den Tod nicht ausstehen konnte.

Jasha war fix und fertig angezogen und sah unverschämt fit aus. Als er ihr den Kaffeebecher reichte, starrte Ann sekundenlang auf seine zupackenden Hände. Einen Augenblick lang stürmten die Eindrücke ihrer ersten gemeinsamen Nacht auf die junge Frau ein – die gespenstische Dunkelheit, das Gefühl, dass dieser Mann sie verfolgt und besessen hatte und von ihr erwartete, dass sie bedingungslos nach seiner Pfeife tanzte.

Er bog den Oberkörper zurück und machte ein langes Gesicht. »Puh, morgens nach dem Aufwachen bist du verdammt ungenießbar.«

Das klang kein bisschen nach dem geheimnisvollen Wolf, der in ihrer Fantasie herumspukte. Momentan jedenfalls nicht.

»Das bin ich bloß, weil ich höchstens fünf Stunden Schlaf hatte!« Und weil ihr Hintern nach der blöden Motorradtour höllisch schmerzte.

Seit jenem ersten Abend hatte er sich nicht mehr in den Wolf verwandelt. Bisweilen war sie geneigt zu glauben, sie hätte sich das alles bloß eingebildet. Dabei wusste sie um die schockierende Wahrheit; sie hatte es mit eigenen Augen gesehen. Trotzdem konnte sie nicht wirklich begreifen, dass Jasha sich in etwas anderes verwandelte. An einem Morgen wie diesem, wo die Sonne durch die Bäume fiel und flirrende Lichtpunkte auf den Waldboden malte, wo die Vögel munter in den Zweigen sangen, hätte sie sich spielend leicht vormachen können, dass sie einen Campingausflug unternahmen, mit der festen Absicht, jede Menge Spaß zu haben.

Der Schuss war nach hinten losgegangen, so war das eben mit den guten Absichten.

Nach ein paar Schlucken Kaffee muffelte sie: »Na, mach schon, blödes Koffein. Bring meinen Kreislauf in Schwung.« Sie wickelte das Gebäckstück aus und biss herzhaft hinein. Es schmeckte nicht besonders, aber wenigstens hatte sie somit etwas im Magen.

Keks und Kaffee wirkten Wunder. Sie stand auf und schaute sich neugierig um.

Sie befanden sich in einer Schonung mit mächtigen, uralten Tannenungetümen. Überall ragten Felsen aus dem weichen Waldboden. Sie lehnte sich an einen und blickte nach oben.

Am Vorabend hatte sie gedacht, die Bäume reckten sich bis zu den Sternen.

Bei Tageslicht erkannte sie, dass es tatsächlich zutraf.

Gigantische Douglasfichten, Zedern und Tannen ragten in den strahlenden Morgenhimmel empor. Wenn sie in die hohen Baumkronen spähte, wurde ihr schwindlig. »Wo sind wir?«, wisperte sie.

»Mitten in den wild zerklüfteten Olympic Mountains.« Jasha grinste und säuberte das Motorrad.

Nach dem gestrigen Schock und der langen Fahrt hatte sie für eine Weile ausgeblendet, dass er umwerfend aussah. Unvermittelt fand sie es faszinierend, ihm dabei zuzusehen, wie er die Maschine reinigte. Sie hielt den Atem an.

»Hier wohnt meilenweit keiner«, sagte er. »Wir werden heute Morgen zu einer langen Wanderung aufbrechen, uns dann ein paar Stunden ausruhen und am Nachmittag zügig weitermarschieren, bis wir an der Stelle sind, wo ich kampieren will. Wir können ein Feuer machen, und ich hab dort ein Zelt versteckt. Das ist fast wie ein Campingausflug. Total lustig!«

»Findest du Camping etwa lustig?« Ihre Erfahrung beschränkte sich auf einen unsäglichen Wochenendausflug mit den Pfadfinderinnen. In einen der Nationalparks. Erst hatte es aus Eimern geschüttet, nachher war das Thermometer auf Minusgrade gefallen, und sie hatten in ihren Zelten gefroren wie die Schneider.

»Mit mir schon.« Mit ein paar effizienten Handgriffen packte er seinen Rucksack. »Ich werde fischen gehen, und dann essen wir Forellen und Preiselbeeren. Dazu trinken wir Wein – ich hab dort oben nämlich Wein versteckt – und erzählen uns Gespenstergeschichten am Lagerfeuer.«

Koffein? Wer brauchte da noch Koffein? Ein Blick in seine faszinierenden goldgesprenkelten Augen gab ihr den nötigen Adrenalinkick. Seine Stimme klang leise und tief und verrucht. Seine dunklen Haare waren zerwühlt vom Schlaf; dunkler Bartansatz verschattete seine kantigen Wangen – und erst dieser Body! Der Tarnanzug betonte seine breiten Schultern und die langen Beine. In Anns Vorstellung entstand automatisch das Bild, wie er nackt aussah.

Jede Wette, dass er sie ebenfalls attraktiv fand. Er musterte sie nämlich von oben bis unten und grinste anerkennend.

Sie schob den angebissenen Brownie zurück in die Verpackung und fuhr sich unwillkürlich mit den Fingern durch die Haare, um wenigstens einigermaßen akzeptabel auszusehen.

»Du bist schön, wild zerzaust vom Schlaf. Ich mag das.«

»Mmmh.« Sie glaubte ihm kein Wort. Trotzdem fand sie es nett, dass er ihr ein Kompliment machte.

Er schlenderte zu ihr, kniete sich neben den Schlafsack. Seine Finger streiften ihre, streichelten ihr Haar, ihren Nacken …

Sie entspannte sich unter seinen zärtlichen Händen. Gab sich ihm willig hin in der Hoffnung, dass er die Anspannung und die Erinnerung an das Schockerlebnis wegmassierte und sie stattdessen mit süßer, sinnlicher Leidenschaft erfüllte. Er nahm ihr die Tasse aus der Hand, und sie ließ ihn gewähren; dann schob er sie sanft auf den Rücken.

»Weißt du eigentlich, dass dein T-Shirt durchsichtig ist?« Seine Fingerspitzen streichelten ihre Knospen durch die dünne Seide hindurch.

»*Dein* T-Shirt«, brachte sie mühsam über die Lippen.

»Die Ärmel sind so weit, dass ich jedes Mal tiefe Einblicke hatte, wenn du die Arme gehoben und einen Schluck

Kaffee getrunken hast.« Seine Hände glitten über ihre Schultern und in das Hemd, fanden ihre Brüste, streichelten sie fedrig-leicht, dass sie es kaum spürte – und trotzdem nur noch an das Eine denken konnte.

»Schöne Einblicke?« Sie schloss sehnsuchtsvoll die Augen.

»Wunderschön.« Er schob ihr das T-Shirt hoch. »So ist es noch besser.«

Kalte Luft streifte ihre Haut, und ihre prickelnden Spitzen wurden verräterisch hart. Aus einer tief empfundenen, anerzogenen Scham heraus wagte sie es jedoch nicht, sich fallen zu lassen und ihrer erwachenden Leidenschaft nachzugeben. Nicht im Hellen. Nicht jetzt, wo er sie splitterfasernackt sah.

Hastig zog sie das T-Shirt runter und stieß dabei gegen seine Hände, die über ihren Rippenbogen und den flachen Bauch streichelten. Sie presste reflexartig die Schenkel zusammen. Weil sie fest entschlossen war, ihn abzuwehren? Oder wegen des erotisierenden Kribbelns, das sich in ihrem Schoß ausbreitete?

Er machte jedoch keinerlei Anstalten weiterzugehen. Mit zärtlich kreisenden Bewegungen glitten seine Hände aus dem T-Shirt heraus.

Sie klappte die Lider auf. Er kniete über ihr, seine Schienbeine rechts und links von ihrer Taille in den Waldboden gestemmt, und betrachtete sie intensiv, als wollte er alles wissen, was in ihr vorging. »Was?«

»Du bist wie ein faszinierendes Puzzle.« Er zog ihr sittsam das T-Shirt hinunter.

»Nein, bin ich nicht«, gab sie patzig zurück. »Ich bin einfach bloß Ann Smith.«

»Keine tiefen Geheimnisse? Hast du keine versteckten Leichen im Keller?«

»Nein.« Sie breitete die Arme aus. »Siehst du? Alles echt.«

Er würdigte ihren spärlich bekleideten Körper keines Blickes. Seine Augen klebten an ihrem Gesicht.

Sie kannte mittlerweile seine Stimmungen. Und darauf, fand Ann, konnte sie sich etwas einbilden.

Im Moment jedoch vermochte sie sein Mienenspiel nicht zu deuten. Sein Blick war düster umwölkt, sein Gesichtsausdruck mystisch entrückt. Dabei kannte sie sein dunkelstes Geheimnis.

Wie konnte dieser Mann ihr da ein einziges Rätsel sein?

18

Ann angelte gespielt locker nach ihrem Kaffeebecher. »Wo ist mein Brownie?«

Jasha zog die Verpackung unter seinem Knie hervor und gab es ihr. »Was versteckst du vor mir, Ann?«

Sie betrachtete das leicht angematschte Frühstücksgebäck. »Meinst du das hier?«

»Quatsch. Ich meine deine kleinen Geheimnisse.« Er kniete weiterhin über sie gebeugt, sein Gesicht dicht über ihrem. Dieser Typ war verflixt neugierig, obwohl er selbst mit nichts herausrückte.

»Welche Geheimnisse?« Sie erwiderte seinen Blick, hielt den direkten Augenkontakt aber nicht lange aufrecht.

»Keine Ahnung. Ich brenne jedoch darauf, sie endlich

zu erfahren.« Jasha erhob sich und schlenderte zu seinem Rucksack.

Sie setzte sich auf. Der Kaffee war inzwischen kalt. Ihr war kalt – und unbehaglicher zumute als bei seiner Verwandlung zum Wolf oder bei der Entfernung des Pfeils. Sie hatte nicht angenommen, dass Jasha sich sonderlich für ihre Vergangenheit interessierte – oder Wert darauf legte, sie seinen Eltern vorzustellen. Ehrlich gesagt hatte sie sich kaum Gedanken gemacht, was passieren könnte, nachdem sie ihn verführt hätte. Ihr schwebte eine heiße Affäre vor, prickelnde Erotik, jede Menge guter Sex, sehr, sehr guter Sex, viel und oft und dann – und dann was? Konnte und wollte sie weiterhin für ihn arbeiten, ihn jeden Tag sehen, seinen Freundinnen Blumen schicken, den Ring für seine nächste Verlobte kaufen?

Ann torpedierte ihn mit einem mordlustigen Blick. Nie im Leben.

Und wenn er sich unsterblich in sie verliebt hatte und sie heiraten wollte? Um glücklich und zufrieden bis ans Ende ihrer Tage mit ihr zusammenzuleben? Nur sie beide? *Jasha?* Der Typ, der pausenlos mit seiner Familie telefonierte und der seine Geschwister mit E-Mails bombardierte?

Ann hatte das geflissentlich verdrängt. Was ihr ungeheuer imponierte, war seine tiefe Zuneigung zu seinen Eltern und Geschwistern. Jasha war ihr Traummann: loyal, verantwortungsbewusst, rücksichtsvoll.

Zwangsläufig interessierte sich ein solcher Mann für ihre Vergangenheit. Sie würde ihm irgendetwas erzählen müssen, und eigentlich konnte sie gleich mit der Wahrheit herausrücken.

Oder zumindest mit einem Teil davon.

Sie wühlte in ihrem Schlafsack herum, sammelte ihre Sachen zusammen. Während sie sich hastig anzog, sagte sie beiläufig: »Ich bin eine Waise.«

Er reagierte nicht. Zuckte weder zusammen, noch wich er zurück, als wäre ihr schweres Los ansteckend.

»Ich habe keine Familie.« Während sie das Hemd zuknöpfte, bibberte sie vor Kälte.

Er blickte nicht einmal auf. »Echt? Du hast gar keine Verwandten oder so?« Aha, jedenfalls hörte er konzentriert zu.

»Nein, nichts, null. Ich wuchs in Los Angeles in einem Waisenhaus auf.«

»Wie kamst du dorthin?«

»Die Nonnen nahmen mich auf«, antwortete sie ausweichend. Merkte er, dass sie auf seine Frage nicht einging? Darin hatte sie jede Menge Erfahrung.

»Du bist in einem Konvent groß geworden?«

»Doch nicht in einem Konvent!« Sie kicherte betont nachsichtig. »Es war ein katholisches Waisenhaus, das einem Konvent angeschlossen war.«

»Das erklärt eine Menge.«

Was wollte er denn damit sagen? Schwante ihm, dass sie die meiste Zeit in der Gesellschaft von Nonnen verbracht, mit ihnen gelebt und gebetet hatte? Weil sie sich nach einer Familie gesehnt hatte, irgendeinem Zusammenhalt, obwohl sie gewusst hatte, dass sie im Konvent bloß geduldet wurde?

Und nachdem Schwester Catherine … danach war sie nirgends mehr willkommen gewesen.

Immerhin konnte sie so tun als ob, deshalb plapperte sie

munter weiter: »Häufig werden Babys nach der Geburt adoptiert oder in Pflegefamilien gegeben. Ich war jedoch ein Frühchen und musste noch viereinhalb Monate im Krankenhaus bleiben. Die Ärzte hatten wenig Hoffnung, aber ich überlebte und kam aus dem Inkubator direkt in das Waisenhaus. Schwester Mary Magdalene fand, dass ich das hässlichste Baby war, das sie je gesehen hatte.«

Zwischen seine Brauen schob sich eine steile Falte. »Das ist hart.«

»Schwester Mary Magdalene war stolz auf ihre unverblümte Ehrlichkeit.« Das war eine himmelschreiende Untertreibung. »Ich hab die Fotos gesehen. Ich war ein großes, dürres Etwas mit einer scheußlichen Babyglatze. Die Ärzte hatten bei mir bereits eine starke Fehlsichtigkeit diagnostiziert und rechneten mit künftigen Komplikationen, folglich mochte mich niemand adoptieren.« Unwillkürlich betastete sie das Mal auf ihrem Rücken, bevor sie sich hinsetzte, um ihre Hose anzuziehen. »Ein Waisenhaus ist kein Ersatz für eine Familie, aber es gibt bestimmt Schlimmeres. Ich sollte eigentlich dankbar sein …«

Er richtete sich auf und musterte sie verblüfft.

»Ich war dankbar«, sagte sie hastig.

»Echt? Wer hat dir das gesteckt?«

»Schwester Mary Magdalene.«

»Tu mir einen Gefallen. Sei mir nie wegen irgendwas dankbar.«

Mit seinem trockenen Humor entspannte er die Situation. Ann lächelte. »Im Moment fällt mir auch nichts ein, wofür ich dir dankbar sein sollte.«

»Der Kaffee.«

»Das war eine reine Selbstschutzmaßnahme.« Sie setzte

sich auf den Rucksack, zog Socken an und band sich die Schuhe. »Du wusstest, dass ich ohne Koffein zum Tier werde.«

»Ja, ich bin nicht der Einzige, dem Zähne und Klauen wachsen. Wir haben bloß unterschiedliche Motive.«

Er zog sie auf – vermutlich bloß, um ihr weitere Details zu entlocken.

Immerhin hatte er bereits die dickste Kröte geschluckt. Den Rest würde sie ihm fröhlich giggelnd und in abgeschwächter Form beibringen. Seine Wolfssinne konnten keine Halbwahrheiten wittern, oder etwa doch?

»Wo warst du heute Nacht? Du hast was von einer Ratte erzählt.« Fertig angezogen, rollte sie den Schlafsack zusammen.

Er zog ein Stück Segeltuch von einem Häufchen, das am Boden lag.

Er hatte einen kleinen Käfig aus Zweigen gebaut, diesen am Boden festgemacht, und darin –

Ann kreischte auf. »Da drin ist eine Ratte!« Sie umklammerte die Ikone in ihrer Hosentasche, als wollte sie die Jungfrau beschützen – oder umgekehrt.

Die Ratte lief hektisch im Kreis, auf der Suche nach einem Fluchtweg. Sie scharrte am Boden, umklammerte die Holzstäbe.

»Du hast eine Ratte mit hergebracht, und dieses Vieh war die ganze Zeit hier, während wir geschlafen haben? Eine hässliche, widerwärtige, knopfäugige …« Sie schüttelte sich vor Ekel.

»Du magst wohl keine Ratten, hm?«, meinte er trocken.

»Nager. Schmutzige, abscheuliche Biester.« Sie erinnerte sich, dass die Ratten im Waisenhaus durch die Babybettchen gehuscht und dann in der Küche eingefallen waren. Bedrohlich groß und bösartig. »Ich hasse sie.«

»Ich hab sie aus einem bestimmten Grund mit hergebracht.« Er griff in seine Jackentasche.

»Du willst sie doch wohl nicht töten, oder?« Sie umklammerte den Schlafsack wie eine Babykuscheldecke.

»Ich dachte, du magst keine Ratten?«

»Ich bring nicht zwangsläufig alles um, was ich nicht leiden kann. Wenn dem so wäre, hätte ich jetzt ein echtes Problem«, fauchte sie ihn an.

»Schau mal her.« Er zog die Plastiktüte mit dem Minichip aus seiner Tasche. Steckte ihn in einen Bissen Brownie, den er auf seine Fingerspitze legte und der Ratte durch das Gitter anbot.

»Sei bloß vorsichtig!«, japste sie erschrocken.

Die Ratte schnüffelte daran, schnappte sich den Leckerbissen von seinem Finger und schluckte ihn gierig hinunter.

Grinsend zog Jasha die Zweige aus dem Boden und ließ die Ratte frei. Sie lief ein paar Mal orientierungslos um ihre eigene Achse, ehe sie im Unterholz verschwand.

Ann flüchtete sich auf einen hohen Felsen und kreischte wie eine Besessene. Sie wusste nicht mal, wie sie dort oben hingekommen war.

Jasha stand am Fuß der Felsnadel und hielt ihr hilfsbereit eine Hand hin. »Ich hätte nicht gedacht, dass meine ruhige, besonnene Miss Smith derart ausflippen könnte.«

»Ist sie weg?« Sie zog die Knie an, ignorierte seine Hand.

»Ja, und du hast das Beste verpasst. Sie hat den Chip anstandslos gefressen. Wenn sie eine Weile gelaufen ist, hat sie keine Kraft mehr und wird den Chip irgendwo wieder ausscheiden. Möglich, dass ein Raubvogel ihn findet, oder ein Berglöwe, und dann wird er in irgendeinem Magen weitertransportiert ...«

Sie sah ihn schockiert an. »Ich hab der Ratte kein Bein gebrochen oder so. Sie hat sich wohl an irgendwas verletzt. Was kümmert es dich? Ich dachte, du verabscheust Ratten?«, rechtfertigte er sich.

»Ja, aber ich würde nichts und niemandem den Tod wünschen.«

»Der Tod ist allgegenwärtig. Der Punkt ist doch der, dass man in Würde stirbt.« Jasha kniff brütend die Augen zusammen. »Der Varinski ist davon überzeugt, dass er mir den Minisender verpasst hat. Folglich wird er die Ratte verfolgen und nicht uns. Komm. Fass meine Hand. Wir müssen weiter, und zwar marschieren wir in die entgegengesetzte Richtung der Ratte.«

Sie glitt von dem Felsvorsprung und in seine Umarmung. »Wenn er Glück hat, findet er einen Haufen Rattenköttel, und wenn er Pech hat ...«

»Trifft er auf einen Berglöwen.«

Er hielt sie für einen langen Augenblick fest, senkte den Blick in ihren, als wollte er die Tiefen ihrer Seele ergründen. »Du wirkst so weich und verständnisvoll, trotzdem hast du vermutlich ein Herz aus Stahl.«

»Ja. Aber es hat Rost angesetzt.«

Über Jashas Gesicht breitete sich ein optimistisches Strahlen. »Glaub ich nicht. Bevor das alles hier vorbei ist, werden wir die Wahrheit erfahren.«

Die Wahrheit? Ann schauderte bei der Vorstellung.

Was fürchtete sie mehr? Dieses *Ding*, das sie beide verfolgte? Oder die Katastrophe, dass Jasha von ihrer Vergangenheit erfuhr? Dass seine Assistentin ein Geheimnis hütete, das sie brandmarkte und jeden Pakt mit dem Teufel in den Schatten stellte?

Und wenn er es herausfand, wie sollte sie ihm etwas erklären, was sie selbst nicht verstand?

19

Jasha behielt Recht. Mit ihm zu zelten machte Ann richtig Spaß.

Gegen sieben Uhr abends erreichten sie ihr Ziel, ein kleines Wäldchen hoch oben in den Bergen, in der Nähe eines Flusses, wo Ann sich Gesicht und Hände wusch. Um neun hatte er die geangelten Forellen ausgenommen und über dem Lagerfeuer gegrillt. Bei Sonnenuntergang setzten sie sich an das Feuer, aßen frischen Fisch, Preiselbeeren, leicht muffig schmeckendes Graubrot (das er aus einem mitgebrachten Backmehl gezaubert hatte) und tranken dazu einen exzellenten 97er Sangiovese von Wilder Wines direkt aus der Flasche.

Ann schmeckte es ausgezeichnet, die Flammen wärmten ihr Hände und Gesicht, während die laue Abendluft um ihren Rücken strich. Jedes Mal, wenn sie über die Flammen hinweg zu Jasha schaute, überkam ein erotisierendes Kribbeln ihre Wirbelsäule – und sie schaute oft zu ihm.

Ein Zeltplatz war zwar nicht unbedingt das, was sie sich zur Inszenierung ihrer romantischen Affäre gewünscht hätte, trotzdem war es wunderschön.

Als die ersten Sterne am samtschwarzen Nachthimmel funkelten, hatte Ann viel und herzerfrischend gelacht. Wahrscheinlich hatte sie einen Schwips. Anders war es nicht zu erklären, dass ihr der Lapsus herausrutschte: »Erzähl mir von dem Pakt mit dem Teufel. Wer war der Idiot, der *das* für eine gute Idee hielt?«

Der klagende Ruf eines Käuzchens erklang. Der Fluss rauschte. Eine dichte Rauchwolke verpuffte am dunklen Firmament, und die Bäume wisperten im Wind.

Hatte sie ihn damit brüskiert?

Heute war er der Jasha Wilder, wie sie ihn kannte. Ein netter, sympathischer, rücksichtsvoller Mann, der ihre Unterstützung brauchte, sie um Rat bat – kaum dass das Feuer sein Gesicht verschattete und die Flammen seine Augen erhellten, erinnerte sie sich spontan wieder daran, dass er der Wolf gewesen war, der sie durch die Wälder verfolgt, sie überwältigt und vernascht hatte.

Er nahm einen Schluck aus der Flasche, wischte sich mit dem Handrücken den Mund. Als er sprach, klang seine Stimme leise und zögernd. Er erzählte die Geschichte, die er anscheinend in die Tiefen seines Gedächtnisses verdrängt hatte. »Der erste Konstantine Varinski legte die Saat des Bösen; schon als Kind für seine Bösartigkeit bekannt, wurde seine Brutalität und Rohheit als Erwachsener Legende. Die Bewohner der Steppen munkelten, er wäre der Teufel, und das will was heißen, denn vor tausend Jahren war das Leben in Russland kurz und grausam, und nur die Stärksten überlebten diese Härten. Als es seinem Vater zu bunt wurde, warf er Konstantine hinaus und erklärte ihm, er solle sich allein durchschlagen.«

Ann rutschte näher an das Feuer und schlang die Arme

um ihre angezogenen Knie. »Warf er ihn in den tiefen Schnee?«

»Hoffentlich.« Jasha reichte ihr die Flasche.

Sie nahm einen Schluck und gab sie ihm zurück. »War er ein Psychopath? Ein Serienmörder?«

»Das ist noch nett ausgedrückt. Ich würde sagen, er war ein sadistisches Monster. Jahrelang zog er durch die Steppe, kämpfte, raubte und brandschatzte. Allmählich entstand das Gerücht, dass er der Teufel in Menschengestalt wäre.« Jasha warf zwei Holzscheite in die Glut, woraufhin ein rot glühender Funkenregen aufstob. »Schließlich schaltete sich der Herr der Finsternis persönlich ein.«

Ein eisiger Schauer überkam Ann.

»Die Legende besagt, dass der Fürst der Dunkelheit sich aufschwang, seinen dreisten Wiedergänger zu vernichten. Konstantine schwante jedoch, was er wollte. Er erbot sich, sein Teufelswerk zu erledigen, und nach längeren Verhandlungen willigte Satan ein. Um den Deal zu besiegeln, verlangte er, dass Konstantine die Familienikone der Varinskis zerstörte.« Jasha starrte in den zuckenden Flammenschein. »Ich hab dir ja von den Russen und unseren Ikonen erzählt, und dass eine Ikone der Madonna als Wunder gilt.«

Jasha war Amerikaner. Er war hier aufgewachsen. Er beteuerte, dass seine Familie sämtliche Wurzeln zu ihrer früheren Heimat gekappt hatte. Trotzdem sagte er ganz selbstverständlich *unsere Ikonen*. »Ja. Ja, du hast mir davon erzählt.«

»Die Varinski-Ikone bestand nicht nur aus einem Gemälde der Heiligen Jungfrau, sondern aus vier Szenen, die sie in unterschiedlichen Lebenssituationen porträtieren.«

»Nicht bloß ein Wunder, sondern gleich vier.« Ann tippte

auf ihre Hosentasche, in der sie die Ikone der Jungfrau Maria mit ihrer Familie aufbewahrte. Fühlte das Gewicht des Bildchens, das sie dort sicher aufgehoben wähnte.

»Korrekt. Also schlich sich Konstantine heimlich in das Haus seiner Eltern, um die Ikonen zu stehlen. Sein Vater war bereits tot. Seine Mutter lebte allein, und sie war eine strenggläubige alte Frau. Sie hätte Konstantine die Ikonen niemals freiwillig ausgehändigt, einem Mann, der zu scheußlicher Brutalität fähig war. Sie lief in die Kirche, die Ikonen an ihren Busen gedrückt. Er verfolgte sie, als wäre sie ein wildes Tier, überwältigte sie in dem Gotteshaus ... und tötete sie.«

Ann ahnte das Ende der Geschichte und rutschte ein wenig näher zu Jasha. »Er meuchelte seine eigene Mutter.« Sie hatte ihre Mutter nicht gekannt. Sie hätte so gern eine Mutter gehabt, sie hatte davon geträumt, jede Nacht hatte sie die Sterne angebettelt, ihr diesen einen sehnlichen Wunsch zu erfüllen – und Konstantine hatte seine Mutter eiskalt umgebracht.

»Das ist eine der Todsünden. Konstantine wusste es.«

»Und setzte sich brutal darüber hinweg.« Die abgekühlte Abendluft streifte Anns Nacken, und sie schlug den Kragen ihrer Weste hoch.

»Ja. Und es kam noch ärger. Das Blut seiner Mutter besiegelte den Pakt mit dem Teufel.« Die Flammen tauchten Jashas Gesicht in ein rötliches Licht, und seine Augen – seine Augen schimmerten rot glühend wie die eines Wolfs. »Dann steckte er die Kirche in Brand.«

»Aber ...« Hastig zog Ann die Ikone aus der Tasche. Sie betrachtete die purpurrote Robe der Madonna, ihre gütigen Augen und ihre Familie, die sich um sie versammelte.

»Nur eine Sache entkam dem Feuer.«

Ann war mit einem Mal alles sonnenklar. Aber natürlich! »Die Ikonen. Die Wunder.«

Er senkte den Kopf. »Konstantine fand sie in den verkohlten Ruinen, die vier Ansichten waren noch miteinander verbunden, die Farben leuchtend, die Madonnen wunderschön, Holz, Leim und Farbe von den Flammen zu einer unzerbrechlichen Masse ausgehärtet.«

Ann überlief eine Gänsehaut.

»Gleichwohl ließ sich der Teufel nicht hinters Licht führen. Wenn er die Ikone schon nicht zerstören konnte, wollte er sie wenigstens unwiederbringlich verschwinden lassen. Während Konstantine sich zur Feier des Tages betrank, jagte der Teufel einen Blitzstrahl durch die Heiligenbildchen und verstreute die vier Teile in sämtliche Himmelsrichtungen, damit sie nie wieder auftauchten.«

»Stimmt das wirklich?« Ann drehte die Ikone, betrachtete die Rückseite mit dem verbrannten, zerbrochenen Rand. Das Werk des Teufels?

Es klang völlig abstrus. Und Jasha saß vor ihr, seine Augen rötlich funkelnd im Feuerschein.

»Ich weiß es nicht. Jedenfalls ist das die Geschichte, die mein Vater uns erzählt hat.« Jasha bedachte sie mit einem zerknirschten, sehr menschlichen Grinsen und nahm einen Schluck aus der Flasche. »Adrik fand, dass es mehr wie ein Märchen der Gebrüder Grimm klingen würde.«

Sie lachte, ein nervöses Kichern, das unangenehm die Stille des Waldes durchschnitt. Hastig presste sie eine Hand auf den Mund.

Hier oben war man leichter geneigt zu glauben, dass nicht weit vom Feuer Dämonen lauerten und tanzten.

»Die Brüder Grimm sind indes nicht tief genug in die wilde, wundervolle Mystik der Menschheit vorgedrungen. Zumal ich ein Wolf sein kann, meine Brüder Falke und Panter, und mein Vater ist, glaube ich, ebenfalls ein Wolf, allerdings hat er sich in meinem Beisein noch nie verwandelt.« Jasha betrachtete versunken die Flasche. »Schätze, ich werde es nie genau erfahren.« Um seine Mundwinkel legte sich ein schmerzlicher Zug. Ann gewahrte seine eingesunkenen Schultern, den kummervoll umwölkten Blick.

Wie gern hätte sie das erloschene Feuer umrundet, ihn in die Arme geschlossen und getröstet, diese Spontaneität und Leichtigkeit fehlten ihr jedoch, zumal die Erfahrung sie gelehrt hatte, dass viele Menschen befremdet reagierten, wenn Ann sich ihrer Sorgen und Nöte annahm.

»Konstantine Varinski begründete eine Dynastie von Männern – die Varinskis bekommen ausschließlich Söhne –, die sich in Raubtiere verwandeln, die Menschen jagen und noch dabei lachen, wenn sie ihre Opfer zerfleischen.« Jasha klang, als redete er mehr zu sich selbst. »Sie sind Dämonen und als solche unsterblich, es sei denn, sie werden von einem anderen Dämon getötet. Sie sind bis ins hohe Alter agil und vital. Wenn sie sich verletzen, heilt es schnell.«

Ann dehnte intuitiv ihre Hand. Heute hatte sie den störenden Verband entfernt und festgestellt, dass die Verletzung fast verheilt war. Verheilt, obwohl es sich um eine tiefe Fleischwunde gehandelt hatte. Spontan fühlte sie ein warmes Prickeln, das in ihrem Arm aufstieg und zu ihrem Herzen vordrang.

Das Blut der Varinskis war in ihr.

Jasha fuhr fort. »Jahrhundertelang mehrten die Varinskis ihren Reichtum, sie waren respektiert und gefürchtet für ihre Brutalität, zunächst in Russland, dann in Europa und Asien, und mit dem einundzwanzigsten Jahrhundert hat sich ihr Einfluss über den gesamten Globus ausgebreitet. Wie meine Familie so lange inkognito leben konnte, ist mir selbst ein Rätsel.«

Ann schwieg und dachte scharf nach. Diese Geschichte hatte irgendetwas Unlogisches. »Eins verstehe ich nicht. Du sagtest, die Varinskis hätten bloß Söhne. Aber du hast eine Schwester.«

Sein flammender Blick schoss zu ihr. »Und ich hab noch etwas, was kein anderer Varinski hat – eine Mutter.« Er hob die Flasche, prostete Ann zu und reichte ihr den Wein.

Sie nahm die Flasche. Das Feuer konnte die nächtliche Kühle nicht länger vertreiben. Vielleicht wärmte der Wein sie wenigstens ein bisschen. »Werden die Varinskis denn aus Lehm geformt?« Inzwischen hätte sie ihm so ziemlich alles abgenommen.

»Die betroffenen Frauen wünschten sich bestimmt, es wäre so. Nein, die Varinskis nehmen sich die Frauen, auf die sie gerade Lust haben – Adlige, Society-Ladys, Künstlerinnen und Kurtisanen, schwängern sie, und nach der Geburt bringen die Frauen die Kinder auf die Anwesen der Varinskis, legen sie vor der Haustür ab, klingeln und flüchten.«

»Die Frauen lassen ihre Kinder mutwillig im Stich?« Ann stellte die Flasche beiseite, aus ihren rosig überhauchten Wangen wich sämtliche Farbe.

»Wie soll eine Mutter mit einem Kind fertigwerden, das sich nach der Pubertät als Bestie entpuppt? Aus welchem Grund sollte eine Frau das Kind eines Mannes behalten wollen, der sie brutal vergewaltigte?« Als Ann den Mund zu einer Erwiderung öffnete, schüttelte Jasha bestimmt den Kopf. »Welche Frau will sich der Grausamkeit eines Varinski aussetzen, wenn er entdeckt, dass sie ihm seinen Sohn vorenthält? Nein, die Frauen müssen die Kinder loswerden.«

»Das ist ungeheuerlich!«

»Wo immer sie auftauchen, hinterlassen die Varinskis eine Schneise aus Blut, Feuer und Tod.«

»Und sie jagen uns«, wisperte sie. Für Ann, die im sonnigen Kalifornien aufgewachsen war, wo das Schlimmste, was einem passieren konnte, ein verpatztes Frisurstyling war, klang die ganze Geschichte absurd.

»Nur einer von ihnen. Er mag Erfahrung mit so was haben, aber das hier ist mein Territorium, und ich habe am meisten zu verlieren.« Jasha entblößte die Zähne und grinste gefährlich. Ann schauderte, von einem grässlichen Déjà-vu-Erlebnis überwältigt. Ein Wolf. Sie war mit einem Wolf im Wald.

»Mir wird die zweifelhafte Ehre zuteil, den Test als Erster zu machen«, sagte er, »und ich habe nicht vor zu scheitern.«

»Welchen Test?«

Ihre zähneklappernde Stimme schien ihn aufzurütteln. Er blickte sich um, stand auf und straffte sich. »Das ist eine Geschichte für ein anderes Lagerfeuer. Es ist schon spät.« Er grinste begehrlich und begann sich auszuziehen. »Soll ich dir den Schlafsack ausrollen?«

Von wegen Begehren und Verführung! Sie blieb zusammengekauert am Boden sitzen. »Nein, ich bleib die ganze Nacht hier sitzen und halte Augen und Ohren auf.«

Er zog sich nackt aus. Splitternackt. Dann reichte er ihr

lässig seine Hand. Als würde sie seine Nacktheit völlig unberührt lassen! »Der erste Konstantine lebte vor langer, langer Zeit, und das Grauen, das er über die Welt brachte, existierte schon vor deiner Geburt.«

»Mit dem kleinen, feinen Unterschied, dass ich davon bisher nichts wusste.« Sie wusste bloß von ihrem eigenen Horror, und den behielt sie geflissentlich für sich.

»Bisher hättest du nichts daran ändern können. Jetzt kannst du es.« Er beugte sich vor, zog sie energisch hoch und in seine Arme. »Komm. Wir schlafen eng aneinandergekuschelt. Ich beschütze dich.«

Holla, er war ein Varinski. Wer würde sie vor ihm beschützen?

20

Ann wachte abrupt aus einem leichten Dämmerschlaf auf und lauschte angespannt auf irgendein Geräusch.

Aber was?

Jasha hielt sie in seiner Umarmung, sein trainierter nackter Körper an ihren geschmiegt, in jeder anderen Nacht hätte sie das verführerisch gefunden. Heute Nacht jedoch, und obwohl sie sich so nahe waren, fühlte sie sich allein. Allein gelassen mit ihren Ängsten und der belastenden Erkenntnis, dass sie das, was sie getan hatte, nicht mehr rückgängig machen konnte.

Allein im Wald, wo sich nichts – nicht ein einziges Geschöpf – regte.

Die Haare in ihrem Nacken stellten sich auf.

Doch, da draußen war irgendetwas.

Jasha schob ihr seine Hand auf den Mund, ein Signal, dass sie mucksmäuschenstill sein musste. Als sie nickte, glitt er aus dem Schlafsack.

Sie atmete tief durch, inhalierte die Düfte der Nacht. Roch fruchtbare Erde und Tannennadeln, über die sich ganz schwach der Duft der Wildnis legte.

Hinter einer Baumgruppe erhob ein Wolf seine Stimme zu den Sternen.

Im diffusen Mondlicht konnte sie Jasha nur schemenhaft erkennen – sie wusste jedoch, dass er lächelte.

»Leader«, hauchte er, ehe er im Dunkel der Nacht verschwand.

Ein weiterer Wolf schloss sich dem ersten an, dann noch einer und noch einer, bis Ann sich von dem ganzen Rudel umringt fühlte.

Das Messer, das in ihrem Hosenbein steckte, schien ihr ein lächerlicher Gegenstand zur Verteidigung, falls sie Jasha verschleppten.

Seine geliebten Wölfe würden so etwas bestimmt nie tun, oder?

Sie blinzelte angestrengt die Tränen weg. Setzte sich auf, schlang die Arme um die angewinkelten Beine und stützte das Kinn auf ihre Knie. Sie war ein Hasenfuß, na und? Seine Geschichte verfolgte sie eben. Und was er ihr geschildert hatte, entsprach zweifellos der Wahrheit. Die Varinskis hatten die Welt schon lange vor Anns Geburt mit dem Bösen infiziert. Die Unbekümmertheit war himmlisch gewesen: Nicht zu wissen, was sie verfolgte, hatte ihr eine Menge Sorgen erspart.

Vielleicht hatte ihr Problem damit begonnen, dass sie sich in Jasha verliebte.

In seinen Armen einzuschlafen, im Rhythmus seiner lustvollen Begierde zu stöhnen, mit ihm zu flüchten, seine Geheimnisse zu kennen – diese extremen Erfahrungen schürten ihre Ängste um ihn.

Sie hörte, wie er leise kehlig ihren Namen flüsterte, bevor er wieder auftauchte.

Er war ein Mensch. Und er war nackt. Er glitt neben Ann, schloss sie in seine Arme und schlüpfte mit ihr in den Schlafsack. »Sie sind hinter uns hergehetzt, um uns zu warnen. Er wittert Unheil. Ich glaube, er spürt irgendeine negative Schwingung in der Erde.«

»Und was heißt das? Eine negative Schwingung in der Erde?«

»Keine Ahnung.« Jasha rieb seine kalten Füße so selbstverständlich an ihren warm, als wären sie seit Jahren ein Paar. »Ich weiß nur: Leader denkt, dass wir der Auslöser sind. Er möchte sichergehen, dass wir verschwinden.«

»Er ist ein echter Wolf – und trotzdem kannst du mit ihm kommunizieren?« Jashas Haut war eisig, und sie zuckte unwillkürlich zusammen, als er sich in Löffelchenstellung an sie drängte.

»Nein. Nicht wirklich … nein«, raunte er weich an ihrem Ohr, und sein Atem zauste ihr Haar. »Ich ahne seine Gedanken, vielleicht auch seine Gefühle. Und bei ihm ist es vermutlich nicht anders. Verstehst du, was ich meine?«

»Ich glaube ja.« Sie dachte an ihren guten alten Kresley, der seine Wünsche mit lautem Maunzen artikulierte und der sich, wenn ihm kalt war, nachts an ihren Kopf kuschelte. Sie hatten lange Abende miteinander verbracht, dennoch hätte der Kater ihr etwas derart Komplexes wie *eine Schwingung in der Erde* niemals vermitteln können. Wie auch?

Jasha gähnte und entspannte sich wohlig. »Ich fühle mich sicherer, wenn das Rudel unseren Schlaf bewacht. Wenn es bloß um mich ginge, würde ich mir nicht allzu viele Gedanken machen, aber dich, die Auserwählte, zu beschützen, ist kein Spiel mehr. Das hier ist Krieg, und diesen Krieg muss ich gewinnen.« Er drückte sie an sich.

Sie lauschte auf seine gleichmäßigen Atemzüge. Er war eingeschlafen.

Er hatte sich klar und unmissverständlich ausgedrückt. Sie war nicht länger nur für sich allein verantwortlich. Sie bürgte für seine Sicherheit und die seiner Familie, und die Heilige Jungfrau hatte sie auserwählt.

Ann hatte ihm ihre ganze Liebe schenken wollen. Und dabei nicht einmal geahnt, dass diese Liebe einen hohen Preis forderte.

Jasha ärgerte sich schwarz, dass er die letzte Nacht vermasselt hatte. Er hatte den festen Plan gefasst, Ann zärtlich zu verführen. Er hatte schmackhaftes Essen und köstlichen Wein herbeigeschafft, sie zu dem romantischsten Ort auf der ganzen Welt geführt und war zu ihr in den Schlafsack geschlüpft.

Und dann?

Dann hatte er Ann mit den Horrorgeschichten über das Monstrositätenkabinett seiner Ahnen halb zu Tode erschreckt!

Zu allem Überfluss war das Wolfsrudel ihnen gefolgt. Das hatte sie zusätzlich geängstigt.

So viel zu dem Blödsinn: Mädchen klammern, wenn sie Angst haben. Ann klammerte nicht. Sie bibberte und schauderte. Und als die Sonne aufging, lag sie mit weit aufgerissenen Augen da. Vermutlich hatte sie die ganze Nacht wachgelegen.

Heute würde er alles wiedergutmachen. Er wollte, dass sie sich bei ihm wohlfühlte. Wohlfühlen ist gut, sann er zynisch grinsend. Wie konnte sich eine Frau, die in einem katholischen Waisenhaus aufgewachsen war, in der Gesellschaft eines Dämons wohlfühlen?

Er machte ihr Frühstück, diesmal gab es einen Schokoladenbrownie, und setzte sich zu ihr. Plauderte beiläufig von irgendwelchen Dingen, die seine Mutter und seine Schwester vermutlich auch interessiert hätten. »Siehst du die kleinen Blumen dahinten? Mit den herzförmigen roten Blüten? Das ist Tränendes Herz. Leicht zu behalten, hmm?«

»Sie sind sehr schön.« Ann knabberte an ihrem Frühstücksgebäck. Ein feines Lächeln ging über ihr angespanntes Gesicht.

»Der Farn heißt Schwertfarn, er wächst hier überall.«

»Er wächst auch in Kalifornien, aber nicht so üppig wie hier.« Ihre Stimme klang ruhig, gefasst und dennoch angespannt und ängstlich.

»Die kleinen Vögel, die hier überall herumflattern, sind Waldfinken. Hörst du den Specht?«

»Es klingt, als wäre es nicht bloß einer.« Ihr Blick schweifte skeptisch zu Jasha, der dicht neben sie gerückt war. Hatte er etwa vor, auf Tuchfühlung zu gehen?

»Ist eben ein fleißiger Bursche.« Ann war immer schon ein weitsichtiger Mensch mit einem feinfühligen Naturell gewesen. In Konfliktsituationen gab sie schnell nach, aus

Angst, ins Kreuzfeuer zu geraten oder ihre wahren Emotionen zu zeigen. Sie verschloss ihren Ärger, ihre Tränen, ihre Freude tief in ihrer Seele gleichsam wie in einem schlanken Flakon mit einem festen Korken. In diesem Moment hielt Jasha dieses Fläschchen in seinen Händen. Er konnte es schütteln oder den Korken lösen, aber so viel Rohheit hätte sie seelisch gebrochen. Folglich bezähmte er seine Ungeduld, sein Begehren, indem er sagte: »Ann, du brauchst keine Angst vor mir zu haben.«

Sie japste hörbar nach Luft. »Ich hab keine Angst!«

»Doch, hast du. Trotzdem kapiere ich nicht ganz« – er atmete tief durch – »wieso jetzt auf einmal?«

»Du bist ein Varinski.« Sie musterte ihn mit der gleichen Panik, wie Frauen sie bei seinen brutalen Cousins empfinden mussten. »Heute Nacht hast du mir geschildert, was das im Detail bedeutet.«

Vor Jahren hatte Jasha gelernt, sich zu disziplinieren: Er verwandelte sich für gewöhnlich nur, wenn er mit Sicherheit allein war und die Zwänge der Zivilisation nicht mehr aushielt. Ann mit ihren riesigen Augen, dem sinnlichen Erdbeermund und den endlos langen Beinen stellte seine Selbstkontrolle auf eine harte Probe.

Sie gehörte ihm.

Er wollte sie nehmen, ihr beweisen, dass sie sein Weibchen war, ihr auf animalische Weise zu verstehen geben, dass sie sich auf ihn verlassen konnte, dass er ihr Essen und Wasser geben würde, Sicherheit ... und Leidenschaft.

Stattdessen schrak sie vor ihm zurück.

Sie war Jungfrau gewesen. Er hatte ihr wehgetan – unvermeidlich, aber wahr. Er hatte ihr aber auch Lust geschenkt. Selige Wonnen, wieder und wieder.

Sie war verdächtig still und distanziert. Folglich würde es ihm gar nichts bringen, wenn er die Sache forcierte.

Gleichwohl begehrte er sie, von einer dunklen Obsession getrieben, die seine Seele quälte. Hatte sie womöglich Recht? Dass die Varinski-Gene es bloß darauf anlegten, ihn zu versuchen, ihm die Seele zu entreißen und ihn in die Feuer der Hölle zu stoßen – und in einen glutvollen wilden Rausch der Sinne?

»Willst du genau wissen, was es bedeutet, ein Varinski zu sein?« Er rutschte neben sie auf den Baumstumpf. Sie bog scheu den Oberkörper zur Seite, was er geflissentlich ignorierte. Er senkte seinen Blick in ihren. »Ich hab dir von der Legende erzählt. Und von ihrem Ruf. Ich hab dir nicht erzählt, dass meine Brüder und ich als Jugendliche heimlich in der Stadtbibliothek waren und das Web nach dem Begriff Varinski durchsucht haben.«

»Die Varinskis stehen im Internet?« Ihre skeptisch umwölkten Augen blitzten interessiert auf, ihre Furcht verlor sich.

»Du wärst verblüfft über die vielen Informationen, die man dort abrufen kann. Sie haben keine eigene Website – oder hatten keine –, und wie üblich sind die Infos falsch. Da steht nämlich allen Ernstes, dass die Varinskis Vampire oder Werwölfe waren. Und obwohl die Familie stinkreich sein soll, waren dort Fotos von dem ›Herrenhaus‹ eingestellt, einem großen, düsteren, verfallenen Gemäuer mit ein paar Rostlauben davor.« Jasha schüttelte pikiert den Kopf. »Als Adrik, für gewöhnlich der Schlagfertigste in unserer Familie, die Bruchbude sah, meinte er: ›Wisst ihr was? Ein echter Russe braucht eben kein Schloss, sondern bloß eine runtergekommene Datscha – Hauptsache, er kann die komplette Werksausgabe von Dostojewski da reinpacken.‹«

»Das ist aber gemein!« Ann giggelte.

Ein guter Anfang. »Dann machten wir alle mit. ›Ein echter Russe kann sich mit seinem Cousin Boris ein heißes Balalaika-Duell liefern.‹ ›Ein echter Russe nennt seinen Lieblingshund Ludmilla.‹«

Ann bog sich vor Lachen.

»Nach ›Ein echter Russe lackiert seinen alten Dodge-Kombi in flammendem Kommunistenrot‹ wurde es der Bibliothekarin zu bunt. Wir bekamen Hausverbot. Wie üblich.« Bedauerlicherweise stimmte die Geschichte. »Und als wir nach Hause kamen, gab es nochmal Ärger.« Auch das stimmte.

Ann lachte – bis sich ein Schluchzer in ihren Heiterkeitsanfall mischte. Dann noch einer und noch einer, bis sie wirklich weinte. Verdammt. Mit dieser Reaktion hatte er nicht gerechnet. Andererseits war es eine prima Chance. Er legte einen Arm um sie und zog sie an sich.

Sie sträubte sich zwar nicht gegen seine Berührung, kuschelte sich aber auch kein bisschen an ihn.

»Was ist denn?«

»Ich … ich w… weiß auch nicht«, schniefte sie. »Es kommt mir pervers vor, dass ich über eine Geschichte lache, die so völlig normal klingt, obwohl ich diese Grenzwelten nie begreifen werde.« Sie tat einen langen Atemzug. »Ich mag nicht glauben, dass das Böse uns verfolgt. Und dass die Ikone mich auserwählt haben soll. Oder dass du mit Wölfen sprichst. Ich sperre mich innerlich dagegen zu glauben, dass wir bei dieser Sache den Tod finden könnten.«

»Wenn ich sterben muss, dann lieber mit dir als mit irgendeiner anderen Frau.« Er presste seinen Mund tröstlich warm auf ihre bebenden Lippen, ehe er mit fedrigen Küssen ihre tränenfeuchten Wangen trocknete.

»Ich muss mir mal die Nase putzen.«

Er wollte sie nach allen Regeln der Kunst verführen – und sie musste sich die Nase putzen.

Okay, okay. Es war heller Tag; sie brauchte mehr Kaffee, etwas zu essen und vermutlich ein bisschen Abstand von der Varinski-Geschichte. Er konnte warten.

Nicht ewig, aber für eine Weile.

Er reichte ihr sein Taschentuch, und sie blickte abwechselnd von dem Tuch zu ihm.

Ann war so leicht zu durchschauen. Sie war es nicht gewohnt, sich mitzuteilen, ihre Gedanken, ihre Träume oder ihre Vergangenheit. Sie konnte sich nicht mal in seinem Beisein die Nase putzen. Grundgütiger, sie hatte Angst, irgendwelche Emotionen rauszulassen.

Wenn sie jedoch ausgelassen lachte, herzerweichend weinte, wenn sie ihrer Leidenschaft nachgab, dann bekam er einen vagen Eindruck davon, wie Ann sein konnte, und er begehrte sie umso heftiger. Er stand auf, begann, ihre Spuren zu beseitigen, bevor sie einen Blick in seine wölfisch glänzenden Augen erhaschte.

Sie verschwand in den Bäumen, lief zum Fluss.

Zwar billigte er ihr diese Privatsphäre zu, trotzdem lauschte er auf jedes Geräusch. Er durfte nicht riskieren, dass man Ann entführte. Sein Trick mit der Ratte würde den Varinski nicht ewig ablenken, zudem war er heute Morgen mit einem mulmigen Gefühl aufgewacht.

Sie wurden beobachtet.

Zunächst dachte er an das Wolfsrudel.

Die Wölfe hatten sich bei Tagesanbruch jedoch tiefer in den Schutz des Waldes zurückgezogen.

Er spürte es rein instinktiv. Irgendein Bauchgefühl suggerierte ihm, dass ihnen noch höchstens zwei Tage blieben. Dann begann der entscheidende Kampf.

Er musste auf Ann aufpassen.

Die Tatsache, dass sie elternlos war, hatte ihn verblüfft. Warum eigentlich? Davon hätte er eigentlich ausgehen müssen. In einem Konflikt wie diesem, einem Kampf zwischen Gut und Böse, war der Standartenträger zwangsläufig eine Waise. Natürlich würde er versuchen müssen, die Schatten ihrer Vergangenheit zu zerstreuen. Würde sie am Ende bei ihm bleiben? Oder vor ihm davonlaufen? Oder würde sie die Seiten wechseln und zur Verräterin werden?

Als sie zurückkam, waren ihr Gesicht und ihre Haare feucht von ihrer Morgentoilette am Fluss, und sie wirkte wieder einigermaßen gefasst. »Jasha, wie habt ihr euch eigentlich verhalten, nachdem ihr das Anwesen der Varinskis gesehen hattet? Habt ihr darüber mit eurem Vater gesprochen?«

»Nicht direkt.« Er sammelte die letzten Sachen zusammen. »Rurik, Adrik und ich fanden, dass er mit der Bedeutung der Varinskis übertrieb. Wir wussten, dass die Legende stimmte – immerhin verwandelten wir uns in Raubtiere –, trotzdem fanden wir, dass sich die weltweit reichste Verbrecherfamilie wenigstens einen Architekten für eine Kernsanierung hätte gönnen sollen.«

»Aber es sind alles Männer. Was kümmert sie irgendein Haus?« Flüsternd setzte sie hinzu: »Wenn du mich fragst, fahren die eher auf Blut und Brandgestank ab.«

Jasha schwenkte verblüfft den Kopf zu ihr herum. »Kluges Mädchen.«

»Ich hab heute Nacht zwar kaum geschlafen, trotzdem hab ich von ihnen geträumt.« Sie warf sich ihren Rucksack über die Schulter. »Es wundert mich, dass die Varinskis dich nach diesem Internetkontakt nicht in Blythe aufspürten.«

»Es war in den Anfängen des Internets.« Es machte ihm Sorgen, dass sie von den Varinskis geträumt hatte. Hatte sie die Veranlagung seiner Mutter? Nein. Anns Unterbewusstsein hatte die logischen Verbindungen geknüpft. Das Mystische an der Legende hatte sie bestimmt nicht losgelassen. Auch wenn sie sonst immer betonte, sie ticke völlig *normal*! Tsts, seine kleine bodenständige Realistin.

Wie kam es dann, dass die Madonna es nach tausend Jahren gebilligt hatte, dass Ann ihr Porträt fand?

Ann hatte ein dunkles Geheimnis, das sie geflissentlich vor ihm verbarg, dachte Jasha. Gleichwohl war er fest entschlossen, dieses Geheimnis zu lüften.

21

Als sie gegen Mittag im Schatten einer wuchtigen Zeder Rast machten, brannten Ann unzählige Fragen auf der Seele. Fragen, die sie nicht erst im schauerlichen Schein des Lagerfeuers loswerden mochte.

Sie nahm das Stück Roggenbrot mit Salami, das er ihr

reichte, und drehte es unschlüssig in den Fingern, während er hungrig aß.

»Also das kapier ich nicht. Wenn es keine Mütter gibt, wer zieht dann die Söhne der Varinskis auf?«

Jasha kaute und schluckte. Sie beobachtete ihn, während er über ihre Frage nachsann, sämtliche Faktoren abwog – wie lange er für eine Erklärung brauchte, wie lange sie noch unterwegs sein würden, die Tatsache, dass er ihr die Geschichte noch nicht bis zum Ende erzählt hatte – und wohl beschloss, ihre Neugier zu befriedigen. Er setzte sich vor den Stamm des Baumes und schlug die Beine übereinander. »Die Varinskis halten sich alte Frauen, die kochen und sich um die Babys kümmern. Grundsätzlich werden die Jungen jedoch ähnlich wie Hundewelpen gehalten, sie rangeln miteinander, probieren ihre Zähnchen aneinander aus. Sie trainieren, sie jagen, sie kämpfen gegen sich und die Welt, und die dominanten Söhne bekommen den Namen Konstantine.«

»Dein Vater …«

»Mein Vater heißt Konstantine, ja.« Jasha nahm einen weiteren Bissen.

»Am Telefon ist er immer sooo nett.« Ann hatte spontan die tiefe, sonore Stimme im Ohr, die immer zu Scherzen aufgelegt schien. Dauernd fragte er sie, ob sie nicht endlich seinen Sohn heiraten wollte. »Er bringt mich zum Lachen. Und du behauptest, er ist der Anführer der Familie. Du meinst, dass er Leute umbrachte? Frauen vergewaltigte?«

»Er ist bestimmt nicht stolz auf das, was er getan hat, aber er kann seine Vergangenheit nicht ungeschehen machen.« Jasha rieb sich mit der Hand über seine stoppelige

Wange. »Er weiß das. Er weiß um den Preis, den er zu zahlen hat, wenn er stirbt, bevor er geläutert ist.«

Ann starrte Jasha vernichtend an. »Und du hast mir weisgemacht, er vergöttert deine Mutter!«

Jasha ließ die Bombe platzen. »Er stahl sie aus ihrem Clan, seitdem sind sie auf der Flucht.«

Ann klappte vor Empörung die Kinnlade herunter. »Dein Vater hat deine Mutter *gestohlen*?«

»Sie war sechzehn.«

»Sechzehn! Und wie alt war er?«

»Es gibt keine Dokumente, die sein Geburtsdatum eindeutig belegen, aber wir denken so um die dreiunddreißig.«

Ann hatte eigentlich geglaubt, den schlimmsten Teil der Geschichte bereits erfahren zu haben. Und jetzt kam es noch dicker. »Das arme Mädchen!«

»Lern meine Mutter erst mal kennen, bevor du so was sagst. Es fehlte nicht viel, und das arme Mädchen hätte ihn eiskalt abgemurkst. Ach, übrigens, meine Mutter ist bloß einen Meter fünfundfünfzig groß und wiegt fünfundvierzig Kilo, und mein Vater ist ein wahrer Fleischberg.« Jasha grinste. »Sie hat ihm die Flötentöne beigebracht.«

»Ach, wirklich?« Ann grinste zurück und entspannte sich merklich. »Klingt spannend.«

»Sie wird bestimmt irgendwann davon anfangen. Als er von ihr verlangte, sie solle ihm Essen kochen, schleuderte sie ihm einen Topf kochendes Wasser ins Gesicht. Als er losbrüllte und sie packen wollte, ist sie mit Stricknadeln auf ihn losgegangen. Wenn sie die Geschichte zum Besten gibt, bekommt Papa jedes Mal rote Ohren. Dann flüstert er Firebird zu, sie soll ihrer Mom gut zuhören.«

»Und nachdem ordentlich die Fetzen geflogen waren, verliebten sie sich ineinander? Ich meine … ich vermute mal, sie sind doch verliebt, oder?«

»Wahnsinnig verliebt. Sie … ich glaube, sie himmelt ihn an.« Er blickte abwesend auf den Brotkanten in seiner Hand. »Und für ihn ist sie wie ein Stern, der vom Himmel fiel … ein seltener Glücksgriff.«

Ann stockte der Atem. Sie wünschte sich, Jasha würde es bei ihr ähnlich gehen.

Aber statt eines Sterns sah er in ihr eine Frau. Eine Frau, die er begehrte, eine Frau, die er besitzen musste. Aus jeder seiner Gesten sprachen seine Intentionen und Obsessionen.

Nachdem sie sich von dem ersten Schock erholt hatte, dass er sich in einen Wolf verwandeln konnte, hatte sie zwischen Unglauben und Fassungslosigkeit geschwankt. Irgendeine bohrende Neugier – oder war es nackter Selbstschutz? – hatte sie zu der Frage nach dem Teufelspakt bewogen.

Die Frage hätte sie sich schenken können! Jasha war ein Dämon, der einer langen Linie von Dämonen entsprang. Solange sie bei ihm war, würde er für sie sorgen und sie beschützen.

Andererseits arbeitete sie seit vier Jahren für ihn, sie hatte heimlich für ihn geschwärmt, ihn genauestens beobachtet. Und wusste ihn bestimmt realistisch einzuschätzen. Was machte es da, dass sie seine Stimmungen nicht witterte? Sie kannte seine Launen einfach.

Er liebte die Jagd. Liebte es, seine Beute zu hetzen. Er liebte den Wald, dunkle mondlose Nächte und strahlend helle Tage. Er war dazu ausersehen, den Varinski in eine Falle zu locken.

Und er verfolgte sie nicht minder tückisch.

Mochte er seine abgründigen Absichten noch so geschickt verschleiern, Ann schwante, was er wollte und was er vorhatte.

»Meine Eltern haben sich nie detailliert dazu geäußert, von wegen Liebe und so. Ich glaube, sie hatten eine Reihe temperamentvoller Debatten, die irgendwann im Bett endeten.« Er beobachtete sie, als wollte er ihre Reaktion testen. »Danach rissen sie aus und heirateten heimlich.«

»Deswegen waren die Varinskis sauer.« Ann untertrieb bewusst.

»Stocksauer. Die Roma im Übrigen auch. Meine Mutter war bei ihrem Clan beliebt – ein hübsches, fröhliches Mädchen mit besonderen Fähigkeiten.«

»Was für Fähigkeiten?«, erkundigte Ann sich skeptisch. »Du meinst doch bestimmt nicht irgendwelche hausfraulichen Fähigkeiten, oder? Das hatten wir doch vorhin schon.«

»Stimmt. Nein, Mama hat die Gabe, Pflanzen zum Wachsen zu bringen.«

»Aha, sie spricht mit ihnen.« Ann nickte sachverständig.

»Schön wär's.« Seine Augen bohrten sich beschwörend in Anns. »Sie beeinflusst das Klima in ihrer Umgebung.«

»Sie beeinflusst das Klima? Wie ... was ... sie kontrolliert es oder so?«

»Sagen wir mal so, unser Weinberg hat ein ausgewogenes Mikroklima, ideal für den Traubenanbau.«

Moment mal. Wie hatte sie das zu verstehen? »Soll heißen, deine Mutter hat ihre Finger im Spiel?«, tippte sie ins Blaue hinein.

Seine weißen Zähne bissen in die Salami. »Als Papa und

Mama das weite Tal kauften, waren die Winter viel zu kalt und zu lang, um dort irgendetwas halbwegs Gescheites anzubauen. Die dort ansässigen Farmer prophezeiten uns Fremden, dass wir den ersten Winter nicht überleben, sondern verhungern oder erfrieren würden. Aber dann war der Winter ungewöhnlich mild. Im Frühling legten meine Eltern Weinberge und einen Obstgarten an.« Jasha schluckte den letzten Bissen hinunter und faltete die Hände vor seinem trainierten Waschbrettbauch. »Alle, die in der Gegend wohnen, bauen mittlerweile Reben an, aber meine Eltern haben den meisten Erfolg mit ihren Weinen, und die anderen Weinbauern halten meine Mutter für einen Glücksbringer.«

Glücksbringer? Das klang eigentlich total harmlos, überlegte Ann. Aber bei Jashas Familie konnte man nie wissen.

»Zudem hat sie das zweite Gesicht«, fuhr er mit unbewegter Miene fort.

Dagegen war das mit dem Klima kalter Kaffee, seufzte sie stumm in sich hinein. »Das zweite Gesicht? Heißt das, sie hat Visionen?«

»Ich weiß es selbst erst seit Kurzem.« Er räusperte sich betreten. »Es ist noch nicht lange her.«

»Was hat sie gesehen?« Was immer es gewesen sein mochte, er sprach nicht gern darüber. Das konnte sie ihm ansehen.

Er ließ den Blick über das Tal schweifen und schüttelte den Kopf. »Das ist keine Geschichte für hier draußen. Auch nicht bei Tag.«

»Okay. Wann erzählst du sie mir?« Sie stopfte sich ein Stück Brot in den Mund und fixierte ihn abwartend.

»Wenn wir in Sicherheit sind, von wachsamen Aufpassern umgeben.«

»Und wann, meinst du, wird das sein?«

»Wenn wir im Haus meiner Eltern sind. Schätze mal, in einer knappen Woche, Ann. Es dauert bestimmt nicht länger als eine Woche, dann bekommst du Antworten auf deine sämtlichen Fragen. Großes Ehrenwort.«

Sie mochte es, wie er das sagte. Mit so viel Nachdruck, als würde sie seinen Beteuerungen nicht glauben.

Dabei war sie bis über beide Ohren in ihn verliebt. Sie würde alles für ihn tun. »Und nachdem deine Eltern ausgerissen waren und heimlich geheiratet hatten, hatten sie beide Familien am Hals, die sie wieder auseinanderbringen wollten.«

»Das Volk meiner Mutter ist nicht sesshaft und zieht umher. Die Männer verdingen sich als Gelegenheitsarbeiter und Lohnknechte. Das darf man nicht vergessen. Für diese Leute ist es von unschätzbarem Wert, jemanden wie meine Mutter zu haben, der die Zukunft lesen und das Klima beeinflussen kann.«

»Das klingt wie *Romeo und Julia* in einer Neubearbeitung von Stephen King.«

Er lehnte sich zurück und betrachtete sie. Sein Blick klebte an ihrem sinnlichen Mund, woraufhin Ann verunsichert die Unterlippe in den Mund sog.

»Du hast eine Art, die Dinge mit wenigen Worten auf den Punkt zu bringen. Das bewundere ich schon lange an dir.«

»Das ist mein Job.«

»Nein, das ist eine Begabung.«

Er hatte sie schon vorher mit Komplimenten überschüttet, sie dabei jedoch nie direkt angesehen. Jetzt betrachtete er sie mit einem warmen, bewundernden, lustvollen Blick, der unter die Haut ging.

Wie war es möglich, dass sie ihn nach allem, was passiert war, immer noch abgöttisch liebte?

Ihre Stimme bemüht gefasst, fragte sie: »Was geschah dann?«

»Die Varinskis, die Roma – alle waren wütend. Dummerweise hatten die Varinskis die Idee, meine Mutter umzubringen und Dad nach Hause zu schleifen, wo sie ihn bis zur Besinnungslosigkeit zusammenschlagen wollten. Papas Bruder Oleg war die Nummer zwei in der Hackordnung. Er war der Anführer der Expedition – und mein Vater tötete ihn.«

»Er tötete seinen Bruder. Wie jener erste Konstantine seine Mutter tötete.«

»Tja, die Varinskis fackeln nicht lange, nicht mal bei ihren nächsten Verwandten.«

Mit jedem Wort, mit jedem Schritt tauchte Ann tiefer in eine Welt ein, die von Tod und Blut, von Magie und Wundern bestimmt war. Sie hatte hart dagegen angekämpft – weil sie immer befürchtet hatte, dass dies ihr Schicksal war.

»Darauf schworen Olegs Söhne Rache. Sie wollten meinen Vater und seine gesamte Linie auslöschen. Meine Eltern flohen nach Amerika, änderten ihren Nachnamen in Wilder und tauchten in den Weiten Washingtons unter.« Jasha machte eine ausgreifende Geste. »Womit wir wieder bei unserer aktuellen Situation wären.«

»Nicht … ganz.«

»Du weißt, wie ich deine Fähigkeit zur Abstraktion bewundere? Jetzt …«

»Jetzt?« Sie hob fragend ihre Augenbrauen.

»Jetzt bewundere ich dich noch mehr.«

Wenn er wollte, war dieser Mann einfach umwerfend charmant. »Wie haben die Roma darauf reagiert?« Sie knabberte an der Salami und träumte insgeheim von einem gesunden Möhrenstäbchen.

»Die Clanälteste belegte meinen Vater mit einem Fluch.«

»Mit welchem?«

»Sie manipulierte sein Gewissen.«

»Das ist brillant.« Ann malte sich im Geiste die Konsequenzen für seinen Vater aus. »Und diabolisch.«

»Er sagt zwar nichts, aber er ist immer wach, egal wann ich nach Hause komme.«

»Er hat Angst einzuschlafen«, folgerte Ann. Das kannte sie. »Seine Träume sind wie Erinnerungen, die in seinem Kopf herumspuken.«

»Ja, aber wie kommst du darauf?«

»Ich bin eine Frau. Und kenne mich mit so was aus.« Sie lächelte schelmisch.

»Hmmm.« Als er sie abermals betrachtete, meinte sie, den Wolf in ihm zu erkennen.

Hieß es nicht immer, Männer wären unsensibel? Warum war er nicht so? Witterte er die Wahrheit, die sie vor ihm verbarg?

Hatte er den Geist von Schwester Catherine gesehen?

Hatte er das Mal auf ihrem Rücken entdeckt?

Sie ließ die letzten Tage mental Revue passieren. Wann hätte das sein können? Nicht bei der ersten Gelegenheit im Wald – da waren sie mit Lehm bedeckt gewesen. Auch nicht in der Wanne – sie war äußerst vorsichtig gewesen. Als sie sich für diese Reise angezogen hatte, vielleicht? –

Nein, ausgeschlossen. Sie musste endlich aufhören, sich über dieses Geburtsmal graue Haare wachsen zu lassen. Ungeachtet der gebetsmühlenartig wiederholten Mahnungen aus dem Munde von Schwester Mary Magdalene unterschied Ann sich bestimmt nicht von anderen Frauen.

»Was ist mit deiner Schwester?«, wollte sie wissen. »Wie war es möglich, dass ein Varinski ein Mädchen zeugt?«

Ein Strahlen überzog Jashas Gesicht, vertrieb die wölfische Mimik und erhellte seine Züge. »Firebird ist unser Wunder. Mama bekam drei Jungen hintereinander, jeweils im Abstand von einem Jahr. Dann war zehn Jahre nichts – bis sie Firebird mitten in einem Unwetter zu Hause entband, das erste Varinski-Mädchen nach tausend Jahren. Wir nannten sie Firebird. Der Feuervogel steht in Russland als Symbol für die Wiedergeburt.«

»Wie hübsch!«

»Mein Vater hoffte, dass damit der Teufelspakt gebrochen wäre, aber noch in derselben Woche ... verwandelte ich mich in einen Wolf.«

Sie fixierte ihn gespannt, gewahrte seinen hungrigen Blick, die leicht zusammengekniffenen Augen.

Und sie aß mit diesem Mann Salamibrote! Auweia, schlagartig hatte sie ungeheuer viel Hochachtung vor Rotkäppchen.

»Ich bin satt!« Sie rappelte sich auf.

»Du hast kaum was gegessen.« Seine tiefe, volle Stimme machte sie nervös.

»Die Geschichte hat mich total fasziniert«, versetzte sie strahlend. »Komm, ich erledige eben den Abwasch, und dann brechen wir auf.« Sie ging zum Fluss hinunter. Das Sonnenlicht, das in schrägen Strahlen durch die Bäume fiel, verwandelte die Wasseroberfläche in einen türkisblauen Spiegel. Irgendein früheres Unwetter hatte einen der hohen Baumriesen gespalten, und der gefällte Stamm überspannte den Strom, bot Eichhörnchen Schutz und Ann gegebenenfalls eine provisorische Brücke.

Sie rollte die Ärmel hoch, tauchte ihre Hände in das eisige, sanft wogende Wasser. Vielleicht sollte sie sich wirklich ein Herz fassen, die Beine in die Hand nehmen und sich über die Brücke flüchten. Nie mehr zurückblicken.

Ein warnendes Prickeln durchflutete ihre Nervenenden. *Etwas* war hinter ihr. Hastig sprang sie auf, ballte die Hände zu Fäusten und wirbelte herum.

Jasha. Es war Jasha. Er stand direkt hinter ihr, sein Blick eine Mischung aus glutvollem Begehren und mühsam gezügelter Erregung.

Sie wich zurück, kämpfte mit ihrem Gleichgewicht und wäre fast ins Wasser gefallen.

Er fing sie auf und presste sie ungestüm an seinen Körper, eine kurze, intensive Erinnerung an selige Wonnen.

Ihr Puls raste. Sie hielt den Atem an. Würde er sie gleich wieder loslassen?, schoss es Ann blitzschnell durch den Kopf.

Wollte sie das überhaupt?

Dann ließ er sie los.

Sie wischte ihre verschwitzten Handflächen an ihrer Hose ab und tat so, als ließe die animalische Glut, die sein Körper verströmte, sie völlig kalt. »Ich würde wahnsinnig gern baden.«

Er nickte nachdenklich. »Das sagtest du bereits.«

»Ich wasch bloß eben kurz ab.« Cool bleiben, Ann. Reg dich ab. Du wirst nämlich den ganzen Nachmittag neben einem Mann herlaufen, der dich begehrt – und der fest vorhat, dich rumzukriegen.

Wieso machte sie das so nervös? Beim ersten Mal war er nicht brutal gewesen.

Trotzdem stritt er nicht ab, dass er zu Brutalität fähig war. Gestern Abend hatte sie ihn erfolgreich abgewimmelt. Nachdem er die gruselige alte Legende erzählt hatte, hatte sie sich wie lebendig begraben gefühlt unter der Last seiner tragischen Familiengeschichte und der Erwartungen, die auf ihr lasteten. Jedes Wort traf sie mit einer Endgültigkeit – wie ein Klumpen Erde, der auf einen Sarg prasselt.

»Werden wir das hier lebend überstehen?« Ihre Stimme zitterte vor Anspannung.

»Ich verspreche dir eins: Ich sterbe vor dir.«

Damit hatte er ihre Frage nicht hinreichend beantwortet, und seine zusammengekniffenen Lider und der sanfte Ton waren beileibe kein Trost.

»Ich bin gleich fertig.« Sie machte eine Geste in Richtung Fluss. »Bloß noch ein paar Minuten.«

Er wich widerstrebend zurück, und Ann fühlte fast, wie seine Lust abebbte. Sein Blick tauchte in ihren, bohrte sich in ihre Seele …

Plötzlich erklang über Ann ein wütendes Kreischen. Sie schaute zum Himmel, gewahrte glänzende schwarze Federn und zwei grausame schwarze Augen, die pfeilschnell auf sie zuschossen. Jasha stürzte sich geistesgegenwärtig auf sie, brachte sie zu Fall, rollte mit ihr über die Uferböschung. Er presste sie mit seinem Gewicht flach auf den weichen Boden, dass sie das feuchte Erdreich roch. Das schwarze Monster kreischte hinter ihrem Kopf.

»Beweg dich nicht!« Jasha sprang auf.

Sie rollte sich auf die Seite, verfolgte mit angehaltenem Atem, wie sich ein riesiger schwarzer Vogel mit ausgebreiteten Schwingen auf Jasha stürzte.

Er schlug mit dem Arm nach seinem Angreifer, woraufhin dieser sich in die Lüfte schwang und ihn wie ein Kampfpilot von hinten attackierte.

Wie in Trance stand Ann auf, sie bewaffnete sich mit einem Ast und schlug wie eine Irre auf den Vogel ein. Sie traf tatsächlich, schaffte es, ihn von Jashas Hinterkopf zu verscheuchen, in den er eben seine Krallen graben wollte. Als Jasha blitzartig umschwenkte, traf der Ast indes seine Schläfe. Er schwankte zurück.

Der Angreifer erholte sich als Erster.

Stechende schwarze Augen fixierten sie. Er spannte die gewaltigen Flügel und schwang sich mit ausgestreckten Krallen auf Ann.

Sie duckte sich, schloss die Augen, warf schützend die Arme vor ihr Gesicht – und hörte einen martialischen Wutschrei. Etwas warmes Weiches streifte sie mit Wucht, Ann taumelte und fiel hin.

Sie landete auf ihrem Hintern und bekam eben noch mit, wie ein riesiger grauer Wolf mit seinen Fängen den Vogel packte.

Nicht Jasha. Dieser Wolf war nicht Jasha.

Während der Vogel kämpfte, seine starken Flügel schwang und mit Schnabel und Krallen zuhackte, schwenkte der Wolf wütend den Kopf hin und her. Schwarze Federn und Blutstropfen sprühten in sämtliche Richtungen.

Vor ihren entsetzten Augen verwandelte sich der Vogel, er wurde größer, nackt – menschlich.

Der Wolf ließ den Vogel-Menschen los.

Das Wesen hatte aber keine menschlichen Züge – die Augen waren leer, schwarz und schimmernd wie die eines Vogels. Federn bedeckten seinen Kopf, sein Mund war ein grausamer Krummschnabel, und das Wesen war riesig – größer und viel muskulöser als Jasha. Er packte den Wolf am Nackenfell und schüttelte ihn.

Der Wolf schnappte wie tollwütig nach den Armen, die ihn festhielten.

Der Vogel-Mensch begann, ihn wieder und wieder gegen die Felsen zu schleudern, dabei grinste er ihr direkt ins Gesicht.

Sie war sein nächstes Opfer.

»Jasha!«, kreischte sie.

Jasha tauchte hinter ihnen auf. Er packte den Vogel-Menschenkopf und drehte ihm mit einer schnellen Bewegung das Genick um.

Ann würde das Geräusch der brechenden Knochen ihr Lebtag nicht vergessen.

Doch bevor ihr übel wurde und sie sich übergeben musste, sank der große graue Wolf zu Boden, keuchend, erschöpft, blutüberströmt. »O nein.« Sie lief zu ihm. »O nein.« Sie legte ihre Hand auf sein Fell.

»Nein!«, gellte Jasha.

Sie blickte auf.

Ein zorniger brauner Wolf brach durch das Geäst und schoss auf sie zu.

Ann stürzte, und die sehnige Bestie stemmte sich mit den Vorderläufen auf ihren Brustkorb. Musterte sie mordlustig aus orange glühenden Augen. Der Wolf schnaufte, sein heißer Atem streifte Anns Gesicht. Er roch nach Feindseligkeit.

Ann war schon einmal hier gewesen, aber dieses Mal war es anders, realisierte sie spontan.

Das hier war ein Weibchen, das Weibchen des anderen Wolfs. Und Ann hatte es sich mit ihr verscherzt.

22

Ann bekam mit, dass Jasha mit ihr sprach und sie zu Besonnenheit anhielt.

Sie hörte das Heulen des verletzten Wolfs.

Die Wölfin auf Anns Brust kümmerte sich nicht um die beiden Männchen. Das hier war eine Sache zwischen ihr und Ann, dieser hinterhältigen Hexe.

»Tut mir echt leid, dass ich ihn angefasst hab«, wisperte Ann. »Er ist verletzt, und ich wollte bloß helfen.«

Der Wolf stupste sein Weibchen mit der Schnauze an und winselte.

Der Blick der Wölfin glitt über seine Wunden und wurde weicher. Sie schaute wieder zu Ann und knurrte. Dann sprang sie von ihr herunter und leckte das Männchen zärtlich.

»Bleib am Boden und verhalte dich ruhig«, raunte Jasha.

Das musste er Ann nicht zweimal sagen.

Der Wolf ließ sich von seiner Wölfin die Wunden lecken; dann trotteten sie gemeinsam zurück in den Wald.

Jasha sah ihnen nach. »Das war Leader mit seinem Weibchen. Sie ist wütend, weil Leader angeschossen wurde, weil er den langen Weg bis hierher zurücklegen musste –

und jetzt auch noch die Sache mit dem Raubvogel. Deshalb griff sie an.«

Ann setzte sich vorsichtig auf. Sie war voller Lehm, zu Tode erschrocken – und genau wie das Alphaweibchen wollte sie schleunigst Gewissheit, dass ihrem Männchen nichts fehlte. »Bist du verletzt?«, erkundigte sie sich.

Jasha zeigte ihr seine Oberarme. Lange blutige Kratzer gruben sich tief ins Fleisch. »Das heilt wieder.« Er reichte ihr seine Hand. »Und du?«

»Nein.« Sie fühlte sich sterbenselend, ihre Nerven lagen blank, und noch vor einer Woche hätte sie sich bitterlich beklagt. Inzwischen war sie jedoch durch eine harte Schule gegangen.

»Gut. Wir müssen uns nämlich beeilen.« Jashas Blick schweifte kritisch über den Himmel. »Das ist nicht der Varinski, der mit dem Jäger zusammen war. Da hab ich mich wohl schwer geirrt. Folglich haben sie noch einen anderen auf uns angesetzt. Verdammt, ich kann mir solche Fehler nicht leisten.«

Er machte sich Vorwürfe. Etwas anderes hätte sie bei ihm auch nicht erwartet. So war Jasha eben, die Verantwortlichkeit in Person.

Ann fasste seine Hände. »Komm, ich wasch deine Wunden aus.« Im Grunde genommen unterschied sie sich kaum von der Wölfin. Genau wie sie wollte Ann ihr Männchen trösten und verwöhnen.

»Wir haben keine Zeit mehr.«

»Jasha, bitte.«

Er grinste, ein Grinsen, das seine Augen nicht erreichte. »Es heilt auch so.« Er kniete neben der Leiche des Varinski. »Also, das kapier ich nicht. Er hat sich nicht völlig in einen Menschen zurückverwandelt. Ob das was zu bedeuten hat?«

»Keine Ahnung.« Es kümmerte sie auch nicht. »Vielleicht hat sich was geändert mit dem Pakt oder so.«

Jasha bedachte sie mit einem schneidenden Blick. »Vielleicht.« Er fuhr sich mit einer Hand durchs Gesicht, als wollte er seine Züge auf Anomalien prüfen. »Ich versteck die Leiche. Du packst alles zusammen. Wir brechen in einer Viertelstunde auf.«

»Los, komm rein.« Jasha schwamm in der Mitte des Sees, seine langen Arme teilten geräuschlos die Wasseroberfläche.

Ann stand bibbernd an dem felsigen Rand, die Arme schützend um ihren nackten Busen geschlungen. »Es ist so dunkel.«

»Kein Wunder, es ist schließlich Nacht.«

»Danke, das weiß ich auch.«

»Los, komm rein«, wiederholte er. »Das Wasser ist nicht kalt.«

»Lügner!«

Sie waren den ganzen Nachmittag geklettert und befanden sich mittlerweile hoch in den Bergen. Sie hatte die Sterne noch nie zum Anfassen nah gesehen, an einem samtig schwarzen Himmel. Der See lag still und unergründlich tief in einem Bett aus nackten Felsen. Er wurde von einem kleinen Wasserfall gespeist, der als munter gurgelnder Bach weiterfloss. Ann schwankte. Was war schlimmer, nackt vor ihm zu posieren – okay, es war dunkel, aber er besaß den untrüglichen Wolfsblick – oder das eisige Wasser?

»Es ist himmlisch erfrischend!«, rief er.

Sie steckte die Zehe hinein und zog sie wieder heraus. *Igitt, ist das gruselig kalt.*

»Wolltest du nicht unbedingt mal baden?«, half er ihrem Gedächtnis auf die Sprünge. »Ich bin extra wegen dir hergekommen.«

»Du wusstest die ganze Zeit, dass wir hier landen würden.« Bei ihrer Ankunft hatte er aus einer tiefen, witterungsgeschützten Felsspalte Essen, Handtücher, einen weiteren Schlafsack und ein kleines Zelt hervorgezaubert. Es war offensichtlich, dass er die Stelle gut kannte.

»Spring rein!«, rief er.

Sie presste die Lider aufeinander und sprang.

Kalt war gar kein Ausdruck. Eiskalt! Gletscherkalt. Sie strampelte an die Oberfläche und konnte nicht mal mehr schreien. Die Kälte presste ihr den Atem ab.

Er umarmte sie lachend. »Schwimm. Los, komm, wir schwimmen um die Wette.«

»Ich will raus«, japste sie.

»Dafür musst du schwimmen.«

»Du hast mich gelinkt!«

Seine Hände glitten über ihren Körper. »Na klar, ich wollte dich nackt sehen.«

Sie löste sich von ihm und schwamm. Sie schwamm von einem Ende des Bergsees zum anderen und wieder zurück – zwei Mal.

Den ganzen Nachmittag über waren sie nur geklettert. Es war der blanke Horror gewesen: Ann in ihren viel zu großen Stiefeln, mit einem Begleiter, der von der Obsession getrieben wurde, sie beschützen zu müssen. Sie hatte keine Zeit gehabt, über den Toten oder das Wolfsrudel oder die Ikone nachzudenken. Sie hatten sich nicht mal eine kurze Verschnaufpause gegönnt.

Und kaum dass sie hier am See aufatmen konnte, wurde sie auch schon in das eisige Wasser gestürzt – und die Kälte schnürte ihr die Luft ab.

Als sie mit ihrer dritten Runde durch den See begann, hielt Jasha sie fest. »Das reicht.« Er zog sie an den Rand und stellte sie auf einen Felsen. Nahm ein mitgebrachtes Stück Seife und begann, sie zu waschen. »Du schwimmst ziemlich schnell ... für ein Mädchen.«

Von wegen Mädchen. Wenn ihr wieder warm war – falls ihr jemals wieder warm werden würde –, würde sie ihm mächtig die Meinung geigen. »Ich bin auf der Highschool geschwommen. Und hab die kalifornischen Meisterschaften gewonnen.« Sie hätte nie gedacht, dass sie sich jemals von einem Mann würde waschen lassen. Er schamponierte mit zärtlichen Händen ihr Haar, wusch ihre Brüste, hob ihre Arme, um ihre Achseln einzuschäumen – und sie fühlte *nichts*. Konnte sie auch nicht. Ihre Nerven waren vermutlich total abgestumpft – eingefroren. Ihre Zähne klapperten unkontrolliert aufeinander.

»Dann müsste dir Wasser eigentlich nicht viel ausmachen.« Er drehte sie, um ihr den Rücken zu waschen.

»*Warmes* Wasser!« In diesem Augenblick sehnte sie sich nach einem beheizten Pool.

»Ich bin schon mal im Golf von Kalifornien geschwommen. Der ist verdammt kalt.« Er hob ihre Füße an und schrubbte ihr die Fußsohlen, dann drehte er Ann wieder zu sich um und knöpfte sich ihre Schienbeine vor.

»Ich meinte Schwimmbäder.« Als seine Hand mit der aufgeschäumten Seife zwischen ihren Schenkeln zu dem

Dreieck ihrer Scham hinaufglitt, fühlte Ann plötzlich doch etwas. In der Tat vermochten gewisse Körperregionen andere problemlos aufzuheizen.

»Hör auf mit der Zappelei. Ich wasch dich doch bloß.« Seine Stimme nahm dabei wieder jenen zartschmelzenden Ton an, der ihr Herz höher schlagen ließ.

»Von wegen. Du ... du ... das langt jetzt aber wirklich.«

»Ich will, dass du schön sauber bist.«

Er wollte, dass sie schön erregt war.

Bevor sie sich losreißen konnte, ließ er die Seife fallen, hob Ann in seine Arme und watete mit ihr durch den See, bis er hüfttief im Wasser stand.

»Neeiiin«, meuterte sie.

»Du musst dir den Schaum abspülen.« Prompt ließ er sie ins Wasser fallen.

Sie schwamm erneut, kraulte von einem Ende des Sees zum anderen – und dann schnappte er sie, indem er wie ein Hai durch die Fluten schoss.

Er verursachte kein Geräusch. Sie rechnete nicht mit ihm. Ihr gepresster Aufschrei hätte Entsetzen oder Erregung bedeuten können, als er sie zu sich umdrehte und Ann in seine rot glühenden Augen sah. Als er sie aus dem Wasser hob und mit seinen Lippen ihre harte Knospe umschloss, war es, als hätte jemand eine Kerze auf ihrem kühlen Fleisch entzündet. Sie war durchgefroren, bis auf diese eine Stelle, und als er dort saugte, wurde ihr mit einem Mal glutheiß.

O Gott. Ann entbrannte vor Lust.

Sie schlang ihre Beine um ihn, suchte seine Glut.

Denn er war heiß. Seine Haut dampfte in der kühlen Nachtluft. Er entfachte ein schwelendes Feuer der Leidenschaft zwischen ihren Schenkeln, das ihren Schoß entflammte. Während er ihre Brustspitze koste, trug er sie aus dem See und bettete sie sanft auf einen Stapel Badelaken.

Hatte er das alles von langer Hand geplant?

Er wickelte ihr ein Handtuch um den Kopf, mit einem anderen frottierte er Ann. Um ihre Blutzirkulation anzuregen, rubbelte er sie energisch ab. Ihre Haut prickelte, ihr Verstand rotierte, und sie spürte es plötzlich ganz deutlich: Sie hatte Angst.

Und er wusste es auch, denn er sagte: »Nein«, und bewegte seinen Mund auf ihre andere Brust.

Inzwischen war ihr nicht mehr kalt, denn er wärmte sie mit seinem Feuer. Sie wand sich unter ihm, versuchte ihn abzuwehren, aber er biss sich zärtlich fest und ließ nicht los, bis sie kapitulierte. Dann saugte er, sog ihre Spitze tief in seinen Mund, stimulierte sie mit seiner Zunge, beglückte Ann mit einer glutheißen Woge der Lust. Er schob seine Hand zwischen ihre Schenkel, und als er ihre feuchte Grotte fand, raunte er: »Ich wusste es«, und drang mit seinem Finger tief in sie. Erst einen Finger, dann zwei.

Er lachte. »Ich hab mir gedacht, dass dich das erregt.«

»Verdammter Schuft!« Wie konnte er es wagen, sie auszulachen? Sie bemühte sich krampfhaft, ihn wegzuschieben.

Vergeblich.

Er küsste sie.

Und dieser Kuss war unvergleichlich anders als die Küsse in seinem Haus, hinter schützenden Mauern und mit einem Dach über dem Kopf. Dieser Kuss ließ sie ahnen, dass ein geheimer Teil von ihm ein Wolf war. Dieser Kuss schmeckte nach Wildheit, Gefahr, nach heißer Lust und kühler Entschlossenheit. Er nahm sich alles, was sie ihm gewährte, und noch viel mehr. Er provozierte sie mit Lippen und Zunge, und als sie sich sträubte, knabberte er leicht an ihrer Unterlippe, bis sie ihm zu Willen war.

Er hatte eine Botschaft für sie.

Sie war noch Jungfrau gewesen.

Er hatte gewartet, bis sich ihr Schmerz verloren hatte.

Er hatte lange genug gewartet.

Er riss sie an sich, hob sie hoch, spreizte ihre Schenkel.

Sie versuchte ihn abzuwehren, aber das war müßig; er hielt sie gnadenlos fest. Er hatte es satt, auf ihre Erlaubnis zu warten. Er würde sich einfach nehmen, wonach ihn gelüstete. Er setzte sich mit ihr, schob sich in sie.

Er hatte sie schon vorher besessen, aber dieses Mal war es anders.

Dieses Mal war sie nicht ängstlich, sondern ärgerlich.

Dieses Mal war er nicht sanft, sondern fordernd.

Sie konnte ihn nur schemenhaft erkennen: harte dunkle Konturen vor einem sternenübersäten Himmel.

Ihr Körper erkannte ihn jedoch wieder. Seine Größe, seine Länge, die pulsierende Glut – er war Wolf und Alphatier. Sein Becken zuckte, während er sich tiefer und tiefer in sie drängte. Er berührte den Punkt ihrer Lust, jenes geheimnisvolle Reich ihrer Libido, und sie stöhnte hingebungsvoll.

Und der Schuft wusste nichts Besseres zu tun, als abermals zu lachen!

Ann versuchte kurz, sich mit ihm anzulegen, wand und wälzte sich unter ihm, aber das heizte die Stimmung umso mehr auf – denn er stöhnte und stieß sie fester, härter, forderte stumm all die Leidenschaft, die sie beharrlich kontrollierte.

Sie konnte sich jedoch nicht verstellen. Sie stöhnte erneut, keuchte, schrie. Über ihr schwebten die Sterne am Himmel. Erde und Wind standen still und warteten.

Als sie ihren Höhepunkt erreichte, wünschte sie, er möge nie aufhören.

Er kam mit ihr, füllte sie mit einem letzten scharfen Stoß aus. Ein Hauch von Enttäuschung, vermischt mit lustvoller Befriedigung schwang in seiner Stimme, als er rief: »Ann. Himmel, Ann.«

Ihre Augen füllten sich mit Tränen, Tränen des Glücks, die seine Silhouette verwischten.

Er glitt behutsam mit ihr auf den Boden, bedeckte sie mit seinem Leib. Küsste ihren Mund, ihre Wangen, ihre Lider. Er bog ihren Hals zurück und küsste das winzige Grübchen unterhalb ihrer Gurgel.

Jasha schien derart aufgepeitscht, als gingen seine Empfindungen über pure Lust und Zuneigung hinaus.

Er war immer noch in ihr, hart und pulsierend, und er stieß sie abermals, woraufhin sie wohlig seufzend erschauerte.

»Ja, Ann.« Seine Stimme war dunkel und samtig wie der Nachthimmel. »So ist es gut, Ann.«

Das war nackter, hemmungsloser Sex, schoss es ihr durch den Kopf.

Verrückt, Ann. Völlig verrückt.

»Dir wird kalt«, flüsterte sie.

»Wir haben nicht viel Zeit«, antwortete er.

Ann fand seine Antwort zwar nicht unbedingt logisch, aber was war momentan schon logisch? Er hatte ihr die Sinne geraubt und sie stattdessen mit Liebe erfüllt.

Behutsam löste er sich von ihrem Körper.

Ann seufzte, als er aus ihr herausglitt, und japste entsetzt auf, als er ihr mit einem feuchten Handtuch über Brust und Bauch wischte, bevor er zärtlich ihre Intimzone säuberte.

Sie erschauerte unter seiner sanften Berührung und unterdrückte ein Keuchen, als er zu ihrem Schenkelansatz glitt und sie mit seiner Zunge verwöhnte. Ihre Klitoris vorsichtig mit den Lippen umschloss. Daran saugte, woraufhin Ann wieder und wieder kam, bis sie bebend vor Erschöpfung kapitulierte.

Er schob sich auf sie und flüsterte ihr ins Ohr: »Ich dachte, ich könnte warten. Ich dachte, das kalte Wasser würde mich auf andere Gedanken bringen. Aber es gibt anscheinend nichts, was mich bremsen und von dir fernhalten kann. Du gehörst zu mir, Ann. Vergiss das nie, was auch passiert.« Er erhob sich. Musterte sie für einen langen Moment, bevor er sich abwandte.

Sie hörte, wie er wieder ins Wasser sprang. Und erschauerte ob seiner Worte, die ihr noch im Ohr klangen. Obwohl ihr längst nicht mehr kalt war, zog sie sich hastig an.

Als er aus dem Wasser watete, stand sie mit Handtüchern für ihn bereit. Während er sich abtrocknete, drehte sie sich verlegen um. Irgendwann hob sie mit zaghafter Stimme an: »Jasha, was hast du vor?«

»Ich werde dich an einen sicheren Ort bringen«, sagte er, »und Jagd auf den Varinski machen.«

23

»Musst du schon gehen?«, wollte Ann wissen. *So kurz danach*, dachte sie, *während das Blut wie glühende Lava durch meinen Körper pumpt und ich mich eigentlich nach deinen Zärtlichkeiten sehne.*

Aber das behielt sie für sich.

»Du weißt, es geht nicht anders. Der heutige Nachmittag hat mir das gezeigt. Ich witterte die Federn erst, als er schon über uns kreiste. Verdammt, ich hab die gesamte Familie unterschätzt« – Jasha streichelte mit seinem Daumen über ihre Wange – »weil ich Zeit für dich haben wollte. Ich darf nicht mehr so kriminell nachlässig sein. Sie sind uns dicht auf den Fersen.«

»Wie viele, meinst du, sind es?«

»Ich bin sicher, wir werden von einem Wolf verfolgt. Das war's auch schon, glaub ich wenigstens.« Er raufte sich die Haare. »Nein, ich bin ganz sicher, er ist allein.«

»Wieso bist du dir da sicher?«

»Ann, nimm dir immer die Zeit, auf die Erde zu lauschen, die Düfte des Windes zu schmecken und deine Instinkte zu hinterfragen. Ich hab mir nicht die Zeit genommen, und Leader musste dafür büßen. Wenn du jedoch andächtig lauschst, werden die Elemente dich nicht täuschen.«

Ann funkelte Jasha an. »Meine Instinkte sind völlig okay, und sie wollen eben nicht, dass du gehst.«

Er war sündhaft nackt und sprach bedächtig langsam, als fürchtete er, sie könnte seine Erklärung nicht nachvollziehen. »Ich muss ihn finden. Ich will ihm auf den Zahn fühlen, um ganz sicherzugehen, dass er allein ist. Dann zieh ich ihn aus dem Verkehr.«

»Du willst ihn umbringen, nicht wahr?« Ann fröstelte plötzlich wieder.

»Mein Schatz, meine weichherzige Ann, raffst du es immer noch nicht, dass der Jäger tot im Wald liegt, weil er den Fehler machte, dem Varinski zu trauen?«

»Doch, schon.« Obwohl ihr eiskalt war, schwitzten ihre Hände. »Ich will bloß nicht, dass noch mehr Blut fließt. Dass du jemanden tötest. Was, wenn es herauskäme?« *Willst du deinem Vater nacheifern, schlaflos in deinem Bett liegen und Visionen von den anklagenden Gesichtern der Menschen haben, die du auf dem Gewissen hast?*

»Ich plane, den Varinski außer Gefecht zu setzen. Dann hetze ich ihm den Sheriff auf den Hals. Sie stecken ihn ins Gefängnis, die Varinskis holen ihn wieder raus, und der Bursche kehrt als Versager nach Hause zurück.« Ann gewahrte das Glitzern in Jashas Augen. »Wenn es hart auf hart kommen sollte, werde ich jedoch nicht zögern, ihn eiskalt zur Strecke zu bringen.«

Sie konnte Jasha verstehen. Mehr noch, sie pflichtete ihm mental bei. Sollte es zum Äußersten kommen, wollte sie auf jeden Fall, dass Jasha überlebte.

Ob das Blut, das er in ihre Venen geträufelt hatte, sie verändert hatte? Oder war es diese euphorisierende Mischung aus Liebe, Lust und Sex, die das Wilde in ihr zum Vorschein brachte? Vielleicht hatte Schwester Mary Magdalene Recht, und das Rückenmal bedeutete, dass sie dem Bösen geweiht war.

»Was ist mit dem anderen? Hast du vor, die Polizei zu seiner Leiche zu führen?«

»Nein. Er ist nicht wirklich menschlich. Ich kann nicht riskieren, dass man ihn findet. Andere Raubvögel werden den Kadaver über kurz oder lang aufspüren.«

Sie schluckte. Puh, das hier war Krieg. »Bringst du mich vorher in ein sicheres Versteck?«

Er neigte sich vor, umschloss mit seinen Händen zärtlich ihr Gesicht und küsste sie, ein Kuss, der besiegelte, dass sie zu ihm gehörte. Dann nahm er seine Sachen und die Handtücher und führte sie eilends den Hügel hinauf. Er bewegte sich leise, ein geschmeidiger Schatten, der vor ihr lief. Ann wusste, wenn er nicht bei ihr wäre, wäre er ein Wolf. Sobald er sie verließ, würde er sich verwandeln.

Plötzlich blieb er stehen. »Dir ist warm. Setz dich kurz hin.«

Ihr war nicht warm, nicht wirklich, sie ahnte jedoch, wieso sie ein bisschen auskühlen sollte. Er wollte bestimmt vermeiden, dass man ihre Witterung aufnahm.

Allmählich dachte sie wahrhaftig schon wie ein echter Wilder.

Je höher sie kletterten, desto karstiger wurde die Vegetation. Irgendwann erreichten sie die Baumgrenze. Nackte Berge, von Wind und Wetter ausgewaschener Basalt empfingen sie. Er zog sie durch einen Felsspalt, der in eine kleine Höhle führte.

»Hör mir gut zu.« Er zerrte einen Schlafsack aus seinem Rucksack und öffnete den Reißverschluss. »Hier drin bist du optimal geschützt. Vor Wind und Wetter, und vor allem, wenn der Varinski zu einem Vogel mutiert. Dann sieht er nämlich wahnsinnig gut. Sollte er sich in eine Katze verwandeln, hört er das kleinste Geräusch – und er bewegt sich geräuschlos wie ein Schatten. Ich bin allerdings fest davon überzeugt, dass sie einen Wolf geschickt haben. Er wird deine Witterung aufnehmen und dich suchen, nachdem er mit mir abgerechnet hat.«

»Was heißt das, nachdem er mit dir abgerechnet hat?« Sie baute sich entrüstet vor ihm auf.

»Es besteht immer die Möglichkeit, dass ich nicht der Sieger bin. Er ist nicht ihr bester Mann – ihren besten Mann hetzen sie verständlicherweise nicht auf einen korrupten, schwachen Idioten wie mich. Aber er ist ein Varinski mit der Lizenz zum Töten, und dieses schmutzige Handwerk betreibt er gewissenlos.« Jasha half ihr in den Schlafsack und zog den Reißverschluss zu. »Und jetzt wünsch mir viel Glück.«

»Das sind ja tolle Aussichten.« Sie schob ihre Arme aus dem Schlafsack und glitt mit ihren Fingern durch sein feuchtes Haar. »Komm zu mir zurück, Jasha, ganz egal, was er dafür verlangt. Komm zurück.«

Er küsste sie stürmisch. Hastig setzte er hinzu: »Verhalte dich ruhig. Bleib in Deckung. Sing nicht, schnarch nicht, bete nicht. Genieß die Landschaft, mein Schatz, und ich bin morgen früh wieder hier.«

Sie beobachtete, wie er die Berge hinabsetzte, und noch während er verschwand, beobachtete sie, dass er sich in einen Wolf transformierte.

Sie kuschelte sich in den Schlafsack und tat genau das, was er ihr verboten hatte: Sie umklammerte die Ikone und betete zu der Heiligen Jungfrau.

Betete für den Erfolg und die Seele eines Dämones.

Sie wachte auf, weil sie ein Lachen hörte, sofern man jenes unmelodische Keckern als Lachen bezeichnen mochte.

Noch ehe sie die Lider aufklappte, wusste sie, es war nicht Jasha.

Richtig.

Es war zwar nicht Jasha, aber es war einer seiner Verwandten. Wie ein Kind, das seine Freunde am Lagerfeuer erschrecken will, hielt er sich eine Taschenlampe unters Kinn.

Er hatte Jashas Gesichtsform und seine goldbraunen Augen. Und er hatte Narben – eine über dem Augenlid und eine, die von seinem Ohr bis zum Lippenrand verlief. Zwischen seinen Kiefern hing ein monströses Grinsen. Mit einem starken Akzent sagte er: »Schau mal an, was ich hier finde. Cousin Jashas kleines Spielzeug.«

Der Schlafsack hielt sie warm. Gleichzeitig saß sie in der Falle, weil sie sich nicht wehren konnte.

Was hätte sie auch großartig tun sollen? Ihm eine scheuern? Ihn als Monster beschimpfen? Sie hatte ihm nichts entgegenzusetzen – außer ihrem scharfen Verstand.

Folglich sammelte sie ihren ganzen Grips zusammen und setzte sich langsam auf. »Jasha sagte, Sie seien einer der Besten, und er hat Recht.«

»Ja, ich bin nicht wie dieser Idiot, diese Chimäre, dieses Zwitterwesen, nicht richtig Mensch, nicht richtig Tier.« Der Varinski räusperte sich geräuschvoll und spuckte auf den Boden. »Der war bestimmt leichte Beute.«

»Ja. Kein Vergleich zu Ihnen. Sie haben uns verfolgt, Jasha ausgetrickst und mich gefunden.«

Sie hatte wohl den richtigen Nerv getroffen, denn der Varinski griente breit. »Ich wurde für diese Mission ausgebildet, und bevor wir aufbrachen, nahm mein Vater mich beiseite und erklärte mir, dass er zwei Jäger schicken müsse, um den alten Yerik bei Laune zu halten. Er traute mir jedoch zu, dass ich das mit dem Morden übernehme. Von allen seinen Söhnen traut er mir am meisten zu.«

»Ich schätze, er hat viele Söhne«, meinte Ann bewundernd.

»Mein Vater hat vierunddreißig Söhne.« Der Varinski schlug sich auf die Brust. »Ich habe acht Söhne.«

»Schon? Dabei sind Sie sicher noch keine fünfundzwanzig, oder?«

»Neunundzwanzig, aber mit zwölf ging ich schon das erste Mal auf Frauenjagd.« Er baute sich breitbeinig vor ihr auf und bedachte sie mit einem Grinsen, das verfaulte Zahnstümpfe, fehlende Zähne offenbarte und eine boshafte Freude an Grausamkeiten signalisierte. »Ich sollte Ihnen einen Sohn machen.«

Sie zog das Messer aus dem Holster an ihrem Bein. »Das wäre bestimmt eine tolle Sache, aber haben Sie nicht Angst? Ich meine, dass Ihr Rücken dabei zur Zielscheibe werden könnte?«

Der Varinski starrte hinter sich in die Dunkelheit. »Sie denken, Ihr Lover schneit demnächst wieder rein? *Njet*. Er ist irgendwo da unten im Tal und sucht mich, während ich seine Frau besteige.« Er legte die Taschenlampe auf den Boden und tatschte nach ihr.

In diesem Moment sprang Jasha von oben auf ihn.

Der Kopf des Varinski klatschte auf das Felsgestein, mit einer Wucht, die jedem normalen Menschen den Schädel gespalten hätte. Dieser Typ war jedoch ein Dämon und dazu ein Dumpfbeutel, was ihn praktisch unverwundbar machte.

Ann kämpfte mit ihrem Schlafsack, sie nestelte an dem Reißverschluss, und als sie den Zipper nicht finden konnte, durchtrennte sie den Stoff kurz entschlossen mit ihrem Messer. Während sie sich durch Nylongewebe und wasserabweisende Mikrofasern strampelte, hörte Ann das schmatzende Geräusch ihrer kämpfenden Leiber und inbrünstige russische Flüche. Sobald sie sich aus dem Schlafsack geschält hatte und aufgestanden war, schnappte sie sich die Taschenlampe und richtete den Lichtkegel auf die beiden Kontrahenten. Jasha bog soeben dem Varinski die Hand zurück, mit der er ein Messer umklammert hielt, und herrschte ihn an: »Sag mir, was du weißt.«

Der Varinski spuckte ihm ins Gesicht.

Jashas Lippen verzogen sich zu einem Grinsen, das trotz seiner weißen gepflegten Zähne schauerlich anmutete. »Ist doch Kinderkram. Dir steht die Todesangst förmlich ins Gesicht geschrieben.« Er führte die Messerspitze gefährlich nah an die Luftröhre des Russen. »Erzähl mir, was du weißt.«

Der Varinski wälzte sich am Boden. Sein Blick schoss zu Ann.

»Lass das Mädchen aus dem Spiel. Sie kann dir nicht helfen. Sie gehört mir. Sie ist mein Weibchen. Sie liebt mich und wartet bloß darauf, dass ich dich töte. In der Tat« – Jashas Grinsen gefror; er bohrte dem Varinski die Klinge in die Gurgel, bis Blut heraustrat und auf den Felsboden tropfte – »hoffe ich, dass du *nicht* kooperierst. Ich hoffe, du gönnst mir das Vergnügen, dich aufzuschlitzen und dich dabei zu beobachten, wie du dich in Todeskrämpfen wälzt.«

Ann lehnte sich an den Stein, froh um einen Halt, um ein bisschen kalte Luft, während sie weiterhin den Strahl der Taschenlampe auf die Augen des Varinski fokussierte.

Er setzte sich abermals zur Wehr.

Jasha drückte fester mit dem Messer zu.

Hastig keuchte der Varinski: »Sie informierten uns, wo du arbeitest, und wiesen uns an, die Frau zu beschatten. Sie sollte uns den Weg zu deinem Versteck zeigen. Daran haben wir uns gehalten.«

»Und dann?«

Der Varinski stöhnte.

Die Messerspitze bohrte sich tiefer in seine Haut.

»Wir wussten, dass wir die Familie nicht gefunden hatten, und wir wussten auch, dass mein Vater und die anderen Alten genau das wollten.«

»Mit wie vielen seid ihr hier?«

»Mit zehn Mann!«

»Zwei«, korrigierte Ann. »Das hat er mir jedenfalls vorhin gesagt. Sie waren bloß zu zweit.«

»Gut.« Jasha feixte, und seine Zähne schienen länger und weißer als vorher. »Wer hatte die Idee, die Pfeilspitze mit einem Chip zu präparieren?«

»Ich!«, versetzte der Varinski. »Ich hab dir in die Schulter geschossen, weil ich davon ausging, dass du nach Hause zu deiner Mama rennen würdest. Du solltest Angst vor mir bekommen.«

Jasha warf den Oberkörper zurück und lachte schallend. »Ich und Angst vor dir? Du bist wohl nicht ganz bei Trost?«

Plötzlich war der Mann am Boden verschwunden, stattdessen materialisierte sich ein Wolf an dieser Stelle. Die Bestie sprang Jasha an.

Ann schrie.

Mit einem gewaltigen Satz prallten die beiden Wölfe in der Luft aufeinander.

Sie sprangen den Berg hinunter. Ihr wütendes Knurren durchschnitt die himmlische Stille, verwandelte die silber glänzenden Sterne in kalte diffuse Lichtpunkte am Himmel. Ann rannte den beiden hinterher, in der einen Hand das Messer, in der anderen die Taschenlampe. Sie hatte zwar keine Ahnung, was sie tun sollte, aber irgendetwas musste sie tun.

Der Strahl der Lampe fiel auf die kämpfenden Kreaturen. Ann sah weiß gebleckte Zähne und hörte das tiefe kehlige Heulen.

Sie stürzten über einen Felsvorsprung. Sie rannte zu der Stelle und leuchtete mit der Taschenlampe in die Tiefe.

Dort unten waren zwei Männer, zwei Menschen aus Fleisch und Blut.

Aber nur einer lebte.

24

Jasha stand über den reglosen Körper des Varinski gebeugt. Er blickte zu Ann hoch. Blut tropfte aus einer Schramme an seiner Kehle. Mit einem Feuerwehrgriff schulterte er die Leiche. Während er durch die Dunkelheit stapfte, rief er: »Es wird gleich hell. Lauf ins Tal. Ich finde dich schon.«

Was immer das bedeuten mochte.

Ann spähte um sich. Sie stand auf dem Dach der Welt, ringsum nichts als gigantische Bergmassive, darüber der tintenschwarze, von glitzerndem Sternenstaub überhauchte

Nachthimmel. Es wehte eine leichte frische Brise, die Luft war so dünn, dass Ann schwer nach Atem rang. Kein Vogel, kein wildes Tier regte sich. Keine Gespenster, die bleich und ätherisch im Wind tanzten. Sie war so allein wie noch nie zuvor in ihrem Leben.

Sie zog das Böse an. Und geriet dauernd an die falschen Menschen.

Mag sein, aber Jasha hatte sie getötet. Bei Jasha fühlte sie sich sicher und geborgen, und ihre sämtlichen Gebete waren erhört worden.

Das Leben, das sie in Kalifornien geführt hatte, schien Lichtjahre zurückzuliegen. Hier oben galten andere Dimensionen. Sie sah den Scherbenhaufen ihres früheren Daseins vor sich ausgebreitet. Seit sie mit Jasha zusammen war, waren die Farben ihrer Träume von sanftem Pastell zu kräftigen Temperatönen umgeschwenkt.

Was sollte sie tun?

Sie konnte nicht weglaufen. Sie musste hier auf dem höchsten Punkt der Welt bleiben und ihres Schicksals harren.

Fetzen des Schlafsacks wirbelten mit dem Wind an ihr vorüber und appellierten indirekt an ihr Umweltbewusstsein in einem der letzten unberührten Naturparadiese. Sie sammelte alles ein und warf es in den intakten Boden des Schlafsacks. Bevor sie ihn in den Rucksack stopfte, inspizierte sie den Zipper. Das Nylongewebe hatte sich im Reißverschluss verhakt; kein Wunder, dass sie sich aus dem Ding hatte herausschneiden müssen.

Während der Himmel langsam aufhellte, marschierte sie den Berg hinunter, Richtung Norden. Sie hatte keine Ahnung, wohin sie lief. Es war ihr egal; Jasha hatte beteuert, er werde sie finden, und das würde er. Sie machte sich Sorgen um ihn. Vor ihrem geistigen Auge entwickelte sich ein dramatisches Verbrechensszenario: Ein Jäger ermordet den anderen, der zweite Jäger stirbt nach einem Angriff durch ein wildes Tier. Trotzdem zweifelte sie nicht eine Minute lang daran, dass Jasha sein Ziel erreichen würde.

Sie wünschte bloß, er wäre jetzt bei ihr.

Irgendwie war sie nicht ganz dicht, oder? Gestern noch war sie überzeugte Pazifistin gewesen, die Folter, Mord und Tod anprangerte. Dann hatte sie mit angesehen, wie Jasha um sein Leben kämpfte. Inzwischen belastete es sie nicht mehr, dass er jemanden getötet hatte; wichtig war, dass er lebte und – zu ihr stand. Sie nahm sich fest vor, ihn bei ihrem Wiedersehen erst einmal kräftig zusammenzustauchen, weil sie halb umgekommen war vor Sorge um ihn. Dann wollte sie ihn fest in ihre Arme kuscheln, während er schlief, und wenn er aufwachte, wollte sie ihn stürmisch lieben und zärtlich verwöhnen.

Ihre Füße schmerzten, und der Sommertag wurde unerwartet heiß. Nachdem sie die Wanderstiefel und die drei Paar Socken ausgezogen hatte, seufzte sie erleichtert auf.

Sie hatte sich immer als linkisch empfunden; aber nach Jashas Riesentretern würde sie in ihren eigenen Schuhen bestimmt elegant wie ein Model daherschreiten.

Sie zog Tarnhemd und -hose aus, warf beides über den Felsen und verschwendete keinen Gedanken darauf, ob sie womöglich beobachtet wurde. Nachdem Jasha ihr jedoch beigebracht hatte, in die Luft zu schnuppern und auf die Geräusche des Waldes zu lauschen, würde sich niemand anschleichen können, ohne dass sie es merkte.

Sie schob den Slip lasziv über ihre Hüften, genoss den

warmen Luftzug auf ihrer Haut. Ohne den Kopf umzuwenden, fragte sie: »Bist du okay?«

Jasha trat hinter den Bäumen hervor. Er war nackt. Er hatte in der Nähe gebadet, auf seinem feuchten Körper glitzerten Wassertropfen. »Ja.«

Sie streifte ihr Höschen runter, lehnte sich mit dem Rücken an einen Baum und lächelte ihn an. Lächelte zum ersten Mal mit dem herausfordernden Wissen um ihre Sexualität. »Komm her.«

Er kam zu ihr, eroberte ihre Lippen mit einem leidenschaftlichen Kuss.

Dann packte sie ihn bei den Armen, drückte ihn vor die flachen Steine. Sie betrachtete ihn, die langen trainierten Schenkel, den Waschbrettbauch und eine Erektion, die hart pulsierte. Ihr Blick glitt zu seinem Gesicht, auf dem sich Lust und Erregung zeigten.

Sie war die Einzige, die diese Lust zu stillen vermochte.

Sie beugte sich über ihn, trommelte mit den Fäusten auf seinen Solarplexus. »Ich hab mir wahnsinnig Sorgen um dich gemacht!«

Sorgen? Das war gar kein Ausdruck. Sie war fast gestorben vor Angst.

Er schob sich mit den Fingern das dunkle, noch feuchte Haar aus den Schläfen. »Das brauchtest du nicht.«

»Wieso nicht?« Ihr Blick senkte sich beschwörend in seinen, ihre Lippen schwebten begehrlich über seinem Mund. »Weil das Schicksal es immer sooo gut mit mir gemeint hat? Weil ich seit meiner Abreise aus Kalifornien mein Leben absolut im Griff habe? Träum weiter, Jasha! Ich hab die Wahrheit begriffen, und zwar auf die ganz harte Tour. Das Leben ist ein dauernder Kampf zwischen Gut und Böse, und am Ende dürfen wir noch froh sein, wenn wir diesen kurzen Augenblick für uns haben!« Sie schob sich lasziv auf seinen Astralkörper, presste ihre Lippen auf seine.

Sein Kopf sank zurück, auf den ausgewaschenen Felsen. Er blieb passiv, ließ sich von ihr küssen, entspannte sich, als sie seinen Mund mit neugieriger Zunge erkundete – sie wollte wissen, was ihn erregte.

Als er wohlig erschauerte, wusste sie, dass sie es genau richtig machte.

Er stöhnte rau, als sie fedrige Küsse auf seine Wangen, sein Kinn, seine Brust hauchte. »Willst du mir eine Nachhilfestunde geben?«

»Vielleicht auch zwei.« Sie küsste seinen Rippenbogen, seinen Bauch, umspannte seinen erigierten Penis mit beiden Händen und rieb ihn.

»Du erinnerst mich daran ... du erinnerst mich daran, was Leben ist«, raunte er sehnsüchtig.

»Ich möchte dich daran erinnern, wie schön das Leben sein kann.« Ann umschloss seine Erektion mit ihren Lippen. Sie wollte ihn so verrückt machen, wie er es bei ihr an jenem Abend in der Wanne geschafft hatte ... und jede Nacht, seitdem sie bei ihm war. Seine Haut war kühl und feucht nach dem Bad und dennoch durchströmt von einer inneren Glut, die sie mit jedem Zungenschlag spürte. Sie liebte diese Haut, ihre seidige Textur, die feinen Rillen und Falten. Jedes Mal, wenn sie ihn tief in ihren Mund sog, zuckte sein Becken lasziv, und er stöhnte lustvoll.

Als er sie zu umschlingen suchte, hob Ann den Kopf und wehrte seine Arme ab. »Jetzt bin ich erst mal dran.«

Seine Hände verharrten für einen Wimpernschlag in der Luft, als könnte er der Versuchung nicht widerstehen.

Sie funkelte ihn an. »Hörst du schlecht? Ich bin jetzt dran.«

Er sank zurück. »Du wirst mich umbringen.«

»Das hoffe ich«, versetzte sie hitzig, bevor sie ihn erneut mit ihren Lippen verwöhnte.

Er erschauerte, als sie seine Schenkel streichelte, mit ihren Fingern spielerisch über sein Becken glitt, ihre Handflächen auf seinem Bauch spreizte. Sie liebte die Macht, die sie in diesem Moment besaß, liebte es, dass er ihr ausgeliefert war.

Sie konnte sich jedoch nicht ewig bremsen; das Adrenalin kribbelte in ihren Nervenbahnen, und die Vorstellung, ihn zu verführen, jagte ihr einen glutvollen Schauer über den Rücken. Sie hob seufzend den Kopf, stützte ihre Knie rechts und links von seinen Hüften auf dem Felsen ab und ließ sich behutsam auf ihn gleiten. Jetzt besaß sie ihn, wie er sie besessen hatte. Sie war immer noch eng, und er war gewaltig und feucht von ihrem Zungenspiel. Eine scharfe Welle der Lust überwältigte Ann, als ihre Leiber zueinanderfanden und der Tau ihrer Vagina seine Spitze benetzte. Dann war es um sie geschehen; sie wollte ihn ganz in sich spüren. Stöhnend vor Lust öffnete sie sich ihm, schenkte ihm ihren Körper.

Jasha schloss seine kraftvollen Hände um ihren Steiß, unterstützte ihre Bewegungen, stimulierte sie, dabei blieb er ganz ruhig liegen. Er übernahm den passiven Part, gleichwohl las sie in seinen glutvollen Augen, dass ihm eigentlich etwas ganz anderes vorschwebte. Du lieber Himmel, er wollte sie mit allen Sinnen vernaschen.

Was war mit dem sanften, sinnlichen Begehren, das sie sich in ihren Träumen ausgemalt hatte?

Irgendwann vielleicht … jetzt war es jedenfalls wilde, schamlose, fordernde Leidenschaft. Sie hatte ihn zärtlich verführen wollen, aber das reichte ihm nicht. Sie tanzte mit ihm einen frivolen, freizügigen Tanz ihrer Leiber, bäumte sich über ihm auf, ihre Knie stießen sich an dem harten, warmen Stein. Die Sonnenstrahlen spielten auf ihrem Rücken, erhellten jeden Muskelstrang seines Körpers, sein stoppeliges Kinn, die dunklen Haare, die sich auf dem blassen Granitgestein fächerten.

Er lebte. Sie lebte. Nur das zählte.

»Bitte, Ann.« Seine Hände glitten zu ihrem Busen.

Sie schob ihre Finger auf seine Handrücken, presste sie auf ihre Brüste.

Er umschloss sie, massierte sie zärtlich, befeuerte ihre Lust.

Währenddessen streichelte Ann seine Schultern, seinen Bizeps, bis sie beide lustvoll stöhnten. Sie kamen zusammen, eine gewaltige Explosion, die das Bergmassiv erschütterte und ihre letzten Schamgefühle auslöschte.

Sie sank auf ihn, glücklich erschöpft von der Befriedigung, die sie erfüllte.

Sie liebte Jasha und sehnte den Augenblick herbei, in dem er ihr ebenfalls seine Liebe gestand. Aber selbst wenn dieser Tag niemals käme – sie würde ihn immer lieben.

Am Nachmittag führte Jasha Ann über einen Berggrat. Unvermittelt lag Puget Sound vor ihnen ausgebreitet, mit seinen kleinen Inseln, die über das azurblaue Meer verstreut lagen, und einer Nebelbank, die sich vor die Weiten des Ozeans schob.

Er beobachtete, wie sie verzückt seufzte, und lächelte.

Er hatte sie sicher durch die Wälder geführt. Er hatte den Bastard getötet, der es auf ihn abgesehen hatte. Und heute hatte Ann ihnen beiden bewiesen, dass sie ihn liebte.

Irgendwann, als sie sich an den faszinierenden Naturschönheiten sattgesehen hatte, fragte er: »Hast du dein Handy griffbereit dabei?«

Sie zog es aus der Hosentasche und zeigte es ihm.

»Ruf Rurik an. Sag ihm zwanzig vor acht. Mehr nicht. Er weiß Bescheid.«

Sie schüttelte ungläubig den Kopf, bevor sie Ruriks Nummer eintippte.

Um acht Uhr an jenem Abend stiegen Jasha und Ann in Seattle an der Ecke Fifth und Union in den Fond eines dunklen Buick LeSabre, Baujahr 1980.

Sein Bruder Rurik, der auf dem Fahrersitz saß, drehte sich grinsend zu ihnen um. »Machen Sie es sich ruhig bequem, Miss Smith. In drei Sunden sind wir zu Hause.«

25

»Drei Schlafzimmer, zwei Bäder, ein Duschbad, dreihundertfünfzig Quadratmeter auf zwei Etagen«, erklärte Rurik, als er die Limousine vor der im Bauhausstil errichteten Villa parkte.

Ann spähte durch die Windschutzscheibe auf das schlichte alte Haus, das hell erleuchtet inmitten eines parkähnlichen Grundstücks thronte.

»Es wurde in den zwanziger Jahren erbaut, und als meine

Eltern das Anwesen kauften, war es wohl ziemlich heruntergewirtschaftet. Mäuse in der Küche, das Treppenhaus baufällig, von den Wänden blätterten Putz und Tapete.« Jasha, der auf dem Rücksitz saß – Ann war zwischendurch nach vorn geklettert –, legte ihr die Hände auf die Schultern. »Papa fand es trotzdem schön, weil …«

»Ein echter Russe hat eben einen besonderen Geschmack«, fiel Rurik ihm ins Wort.

Die beiden Männer grölten.

»Ein echter Russe hat eine Mütze aus Waschbärfell *und* einen Tanzbären«, konterte Ann. »Ein echter Russe isst seinen Borschtsch nie ohne Maisfladenbrot.«

Die beiden Männer verstummten und musterten sie verblüfft.

Oje, hatte sie Jasha und Rurik etwa beleidigt?

Unversehens brach Rurik in schallendes Gelächter aus. »Wow, Jasha, du hast mir zwar verraten, dass deine Miss Smith traumhafte Beine hat, aber nie, dass sie Sinn für Humor hat.«

Ups. Jasha hatte seinem Bruder erzählt, dass sie traumhafte Beine hat?

»Weil du ihren Humor eh nicht kapiert hättest, du Simpel«, ätzte Jasha.

»Nee, weil du Angst hattest, sie könnte meinem Charme und meinem blendenden Aussehen erliegen.«

»Bestimmt nicht. Sie hat nämlich auch bei Männern einen guten Geschmack.«

»Und deshalb ist sie mit dir zusammen, was? Kann es sein, dass sie eine Brille braucht?«

Ann blickte abwechselnd von einem zum anderen, fast so, als verfolgte sie ein spannendes Tennismatch. Die beiden Brüder waren – völlig normal im Umgang miteinander. Wie in anderen Familien, die Ann kannte. Sie zogen einander auf und lachten darüber. Die junge Frau kam sich spontan wie eine Außenseiterin vor, auf der verzweifelten Suche nach Familienanschluss.

Sie fühlte sich irgendwie als Eindringling. »Ich sehe ganz gut«, meinte sie verschnupft.

Jasha stieß Rurik seinen Ellbogen in die Rippen. »Da hörst du es.«

»Wird eine lange Nacht für dich, was, Kumpel?« Er rieb sich das kantige Kinn und drehte sich zu Ann um. »Meine Eltern sind nämlich sehr altmodisch. Jasha und ich teilen uns ein Zimmer. Freunden Sie sich schon mal mit dem Gedanken an, dass Sie in Firebirds Zimmer übernachten werden.«

»Ist schon okay. Das macht mir nichts.« Hatte eigentlich jede Frau, die Jasha mit nach Hause brachte, Sex mit ihm?

»Schnarcht er eigentlich?«, fragte Rurik scheinheilig. »Kuschelt er gern? Er ist ein lausiger Lover, nicht? Das hab ich mir schon gedacht.«

Ihre Wangen glühten flammend rot, aber das konnte Rurik in der Dunkelheit bestimmt nicht erkennen, also riskierte sie eine gepfefferte Retourkutsche. »Er ist der beste Lover, den ich je hatte.«

»Bingo! Dann war sie also noch Jungfrau?« Rurik lachte.

Jasha massierte ihre Schultern. »Ja.«

Rurik lachte abermals. Zweifellos glaubte er ihnen kein Wort.

»Jedenfalls« – Jasha funkelte seinen Bruder vernichtend

an – »führten Mama und Papa hitzige Debatten um das Haus. Papa wollte sich endlich auf den Weinanbau konzentrieren und erklärte ihr irgendwann kurz und bündig, sie solle sich beruhigen. Frauen! Weiber! Woraufhin sie sich gnädig bereit erklärte, für die Handwerker zu kochen, die hier arbeiteten. Er kümmerte sich um die Kelter …«

»Klar doch«, sagten die Brüder unisono.

»… und sie führt seitdem den Haushalt«, setzte Jasha hinzu.

Die Haustür sprang auf, und eine zierliche dunkelhaarige Frau mit dunklen Augen trat ins Freie.

»Da ist sie«, sagte Jasha beinahe zärtlich.

Seine Mutter gestikulierte ungeduldig mit den Händen, ehe sie in Richtung Wagen lief.

»Jetzt hast du ein Problem, Mann«, sagte Rurik. »Du hattest dich bei ihr nicht abgemeldet, und sie war schwer in Sorge. Zu allem Überfluss hast du mit keinem Wort erwähnt, dass du einen Gast mitbringst. Ich glaub, die bittere Pille musst du jetzt schlucken.«

Jasha sprang aus dem Fond und lief zu seiner Mutter.

Ann wandte sich unschlüssig an Rurik. »Soll ich …?«

»Lassen Sie ihnen eine Minute Zeit.« Rurik beobachtete, wie seine Mutter Jasha umarmte, ihm mit dem erhobenen Zeigefinger drohte – er war inzwischen fast zwei Kopf größer als sie – und ihn wieder in die Arme schloss.

Auf der Fahrt war Rurik ein witzig-lockerer Gesprächspartner gewesen, und er hatte wesentlich jünger gewirkt als Jasha. Er war attraktiv – mit feurig braunen Augen und weichem braunem Haar – und ungefähr so groß wie sein Bruder. Einmal abgesehen von ihrer Statur waren sie jedoch grundverschieden. Jasha hatte seinen Bruder mit den

Worten vorgestellt, er leite als Chef-Archäologe eine Ausgrabung in Schottland.

Jetzt ahnte sie, wieso Rurik Führungsqualitäten besaß. Seine Miene war ernst, mit einem Hauch von Arroganz; grimmige Konzentration verschattete seinen Blick. Der Mann hatte bestimmt Nerven aus Stahl und war, wenn es sein musste, knallhart.

»Vor dem Hintergrund von Papas Krankheit, den Visionen und all dem Kram«, erklärte er, »ist Mama fast durchgedreht, als Jasha plötzlich weg war und sich nicht mal mehr zu Hause meldete.«

Ann hatte schlagartig ein rabenschwarzes Gewissen. »Tut mir echt leid, wenn ich daran mit schuld sein sollte …«

Rurik musterte sie mit einem schiefen Seitenblick. »Nach eurem Bericht hattet ihr ja wohl keine großartige Alternative. Mama konnte sich natürlich denken, dass Jasha Gründe für sein Abtauchen hatte. Mein Bruderherz ist verdammt verantwortungsbewusst. Der reagiert nie impulsiv, sondern geht immer mit gutem Beispiel voran.« Er zog ein langes Gesicht. »Angesichts der Prophezeiung hatten wir jedoch massiv Skrupel, dass sich da eine schlimme Sache herauskristallisieren könnte. Mord, Tod, irgendwas Gravierendes eben.«

Welche Vision? Welche Prophezeiung? Bevor Ann fragen konnte, erreichte Mrs. Wilder den Wagen.

Sie ergoss sich in einem Redeschwall, bevor sie überhaupt die Beifahrertür geöffnet hatte. »… es ist nicht zu fassen, dass diese unhöflichen Jungs Sie nicht direkt ins Haus gebracht haben. Sie müssen völlig erschöpft und halb verhungert sein.« Sie bot Ann ihre Hand.

Ann fasste sie und war erstaunt über Mrs. Wilders kraftvoll zupackenden Griff. »Also nein, wirklich, ich kann mich nicht beklagen. Jasha und Rurik waren sehr aufmerksam zu mir.«

»Das will ich auch hoffen. Männer! Nichtsnutze!« – ihr Blick schoss zu Jasha – »ich habe diese Jungen zu Höflichkeit erzogen und hoffe, sie halten sich dran. Ich bin Zorana.« Sie zog Ann die Stufen zur Veranda hoch. »Hier leben wir. Fühl dich ganz wie zu Hause.«

Ann hätte gewettet, dass die Räume der eindrucksvollen Villa schlicht und ländlich-praktisch eingerichtet waren. Stattdessen wurde sie durch ein großes Wohnzimmer, wo ein hypermoderner Fernseher lief und ein Computer mit einem riesigen Flachbildschirm stand, in eine gestylte Küche mit einem massiven Holztisch gezerrt. Die Einbauküche war ein Traum in Holz und Stahl, es roch lecker nach frisch gebackenem Brot und geröstetem Knoblauch – mit anderen Worten: himmlisch.

Eine hübsche Blondine in Anns Alter sprang auf und stürzte zu Jasha. »Du Idiot! Konntest du nicht wenigstens mal anrufen?« Dabei umarmte sie ihn stürmisch.

»He, Kleines, du siehst toll aus!« Jasha drückte sie. Sie hatte ein bisschen zugelegt, und es stand ihr gut, aber das behielt er geflissentlich für sich. »Darf ich dir vorstellen: meine Assistentin Ann Smith.«

Ann hielt ihr die Hand hin. »Schön, Sie kennenzulernen.«

»Ich bin Firebird.« Sie schüttelte Ann die Hand und grinste. »Superscharfes Outfit. Trägt man so was jetzt in Kalifornien?«

»Jedenfalls in den angesagten Überlebenscamps«, entgegnete Ann und bereute, dass sie das gesagt hatte. »Entschuldigung, ich hab das nicht so gemeint.«

Firebird lachte glockenhell. »Du brauchst dich doch nicht zu entschuldigen! Ich bin bloß froh, dass Jasha jemanden gefunden hat, der sportlich mit ihm mithalten kann.«

Zorana stand vor der Arbeitsplatte, wo sie mit einem beeindruckenden Küchenmesser Gemüse schnitt. Sie hielt in ihrer Arbeit inne und schwenkte zu ihren Kindern herum.

»Er hat doch nicht ... ich meine, wir sind nicht ...« Ann schlug die Augen nieder. Firebird stellte Mutmaßungen wegen ihrer Beziehung an, ihre Mutter zwangsläufig auch, und Rurik hatte sie die ganze Herfahrt damit gelöchert. Sie wusste, dass Jasha sich nicht klammern ließ. »Nein, ich arbeite bloß für ihn.«

»Ach ja, richtig.« Firebird strahlte. »Dann ist es also reine Nächstenliebe, dass du seinen Tarnanzug tragen darfst.«

»Halt die Klappe, Firebird. Musst du Ann mit so was nerven?« Jasha legte einen Arm um Anns Taille.

Ann schmiegte sich unwillkürlich an ihn. Als suchte sie bei ihm Schutz vor seiner Familie.

Firebird musterte sie mit schief gelegtem Kopf. »Sie sieht kein bisschen genervt aus – sie schaut mir eher so aus, als würde sie gern wieder vernünftige Klamotten tragen.«

Ann fragte sich, ob dies Firebirds Gabe war – ein untrüglicher Blick – oder ob sie sensibel von sich auf Anns Befindlichkeiten schloss.

»Und woher soll sie die kriegen?« Rurik klemmte sich neben seine Mutter an den Tresen. »Du und Mama seid Zwerge gegen sie.«

»Ich bin kein Zwerg«, fauchte Firebird. »Mama vielleicht …«

Alle Blicke schwenkten zu der zierlichen Zorana. Ann schätzte, dass sie mindestens fünfzig sein musste, trotzdem war ihre Gesichtshaut faltenlos und ihr schlanker Hals straff wie bei einer viel jüngeren Frau. Sie hatte die mandelförmigen Lider mit einem feinen Eyelinerstrich umrahmt, was die tiefbraunen Augen betonte. Für einen kurzen Moment gewahrte Ann einen Hauch spöttischer Belustigung in ihrem Blick.

Zorana winkte ungnädig ab. »Ich bin immerhin groß genug, um solche Riesenbabys wie euch in die Welt zu setzen, die es anscheinend nicht schaffen, einer Dame unsere Gastfreundschaft anzubieten.« Sie drehte sich zu ihnen um, einen gut gefüllten Teller in der Hand.

»Nein, bitte, das ist wirklich nicht nötig. Rurik hat bei Starbucks angehalten, wo wir uns ein Scone und einen Kaffee …« Keiner kümmerte sich um Anns Protest.

Stattdessen traten Zoranas Kinder in Aktion. Sie drückten Ann in einen Polsterstuhl am Ende des Tisches, stellten ein Glas Wodka und einen Teller mit Appetithäppchen vor sie hin.

Jasha deutete auf die Köstlichkeiten und erklärte ihr, was es im Einzelnen war. »Eingelegte Champignons. Heringssalat. Roggenbrot. Käse …« Er nahm ein Stück und stopfte es sich in den Mund.

Ohne von ihrer Arbeit aufzusehen, grummelte Zorana: »Lass die Finger von Anns Teller. Ich mach euch auch etwas fertig.«

Firebird und Rurik grinsten ihren Bruder an.

Ann war verblüfft. »Wie kann sie …«

»Wir wissen es auch nicht, aber wir befürchten das Schlimmste«, antwortete Jasha.

Ann fiel ein, was er über die seherische Gabe seiner Mutter erzählt hatte. Aber die setzte Zorana doch sicher bloß bei weltbewegenderen Dingen ein, oder?

»Ich bin eure Mutter. Ich hab eure Windeln gewechselt. Meint ihr allen Ernstes, ihr könntet noch irgendwelche Geheimnisse vor mir haben?« Zorana knallte zwei weitere Platten mitten auf den Tisch.

»Hey, Jasha, was hast du mit deinem Hals angestellt? Hast du dich beim Rasieren geschnitten?« Firebird umarmte ihn abermals.

»Lass mal sehen.« Zorana öffnete seinen Hemdkragen und entdeckte den roten Striemen, den der Varinski ihm beigebracht hatte. Zwischen ihre Brauen schob sich eine steile Falte. »Hm.«

Jasha fasste ihre Finger und küsste sie. »Ist schon okay, Mama.«

»Das sagst du jedes Mal. Also, was verbirgst du noch vor mir?« Sie drehte sich zum Herd, auf dem ein großer Topf brodelte. »Jasha, geh und hol deinen Vater. Er ist wach. Rurik, du weißt am besten, wie das mit der Gehhilfe funktioniert.«

»Er sitzt nicht mehr im Rollstuhl?« Jashas Gesicht hellte sich merklich auf.

»Wir haben ihn zwar noch, aber du kennst ihn ja. Er weigert sich, ihn zu benutzen.« Rurik schüttelte verständnislos den Kopf.

»Er ist eben ein bockiger Maulesel«, murmelte Zorana. »Das hat wohl auf seine Söhne abgefärbt. Es ist erst eine Woche her … dass er zusammenklappte, und er tut schon wieder so, als könnte er Bäume ausreißen. Firebird, hol mir mal die Schüsseln. Beeilt euch, Jungs, bevor der Borschtsch kalt wird.«

Jasha blieb in der Tür stehen und öffnete den Mund.

Ann war sonnenklar, was ihm auf der Zunge lag. Er würde jetzt bestimmt nach dem Maisfladenbrot fragen. Sie drohte ihm heimlich mit dem Finger.

Er schloss den Mund unverrichteter Dinge wieder und verschwand.

Ann spähte sich vorsichtig um, ob Zorana oder Firebird etwas mitbekommen hatten.

Hatten sie. Beide. Sie starrten Ann fragend an.

»Ich weiß zwar nicht, worum es ging, aber *ich bin beeindruckt*«, bemerkte Firebird.

Zorana schien weniger beeindruckt und wesentlich skeptischer, gleichwohl meinte sie freundlich: »Trink deinen Wodka, Ann. Der wärmt dich innerlich auf, und dann kannst du heute Nacht gut schlafen.«

»Kipp ihn runter«, riet Firebird. »In einem Zug.« Sie stellte ein Glas Wasser vor Ann. »Dann geht es nachher einfacher mit den anderen Getränken.«

Einfacher mit den anderen Getränken? Irgendwie war ein Besäufnis nicht wirklich Anns Vorstellung von einem gemütlichen Familienabend.

Aber was wusste sie schon?

Auf Firebirds Nicken hin kippte Ann den Wodka auf ex, japste keuchend nach Luft und leerte das Wasserglas in der Hoffnung, damit das furchtbare Brennen in ihrer Kehle zu löschen.

Aus dem Wohnzimmer drang eine leise grummelnde Stimme wie das Brummen eines Grizzlybären. Schritte näherten sich, dann brach der Brummbär laut protestierend ins Zimmer.

Konstantine Wilder stützte sich schwer auf seinen Rollator. Er hatte eine Kanüle in einem Arm, ein Sauerstoffschlauch steckte in seiner Nase. Seine Gesichtshaut war wächsern blass. Dessen ungeachtet war er eine beeindruckende Erscheinung, mit seiner muskulösen breitschultrigen Statur dominierte er die Küche. »Also Sie sind Ann Smith! Wir plaudern öfters am Telefon«, posaunte er. »Nettes Mädchen.«

Ann stand auf, um ihn zu begrüßen.

»Nettes Mädchen. *Großes* Mädchen.« Er grinste und zeigte ebenmäßige weiße Zähne. »Obwohl ich lieber kleine Mädchen mag.« Er warf Zorana einen glutvollen Blick zu, sodass Ann betreten wegschaute.

»Du sagst das bloß, weil du Angst hast«, stellte Zorana fest.

»Aber natürlich, *ruyshka*«, antwortete er aufgeräumt. »Ein Mann, der keine Angst vor seiner Frau hat, ist dumm.«

»Papa, wir setzen dich jetzt neben Ann, dann kannst du ein bisschen mit ihr plaudern.« Jasha trat neben seinen Vater, Rurik auf die andere Seite.

Konstantine wedelte ungehalten mit der Hand und runzelte die Stirn. »Ich setz mich, wann ich will.«

Ann schob ihren Stuhl zurück und schlenderte zu ihm. Sie legte eine Hand auf seine Fingerknöchel, die von der anstrengenden Kurverei mit der Gehhilfe weiß hervortraten. »Aber ich mag mich erst setzen, wenn Sie sitzen.«

Seine buschigen Augenbrauen über den strahlend blauen Augen hoben sich kaum merklich. »Ich mag Sie, Ann Smith. Sie zeigen Respekt gegenüber älteren Menschen.« Sein Blick schweifte anklagend durch die Küche. »Es sollte mehr Menschen wie Sie geben.« Er steuerte auf den Stuhl zu, den Firebird für ihn bereithielt.

Es dauerte eine ganze Weile, bis er saß und die Flaschen rechts und links von ihm platziert waren.

Während Söhne und Tochter ihm halfen, kam Zorana zu Ann. Sie legte ihre Hand auf Anns Wange und nickte dankbar. Dann lief sie wieder zum Herd und begann, die Suppenteller zu füllen.

Konstantine winkte Ann wieder zum anderen Ende des Tisches. »Kommen Sie, setzen Sie sich wieder in den Sessel für unseren Ehrengast. Essen Sie. Und trinken Sie!« Seine Hand knallte auf den Tisch. »Sie haben ja gar keinen Wodka!«

Rurik stellte die Flasche und Gläser auf den Tisch. Er füllte jedes bis zum Rand, bevor er das Tablett herumtrug.

Jasha reichte Ann ein Glas, dann nahm er sich selbst eins und setzte sich neben sie.

Ann starrte fasziniert auf die klare Flüssigkeit. Sie trank fast jeden Tag ein gutes Glas Wein – das war einer der Vorteile, wenn man auf einem Weingut arbeitete – und gelegentlich auch mal einen Cocktail. Aber zwei Wodka in zehn Minuten?

Konstantine hob sein Glas. »*Za vas!*«

»Auf euch«, übersetzte Jasha. »*Za vas!*«

»*Za vas*«, sagte Ann eine Idee zu spät. Wieder raubte der Wodka ihr den Atem, und als sie um sich blickte, hatte das Zimmer mit einem Mal eine leichte Schräglage und einen rosigen Schimmer. »Ich glaub, ich muss was essen«, murmelte sie.

Jasha schob ihr den Vorspeisenteller hin. »Versuch den

Hering, das Brot und den Käse. Das ist eine gute Unterlage für den Schnaps.«

Alle verstummten, während Ann probierte. »Köstlich!«

Schlagartig redeten alle aufgeregt durcheinander, als hätten sie mit angehaltenem Atem ihre Reaktion abgewartet.

Rurik setzte sich neben seinen Vater.

Firebird und Zorana servierten Ann einen Teller Borschtsch. Sie gaben einen Klecks Sahne auf die Suppe und blieben mit leuchtenden Augen links und rechts von ihr stehen.

Sie hatte ihre Lektion gleich beim ersten Mal gelernt. Und machte eine Mordsshow, als sie die Suppe aus Roten Beten, Kohl und Kartoffeln probierte. »Hmm, ist das lecker!«, strahlte sie.

Zorana nahm ein Blech mit frisch gebackenem Knoblauchbrot aus dem Ofen und stellte es auf den Tisch.

Die Frauen setzten sich, und die ganze Familie bediente sich.

Ann versuchte, sich an den Geräuschpegel zu gewöhnen und genug zu essen, damit alle zufrieden waren. Dabei beobachtete sie die Familie. Die Wilders waren überschwänglich, laut und herzlich. Sie strahlten, weil sie sich über das gesellige Beisammensein freuten. Sie aßen den Borschtsch mit großem Appetit und informierten sich dabei gegenseitig über das, was seit ihrem letzten Treffen passiert war.

Für Ann war es gewöhnungsbedürftig, Jasha im Kreise seiner Familie zu beobachten. Wie er unbekümmert mit ihnen plauderte und trank. Sie gewann zunehmend den Eindruck, dass sie ihr Exklusivrecht auf ihn eingebüßt hatte – als sie im Wald gehaust hatten, hätte sie darauf gern verzichtet.

Jetzt fühlte sie sich wie eine Außenseiterin und wäre am liebsten in die Wälder zurückgekehrt. Sie wollte ihn ganz für sich allein haben.

Als Rurik seinem Vater einen weiteren Schnaps einschenkte, neigte sie sich zu Jasha. »Darf er überhaupt Alkohol trinken?«

»Seine Ärzte würden uns umbringen, wenn sie es wüssten. Und er bringt uns um, wenn wir ihm keinen geben.« Jasha zuckte mit den Achseln. »Ein kleiner Wodka hat noch niemandem geschadet.«

Ann spähte abermals zu Konstantine und war zutiefst erschrocken, denn sein Blick ruhte auf ihnen.

Schöner Mist, er hatte genau gehört, was sie gesagt hatte.

Jasha schaute von ihr zu seinem Vater. »Unser Vater ist zäh.«

Wie zum Beweis trommelte Konstantine mit den Fingerknöcheln auf den Tisch.

Die Unterhaltung erstarb.

»Soso, mein ältester Sohn ist von einem Ausflug in die Wildnis zurückgekehrt. Darüber hatte er uns vorher nicht informiert. Er kam mit einer Frau zurück und einer Schramme am Hals. Also, Jasha« – Konstantine fixierte Jasha scharf – »jetzt erzähl uns doch mal, wieso du deiner Mutter solchen Kummer machen musstest.«

Jasha drehte sich zu Ann. »Zeig es ihnen.«

Die Ikone. Natürlich. Er wollte, dass seine Familie die Ikone sah. Sie kramte das Bildchen aus ihrer Hosentasche und wog es in ihrer Handfläche. Die Ikone fühlte sich warm und glatt an. Als sie die Allegorie mit der Madonna mitten auf den Küchentisch legte, leuchteten die Farben vor dem Kontrast des dunklen Holzes in einer einzigartigen Brillanz und zogen die Blicke sämtlicher Wilders auf sich.

Alle hielten den Atem an, niemand wagte es auch nur, sich zu räuspern.

Die Stille war so intensiv, dass Ann schwindlig wurde, als wäre mit einem Mal sämtlicher Sauerstoff in dem Raum verbraucht. Es war mucksmäuschenstill, dass sie heimlich befürchtete, plötzlich taub zu sein.

»Vor tausend Jahren …«, Konstantine beugte sich vor, die Sauerstoffflasche an seiner Seite, die Kanüle im Arm, sein Blick auf die Ikone geheftet.

Zorana schob ihre Hand in seine. »Sie ist deine Rettung.«

»Zumindest ist es ein Anfang.« Er tat einen gepressten Atemzug. »Es ist das erste Wunder.«

26

Anns Blick schweifte über die Mitglieder der Familie Wilder. Sie sah, dass Zorana weinte. Firebird umklammerte mit ihren Händen die Tischplatte und starrte ehrfürchtig auf die Ikone. Rurik schüttelte immer wieder den Kopf, als könnte er es nicht fassen, dass die Ikone dort auf dem Tisch lag, das Gold matt glänzend, die Robe der Jungfrau im Kreise der Heiligen Familie purpurrot.

Ann riskierte einen Blick zu Jasha.

Auch er beobachtete seine Familie, teilte mit ihnen das Wunder. Er lächelte ihr zu und nickte wie zum Dank.

Vielleicht fasste sie dadurch den Mut, vielleicht lag es

auch an dem Wodka, jedenfalls fragte sie neugierig: »Ich weiß inzwischen, dass eine Ikone der Heiligen Jungfrau ein Wunder ist und dass diese Ikone hier etwas ganz Besonderes ist. Trotzdem verstehe ich nicht, wieso ausgerechnet dieses Bildchen Konstantines *Rettung* sein soll.«

Die Wilders sahen einander fragend an. Sollten sie Ann in die Sache einweihen? Und wenn ja, wie viel konnten sie von ihrem Wissen preisgeben? Konnten sie der jungen Frau überhaupt vertrauen?

Ann war es von den Familien ihrer Freundinnen gewohnt, dass man ihr mit einer gewissen Reserviertheit begegnete. Ganz egal, ob sie sie mochten oder nicht. Sie blieb stets die Außenseiterin.

Sie nahm es gelassen hin. Sie war gezeichnet, einerlei ob durch das Böse oder das Gute, und Jasha hatte Recht. Die Ikone hatte Ann auserwählt, und Ann war sich ihrer Verantwortung bewusst.

Sie stand wie in Trance auf. Deutete auf die Ikone. »Wie ihr alle wisst, bin ich tagelang verdreckt und erschöpft durch die Berge geklettert, beinahe vergewaltigt worden und von einem brutalen Mörder überwältigt. Und das alles bloß, um die Ikone zu beschützen. Ich blieb bei Jasha, statt völlig aufgelöst zu flüchten, wie es andere Frauen bestimmt getan hätten. Ich denke, ihr habt erkannt, dass ich keine Betrügerin bin. Ich bin eine verantwortungsbewusste, ehrliche, vertrauenswürdige Frau, und die Familie Wilder ist mir eine Erklärung schuldig. Bitte, ich höre …«

Mist. Was faselte sie da für einen himmelschreienden Blödsinn zusammen? Sämtliche Wilders starrten sie an. Jasha wusste, wie sie es hasste, große Reden zu schwingen. Außerdem brachte es ja sowieso nichts!

Sie hatte definitiv zu viel getrunken. Und sollte verschwinden – und zwar schleunigst.

Bevor sie jedoch einen eleganten Abgang machen konnte, meinte Zorana: »Hab ein bisschen Nachsicht mit uns, Ann. Es fällt schwer, über diesen grässlichen Tag zu sprechen. Obwohl ich dir natürlich beipflichte. Du hast ein Recht, es zu erfahren.« Ihr Blick glitt über ihre Lieben und dann wieder zu Ann. »Am vierten Juli hatte ich eine Vision.«

»Oh«, krächzte Ann matt. Und setzte sich wieder.

»Nach meiner Geburt wurde ich von meinem Volk als die Eine auserwählt, die Eine, die die Visionen empfangen konnte, die uns lange Zeit die Zukunft wiesen. Man hängte mir das Amulett unserer Sippe um den Hals, und ich legte es nie ab – bis ich mein Volk verließ. Damals dachte ich, ich hätte die seherische Gabe verloren, und legte das Amulett ab. Fünfunddreißig Jahre lang sah ich die Erde, den Himmel, meine Kinder, meinen Mann und ansonsten nichts Außergewöhnliches. An dem fraglichen Abend jedoch überkam mich die Vision, sie zog mich mit Macht in ein schwarzes Loch, dass ich meine Seele verloren glaubte. Ich konnte nichts sehen, nichts hören. Dann plötzlich ... eine Stimme. Ich begriff, dass es meine eigene war.« Zoranas Stimmlage veränderte sich, wurde tiefer. »Ich sagte ...«

»Ma!« Rurik sprang so impulsiv auf, dass sein Stuhl nach hinten flog. Er packte ihre Hand. »Sag jetzt nichts!«

Aufgebracht schüttelte sie ihn ab. »Ich habe keine neue Vision! Es hängt alles bloß mit diesem schauerlichen Ding zusammen.« Sie wandte sich an Ann. »Das schauerliche Ding war eine Statue meiner Tochter.«

Als wenn das irgendetwas erklärte.

»Was habt ihr mit der Statue gemacht?«, fragte Jasha erwartungsvoll in die Runde.

»Ich hab sie in den Müll geworfen«, antwortete Firebird.

»Du hast sie angefasst?« Aus Jashas Stimme sprach nacktes Entsetzen.

»Ich bin zwar deine jüngere Schwester, Jasha, aber ich bin nicht bescheuert.« Firebirds Augen blitzten entrüstet auf. »Bevor ich sie weggeworfen hab, hab ich sie natürlich in ein Handtuch gewickelt.«

»Sie ist neuerdings ein bisschen arg empfindlich«, muffelte Rurik laut, während er seinen Stuhl wieder aufstellte.

Firebird wandte sich ihm zu, die Wangen zornig rot.

»Kinder, es reicht jetzt«, mahnte Konstantine.

Firebirds Gesichtsfarbe normalisierte sich erst allmählich. Der Disput dagegen war schlagartig beendet.

»Hat jemand mit dem Typen gesprochen, der die Statue modellierte?«, wollte Jasha wissen.

»Nein, denn als River und Sharon ihn am nächsten Morgen zur Rede stellen wollten, war er weg.«

Firebird und Jasha wechselten Blicke miteinander.

Das Entsetzen in ihren Augen jagte Ann einen eisigen Schauer über den Rücken.

Als sie Konstantines brutal entschlossene Miene bemerkte, wäre sie am liebsten schreiend hinausgelaufen. Obwohl er durch seine Krankheit gezeichnet war, flößte er ihr Angst ein. Sie war heilfroh, dass er für sie Partei ergriff.

»So.« Zorana lehnte sich zurück und legte die Hände in den Schoß, ein Bild der Ruhe in einem Meer aufgewühlter Emotionen. »Und jetzt zu meiner Vision.«

Sämtliche Blicke schossen zu ihr.

»Ich habe geweissagt, dass jeder meiner vier Söhne eine der Varinski-Ikonen finden muss.«

»Vier Söhne?«, gab Ann zurück. »Ich dachte, es seien nur drei.«

»Ich habe die Visionen nur, ich hinterfrage sie nicht«, meinte Zorana sachlich. »Ich weissagte, dass ihre Liebsten die heiligen Stücke heimbringen würden.«

Anns Blick huschte verstohlen zu Jasha.

War sie seine Liebste?

Er hatte ihr nichts von der Prophezeiung erzählt. Die ganze Zeit da draußen im Wald hatte er gewusst, was seine Mutter gesehen hatte, und Ann nichts davon gesagt.

Jetzt fixierte er sie intensiv, so als wollte er ihr irgendetwas suggerieren.

Logo. Er wollte ihr klarmachen, dass die Vision unbestimmt war und sie sie nicht allzu ernst nehmen sollte.

Er nahm sie offenbar nicht ernst.

Zorana fuhr fort. »Ein Kind wird das Unmögliche vollbringen. Die geliebte Familie wird durch Verrat zerbrochen … und in das Feuer springen. Die Söhne von Oleg Varinski haben uns gefunden, denn die Blinden können sehen.«

»Was bedeutet das? Die Blinden können sehen?« Für Ann ergab das Ganze nicht wirklich einen Sinn.

»Ja, Ma, was?« Das Nachdrückliche in Ruriks Stimme überraschte Ann. Traten Archäologen eigentlich immer so bestimmend auf?

»Keine Ahnung. Ich sah bloß diese zwei weiß schimmernden Augäpfel, die mich durch die Dunkelheit hindurch anstarrten.« Zorana blickte zu Jasha. »Anscheinend haben die Söhne von Oleg uns gefunden.«

»Zumindest mich«, versetzte Jasha.

»Zeig deinem Vater mal deinen Hals«, wies Zorana ihn an.

Jasha öffnete seinen Hemdkragen und zeigte ihnen das Mal, das der Varinski ihm beigebracht hatte.

Konstantine inspizierte es. »Das Mal eines Dämonenwolfs. Hast du ihn getötet?«

»Ja«, antwortete Jasha grimmig.

»Dann heilt es, allerdings nur langsam.« Konstantine öffnete sein Hemd. Dicht gekräuselter grauer Flaum bedeckte seine Brust, gleichwohl bemerkte Ann etliche helle Narben über seinem Rippenbogen. Es sah aus, als hätte irgendeine Bestie vor langer, langer Zeit versucht, ihm das Herz herauszureißen.

In der Küche brannte die Deckenbeleuchtung, durch die Verbindungstüren zum Wohnzimmer flutete weiches Licht.

Draußen blies die Nacht indes ihren dunklen Atem vor die Fensterscheiben, überhauchte sie mit Grauen. Ann schauderte unwillkürlich. Das Gespenst der Angst schlich sich in ihr Bewusstsein.

Ann schob ihr Glas von sich.

Jasha stand auf, nahm die Flasche und schenkte eine weitere Runde ein. Nach einem skeptischen Blick von ihm zu ihr und zu seiner Mutter lief er zu den Fenstern und zog die Vorhänge vor.

Sofort löste sich die Anspannung, die wie ein zentnerschwerer Mühlstein auf Anns Brustkorb gelastet hatte.

Zorana wendete sich abermals an Ann. »Als ich diese Vision hatte, sagte ich, dass …« Sie stockte und schluckte, als kämpfte sie mit den Tränen. »Ich sagte, dass wir den

Pakt mit dem Teufel noch vor Konstantines Tod brechen müssen. Sonst fährt er in die Hölle, und wir werden für immer voneinander getrennt.«

Ann bemerkte die Bestürzung in Zoranas riesigen dunklen Augen und dass Ruriks Hand erkennbar zitterte, als er das Wodkaglas zum Mund führte.

Zorana fuhr fort. »Ich sagte ... ich sagte, dass Konstantine sterben würde. Und dann ... dann brach er zusammen ... er stürzte zu Boden ... in den Schmutz ... Ich wollte ihn noch auffangen, aber ich stürzte auch ...«

»Schscht, *ruyshka*, weine nicht.« Konstantine nahm ihre Hand in seine und drückte sie. »Die Ärzte wissen gar nicht, wovon sie reden.«

Zorana erwiderte seinen Händedruck, während sie Ann aufklärte: »Die Ärzte haben ihm eine Diagnose gestellt. Sie gehen davon aus, dass ihm noch höchstens zwei, drei Jahre bleiben.«

Konstantine winkte hektisch ab. »Das sind alles bloß Quacksalber!« Er wirkte jedoch zunehmend erschöpfter.

Nach einem Blick zu ihm erzählte Zorana ihre Geschichte kurz zu Ende. »Also, Ann, dass du diese Ikone gefunden und hier auf den Tisch gelegt hast! Das ist das größte Geschenk für uns. Es ist uns von Herzen kostbar.«

»Wo sollen wir sie aufbewahren?« Firebird griff nach dem Bildchen.

Jasha schob ihre Hand weg. »Nein, lass das! Die Madonna hat mich verbrannt.« Er zeigte Firebird die roten Male in seinem Gesicht und auf seiner Hand.

»Im Ernst, mein Junge? Lass mal sehen«, brummte Konstantine. Jasha stand auf und ging zu seinem Vater, woraufhin der die roten Stellen inspizierte. »Tun sie weh?«

Rurik beugte sich interessiert zu ihnen vor, lehnte sich wieder in seinen Sessel zurück und verschränkte missmutig die Arme vor der Brust.

»Es ist, als würden sich winzige glühende Kohlen unter meiner Haut bis in den Knochen brennen«, erklärte Jasha.

In Jashas Miene las Ann den gehetzten Ausdruck eines leidenden Raubtiers.

Hatte er tatsächlich die ganze Zeit über Schmerzen gehabt? Und ihr nichts gesagt?

Sie betrachtete ihre Handfläche mit der inzwischen verblassten Narbe, die die Pfeilspitze verursacht hatte. Hatte sie nicht ähnlich wie Jasha empfunden? Zwar kein Brennen, aber ein heißes Prickeln, eine Warnung, dass Dämonenblut durch ihre Venen strömte? Und hatte sie nach dem Tod des Varinski nicht ein ähnliches Phänomen bemerkt – eine heiße Glut, die ihr Rückenmal durchflutete – und dieses Gefühl geflissentlich ignoriert?

»Der Schmerz ist der Preis, den wir für unsere Gaben zu zahlen haben.« Konstantine drückte Jasha mitfühlend den Arm.

Firebird befeuchtete sich mit Spucke die Fingerspitzen, ehe sie die Ikone vorsichtig berührte.

Nichts passierte.

Den Blick auf ihre Finger geheftet, umschloss sie zaghaft die Heilige Jungfrau. »Es ist die Madonna mit dem Kind. Sie ist wunderschön.« Tränen traten in Firebirds Augen, schimmerten auf ihren Wangen.

»Ja. Die Farben sind faszinierend. Und die Szene ist anrührend in ihrer Schönheit.« Ann weinte ebenfalls.

Zorana streckte die Hand danach aus.

»Nein.« Konstantine hielt sie am Arm fest.

Jasha und Rurik erstarrten.

»Konstantine, sei unbesorgt.«

Er blickte zu ihr, ließ die Hand sinken und neigte den Kopf.

»Die Visionen lassen sich nicht steuern. Sie unterbinden zu wollen bringt nichts, außer dass wir im Dunkeln tappen, wo wir eigentlich Erhellung brauchen.« Zorana wandte sich an ihre Söhne. »Wisst ihr, warum euer Vater mich aus meinem Clan raubte?«

»Weil er ein gerissener Bursche und scharf auf dich war?«, tippte Rurik.

Konstantine war der Einzige, der lachend nickte.

»Das auch«, meinte Zorana gedehnt. »Er entführte mich in erster Linie deshalb, weil er wollte, dass ich meine Gabe an seine Söhne weitervererbe. Und wer weiß? Vielleicht hab ich das ja.«

Rurik kippelte hektisch mit dem Stuhl nach hinten. Zu weit. Er verlor das Gleichgewicht, ruderte hilflos mit den Armen, bevor er mit einem lauten Knall nach hinten donnerte.

Dieses Mal lachte Zorana auch.

Er stand auf, sein Gesicht knallrot vor Scham, strich er seine Hose glatt und stellte den Polsterstuhl wieder hin. »Ma, mit so was macht man keine Witze.« Er sank auf die Sitzfläche.

»Es ist kein Witz«, räumte Konstantine ein.

Ann linste zu Jasha, dessen Lippen lautlos zu artikulieren schienen: »Keine Ahnung.«

Firebird legte die Ikone behutsam auf Zoranas ausgestreckten Handteller.

Zorana umschloss die Ikone – und nichts passierte.

Die Männer seufzten erleichtert auf.

Ich bin diejenige, die die Ikone gefunden hat, dachte Ann. *Ich habe sie bewacht und in Sicherheit gebracht.* Dass die anderen darüber diskutierten und sie reihum gingen ließen, machte sie halb krank, als würde ihr die Ikone mit jeder fremden Berührung mehr und mehr entgleiten. Und das war nicht fair. Es war irgendwie nicht richtig.

Zorana wog das Madonnenantlitz in der Hand. »Nachdem ich die Vision gehabt hatte, bereitete ich den traditionellen Platz für die Ikonen vor.« Sie deutete auf eine Ecke im Zimmer, die mit leuchtend rotem Samt ausgeschlagen war. »Die *krasni ugol.*«

Jasha übersetzte für Ann. »Die rote Ecke oder auch die schöne Ecke. In Russland bedeutet *rot* schön.«

»Ma, wir können sie unmöglich dorthin stellen«, gab Firebird zu bedenken. »Jeder, der zu uns ins Haus kommt, könnte sie stehlen.«

Zorana schüttelte ärgerlich den Kopf. »O doch! Wenn die Ikonen wieder vereint sind, werden wir sie in die *krasni ugol* stellen.«

»Erst mal schließt du sie in unseren Safe«, sagte Rurik.

»Nein«, versetzte Jasha mit Nachdruck. »Die Ikone gehört Ann.«

Als Ann dies bekräftigen wollte, fuhr Rurik ihr rigoros über den Mund. »Das Ding ist tausend Jahre alt! Ann möchte bestimmt nicht hier herumspazieren und ständig diese Ikone mit sich rumschleppen. Die Verantwortung ist viel zu groß. Womöglich verliert sie sie noch. Firebird verliert auch dauernd ihre Autoschlüssel.«

»Halt die Klappe, Rurik«, fauchte Firebird.

Ruriks Verärgerung resultierte zwangsläufig aus seinem

Beruf, tippte Ann. Als Archäologe konnte und wollte er nicht billigen, dass jemand ein wertvolles antikes Relikt für sich behielt.

Allerdings hatte er in diesem Fall nichts zu entscheiden. Die Entscheidung lag allein bei ihr. »Ich werde sie nicht verlieren.«

»Die Ikone war für Ann bestimmt.« Zorana neigte den Kopf und fixierte Ann. »Ist es nicht so?«

Totenstille legte sich über die Küche. Alle warteten gespannt auf Anns Antwort.

Sie blickte zu Jasha, der bekräftigend nickte.

»Der Baum … ein Blitz fällte den Stamm, und der Baum krachte zu Boden. Durch die Wucht des Aufpralls löste er sich aus dem Erdreich, und in dem Wurzelwerk fand ich die Heilige Jungfrau. Sie schaute mich an.« Ann hasste es, im Mittelpunkt der Aufmerksamkeit zu stehen, aber dieses Mal war es unumgänglich. »Sie hat sich meinem Schutz anvertraut, und schon allein deswegen werde ich sie nicht hergeben.«

Die Wilders maßen Ann mit finsteren Blicken, und zum ersten Mal realisierte sie, wie gefährlich diese Familie sein konnte. Wie gefährlich sie alle waren. Die Männer transformierten sich, wann immer sie den Wunsch verspürten, in wilde Tiere mit Reißzähnen und Krallen. Zorana und Firebird waren starke Frauen, Alphafrauen, die ihre Familie bis aufs Messer verteidigen würden.

Ann fühlte instinktiv, sie würde das Gleiche für die Madonna tun müssen. Wenngleich sie die offene Konfrontation hasste, blieb ihr keine Alternative. »Ich behalte die Ikone.«

Rurik sprang auf. »Okay, ich gestehe dir zu, dass du sie

gefunden hast.« Er war zum vertraulichen Du gewechselt, stemmte die geballten Fäuste auf der Tischplatte auf und folgerte mit eiskalter Logik: »Trotzdem berechtigt es dich nicht dazu, sie zu behalten. Ich darf die Stücke, die ich in den keltischen Grabstätten finde, auch nicht behalten.«

»Nein, aber das hier gibt ihr die Berechtigung.« Jasha war ebenfalls aufgesprungen. Er riss sich das Hemd von den Schultern und zeigte auf die kleine weiße Narbe. »Der Varinski beschoss mich mit einem Pfeil. Anfangs hatten wir keinen Schimmer, wieso. Wir tippten darauf, dass er mich vergiften oder bloß betäuben wollte. Ann zögerte nicht lange. Sie schnitt die Eintrittsstelle auf und holte den Pfeil heraus – samt Minisender, mit dem er mich jederzeit hätte orten können.«

Jasha machte aus ihr eine Heldin. »Ich hatte grässliche Skrupel«, flüsterte sie.

»Ann litt Todesängste«, bekräftigte Jasha. »Sie ist nicht wie wir. Gewalt und Gräueltaten sind ihr völlig fremd. Sie wuchs behütet in einem katholischen Waisenhaus auf, wo sie von der Gewalt nichts mitbekam, die unser täglicher Begleiter ist. Trotzdem hat sie mich gerettet. Sie hat uns alle gerettet.« Er bedachte Rurik mit einem mörderischen Blick. »Die Ikone steht ihr zu. Wenn sie sie behalten möchte, ist das ihre freie Entscheidung.«

Zorana erhob sich, die Ikone weiterhin in ihrer Umklammerung. Sie wandte sich an Rurik.

Ann rappelte sich vom Stuhl auf. Was würde Zorana als Nächstes tun? Sie straffte sich halbwegs würdevoll.

Zorana bekannte: »Die Ikone gehört Ann.«

Rurik nickte, ein steifes, hastiges Nicken.

Zorana umrundete den Tisch, drückte Ann die Ikone in

die Hand, schloss ihre Finger darum. Dann stellte sie sich auf Zehenspitzen und hauchte Ann einen Kuss auf die Stirn. »Ich bin dir zu großem Dank verpflichtet. Tausend Dank, und willkommen in unserer Familie.«

Daraufhin erhob sich die ganze Familie Wilder – auch Konstantine.

Einer nach dem anderen gingen sie zu Ann, umarmten sie und küssten sie feierlich auf die Stirn. Firebird, Rurik, Konstantine ... Jasha.

Jasha, der sie vermutlich lieber auf den Mund als auf die Stirn geküsst hätte.

Als Ann in dieser Nacht auf der Gästeliege in Firebirds Schlafzimmer lag, begriff sie allmählich, was die Ikone für die Familie Wilder bedeutete, für die Liebe und Zuneigung, die sie miteinander verband. Jeder von ihnen hätte für die Ikone sein Leben aufs Spiel gesetzt, um das Leben von Konstantine Wilder zu retten.

Und Ann, die sich stets ausgegrenzt gefühlt hatte, kannte jetzt fünf Menschen, denen ihre Sicherheit und ihr Glück am Herzen lagen. Nach zweiundzwanzig Jahren Einsamkeit hatte sie die Familie, die sie sich immer gewünscht hatte. Das war wundervoll. Ihr Traum hatte sich endlich erfüllt, oder doch nicht?

Wenn die Wilders sich ihrer annahmen, musste sie auch für die Wilders Verantwortung übernehmen.

Und was würde passieren, wenn die verantwortungsbewusste Ann scheiterte? Was würde dann aus ihr werden?

27

Jasha beobachtete seine Mutter, die geschäftig das Frühstücksgeschirr in die Spülmaschine einräumte. Aus den Augenwinkeln heraus fixierte er Ann, die sich mit Kaffee versorgte, als hoffte sie, eine Koffeindröhnung würde sie auf Trab bringen – oder ihr helfen, aus dem Albtraum aufzuwachen, der eine wundersame Ikone, eine Familie von Dämonen und einen Pakt mit dem Teufel umfasste.

»Was möchtet ihr zwei zum Essen?« An Ann gerichtet, meinte Zorana: »Wir halten es wie die Farmer und essen mittags warm.«

»Das finde ich gut«, antwortete sie.

Er hatte ihr Sachen von sich geliehen, diesmal jedoch keine Tarnkleidung. Stattdessen trug sie eines von seinen blauen Anzughemden mit hochgerollten Ärmeln und eine Jeans, die mit einem von Firebirds Gürteln um die Taille hielt. Die Hemdschöße wippten über ihren Po, und sie sah zum Anbeißen süß aus. Am liebsten hätte er ihr die Klamotten wieder vom Leib gerissen.

Sie stellte die Tasse auf den Unterteller. »Kann ich irgendwie helfen?«

»Ja, du kannst mir sagen, was du essen möchtest.«

»Ist mir gleich. Was du kochst, schmeckt mir bestimmt.«

»Du bist fünf Tage lang da draußen in der Wildnis herumgeirrt. Kindchen, da musst du doch auf irgendwas Besonderes Appetit haben«, sirrte Zorana.

»Ma, ich hätte Lust auf Rhabarber-Pastete«, sagte Jasha.

»Da bist du aber der Einzige in der Familie. Und du

schlingst das ganze Ding in einem Affenzahn runter«, versetzte Rurik lakonisch. Er verputzte eben sein drittes pochiertes Ei und eine Scheibe Toast.

»Und wo ist das Problem?«, versetzte Jasha.

Ann beobachtete die beiden mit großen Augen.

Jasha fragte sich, ob es Ann beruhigte, dass sie wie ganz normale Amerikaner lebten, oder ob sie in diesem Verhalten nur eine Tarnung ihrer wahren bestialischen Natur sah.

Sein Vater saß im Wohnzimmer und sah sich aufgezeichnete Folgen von CSI an. Seine Schwester war auf dem Sofa eingedöst. Und sein Bruder nervte mal wieder.

»Ma, mach doch Zitronenmeringe«, rief Rurik.

»Ich kann beide Desserts machen, aber unser Gast darf sich zuerst was aussuchen.« In Zoranas Worten schwang eine leichte Zurechtweisung an ihre Söhne.

»Jetzt sag nicht, dass ich egoistisch bin. Jeder mag schließlich Zitronenmeringe«, sagte Rurik eingeschnappt.

Jasha schnaubte. Ihm war klar, dass Ann sich bedeckt halten würde. Ihre Manieren waren nun mal ausgezeichnet und der Wunsch, es allen recht zu machen, tief in ihr verwurzelt. Zu allem Überfluss hatte diese Nonne, Schwester Mary Magdalene, ihr eingeimpft, dankbar zu sein.

Er hasste Dankbarkeit.

Zorana wischte sich die Hände an einem Küchenhandtuch. »Lammbraten? Ann, magst du Lamm?«

»O ja, sehr.«

»Das wär doch ein passendes Hauptgericht, oder?«, wollte Zorana von ihren Söhnen wissen. »Immerhin feiern wir heute die Rettung eures Vaters.«

»Das ist genial.« Um Anns Lippen spielte ein verhaltenes Lächeln.

Unversehens war Jasha wie ausgewechselt. Selbst im Büro war ein Lächeln von Ann immer wieder ein Ereignis. Sie merkte gar nicht, wie sehr sich ihre Mitarbeiter anstrengten, sie fröhlich zu stimmen. Wenn sie lächelte, wurde allen warm ums Herz.

Ihre Stimme weich und einfühlsam, stellte Zorana fest: »Es ist deinetwegen, Ann, dass wir dieses Fest feiern können.«

»Es war reine Glücksache, dass ich die Ikone fand«, sagte Ann bescheiden.

»Nein, es war Schicksal«, beteuerte Zorana.

Anns Miene verdunkelte sich mit einem Mal, und sie presste eine Hand auf ihre rechte Hüfte, als hätte sie dort Schmerzen.

»Hast du Rückenschmerzen von Firebirds Schlafsofa?« Jasha warf ihr ein jungenhaftes Grinsen zu. »Möchtest wohl lieber wieder draußen auf dem Waldboden übernachten, was?«

Hastig zog sie ihre Hand weg und setzte sich kerzengerade auf. »Ach was, ich bin völlig okay!«

»Lass den Quatsch, Jasha«, mahnte seine Mutter.

Ihr Sohn verstummte. Schließlich fiel ihm wieder ein, dass sie sich häufiger die Hüfte stützte. Hatte sie Kreuzschmerzen? Sie machte ein ertapptes Gesicht. Hatte sie ihm etwas verheimlicht? Eine Muskelzerrung oder einen Sonnenbrand?

Während ihrer Trekkingtour durch die Wildnis hatte Jasha sich ausschließlich auf Ann konzentriert. Am liebsten hätte er sie auf Händen getragen, damit ihr auch ja kein Härchen gekrümmt würde. Er hatte schon früh erkannt, dass sie eine kluge, unverzichtbare Mitarbeiterin war; inzwischen hatte er ihre strahlende Schönheit und den amazonenhaften Mut erkannt, der in ihr steckte.

Er stand auf und holte sich einen Kaffee.

Sie hielt sich für feige, weil sie ängstlich war.

Für ihn dagegen war sie eine erfolgreiche Überlebenskünstlerin, weil sie trotz ihrer Ängste kämpfte.

Sie würde es ihm niemals auf die Nase binden, wenn sie sich verletzt oder er ihr wehgetan hätte. Er nahm sich vor, sie heimlich zu beobachten. Vielleicht glückte es ihm auf diese Weise, festzustellen, was ihr fehlte.

Er holte die Kaffeekanne und schenkte ihr nach, und als sie den Kopf hob und sich bedanken wollte, küsste er sie.

Zwei Abende zuvor war er dem Feuer der Leidenschaft erlegen. Er hatte sie verführt, weil es über ihn gekommen war. Es war nicht ausgeschlossen, dass er bald sterben würde, und er wollte sie wenigstens noch einmal besitzen. Gestern Nacht hatte sie den Spieß umgedreht und ihn vernascht, indem sie ihm eine süße Folter auferlegte und ihm himmlische Wonnen bescherte.

Wieso hatte er sich eigentlich heute Nacht schlaflos, weil rattenscharf im Bett gewälzt?

Weil er sich daran gewöhnt hatte, dass sie bei ihm war. Er wachte morgens auf, wenn sie sich schläfrig dehnte und streckte, er hielt sie in seinen Armen und begehrte sie. Er hatte ständig Lust. Selbst wenn er hundertfünfzig Jahre alt werden würde, würde sie ihn noch erregen.

Ihr Sex – guter, heißer Sex – hatte Ann jedoch nicht davon überzeugt, dass sie zu ihm gehörte. In seiner Familie wähnte sie sich weiterhin isoliert. Das spürte er instinktiv.

Und er wollte nicht, dass sie sich einsam fühlte. »Ann«,

flüsterte er. Er legte seine freie Hand auf ihre Schulter und küsste sie abermals.

Sie verkrampfte sich, weil es ihr peinlich war, ihn vor Publikum zu küssen, indes schmolz ihr Widerstand wie Eiskristalle in der Sonne. Sie schmiegte sich an ihn und erwiderte seinen Kuss.

»Verzieht euch endlich in euer Zimmer!«, platzte Rurik heraus.

Ann löste sich ruckartig von Jasha und wurde erdbeerrot im Gesicht.

»Ich wünschte, wir hätten eins«, versetzte Jasha gallig.

»Bevor du gehst, gib mir mal die Kaffeekanne rüber«, rief Rurik.

Jasha reichte sie ihm. Als er aufsah, fing er den skeptischen Blick seiner Mutter auf.

Sie hatte zwar keine Vision, sah aber definitiv mehr, als ihm lieb war. Seine Eltern hatten sich durch eine Entführung kennen- und lieben gelernt und gegen den wütenden Widerstand ihrer Angehörigen geheiratet, trotzdem galten für sie traditionelle Werte, und ihre Söhne sollten sich ihre Frauen mit Bedacht aussuchen und sie respektvoll behandeln.

Er hatte seine Wahl getroffen, denn er schätzte Ann um vieles mehr als seine früheren Freundinnen und Exverlobten, er vertraute ihr und begehrte sie wie noch keine Frau vor ihr.

Und das Beste war, sie wollte ihn auch.

Sobald sich die Gelegenheit bot, wollte er ihr einen Antrag machen.

Sie würde ja sagen. Und sie würden eine gute Ehe führen.

Firebird schlurfte in einem türkisfarbenen Bademantel in die Küche.

»Das wurde aber auch Zeit.« Jasha blickte demonstrativ auf seine Armbanduhr. »Es ist schon acht Uhr durch. Was ist mit dir los? Früher warst du mit den Hühnern auf.«

Firebird schob sich die langen, strähnigen Haare zurück und blinzelte verschlafen. »Ich fühl mich nicht besonders. *Okay*?«

»Möchtest du Frühstück?«, wollte Zorana wissen.

»Nein.« Firebird ließ sich auf einen Stuhl fallen. »Aber trotzdem danke, Mama.«

Rurik stupste sie mit seinem Ellbogen an. »Kater?«

»Nein«, fauchte sie.

Ein Kater konnte es nicht sein. Jasha hatte zwar nicht viel Notiz von ihr genommen, trotzdem war ihm aufgefallen, dass sie ihr Wodkaglas kaum anrührte. Vermutlich war wieder diese monatliche Phase im Anmarsch.

Ann strahlte Firebird an. »Diese morgendliche Übelkeit ist wirklich eine blöde Sache – so behaupten jedenfalls alle, die ich kenne.«

Firebird starrte Ann fassungslos an. Ann plapperte munter weiter. »Jasha hat mir gar nicht erzählt, dass du in anderen Umständen bist. Wann ist es denn so weit?«

»*In anderen Umständen bist*? Schwanger, meinst du das damit? Sei nicht albern! Sie hat ihre … ich meine, Firebird ist nicht …«

Jasha realisierte Firebirds schuldbewusstes Gesicht. Er zählte leise die Sekunden, bis seine Mutter an die Decke ging.

Stattdessen schüttelte Zorana den Kopf und senkte den Blick.

Die Erkenntnis traf ihn wie ein Schlag ins Gesicht. Er war außer sich vor Wut. »Du bist *schwanger.*«

»O nein«, flüsterte Ann.

»Kannst du das nicht noch lauter herausposaunen, Jasha?«, erregte sich Firebird. »Damit Miss Joyce es in der Stadt hört.«

Firebird stritt es nicht ab. Sie war schwanger. Seine kleine Schwester war schwanger.

»Dieser Schweinehund.« Rurik sprang auf. Er starrte Firebird fassungslos an. »Ich glaub immer noch, du machst Witze.«

Jasha war da anderer Ansicht. Und die Frauen im Raum auch. Selbst Ann, die Firebird erst kurz kannte, hatte bemerkt, dass seine Schwester schwanger war.

Jasha ging hinüber zu Firebird. »Erzähl mir, wer dir das angetan hat, und ich krieg den Typen an den Eiern.«

»Ich helf dir dabei.« Rurik baute sich neben Jasha auf und rieb sich die Hände. »Und wenn wir ihn herschleifen müssen. Wir sorgen schon dafür, dass er dich ...«

»Heiratet?« Firebirds Augen blitzten zornig auf. »Ich glaube nicht.«

»Er hat dich sitzen lassen.« Jasha ballte die Fäuste.

»Nein. Es war eher umgekehrt. Er weiß nichts davon.« Firebird machte eine wegwerfende Geste mit der Hand. »Und dabei bleibt es auch, Punkt. Ich werde ihn nicht heiraten. Er braucht keinen Unterhalt zu zahlen, und er bekommt weder ein Besuchsrecht noch sonst irgendwas eingeräumt. Zwar weiß ich euren Einsatz zu schätzen, trotzdem ist und bleibt er ein Arschloch. Also, Jungs, schminkt es euch ab.«

»Er ...«, begann Jasha.

»Du …«, hob Rurik an.

»Ich darf schließlich einmal den gleichen Fehler wie andere Zwanzigjährige machen und mit dem falschen Typen ins Bett gehen, oder?« Firebird wischte sich eine Träne aus dem Augenwinkel, ließ sich aber nicht unterkriegen. Sie ließ sich nie unterkriegen. »Erzählt mir bloß nicht, ihr hättet in meinem Alter keine Dummheiten gemacht. Ich weiß noch genau, dass Rurik und Paula Hecker, diese geile Schlampe, wegen Erregung öffentlichen Ärgernisses in La Grange für eine Nacht im Knast landeten …«

»Schscht!« Ruriks Blick schoss zu ihrer Mutter, die die Ohren spitzte. »Ich hatte dich doch gebeten, mich nicht zu verpetzen.«

»Hätte ich auch nicht gemacht! Aber deine pharisäerhafte Rumdoziererei bringt einen auf die Palme!« Sie wirbelte zu Jasha herum. »Und du kannst mir hundert Mal erzählen, dass deine Beziehung zu Ann platonisch ist – das glaub ich dir einfach nicht. Ich sehe doch, wie du sie anschmachtest, wenn du dich unbeobachtet fühlst. Du bist scharf auf sie, stimmt's? Ich hab gehört, dass du heute Nacht in der Halle herumgelaufen bist wie ein geiler Wolf. Wäre ich nicht mit ihr zusammen in einem Zimmer gewesen, hätte dich bestimmt nichts aufhalten können.«

Ann fixierte Jasha verblüfft.

Er funkelte seine Schwester an.

Zorana verfolgte den Disput schweigend, ihre Augen verengten sich zu Schlitzen.

Firebird ließ sich nicht aus dem Konzept bringen. »Hör auf, mir mit Vorschriften zu kommen, als wärst du mein …«

»Dein Vater?«, versetzte Jasha.

»Ja.« Firebird seufzte und murmelte: »Als wärst du mein Vater.«

»Lass gut sein, Jasha.« Ann stand auf, lief zu Firebird und setzte sich neben sie. Umschlang begütigend ihre Schultern. »Wird es euren Vater sehr aufregen, wenn er die Sache mit der Schwangerschaft erfährt?«

Firebird rieb sich die Schläfen. »Er ist sehr altmodisch, und er glaubt, ich bin noch Jungfrau. Von daher ist er bestimmt noch entrüsteter als Jasha und Rurik.« Sie senkte die Stimme. »Wenn ich Pech habe, setzt er mich achtkantig vor die Tür.«

»Er vergöttert dich.« Rurik klopfte Firebird beschwichtigend auf die Schulter.

»Umso schlimmer«, seufzte Zorana.

»Ich weiß. Oder meint ihr etwa, ich wüsste das nicht?« Firebird presste eine Hand auf ihren Leib. »Ich wollte es ihm an jenem Abend beichten … versteht ihr, als die Party war.«

»Wie weit bist du schon?« Jashas Blick klebte auf ihrer Hand, die das Baby in ihrem Bauch zu schützen schien.

»Etwa im sechsten Monat«, räumte sie ein.

»Im sechsten Monat?«, rief ihr Bruder.

Firebird und Zorana gestikulierten hektisch, dass er leiser sprechen sollte.

»Schrei nicht so, Jasha«, sagte Ann streng.

»Wie kannst du im sechsten Monat sein? Bei der Figur?«, wollte er mit gesenkter Stimme wissen.

»Es ist ihr erstes Kind«, erklärte Zorana ihm. »Da fällt es oft nicht so auf, zudem hat Firebird sich geschickt gekleidet.«

»Aha, folglich warst du informiert«, griff Rurik seine Mutter an.

»Sprich nicht so mit Mama«, schimpfte Firebird. »Ich hab es ihr gebeichtet, als wir im Krankenhaus waren und sie mich gefragt hatte.«

Von der Tür polterte eine weitere Stimme zu ihnen herüber. Konstantine mischte sich ein. »Vielleicht ist Firebirds Kind der vierte Sohn, der in der Prophezeiung erwähnt wird.« Er stand da, schwer auf seine Gehhilfe gestützt, seine buschigen Brauen fragend hochgezogen.

Alle saßen wie erstarrt, schauten ihn mit schreckgeweiteten Augen an.

Nach einer kurzen Weile stand Firebird auf. Sie lief zu ihm und schob ihren Arm unter seinen. »Papa, du darfst noch nicht allein aufstehen!«

»Ich musste mal zur Toilette, und meine ganze Familie sitzt in der Küche und brüllt sich an. Was sollte ein alter Mann wie ich da tun?«

Jasha machte sich heimlich Vorwürfe. Er hätte moderater sein müssen.

Konstantine hob eine Hand und umschloss mit zitternden Fingern Firebirds Kinn. »Dann wirst du mich also zum Großvater machen, hm?«

»Ja, Papa.« Unvermittelt füllten sich die Augen seiner Tochter mit Tränen, und sie schluchzte hemmungslos.

»Ich sollte dir den Hosenboden stramm ziehen oder dich vor die Tür setzen.«

»Ich weiß, Papa.« Sie wischte sich mit dem Ärmel über die Wangen.

»Aber erst mal muss ich für kleine Jungs.« Er strafte Jasha und Rurik mit einem vernichtenden Blick. »Ob mir mal einer meiner beiden Söhne helfen kann? Auf die Idee kommt ihr Dumpfbacken wohl nicht von selbst, he?«

Rurik stürzte zu ihm und half ihm mit dem Rollator.

Zorana wandte sich erleichtert seufzend wieder ihrer Hausarbeit zu.

Jasha umarmte seine Schwester und murmelte: »Herzlichen Glückwunsch, Kleine.«

Ann sank auf ihren Stuhl. Die gespannte Atmosphäre in der Küche verlor sich. Die Krise war vorüber.

Fürs Erste zumindest.

28

Ann hatte zwar keinen großen Hunger, aber als Zorana gegen eins den Tisch deckte, gab ihr Magen ein hörbares Knurren von sich, dass alle lachten.

»Was für ein Kompliment!« Zorana klatschte aufgeräumt in die Hände.

»Es riecht sündhaft lecker!«, erklärte Ann.

Und es schmeckte auch so. Nach der langen zermürbenden Wanderung lief Ann allein bei den himmlischen Düften das Wasser im Mund zusammen. Das Lamm in Kräuterkruste, goldbraun gebratene Kartöffelchen, glasierte Karotten und frischer grüner Salat mit sonnenverwöhnten Tomaten aus dem Garten der Wilders waren ein wahrer Augenschmaus. In den Gläsern funkelte granatroter Wein. Zudem hatte Zorana drei Desserts gezaubert: die Rhabarber-Pastete, Zitronenmeringen und einen goldbraunen, zimtduftenden Apfelkuchen.

»Dieses Festmahl ist zu deinen Ehren, für das, was du für

unsere Familie getan hast.« Zoranas Lippen bebten, während sie zu Konstantine blickte, der am Ende der Tafel saß. Er sah heute Nachmittag besser aus. Nicht unbedingt wie das blühende Leben, aber schon besser. »Du hast uns nach langer, dunkler Nacht den ersten Hoffnungsschimmer geschenkt.«

Alle – auch Rurik – trommelten anerkennend auf den Tisch.

Ann wusste nicht, wie sie reagieren sollte. War es nicht Sünde, wenn sie sich über ihre Anerkennung freute? Was sie getan hatte, hatte sie gerne getan. Es war ihre Berufung gewesen. Zudem war sie gern mit den Wilders zusammen. War das nicht Belohnung genug?

»Wenn sie mir nicht den Pfeil rausgeschnitten hätte, hättet ihr mich nie wiedergesehen«, brummelte Jasha.

»Halt die Klappe, Jasha. Musstest du das sagen? Vorher mochte ich sie wirklich.« Rurik grinste breit.

Die beiden Brüder probierten sich kurz im Armdrücken, schüttelten einander dann die Hand in einem längeren männlichen Ritual, frei nach dem Motto: Wahre Zuneigung gibt es nur unter Männern.

Als Firebird verständnislos den Kopf schüttelte, schlang Rurik einen Arm um ihre Taille und streichelte ihren Bauch. »Es wird ein Junge, stimmt's oder hab ich Recht? Mehr als ein Mädchen in tausend Jahren kann die Familie sowieso nicht verkraften.«

Seine Schwester kiekste verschmitzt. »Und wenn es doch ein Mädchen wird?«

»Verwöhnen wir es so horrormäßig, wie wir dich verwöhnt haben«, konterte er.

»Dann kann ja nichts mehr schiefgehen.« Firebird drückte gefühlvoll seine Hand.

Diese Wilders waren so ganz anders als andere Familien, stellte Ann zunehmend fest. Sie waren einander in tiefer Liebe verbunden und machten keinen Hehl daraus. Irgendwie wohnte ihrer Zuneigung ein bisschen der Charme der Alten Welt inne. Wenngleich für Ann ungewohnt, mochte sie diese Art. Das erklärte sicherlich auch, wieso Jasha im Büro den Ruf eines Gefühlsmenschen hatte.

Während des Festmahls wich Zorana nicht von Konstantines Seite. Sie bediente ihn und redete leise flüsternd auf ihn ein.

Er nickte gelegentlich, und nachdem sämtliche Platten geleert und abgeräumt waren, tippte er mit dem Messer leicht an sein Weinglas. »Heute habe ich erfahren, dass mir meine süße kleine Firebird einen Enkel schenken wird. Das macht mich sehr glücklich« – er legte eine Hand auf sein Herz – »allerdings finde ich mich nur schwer mit dem Gedanken ab, dass sie von irgendeinem egoistischen Typen verführt wurde, der sich keine Gedanken um ihre Zukunft macht. Da sie mir partout nicht sagen will, wer er ist, sind mir die Hände gebunden. Folglich bleibt mir keine andere Option, als ihn ungestraft davonkommen zu lassen.«

Firebird senkte den Blick auf ihren Teller und spielte mit ihrer Gabel herum.

»Heute kam meine Frau, meine Zorana, zu mir und öffnete mir die Augen. Sie ist davon überzeugt, dass es noch so einen Typen gibt.« Sein Blick sprang zu Jasha. »Und er lebt unter meinem Dach.«

Ann verschluckte sich an einem Salatblatt.

»Diesen Typen hab ich großgezogen. Dieser Typ müsste eigentlich bessere Manieren haben. Für so etwas gibt es keine Entschuldigung«, knurrte Konstantine. »Komm her, Jasha.«

Ann öffnete den Mund, um Jasha beizuspringen.

Jasha fasste ihre Hand und schüttelte kaum merklich den Kopf. In der Küche hätte man eine Stecknadel fallen hören können, so leise war es, als er zu Konstantine ging und sich neben dessen Sessel hockte.

Schläuche waren an dem Arm des alten Mannes befestigt und führten in seine Nasenlöcher. Er war kränklich blass, seine Stimme jedoch hart und streng. »Hast du dieses Mädchen gegen seinen Willen genommen?«

»Ja.«

Konstantine hob den Arm und schlug Jasha ins Gesicht. Trotz seiner gebrechlichen körperlichen Verfassung war es ein fester, gezielter Hieb.

Ann sprang auf. »He, was machen Sie da mit Jasha?«

Rurik und Firebird fassten sie an den Armen und drückten sie sanft auf ihren Stuhl zurück.

Jasha schüttelte bloß benommen den Kopf und schwieg.

»Er ist aus der Alten Welt«, erklärte Firebird Ann weich. »Er nahm sich Frauen, ob sie wollten oder nicht, und er stahl meine Mutter.«

»Das ist noch lange kein Grund, seinen eigenen Sohn zu schlagen!«

»Seinen Söhnen versuchte er beizubringen, dass sie sich immer kontrollieren sollten.« Rurik sprach ebenso weich.

Konstantine atmete tief durch. Seine blasse Gesichtsfarbe färbte sich aschgrau. »War sie noch Jungfrau?«

»Ja.«

Ann sprang erneut auf und schoss vor.

Firebird flüsterte ihr ins Ohr: »Heute hat er erfahren,

dass ich von irgendeinem Scheißtypen schwanger bin. Und du bist für ihn wie ein eigenes Kind. Er ist wütend auf Jasha und nimmt für dich Partei.«

Konstantine schlug Jasha auf die andere Wange, und der Knall echote durch das ganze Haus. »Wie kannst du es wagen, meinen Moralkodex mit Füßen zu treten? Hast du gar keinen Respekt vor deinem Vater? Keinen Funken Ehrgefühl? Einem unschuldigen Mädchen Gewalt anzutun – ich fass es nicht!«

Ann riss sich von den beiden los und sprang zu Jasha. »Wie können *Sie* es wagen, ihn zu schlagen? Dazu haben Sie nicht das Recht!«

»Ann. Es ist schon okay.« Jasha hockte weiterhin neben seinem Vater, die Abdrücke von dessen Fingern leuchteten feuerrot auf seinen Wangen.

Konstantine blickte zu ihr hoch. »Sie sind meine Seelentochter. Ich würde mit jedem anderen Mann genauso verfahren, wenn er Sie zu irgendetwas genötigt hätte. Aber Jasha – schlimm, dass es mein Jasha sein muss, mein leiblicher Sohn. Ich hab das Recht, ihn zu disziplinieren. Ich hab ihn nämlich eine ganz andere Moralauffassung gelehrt.«

»Also, wissen Sie, er ist mein …« Was war er für sie? Ann hatte zwar keine Ahnung, wie sie es umschreiben sollte, trotzdem plapperte sie unbekümmert weiter. »Er ist … na ja, irgendwie ist er mein Schicksalsgefährte, und ich sag Ihnen eins: Lassen Sie die Finger von ihm.«

Der Patriarch der Familie maß sie mit schief gelegtem Kopf. »Ihr Schicksalsgefährte, sagen Sie? Woher wissen Sie das so genau?«

Sie zuckte mit den Achseln, ein hilfloses Rollen ihrer

Schulterblätter. »Ich wusste es gleich beim ersten Mal, als ich ihn sah, dass er ... der Eine ist.«

»Und deshalb verziehen Sie ihm?«

»Ich glaube ... das ergab sich zwangsläufig.«

Konstantines Blick glitt von ihr zu Zorana, die ihre Hände vor der Brust verschränkt hielt. »Ich bin ehrlich gesagt froh darüber.« Und dann wieder zu Jasha. »Aber du machst mir Kummer. Was hast du dir dabei gedacht?«

»Nichts. Ich war ärgerlich. Ich begehrte sie. Und sie ... lief vor mir weg.« Jasha blickte zu Ann, und was sie in seinen Zügen las, ängstigte und faszinierte sie zugleich.

Er begehrte sie. Wenn sie wieder vor ihm weglief, würde er sie erneut verfolgen und jagen.

Konstantine fuhr mit unbewegter Miene fort. »Folglich bist du ihr wie ein Tier, ohne Hirn oder Herz, nachgestiegen und hast sie gegen ihren Willen überwältigt.«

»Nein!« Ann fasste Jashas Hand. »Ich ... er ... es war ganz anders. Ich wusste es vorher nicht, aber nachher ... war ich ...«

Abermals schweifte Konstantines Blick zu Zorana.

Ihre Blicke trafen sich.

Ann gewahrte ein dunkel feuriges Aufblitzen in seinem.

Zorana schlug verschämt die Augen nieder, ein feines Lächeln umspielte ihre Lippen.

Irgendetwas hatten die beiden mental ausgetauscht. Eine Erinnerung an längst vergangene Zeiten.

Jasha hielt Anns Hand umklammert und umschloss mit seiner anderen die seines Vaters. »Papa, ich verdiene es, von dir gezüchtigt zu werden, und ich bin dir dankbar, dass du für Ann Partei ergreifst. Aber mal ganz ehrlich, wenn ich wieder in der Situation wäre, würde ich genauso handeln wie das erste Mal … weil ich mit Ann zusammen sein will.«

»Verstehe.« Konstantine drohte Jasha mit erhobenem Zeigefinger. »Du bist aber kein Tier. Schreib dir das hinter die Ohren. Der Instinkt kann dein Freund sein – und dein Feind. Benutze deinen Verstand, mein Junge, und denk nicht mit dem *kleinen Kopf*.«

Alle lachten. Jasha umschloss ihre Taille und geleitete Ann aus der Küche.

Sie war erleichtert, dass er sie erlöste. Dass die Wilders sie mit Nettigkeiten und Zuneigung überschütteten, wurde ihr irgendwie zu viel.

Jasha lief zu der verwitterten Steinbank unter dem alten Ahornbaum und klopfte mit der flachen Hand auf den Platz neben sich.

Sie setzte sich und schaute in eine unbestimmte Ferne, ihre Schultern eingesunken, ihre Hände umklammerten den kühlen Steinrand.

»Soso, ich bin dein Schicksalsgefährte, was?«

»Schätze mal, ja.« Und sie hatte gedacht, ihr wäre wohler, wenn sie Konstantines Moralpredigt erst entkommen wären! Stattdessen zeigte sich eine flammende Röte auf ihren Wangen. »Dabei weiß ich nicht mal genau, was das ist.«

»Aber ich.«

Gleich würde er ihr brühwarm erklären, dass sie ihn liebte, was ja auch stimmte. Das brauchte er ihr bestimmt nicht auf die Nase zu binden, denn das wusste sie selbst. »Es ist nicht, was du denkst.«

»Doch. Ich weiß es.« Er umschloss mit Daumen und Zeigefinger ihr Kinn, zog ihr Gesicht dicht an seines. »Ann, Liebes, ich möchte dich heiraten.«

Völlig perplex versank sie sekundenlang in seiner goldschimmernden Iris. Doch schlagartig sprühten hinter ihren Augäpfeln weiß glühende Blitze. »Bist du noch ganz dicht? Weißt du, dass ich eine Waise bin, die man in einem Container entsorgt ...«

»In einem Container? Von einem Container hast du nie was erwähnt!«

Sie hatte eine Menge Dinge unerwähnt gelassen. »Ich weiß, dass ich für dich nicht mehr bin als eine bessere Sekretärin.«

»Stimmt nicht, Geschäftsführungsassistentin.«

»Ich bin eine lange Bohnenstange, mein Haar ist langweilig mausbraun und meine Titten sind zu klein. Aber wenigstens sind sie echt, und ich bin authentisch, und ich will nicht, dass du dich auf meine Kosten lustig machst!«

Sie war wütend aufgesprungen und baute sich vor ihm auf, stemmte die Fäuste in die Seiten.

»Ich mach mich nicht über dich lustig.«

»Okay, das vielleicht nicht. Trotzdem sagst du nicht die Wahrheit.« Die Wahrheit in puncto große Liebe und so, meinte sie.

»Ich mag braunes Haar. Ich stehe auf große Frauen. Mit denen kann ich besser tanzen.« Er stand auf, drängte sich an sie, schlang die Arme um ihre Taille. »Ich mag dich. Der Sex mit dir ist himmlisch. Ich bewundere dich. Du hast keine Verwandten, aber du hast in der kurzen Zeit Freunde gefunden und dir deine eigene Patchwork-Familie zusammengebastelt, die dich sehr mag.«

»Pfft!«

»Meinst du, ich hätte nicht aufgeschnappt, wie sie von dir sprechen? Sie schwärmen von deinem guten Charakter.

Und ich kann es dir auf den Kopf zusagen, wenn deine Freundin Celia wüsste, was im Wald zwischen uns passiert ist, würde mein Dad mir sowieso die Pistole auf die Brust setzen. Aus Angst, die Dame könnte irgendwelche pikanten Details ausplaudern. So ist er nun mal.« Jasha drückte sie an seinen warmen Körper, schmiegte ihren Kopf an seine Schulter. »Ann, wieso glaubst du mir eigentlich nicht, dass ich dich heiraten will?«

Weil er nicht wusste, wer – oder was – sie in Wahrheit war. Er hatte nicht den Hauch einer Ahnung, was mit den Menschen passierte, die sich zu ihr bekannten. Er mochte ein Dämon sein, und trotzdem begriff er nicht, dass sie eine eiskalte, eine unberechenbare Mörderin war – eine Unheilsbringerin, die zusah, wie Menschen für sie starben, und dabei auch noch herzzerreißend weinte.

O ja, wenn er sie umarmte und liebkoste, war sie wie Wachs in seinen Händen. Trotzdem machte sie sich nichts vor: Dass er von Heirat sprach, hatte mit Zoranas Prophezeiung zu tun. Weil er sie enger an sich und seine Familie binden wollte. Sie sehnte sich nach Liebe, aber verdammt nochmal, sie ließ sich nicht instrumentalisieren und von ihm ausnutzen!

»Ich liebe dich«, sagte er.

Sie hatte diesen hartnäckig-ungeduldigen Ton schon einmal gehört – bei seiner Verlobten, als sie Jasha eine ihrer berühmten Szenen gemacht hatte.

Sie schob seine Arme weg. »Ich fände es besser, wenn du ehrlich zu mir wärst.«

»Wie kommst du darauf, dass ich dich anlüge?« Er spielte seine Rolle unglaublich überzeugend, das musste man ihm lassen.

»Für deine Familie würdest du alles tun«, versetzte sie bitter. »Meinst du wirklich, ich bin so naiv und nehm dir das ab? Nachdem ich die Ikone gefunden habe, die für die Wilders überlebenswichtig ist, fällt dir ganz plötzlich ein, dass du in mich verliebt bist? Gute Güte, Jasha, das glaubst du doch wohl selbst nicht, oder? Mal angenommen, eine andere Frau hätte die Ikone gefunden. Was dann? Würdest du mich dann immer noch lieben, oder würdest du dich mal eben locker in sie verlieben, weil es zweckmäßiger ist?«

»Mein Vater erwartet, dass wir heiraten, das ist Fakt. Meine Familie auch. Aber ich weiß, was ich weiß. Wir sind zusammen durch dick und dünn gegangen, haben Ängste, Schmerzen, Katastrophen durchlitten. Wir haben uns in den vergangenen wenigen Tagen besser kennengelernt als die meisten Paare in ihrem ganzen Leben. Wir vertrauen einander, Ann. Was willst du mehr?«

»Liebe.«

»Ich hab dir meine Liebe gestanden.«

»Und ich glaub dir nicht. Diese abartige Bewunderung, die du für mich empfindest, ist keine Liebe.«

»Liebste Ann«, stieß Jasha zwischen aufeinandergebissenen Kiefern hervor, »ich könnte mir den Mund fusselig reden, und du würdest es mir trotzdem nicht abnehmen.«

Sie kehrte ihm den Rücken zu. »Du hast es erfasst. Bloß weil es dir ausgezeichnet in den Kram passt, musst du mir nicht mit irgendwelchen glühenden Beteuerungen kommen. Liebe ist kein Synonym für Bequemlichkeit, merk dir das.«

»Okay, Ann.« Sein Ton war geschäftsmäßig kurz angebunden. »Ich dachte wirklich, du hättest mehr Vertrauen zu mir. Wie ich sehe, muss ich noch eine Menge an mir tun.

Vielleicht glaubst du mir dann irgendwann, dass ich dich niemals belügen würde.«

Es ging ihr verflixt an die Nieren, dass er ärgerlich mit ihr war. Ann verstand sich selbst nicht mehr. Zeitlebens hatte sie sich vorgenommen, eine Heirat unter rein praktischen Erwägungen zu betrachten. Wenn sie erst mal in einer richtigen Familie lebte, käme das Glück irgendwann von selbst, hatte sie für sich argumentiert. Jetzt wies sie Jasha zurück, aber nicht, weil er sich in einen Wolf verwandelte oder wegen der Sache mit der Ikone, sondern weil er sie nicht wirklich liebte? Er reichte ihr den kleinen Finger, und sie griff nicht zu? Was wollte sie eigentlich? Die ganze Hand? Auf einem Silbertablett serviert?

Nein, sie wollte wissen, ob sie ihm mehr bedeutete als ihre Vorgängerinnen.

»Von klein auf musste ich um Zuneigung betteln, bei den Nonnen, bei den Eltern anderer Kinder, und das habe ich restlos satt. Okay, wenn es sein muss, werde ich euch die Ikone dalassen, aber nicht wegen der Prophezeiung deiner Mutter.« Sie heftete den Blick auf ihn. Quittierte seine Verärgerung und Fassungslosigkeit mit einem kühlen Schulterzucken. »Ich werde nicht deine Frau, du musst mich nicht heiraten, bloß um deine Familie zu schützen.«

»Okay, du willst mir einfach nicht glauben. Wer nicht hören will, muss fühlen.« Er umklammerte ihre Handgelenke, riss sie an sich und küsste sie.

Seine Leidenschaft traf sie wie ein Wirbelsturm, eine Mischung aus Sex und Wut. Sie durfte ihm auf gar keinen Fall nachgeben, ermahnte sie sich, zumal er sich unmöglich benahm. Wenn das so einfach gewesen wäre! Sie versuchte, das ahnungsvolle Prickeln zu ignorieren, das durch ihren Schoß flutete, versuchte sich von ihm loszureißen. Und stellte fest, dass ihre Hände einen eigenen Willen entwickelten, seine Schultern umschlangen und ihn an ihren Körper zogen.

Als er den Kopf hob, hatte sie weiche Knie und klammerte sich wie eine Ertrinkende an ihn. Sie wäre ihm überallhin gefolgt, hätte alles für ihn getan –

»Jasha!«, rief Firebird von der Veranda her. »Ann!«

Jasha hob mit dem Zeigefinger Anns Kinn an, seine goldgesprenkelten Augen rot gerändert. »Erinnere dich an diesen Kuss, wenn du das nächste Mal beteuerst, dass dich meine Liebe kaltlässt.«

»Jasha!«, brüllte seine Schwester abermals. »Ann!«

Er warf einen Blick zu Firebird. »Wir sprechen uns noch«, meinte er zu Ann.

»Spar dir den Atem«, muffelte Ann, während sie ihm zum Haus folgte.

»Kommt ins Haus. Schnell! Beeilt euch!« Firebird verschwand im Innern.

Jasha blickte über seine Schulter zu Ann.

Die beiden hatten nur einen Gedanken.

Konstantine.

Gemeinsam stürmten sie durch den langen Flur.

Alle standen im Wohnzimmer, ihre Blicke auf Rurik geheftet.

Jashas Bruder telefonierte und schüttelte dabei immer wieder ungläubig den Kopf.

»Er hat eben einen Anruf von seinen Leuten in dem schottischen Ausgrabungsgebiet bekommen«, erklärte Firebird.

Ann begriff die Anspannung und Aufregung nicht, die ihr von der kompletten Familie Wilder entgegenschlug.

Kaum dass Rurik auflegte, fragte Jasha wie aus der Pistole geschossen: »Was war denn?«

Rurik musterte Jasha entrückt, als sähe er einen Geist vor sich. »Das Grab … mein Team hat bei den Grabungsarbeiten Gold entdeckt. Bislang ist es zwar nur abgeplatztes Blattgold von einem Sarkophag, aber sie vermuten, dass sie einem gigantischen Schatz auf der Spur sind.«

»Gratuliere!« Jasha schüttelte seinem Bruder kräftig die Hand.

»Ich hab Anweisung gegeben, dass sie bis zu meiner Rückkehr mit der Bergung des Sarges warten. Eins ist jedoch jetzt schon klar – wir haben das von mir gesuchte Grab lokalisiert, es handelt sich um die Grabstätte eines großen keltischen Eroberers.« Rurik senkte die Stimme. »Das Grab datiert tausend Jahre zurück.«

»Tausend Jahre.« Allmählich schwante es Ann. »Das ist definitiv kein Zufall.«

»Ganz bestimmt nicht.« In Ruriks braunen Augen spiegelte sich tiefe Genugtuung. »Dieser Typ kannte den ersten Konstantine Varinski.«

29

Alimo holte Jasha und Ann vom Flughafen ab und fuhr sie durch die sommerliche Hitze zu dem französisch inspirierten Chateau, dem Firmensitz von Wilder Wines. Links und rechts der Landstraße erstreckten sich weitläufige Weinberge und die herrschaftlichen Anwesen der anderen Winzer.

Es war ein Nachmittag mitten in der Urlaubssaison, und als sie über die baumbestandene Allee rollten, stellte Jasha zufrieden fest, dass die Parkplätze gerammelt voll mit Autos und Bussen standen. Etliche Touristen standen Schlange, um an einer Weinprobe teilzunehmen, andere wiederum saßen an zünftigen Holztischen unter schattenspendenden Bäumen, wo sie irgendwelche pikanten Häppchen verdrückten und köstlichen Wein dazu tranken.

Seine Familie mochte zur Hölle und seine Romanze den Bach hinuntergehen – im übertragenen Sinne –, trotzdem boomte das Geschäft.

Im Erdgeschoss des kleinen Palais waren der Probierraum, der Weinverkauf und der Versand untergebracht. Im Keller erklärten die Touristenführer, wie aus Trauben Wein gemacht wurde, denn dort standen die Fässer mit dem jungen Most. In den beiden oberen Etagen befanden sich die Büros. Der Fahrer setzte Jasha und Ann vor dem hinteren Eingang ab. Sie schlüpften durch den eleganten Empfangsbereich zum Aufzug. Weicher Teppichboden schluckte ihre Schritte; beide trugen Geschäftskleidung, Ann hielt eine schlanke Aktenmappe unter den Arm geklemmt, in der sie die erste Ikone aufbewahrte.

Beide schwiegen.

Anfangs war Jasha gar nicht aufgefallen, wie einsilbig Ann reagierte. Nachdem er seinen Bruder für dessen Intuition und Forschungsarbeit überschwänglich beglückwünscht hatte, hatte er Rurik geholfen, ein Flugticket zu organisieren. Dann hatte er ihn zum Flughafen von Seattle gefahren. Nach seiner Rückkehr saß die gesamte Familie im Wohnzimmer und überlegte, was Rurik wohl finden mochte. Gold, einen sagenumwobenen Schatz oder bloß irgendwelchen Schutt und antike Scherben, die Daten und Aufschlüsse über die Frühgeschichte der Menschheit lieferten?

Das wäre zwar einerseits enttäuschend, für Rurik andererseits aber ein Wahnsinnskarriereschub. Damit würde er zusätzliche Forschungsgelder für weitere Grabungen lockermachen können.

Rurik hoffte indes, auf Informationen zu stoßen, wie sich der Pakt mit dem Teufel lösen ließe. Oder vielleicht auch – eine weitere Ikone zu finden.

Den ganzen Abend hatte Ann geredet und die anderen mit Fragen gelöchert. Diese Ausgrabungsgeschichte schien sie brennend zu interessieren. Erst am nächsten Morgen, als sie sich auf die Rückkehr nach Kalifornien vorbereiteten, war Jasha ihre Distanziertheit aufgefallen. Er hatte dies jedoch darauf zurückgeführt, dass Ann sich unterschwellig auf ihren Job einstimmte.

Irgendwann war ihm bitter aufgestoßen, dass sie mit allen sprach, bloß nicht mit *ihm*.

Und wieso nicht? Er hatte schließlich um ihre Hand angehalten. Hatte ihr seine Liebe geschworen.

Er tippte darauf, dass sie sauer war, weil er dabei nicht vor ihr auf die Knie gefallen war, weil er ihr weder rote Rosen noch einen Verlobungsring geschenkt hatte. Ihr nicht versprochen hatte, dass er sie auf Händen tragen würde. Aber das alles hatte er bei Meghan gemacht, und die war kein bisschen beeindruckt gewesen, zumindest nicht so beeindruckt, dass sie ihm ein fröhlich juchzendes Ja entgegengeschmettert hätte.

Zum Glück.

Außerdem war Ann eine ungeheuer sensible Frau. Sie konnte bestimmt nachvollziehen, dass seine Familie in diesem Fall Vorrang vor allem anderen hatte.

Für deine Familie würdest du alles tun.

Verdammt, er hätte sich ruhig ein bisschen mehr um Ann kümmern können. Stattdessen hatte er ihr demonstriert, dass er bloß mit dem Finger zu schnippen brauchte, und schon wurde sie schwach. Das war nicht clever gewesen. Aber wenn seine süße, sanfte, sensible Ann eigensinnig ihr Kinn vorschob und ihn eiskalt abservierte, weil sie fand, dass er sie nicht genug liebte, dann sah er rot. Dann war sein Kopf wie leergefegt, und ihm fiel keine bessere Taktik ein, als ihr mit der Glut seiner Leidenschaft zu beweisen, wie er für sie empfand.

Dummerweise schien sie überzeugt, dass er zwischen ihr und anderen Frauen keinen Unterschied machte.

Er schnaubte missmutig.

Fragend spähte Ann zu ihm.

Die Aufzugtüren glitten auf, und er ließ Ann höflich den Vortritt.

Er blieb stehen und beobachtete sie.

Sie bewegte sich anmutig und geschmeidig wie eine spanische Flamencotänzerin.

Gestern hatte sein Vater versucht, ihm Vernunft und Verantwortungsbewusstsein einzuprügeln, gleichwohl wollte Jasha nur eins: ihr nachstellen und sie vernaschen. Sich mit ihr auf dem Boden wälzen, sie küssen, bis sie vor Erregung stöhnte, ihr die Kleider vom Leib reißen und …

Junge, Junge, dich hat es ganz schön erwischt, was? Teufel noch, er hatte Mühe, sich auf seinen Job zu konzentrieren, hinzu kam der Nervenstress, dass ihm da draußen irgendwelche Verrückten auflauerten, die es auf sein Leben abgesehen hatten.

Liebte er Ann?

O ja, seine Gedanken kreisten ständig um sie. Er hatte Ann sogar seinen Eltern vorgestellt, damit sie in seiner Familie die Geborgenheit fand, nach der sie sich immer gesehnt hatte.

»Mr. Wilder! Miss Smith! Wir hatten ja keine Ahnung, dass Sie heute zurückkehren!« Die hübsche junge Rezeptionistin sprang dermaßen ertappt auf, dass Jasha vermutete, sie hatte heimlich einen spannenden Roman in ihrem Schreibtisch verschwinden lassen.

»Überraschung«, antwortete er.

Ann legte ihre Hand auf Nicoles, als diese den Telefonhörer aufnehmen wollte. »Behalten Sie es für sich. Es soll eine Überraschung bleiben.«

Sie durchquerten die Halle, gingen vorbei an den hohen Milchglastüren der Konferenzräume, wo ihre Weinhändler und -lieferanten tagten. Shawn, ihr Topverkäufer, stand mit dem Einkäufer für Austin Liquor zusammen und zeigte ihm die vielen Goldmedaillen, Auszeichnungen für ihre Spitzenweine. Er grüßte die beiden freundlich. Sein gut aussehender Boss und dessen attraktive Assistentin waren die optimalen Repräsentanten für Wilder Wines. Wenn die beiden irgendwann heiraten sollten, dachte Shawn, wäre dies die ultimative Werbung für ihr Weingut.

Ob da irgendwas geplant war?

Ann hatte bislang versucht, ihr Berufsleben strikt von ihrem Privatleben zu trennen.

In diesem Punkt pflichtete Jasha ihr bei. Büroaffären

waren das Aus für jede effiziente berufliche Zusammenarbeit. Und er mochte auf die tüchtige Miss Ann Smith nicht verzichten.

Zumindest hatte er ihr bisher beigepflichtet.

Verdammt, jetzt hätte er eine Menge dafür gegeben, wenn sie sich ihm an den Hals geworfen hätte wie damals im Wald. Wenn sie ihm wenigstens ein ganz klein wenig entgegengekommen wäre. Aber nein, stattdessen versuchte sie dauernd, ihn abzuwimmeln.

Er nahm sich fest vor, ihr immer einen Schritt voraus zu sein. Inzwischen kannte er sie ziemlich gut, und wenn er es geschickt anstellte, konnte er sie dermaßen mit Arbeit zuschütten, dass sie gar nicht merkte, wie er heimlich die Strippen zog und ihr Leben bestimmte.

Celia Kim, Jashas Produktionsmanagerin, kam aus dem Kopierraum. Sie hielt den Kopf über einen Stapel Charts gebeugt und hätte die beiden fast angerempelt. Sie stutzte. Ein warmes Lächeln überkam ihr Gesicht. »Sie sind zurück! Haben Sie ... äh ... konnten Sie alles klären?« Sie blickte bedeutungsvoll von Jasha zu Ann.

Diesen speziellen Code kannte Jasha.

»Es ist alles okay«, meinte Ann kurz angebunden.

»Wir konnten eine Menge klären.« Er lächelte charmant, der kompetente Geschäftsmann – und Gentleman. »Es war sehr nett von Ann, dass sie mich besuchte. Ich hab sie nachher noch meinen Eltern vorgestellt.«

»Ach ja, wirklich?«, meinte Celia gedehnt.

Zwischen Anns Brauen schob sich eine steile Falte.

»Ja«, sagte er. »Um alles Weitere zu klären, werden wir in den nächsten Wochen eine Menge Überstunden machen müssen.«

Über Celias Gesicht glitt ein Strahlen. »Das freut mich für Sie.«

Ann lief schweigend weiter.

»Obwohl die Stimmung heute ein bisschen frostig ist«, raunte er Celia zu.

»Das erstaunt mich«, antwortete sie. »Sonst himmelt sie Sie an.«

»Es kam alles ein bisschen überraschend für sie.«

Celia blickte von ihm zu Ann. »Ich hoffe doch, im positiven Sinne.«

»Wir sind auf einem guten Weg.« Wenn er ehrlich mit sich selbst war, hatte er es sich mit seinem leidenschaftlichen Überfall bei Ann gehörig vermasselt. Hoffentlich fiel ihm schleunigst etwas ein, um die Geschichte wieder geradezubiegen.

Als Ann ihre Bürosuite erreichte, stellte Celia sich kurz entschlossen vor die Tür. »Wenn ich Sie wäre, würde ich da nicht reingehen.«

Ann drückte die Klinke hinunter. Die Tür war verschlossen. Sie blickte fragend von einem zum anderen.

Celias Lippen formten lautlos: »Jordan und Sophia.«

Der Chefwinzer und eine der Damen vom Empfang.

Jasha wurde zornesrot im Gesicht. »Ist das wahr?« In seiner Büroetage, wo Ann ihr Vorzimmer hatte und ihn gelegentlich vor der Außenwelt abschottete, wo sie lange Gespräche geführt und viele Abende länger gearbeitet hatten? Er drängte zur Tür, schloss auf und erwischte das Pärchen in einer heißen Umarmung, die nichts der Vorstellung überließ.

Die beiden stoben auseinander, und Jordan stammelte mit hochrotem Kopf: »Hören Sie, Jasha, ich kann Ihnen alles erklären.«

»Nicht, wenn ich Ihnen nicht zuhöre. Ihr zwei zieht euch schleunigst an und verschwindet. Ihr könnt euch in der Buchhaltung die Papiere abholen. In der Zwischenzeit ruf ich die Putzfrau an, damit sie auf Anns Schreibtisch sauber macht.« Jasha knallte wütend die Tür zu.

»Ich wusste, dass es irgendwann passieren würde.« Ann lehnte sich an die Längswand des Korridors. »Ich hätte nicht fahren dürfen.«

»Sie haben sich absolut nichts vorzuwerfen«, versetzte Celia scharf.

»Celia hat Recht.« Jasha fasste Anns Hand und zog sie durch den Gang zur Cafeteria. Celia folgte ihnen. »Ich kann so was zwar nachvollziehen« – er küsste Anns Finger – »aber die zwei sollen ihre erotischen Anwandlungen gefälligst woanders austoben und schon gar nicht während der Arbeitszeit.«

»Er ist ein widerlicher Anmachertyp, und sie ist« – Celia spähte zu Ann – »ein kleines unverschämtes Flittchen.«

Das war ihm schon aufgefallen. Wenn Ann zugegen war, hielten sich seine Mitarbeiter meist mit derart krassem Vokabular zurück. Für gewöhnlich hatte Ann diesen Effekt auf Menschen – in ihrer Gegenwart zeigten sie sich von der besten Seite.

»Hier sieht es aus wie in einem Saustall. Und wir waren gerade mal sechs Tage weg!«

»Ann sorgt hier sonst für Ordnung«, rückte Celia spontan heraus. »Sie kümmert sich um alles. Sie hat den Blick für das Wesentliche und ist unermüdlich im Einsatz.«

»Ann, ich glaube, ich geb dir eine Gehaltserhöhung.« Er lächelte sein hinreißendes Womanizer-Lächeln.

Aber das hätte er sich sparen können, denn Ann würdigte ihn keines Blickes. »Das bleibt dir überlassen.«

Sie hatte keine Lust, einzulenken oder über stürmische Leidenschaft zu diskutieren.

»Komm, ich hol uns was zu trinken.« Ann bekam ihre Hand frei. Nach einem Blick durch die leere Cafeteria legte sie ihre Aktenmappe auf den Stuhl neben Jasha und lief zum Kaffeeautomaten.

Celias Blick schwenkte vielsagend von Ann zu ihm.

Er zuckte wegwerfend mit den Schultern und grinste verkrampft wie ein ertappter Schuljunge. Wenn Celia merkte, dass da etwas im Busch war, würden seine Angestellten es über kurz oder lang auch mitbekommen. Dann würde das ganze Unternehmen gespannt mitverfolgen, wie es zwischen ihm und Ann so lief.

Scheißzivilisation. Scheiß auf den Dresscode und exzellente Umgangsformen am Arbeitsplatz. Er wollte zurück in den Wald, mit Ann, und mit ihr die Freiheit der Wildnis genießen.

Letztlich war das jedoch keine Lösung. Er hatte Verpflichtungen, musste sich um das Weingut kümmern und um seine Eltern. Und die wollten, dass er Nägel mit Köpfen machte. Sie drängten darauf, dass Ann seinen Ring an ihrem Finger trug und nachts mit ihm in einem Bett schlief.

Er deutete auf den Stuhl, der seinem gegenüberstand. Als Celia sich gesetzt hatte, beugte er sich verschwörerisch über den Tisch. »Wissen Sie, Celia, wir waren schließlich nicht im Büro. Als sie völlig unerwartet in meinem Wochenendhaus auftauchte, fand ihr Besuch eben irgendwie auf einer privaten Ebene statt. Und da konnte ich ihr unmöglich widerstehen. Ann trug dieses Wahnsinnskleid …«

»Ich hab ihr beim Aussuchen geholfen.«

»Sie haben einen fabelhaften Geschmack.« Er erinnerte sich automatisch wieder an das Kleid. Schwarzweiß mit einem einzigen großen Knopf in der Taille – er hatte beobachtet, wie Ann die Treppe hinuntergeschwebt kam, und bei jedem Schritt ihre olympisch langen Beine bewundern können.

»Und?«, bohrte Celia.

»Sie war schüchtern und süß – oh, ich mag nicht darüber reden. Der Gentleman genießt und schweigt.« Er lehnte sich auf seinem Stuhl zurück. »Es war jedenfalls wundervoll.«

»Bis auf den Umstand, dass dieser Weindeal geplatzt ist.«

»Der war eher nebensächlich.« Er grinste zu Ann, die eben eine Tasse vor ihn stellte.

»Was ist während unserer Abwesenheit gelaufen?«, fragte Ann in geschäftsmäßigem Ton.

»Der Auftragsdeal mit den Ukrainern ist definitiv geplatzt. Sie haben uns mit einer Flut wütender Faxe überschüttet, aber nachdem wir euch nicht erreichen konnten, wussten wir nicht, wie wir reagieren sollten.« Man hörte Celia an, dass sie ziemlich viel Stress gehabt hatte.

»Die schaue ich mir nachher mal an«, sagte Jasha.

»Es war definitiv das falsche Unternehmen für eine internationale Kooperation.« Ann schob Celia eine Tasse zu. Sie stellte die Aktenmappe auf den Boden zwischen sich und Jasha und setzte sich auf den Stuhl.

»Stimmt.« Jasha starrte versunken in seinen Milchkaffee, bevor er den Blick auf Celia richtete. »Ich mochte die Typen, weil sie Russisch sprachen und ich keinen Dolmetscher brauchte, aber letztlich sind Dolmetscher preiswerter als Geschäftspartner, die sich wie Primadonnen aufführen.«

Ein erleichtertes Grinsen erhellte Celias umwölkte Miene, ihre Anspannung verlor sich allmählich. »Ja, das hab ich auch gedacht.«

»Ich wünschte, ich hätte das gewusst, bevor ich dich an der Küste ausfindig machen musste, Jasha«, versetzte Ann bissig.

Eine ganz neue Entwicklung bei ihr.

Aber immerhin redete sie wieder mit ihm.

»Na und? So hatten wir ein paar schöne Tage.« Jasha umschloss mit beiden Händen seinen Kaffeebecher. »Ich hab Ann meiner Familie vorgestellt. Wir haben lange über das Weingeschäft diskutiert und uns vorgenommen, innerhalb der USA zu expandieren. Wie finden Sie das, Celia?«

Seine Managerin lehnte sich zurück und lächelte entspannt. »Ich finde das genial. Ich hatte diese Strategie schon im letzten Jahr empfohlen und stehe weiterhin dazu. Diese Form der unternehmerischen Entscheidung birgt kaum Risiken, dafür aber ein großes Erfolgspotenzial.«

»Ah ja, ich erinnere mich an Ihren Bericht.« Seinerzeit hatte er die Idee verworfen. »Wenn Ann und ich wieder auf dem Laufenden sind, möchte ich, dass wir Ihre Strategie gemeinsam durchsprechen.«

»Selbstverständlich!« Celia warf einen Blick auf ihre Armbanduhr. »Mist, ich hab gleich eine Telefonkonferenz. Schön, dass Sie wieder da sind ...«

Mit dem Gefühl, seine Sache gut gemacht zu haben, beobachtete er, wie Celia durch den Gang verschwand. Sie war von Anns Seite auf seine übergewechselt, und vielleicht war das unfair gegenüber Ann, aber in diesem Coup d'Amour musste er jedes Geschütz auffahren, dessen er sich bedienen konnte. Folglich hatte er Anns Kollegin für seine Zwecke instrumentalisiert und damit brillant gekontert.

Er wandte sich erneut Ann zu. »Ich hoffe, in deinem Büro ist inzwischen sauber gemacht worden. Wenn nicht, kannst du so lange auf mein Büro ausweichen und mir bei der Durchsicht der Post assistieren.« Wenn sie allein in seinem Büro wären, konnte er die Tür abschließen. Und sich so lange mit ihr dahinter verschanzen, bis sie ihm ihre Liebe eingestand und in eine Heirat einwilligte. Bis sie sich endlich zu ihm bekannte.

Ihre Miene ernst und unbewegt, stand Ann auf und schnappte sich ihre Aktenmappe. »Selbstverständlich, Jasha.«

Er stand ebenfalls auf und fasste sie am Arm. »Ich möchte, dass du jemanden in deinen Job einweist, jemand, der vorübergehend deine Arbeit macht.«

Sie musterte ihn abschätzig kühl. »Weshalb?«

»Weil ich will, dass du dich voll und ganz darauf konzentrierst, herauszufinden, wer der Typ ist, der hinter dem ukrainischen Weinhandel steht.«

»Ich dachte, du bist dir so sicher, dass es einer von Olegs Söhnen ist?«

»Ja, aber ich will Genaueres wissen. Wie er mich gefunden hat, wie viel er über mich weiß ... und was mit den Varinskis los ist. Ihre Schwachpunkte, die Größe ihrer Organisation. Ich will Namen wissen und, noch wichtiger, die entsprechenden Gesichter dazu. Es war ein gravierender Fehler von mir, dass ich die Varinskis als ernsthafte Bedrohung unterschätzt habe.«

»Was du sagst, stimmt. Und wie stellst du dir das weitere Vorgehen vor?«

»Sie dürfen auf gar keinen Fall merken, dass wir den Spieß umdrehen und uns auf ihre Fährte setzen.«

»Okay.« Ihre Augen wurden schmal, ihre Schritte energischer. »Ich werde Geekette bitten, während meiner Internetrecherchen die entsprechenden Sicherheitsvorkehrungen zu erhöhen. Wo soll er meinen Computer aufstellen?«

»In meinem Büro.«

Sie blieb abrupt stehen.

Er lief weiter. »Mein Büro ist das einzige im gesamten Gebäude, das sicher genug für so was ist.« Da sie nicht zu ihm aufschloss, drehte er sich zu Ann um.

Sie fixierte ihn aus zusammengekniffenen Lidern, als überlegte sie fieberhaft, wie sich ein Ausweg aus ihrem Dilemma finden ließe.

Jasha probierte es mit einer Überrumpelungstaktik. »Ann, wenn du mich nicht heiraten willst, ist das auch okay für mich. Mein Ego kommt damit klar.« Der Wink mit dem Zaunpfahl, dass sie ihm noch eine Antwort schuldig war. »Du weißt, du bist die Einzige, auf die ich mich bei dieser Recherche verlassen kann. Du bist intelligent und mit der speziellen Brisanz der Sache vertraut, dass du die Gefahren erkennst.« Mann, er trug ganz schön dick auf.

Sie nickte bedächtig und wartete.

Wartete, dass er auf den Punkt kam. Kluges Mädchen. »Und da du sowieso zu mir ziehen wirst …«

»Von wegen.«

»… damit du in Sicherheit bist …«

»Ich werde nicht bei dir einziehen!«

»... denn was du in Erfahrung bringst, unterliegt zwangsläufig strengster Geheimhaltung.«

Sie atmete mehrmals tief durch. Hörte er ihr überhaupt zu? Nicht wirklich.

»Wenn du nicht zu mir umziehen magst, dann überlass mir wenigstens die Ikone. Ich schließ sie so lange in meinen Safe.«

Ann drückte das Rückgrat durch und marschierte an ihm vorbei, als hätte sie einen Stock verschluckt. Wenn er sie angestupst hätte, wäre sie vermutlich der Länge nach hingeknallt. »Du bist ein Schuft, Jasha Wilder.«

Er sah ihr nach, wie sie mit arrogant gerecktem Kinn durch den Korridor verschwand, und grinste breit.

Er hatte eine Strategie, und Ann hatte keine Chance.

30

Als Jasha Ann auf die Schulter tippte und sagte: »Wird Zeit, den Griffel fallen zu lassen«, schrak sie so heftig zusammen, dass der Stuhl nach hinten rollte.

»Entschuldige. Ich dachte, du hättest mich beim ersten Mal gehört.« Jasha runzelte die Stirn. »Wo bist du mit deinen Gedanken?«

»In Russland, in einem Haufen Verstrickungen und Dokumenten. Boris Varinski ist unser Mann, der Chef des getürkten ukrainischen Weinhandels.« Sie verschränkte die Arme hinter dem Kopf. »Wusstest du, dass Yerik und

Fdoror in Sereminia wegen Nötigung und Mordes vor Gericht stehen?«

»Schau einer an. Der gute alte Yerik und der feine Fdoror.« Der erste Teil seiner Strategie funktionierte. Sie stürzte sich begeistert in die Internetrecherche – und vor allem: Sie sprach wieder mit ihm. »Wer sind die beiden?«

Sie deutete auf die Fotos auf dem Bildschirm. »Das ist Yerik. Und das da ist Fdoror. Beides Söhne von Oleg. Boris übrigens auch. Oleg ist ein umtriebiger Bursche. Wie alle Varinskis. Hast du eine Ahnung, wie viele Varinskis in den letzten dreißig Jahren geboren wurden?«

»Nein.«

»Die kannst du auch nicht haben. Weil die Varinskis in der Ukraine Narrenfreiheit haben. Die können tun und lassen, was sie wollen. Und was sie augenscheinlich nicht wollen, ist, dass ihre Geburten, Todesfälle oder Verbrechen an die große Glocke gehängt werden. Ich verfolge gerade ihre finanziellen Transaktionen, Geld, das in angebliche Firmen und Geschäfte geflossen ist. Um mich da schlauzumachen, kann ich auf Artikel und Unterlagen aus den letzten paar Jahren zurückgreifen. Mir scheint, dass die jüngeren Varinskis bei Weitem geltungsbedürftiger sind als die alten Hasen in ihrem Clan.«

Jasha fasste ihre Arme und zog sie vom Stuhl hoch. »Das ist gut. Die Überheblichkeit und Inkompetenz der Varinskis hat für uns letztlich bloß Vorteile.«

»Vertu dich nicht. Boris und Olegs andere Söhne sind brillante Köpfe. Du kannst dir nicht vorstellen, was die an Verbrechen auf dem Kerbholz haben. Dagegen ist die Mafia ein Kaffeekränzchen.«

Er schloss den Laptop und ließ ihn in seinen Aktenkoffer gleiten.

»Ich glaube, ihr größtes Manko ist ihre unglaubliche Eitelkeit. Die jungen Männer halten ihre Veranlagung nicht mehr geheim. Dabei kam es zu widerlichen« – sie deutete jeweils mit ihren Zeige- und Mittelfingern Anführungszeichen an – »animalischen Auswüchsen. Wenn der sexuelle Notstand ausbricht und sie auf Frauenfang gehen, wehren sich ihre Opfer, und die Typen ziehen bisweilen tatsächlich den Kürzeren.«

Er geleitete Ann durch den Gang, fuhr mit ihr im Aufzug nach unten und geleitete sie zu seinem Wagen. Der Motor lief bereits.

»Diese russischen Barbaren wollen bloß eins: einen Haufen kleine Varinskis in die Welt setzen«, bekannte sie.

Er lachte. »Kleine Schnellmerkerin.« Er öffnete ihr die Beifahrertür, schob ihr die Computertasche auf den Schoß und umrundete den Wagen.

Als er auf den Fahrersitz glitt, strafte ihn ihr vorwurfsvoller Blick. »Ich muss unbedingt nach Hause, meinen Wagen und Kresley holen.«

»Kresley?« Mist. Er hatte ihren Kater völlig vergessen.

»Mmh, Kresley.« Sie nickte und wartete auf seine Reaktion.

Hatte er B-L-Ö-D auf der Stirn stehen? Nöö. »Klar. Ich freu mich schon drauf, den kleinen Kerl kennenzulernen.« Er legte den Gang ein und fuhr vom Parkplatz.

»Er ist nicht so klein. Offen gestanden wiegt er zehn Kilo.«

»Puh, ein ordentlicher Brummer.« Falls er zu Hause Ratten und Mäuse hatte, war das jetzt kein Thema mehr.

Sie dirigierte ihn in ein bewachtes Wohnviertel in den Napa Hills zu einem zweigeschossigen Bau mit sechs Apartments. Sie bewohnte die linke obere Hälfte; als er die Stufen hochstieg, stellte er fest, dass er neugierig darauf war, ihre Wohnung kennenzulernen.

Sie lief voraus wie eine Frau, die ihrem Lover davonrannte. Sein Blick klebte an ihren erregend langen Beinen, prompt hatte er Lust auf Ann. In Gedanken war er bereits in ihrem Apartment, in ihrem Schlafzimmer, wo er ihr sinnlich-laszív ihre Sachen ausziehen würde …

Als sie die Tür aufschloss, begriff er, dass sie nicht vor ihm weggelaufen, sondern freudestrahlend zu ihrer Katze gedüst war.

»Kresley!« Sie sauste zu der Couch, auf ein riesiges orangeflauschiges Etwas zu.

Als sie es aufhob, streckte das orangefarbene Plüschkissen alle viere von sich und entpuppte sich als Anns Kater, der sich verschmust in ihre Arme kuschelte.

Kresley blinzelte sie an, bevor er seltsame Geräusche von sich gab. Zunächst fand Jasha das höchst befremdlich. Dann dämmerte es ihm: So schnurrte ein Kater, der zehn Kilo auf die Waage brachte.

»Er ist riesig!«, rief Jasha.

»Und wunderschön, nicht?« Sie streichelte Kresleys Kopf, kraulte ihn unter dem Schnäuzchen und raunte ihm leise Kosenamen zu. »Er ist mein großer, hübscher Junge.«

Kresley reckte den breiten Kopf, hob das Näschen, schnupperte an ihren Lippen. Seine Augen weiteten sich.

Ein leises Fauchen kroch aus seiner Kehle.

»Kresley!«, warnte Ann.

Der wuchtige Kater stemmte sich mit den Pfoten von

ihrer Brust, sprang von ihrem Arm und versteckte sich hinter den Möbeln.

»Oh, Kresley.« Ann seufzte. »Schätze, er ist sauer, weil ich ihn allein gelassen habe.«

»So lange?« Dieser Kresley war wohl ein Phänomen, was? »Du kannst ihn sechs Tage lang allein lassen?«

»Nein, wenn ich weg bin, kümmert sich meine Nachbarin um ihn. Mrs. Edges füttert ihn regelmäßig und spielt mit ihm. Sie ist eine liebe Frau, verwitwet, eine pensionierte Postbeamtin.« Ann knallte ihre Handtasche auf den Tisch.

Er schaute sich derweil um.

Ihr Wohnzimmer war in Beige- und Brauntönen gehalten. Orangefarbene Accessoires peppten das Ambiente auf, der Raum wirkte anziehend und freundlich.

Was man von ihr nicht behaupten konnte. Ann beäugte ihn wie die kaputte Sprungfeder in einem Sofa.

»Kann ich dir irgendwie beim Packen behilflich sein?«, erbot er sich.

»Nein.« Sie wirbelte herum und verschwand im Bad.

»Okay«, sagte er zu der geschlossenen Tür. Er strich umher, sah sich die übrige Wohnung an.

Ihre Küche war klein und picobello aufgeräumt.

Kein Wunder.

Ihr Schlafzimmer hatte einen leicht exotischen Touch, ein Vorhang aus feiner Baumwollgaze bauschte sich über einem breiten Doppelbett. Schau mal einer an. Das war eine ganz neue Enthüllung. Er tippte darauf, dass sich hinter Anns kühl distanzierter Fassade eine leidenschaftliche Romantikerin verbarg. An das Schlafzimmer schloss sich ein hübsches Bad an, das sie in einem weichen Pfirsichton gestrichen hatte. Ein strahlendes Azurblau setzte farblich hübsche Kontraste. Sehr geschmackvoll. Er stellte sich lebhaft vor, wie sie mit hoch aufgetürmten Haaren in der Badewanne saß und in prickelndem Schaum entspannte, mit ihren hübschen Zehen wackelte ... Bestimmt waren ihre Zehen nicht das Einzige, was wackelte.

Die Hände in den Taschen vergraben, schlenderte er wieder in ihren Wohnraum, wo der Kater auf dem Sofa hockte und ihn feindselig anstarrte. Da der Kater mit umziehen musste, näherte Jasha sich ihm langsam und streckte die Hand aus, damit Kresley daran schnuppern konnte. »Braves Kätzchen. Gutes Kätzchen.«

Kresley fauchte abermals bedrohlich und fuhr seine spitzen Krallen aus.

Währenddessen kam Ann aus dem Bad, in den Händen ein paar Produkte für Damenhygiene, die Jashas euphorischer Stimmung einen Dämpfer verpassten. War wohl nichts mit heute Nacht, seufzte er heimlich.

»Kresley, was ist denn auf einmal los mit dir?«, wunderte sie sich laut.

»Das ist ganz natürlich – Katzen wittern den Wolf in mir.« Jasha wich ein paar Schritte zurück.

Der Stubentiger folgte ihm.

»Sie reagieren instinktiv«, setzte Jasha hinzu.

»Und mit gutem Gespür.« Sie beobachtete Kresleys Verhalten. »Verfolgt er dich?«

»Ich glaub schon.

»Ja ... aber ... das kann er doch nicht machen.« Sie stellte den Karton Tampons auf den Tisch, lief zu Kresley und hob ihn auf den Arm, woraufhin der Kater sie anfauchte.

Wäre Jasha nicht dazwischengegangen, hätte ihr eigener Kater Ann das Gesicht zerkratzt.

»Kresley!«, jaulte sie erschrocken auf.

»Er riecht mich an dir.« Jasha brauchte nicht zu betonen, dass sie ein Problem hatten. Darauf kam die clevere Ann schon selbst.

»Ich werd Mrs. Edges bitten, nach ihm zu sehen, bis er sich an dich gewöhnt hat«, sagte sie gereizt.

»Das ist eine Superidee.«

Ann schloss den Laptop und blinzelte für einen langen Augenblick in das strahlende morgendliche Sonnenlicht, das in Jashas Büro flutete. »Weißt du, je mehr ich über die Varinskis herausfinde, desto überzeugter bin ich, dass sie kritische Gegner sind.«

Er hob den Kopf von den Briefen, die er gerade unterschrieb. Legte seinen Füller beiseite und verschränkte die Finger. »Wie wär's mit einer kurzen Zusammenfassung deiner Arbeit?«

»Okay. Soweit ich sehe, gibt es weit über hundert Varinskis mit zahllosen falschen Identitäten. Die alten Hasen in der Familie sind brillant, sie gründen Scheinunternehmen, praktizieren Geldwäsche im großen Stil, dabei nötigen, foltern, morden sie. Die Jüngeren sind weit weniger effizient, aber vermutlich, weil sie noch jung sind.«

»Oder undiszipliniert.«

»Hm. Ja, auch möglich.« Oder weil Dämonen, die mit einem unnatürlich langen Leben gesegnet waren, später erwachsen wurden als Normalsterbliche. Indes hatte Jasha gleich bei ihrer ersten Begegnung reif und erwachsen auf sie gewirkt. Und attraktiv. Und charismatisch. Verdammt charismatisch.

Sie hatten die letzten fünf Tage gemeinsam verbracht. *Jede verdammte Minute*.

Morgens wachte sie in seinem Haus auf, in seinem Bett, in seinen Armen. Sie hatte ihre Periode und benutzte es als Vorwand, damit er erst gar nicht auf die Idee kam, ihr an die Wäsche zu gehen. Vor allem aber wollte sie ihm eins auswischen, und es machte ihr tierischen Spaß, ihn an der langen Leine zu führen.

Ihre Zickigkeit verblüffte sie selbst.

Sie frühstückten zusammen; dann fuhren sie ins Büro – getrennt. Zum Glück hatte sie den Geistesblitz gehabt, ihr eigenes Auto mitzunehmen. Allerdings tätigte sie die Laptop-Recherche immer in seinem Büro. Tag für Tag. Sie diskutierten, arbeiteten, atmeten dieselbe Luft – er war stets in ihrer Nähe, und es gab keine Sekunde, in der sie sich unbeobachtet fühlte.

Er hatte ihr erzählt, dass er sie an ihrem Duft erkannte.

Na und? Inzwischen hatte sie seinen maskulinen Duft kennen- und lieben gelernt.

Um fünf flüchtete sie sich in ihr Apartment, um Kresley zu füttern. Aber es war nicht wirklich eine Flucht. Kresley mochte sie nicht mehr. Er griff sie zwar nicht an, sondern beobachtete sie argwöhnisch, und wenn sie ihn streicheln wollte, fauchte er. Sie versuchte ihm zu erklären, dass er mit zu Jasha kommen könne, wenn er damit aufhören würde, sein kleines Katzenhirn blieb jedoch uneinsichtig.

Zu Abend aßen sie in einem der angesagten Toprestaurants von Napa.

Jasha strich ganz bewusst den Kontrast zwischen ihrer

Zeit im Wald und ihrem jetzigen Lebensstil heraus. Sie dinierten bei Kerzenschein, bestellten die teuersten Menüs. Promis blieben an ihrem Tisch stehen, um mit ihnen zu plaudern, und irgendwann abends gingen sie zum Tanzen aus. Anfangs hatte Ann an ihrem mangelnden Selbstbewusstsein zu knabbern, aber im Verlauf des Abends legte sich ihre Skepsis, und sie wiegte sich in Jashas Armen, als hätte sie nie etwas anderes gemacht.

Trotzdem war Ann nicht mit Blindheit geschlagen und stand auch nicht auf der Leitung. Sie wusste genau, warum er ihr das alles bot. Er wollte ihr demonstrieren, dass er sie auf Händen tragen, ihr jeden Wunsch von den Augen ablesen würde.

O ja. *Wer's glaubt, wird selig!* Sie war fest entschlossen, sich unbeeindruckt zu geben – heimlich jedoch war sie schwer beeindruckt.

Nach dem Essen fuhren sie zu ihm nach Hause, schauten Filme im Fernsehen oder lasen – und gingen zusammen ins Bett.

Seine Strategie schien aufzugehen. Sie mochte sich noch sosehr sträuben, Jasha überzeugte sie mit seinem sprühenden Charme. Sie verdrängte Zoranas unheilvolle Prophezeiung, die ihn letztlich wohl dazu bewogen hatte, ihr diesen blöden Antrag zu machen, stattdessen kreisten ihre Gedanken darum, wie schön und harmonisch es mit ihm war. Mit einem Mal hätte sie zig Gründe nennen können, weshalb sie sich in ihn verliebt hatte. Und als ihre Periode vorüber war, besann sie sich auf jene anderen Erinnerungen …

Der Sex mit ihm war animalisch gewesen, schamlos, voll wilder Lust und zarter Hingabe. Seine Hände auf ihren

Brüsten, sein Gewicht auf ihrem Körper, seine lasziven Stöße, die immer schneller wurden – letzte Nacht hatte sie davon geträumt und war auf dem Höhepunkt ihres Orgasmus aus dem Schlaf hochgeschreckt. Sie hatte zuckend vor Lust wachgelegen und krampfhaft versucht, an etwas anderes zu denken, bevor er aufwachte. Sie kannte ihn. Wenn er merkte, dass sie erregt war, würde er nicht lange fackeln.

Offenbar war es ihr geglückt, ihre Erregung zu verbergen, denn der Schuft hatte sich nicht gerührt.

Sie hatte ein einziges Mal so getan, als würde sie schlafen und träumen und wäre ihm hilflos ausgeliefert, und er war nicht darauf angesprungen.

Dieser gemeine Schuft!

Sie wollte es ihm mit gleicher Münze heimzahlen. Im Büro trug sie für gewöhnlich Kostüme – mit konservativ knieumspielenden Röcken, Faltenröcken oder seitlich geschlitzt. Heute entschied sie sich für einen knallengen Rock zu einem taillenkurzen schwarzen Jäckchen, und darunter trug sie eine pinkfarbene Seidenbluse. Ihr fiel gleich auf, wie gierig er sie taxierte, und dass er sie förmlich mit Blicken auszog.

Vorsichtshalber kaschierte sie die heikle Stelle auf ihrem Rücken immer mit Make-up. Für den Fall des Falles.

Ann war blendender Laune.

»Und, was meinst du?«, wollte er wissen.

»Huch?« Sie musterte ihn perplex. War das der Wink mit dem Zaunpfahl, dass er auf ihr Ja drängte? Oder ob er sie verführen sollte? Oder wollte er wissen, welches Restaurant sie für den Abend vorschlug?

»Soll ich Boris anrufen und mit ihm reden?«

»Oh.« Zum Glück hatte sie bloß mit einem verhaltenen

Huch reagiert. »Der Varinski, der dich angriff, deutete doch vor seinem Tod an, sie hätten deine Eltern nicht lokalisieren können. Ich gehe mal davon aus, dass das stimmt. Aber irgendwie haben sie dich und deinen Bruder …«

Bei der Erwähnung von Rurik trat abermals jenes tiefe rot glühende Glitzern in Jashas Blick.

Noch bevor die Maschine des jungen Wissenschaftlers in Schottland landete, war die Neuigkeit von Ruriks phänomenaler Entdeckung an die Medien gegangen – die Öffnung einer tausend Jahre alten Grabstätte, die mit Goldschätzen gefüllt war, war das gefundene Fressen für jeden Zeitungsmacher. Und nachdem *irgendjemand* die Grabgeschichte an die große Glocke gehängt hatte und Rurik mit der Fotojournalistin Tasya Hunnicutt spurlos verschwunden war, waren die Reporter total heiß auf die Sache.

Ann fuhr fort: »Also, wenn du die Initiative ergreifst und anrufst, könnte das diese Typen beeindrucken. Die Varinskis hecken bestimmt schon wieder ihren nächsten Coup aus.«

»Die Männchen im Tierreich markieren ihr Terrain. So ähnlich ist das bei uns Männern auch. Ich hab momentan die besseren Karten, weil ich Boris mitteilen kann, dass *ich* seine Verwandten auf dem Gewissen hab.«

»Stimmt.« Sie mochte es, wenn die Ideen wie Spielbälle zwischen ihnen hin- und herflogen. Sie diskutierte gern mit Jasha, zumal sie wusste, dass er große Stücke auf ihre Meinung hielt. »Er ist zwar informiert, dass seine Killer versagt haben, aber womöglich hat er keine Ahnung, dass sie die Radieschen von unten sehen.«

»Oder er geht davon aus, dass wir alle tot sind. Also wenn du es für eine gute Idee hältst, dann rufe ich Boris an.«

»Einverstanden, aber bei denen ist es jetzt mitten in der Nacht.«

Jasha nahm den Hörer auf. Zwischen seinen Kiefern zeigte sich das breite Grinsen, das strahlend weiße Zähne entblößte. Ein untrügliches Zeichen, dass sich seine Kontrahenten warm anziehen mussten. »Umso besser.«

31

Boris knallte den Hörer auf die Gabel und raufte sich die schütteren Haare.

Zwei Varinskis waren tot.

Einer der beiden war sein Sohn gewesen.

Er hatte etliche Söhne, auf einen mehr oder weniger kam es nicht wirklich an.

Aber Gavrie war der beste Spitzel der Varinskis gewesen, ein begnadeter Spürhund, ein cleverer Tüftler in puncto Elektronik, der genau wusste, wie man einem Wolf auf die Schliche kam. Sicher, er war nicht der Hellste gewesen, aber ein schlagkräftiger Kämpfer. Und was hatte es dem armen Jungen genutzt?

Es hatte immer geheißen, dass die Söhne des degenerierten Konstantine einem echten Varinski nicht das Wasser reichen könnten.

Trotzdem hatte einer von Konstantines missratenen Bengeln seinen Gavrie ausgetrickst. Die Polizei hatte seine Leiche gefunden. Boris war keinen Schritt weiter. Er hatte keine Ahnung, wo Konstantine lebte. Sonst hätte er ihn und seine Mischpoke ausgeschaltet – und den Niedergang der berühmten Familie Varinski gestoppt.

Sicher, er hatte Jasha am Telefon Dinge erzählt, die einem Bruder das Herz brechen mussten. Er hatte den Jungen schwer schockiert, andererseits war er überzeugt, dass der ihm kein Wort glaubte.

Verständlich. Rurik lebte schließlich noch.

Aber nicht mehr lange. Nein, nicht mehr lange.

Es fehlte nicht viel, und Boris wäre wutschäumend in die große Halle gerauscht, um seiner Varinski-Brut ordentlich in den Hintern zu treten, aber was nützte ihm das? Seine Söhne gluckten bestimmt zusammen und würden ihn verständnislos mit debil offenem Mund anstarren. Oder sich heimlich ins Fäustchen lachen. Sein Sohn Vadim würde ihn mit kühlem Kalkül beobachten und sich insgeheim ausrechnen, wann er Boris endlich beerben könnte.

Boris zerrann die Macht zwischen den Fingern – und weshalb? Wegen Konstantine und seiner Zigeunerhexe. Weil Konstantine seine Familie im Stich gelassen hatte. Er hatte sämtliche Werte mit Füßen getreten, für die der Name Varinski stand – Mord, Terror und Profit. Wie konnte eine Familie zusammenhalten, wenn ein Bruder den Bruder tötete, und das bloß, um eine Frau zu verteidigen? Aus Liebe … pah!

Boris spuckte auf den Boden, dann brüllte er nach einer der Frauen, dass sie seinen Dreck aufwischen sollte. Während sie sauber machte, schritt er nervös auf und ab. Was kümmerte ihn das Gemurre und Gekeife dieser Schlampe?

Seit Konstantine seinen Vater getötet hatte, dachten Boris und seine Brüder unablässig an Vergeltung. Boris hatte die Varinski-Truppe geschlossen zusammengetrommelt, weil sie Konstantine und seine Frau aufspüren – Boris spie abermals auf den Boden – und umbringen sollten. Bestialisch, langsam, skrupellos.

Konstantine war jedoch gewiefter als sie. Das Pärchen war mit einem Mal wie vom Erdboden verschluckt gewesen.

Damit hatten die Probleme begonnen. Brüder und Neffen hatten heimlich gemeutert, Boris hätte sie auflaufen lassen. Boris hatte seine hart erkämpfte Dominanz bitter verteidigen müssen. Fünfunddreißig Jahre zuvor war er ein heller Kopf gewesen mit schnellen Reflexen, der innerhalb eines Jahres das Kommando an sich gerissen hatte.

Irgendwann verlief Konstantines Spur im Sand, und Boris resignierte.

Lass den Verräter ziehen. Er interessierte niemanden mehr. Viel wichtiger war, dass die Varinskis den Sprung in die Zukunft schafften. Faxgeräte, Computer, Abhörmethoden – die alten Führer hörten das nicht gern, aber Boris war noch nicht alt. Er witterte die Chance, seinen Clan in eine moderne Unternehmung umzuwandeln, die den gesamten Globus terrorisierte.

Boris hielt das für einen guten Plan, immer noch.

Allerdings wurde zunehmend erkennbar, dass der Teufel damit nicht einverstanden war. Der Pakt bröckelte.

Es fing damit an, dass einer von Boris' Söhnen an Kinderlähmung erkrankte. Einem anderen fehlte bei der Geburt ein Finger. Dann verwandelte sich einer, aber nicht in einen Wolf, Adler oder Tiger, sondern in ein Frettchen – in einen kleinen, widerlichen Nager mit scharfen Zähnen und Knopfaugen.

Das war in tausend Jahren nicht passiert.

Boris tötete ihn verständlicherweise, bevor die anderen Wind davon bekamen.

Und das war bloß der Anfang. Innerhalb von fünf Jahren verwandelten sich andere Söhne: in Schlangen, Wiesel – das waren zwar Beutejäger, aber keine eleganten Raubtiere.

Boris schüttelte sich angeekelt.

Es war beileibe nicht so, dass dieses Malheur allen seinen Jungs passiert wäre. Nein, es kam noch schlimmer: Manche verwandelten sich nicht mehr zurück.

Zum ersten Mal in der Geschichte der Varinskis zeigten sich Risse im Lack. Der Zahn der Zeit nagte auch an ihnen. Die Jungen bekamen Karies, die Alten Gicht. Onkel Ivan saß erblindet in einer Ecke, seine Augen von einem milchig weißen Schleier überzogen, und das war das Gruseligste überhaupt.

Denn Onkel Ivan sah Dinge, Dinge, die sonst niemand sehen konnte. Letztes Jahr, mitten im Winter, hatte er Boris eine haarsträubende Vision zugeflüstert …

Ivans gichtknotige Finger krümmten sich, versuchten, Boris' Hemdfront zu umklammern. Mit einer Kraft, die ihm niemand mehr zugetraut hätte, zog er den Clanchef zu sich herunter. Sein Atem roch säuerlich verwest, als er ihm mit befremdlich tiefer, kehliger Stimme zuraunte: »Tausend Jahre lang hat der Pakt mit mir gehalten. Aber jetzt, Boris Varinski, wird er zerbrechen. Mit jedem Tag kommen die Feuer der Hölle näher, denn Konstantine und seine Brut leben immer noch. Eliminiere sie, und du rettest damit den Pakt. Versage, und ich werde deine Seele bis zum Jüngsten Tag in der Hölle schmoren lassen.« Ivans

Augen glühten, nicht rot wie die eines echten Varinski, sondern blauschwarz wie lodernde Kohlen.

Boris riss sich schaudernd los – er ahnte, dass der leibhaftige Teufel ihm ein Ultimatum gestellt hatte.

Die letzte Warnung folgte, als Boris mit den jüngeren Leuten zur Jagd ging. Sie erlegten zwar reichlich Beute, aber Boris wurde dabei unseligerweise ins Bein geschossen. Er schrie vor Schmerz, bevor er schaurig lachte und sich daheim verarzten ließ.

Die Wunde war zwar verheilt, aber nicht so schnell wie sonst. Zudem behielt er ein leichtes Hinken zurück.

Ein leichtes Hinken. Er hinkte! Die Varinskis hinkten nicht. Ihre Verletzungen heilten in null Komma nichts. Das war ein Bestandteil des Pakts – so hatte es zumindest früher geheißen.

Nach einem Monat ging Boris allein auf Jagd – auf die Jagd nach einem Arzt. Er fand einen in Minsk. Der junge Mediziner gab sich skeptisch; er hatte offenbar noch nie von den Varinskis gehört und glaubte ihm kein Wort. Stattdessen machte er Röntgenaufnahmen von Boris' Bein und attestierte ihm eine Arthritis.

Arthritis! Er, Boris Varinski, der Anführer der Varinskis, hatte Arthritis! Sein Großvater war 127 Jahre alt geworden. Ihr Vorfahr, der berühmt-berüchtigte Konstantine, hatte Gerüchten zufolge 150 Jahre lang in Saft und Kraft gestanden.

Und Boris … Boris war erst dreiundfünfzig.

Boris hatte den Arzt getötet, was sonst? Er hatte ihn gewürgt und ein Mordsvergnügen dabei empfunden, diesen elenden Lügner leiden zu sehen. Wie er kämpfte, sich wehrte, wie ihm die Augen aus dem Kopf traten. Seine

Wangen wurden krebsrot und dann aschfahl, bevor er röchelnd den Löffel abgab.

Anschließend war Boris nach Hause gefahren. Er nahm heimlich seine Medikamente und verriet niemandem ein Sterbenswort.

Vadim beobachtete ihn jedoch unablässig, in seinen Augen ein boshafter, mordlustiger Glanz.

Wusste der Junge, was mit ihm los war? Ah, woher denn! Er hatte Boris doch gewiss nicht bespitzelt – oder?

Boris hob den Kopf und blickte in den Hof, wo sich das Unkraut durch den maroden Eisenzaun rankte. Auf dem Platz drängten sich rostige und verbeulte Luxusschlitten. Sein Verstand raste.

Der Ärger hatte damals begonnen, als sein Onkel Konstantine den Reizen dieser Zigeunerhexe erlegen war.

Demnach würde er, Boris, Konstantine und seine gesamte Familie auslöschen müssen. Nach getaner Tat wäre der Teufel höchst zufrieden. Dann würden seine Söhne wieder so wie früher sein – ganze Kerle, grausame, charismatische Kämpfernaturen. Sein Zipperlein würde sich automatisch verlieren. Und Vadim wäre wieder einer aus der Masse von vielen, die den Blick niederschlagen und ihm Respekt erweisen mussten.

Ja. Genau das würde passieren.

Und jetzt wusste Boris auch, wie er Konstantine aus der Deckung locken konnte.

Er griff abermals zum Hörer und wählte die Nummer des Varinski, der in Napa Valley Position bezogen hatte.

In seinem Büro saß Jasha auf der Hantelbank und hob Gewichte, bis seine angestaute Wut verrauscht war und er wieder halbwegs logisch denken konnte.

Ann hatte Recht behalten. Er hatte Boris eiskalt erwischt.

Boris hatte jedoch geschickt gekontert. Mit seinem schweren Akzent hatte er gesagt: »Wie ich erfuhr, ist dein Bruder aus Schottland verschwunden. Hat er vielleicht zufällig einen Unfall gehabt, hä? Archäologische Ausgrabungen sind nicht ungefährlich, dabei kann einem Schlimmes passieren. Sollten wir seine Leiche entdecken, schicken wir sie natürlich zu euch. Immerhin sind wir Verwandte.«

Jasha glaubte ihm kein Wort; seit der dramatischen Explosion hatten sie zwar nichts mehr von Rurik gehört, trotzdem ging er davon aus, dass sein Bruder sich hatte retten können.

Immerhin hatte er an der Tatsache, dass die Varinskis über Ruriks Aktivitäten informiert waren, mächtig zu knabbern. Das bedeutete, dass sie die Wilders intensiver ausspionierten, als Jasha angenommen hatte.

Er musste die Sicherheitsmaßnahmen in seinem Haus und auf dem Weingut verschärfen.

Ann steckte den Kopf um die Tür. »Und, wie ist es gelaufen?«

Ihre Sicherheit lag ihm besonders am Herzen. Er musste um jeden Preis gewährleisten, dass ihr kein Haar gekrümmt wurde. »Ich muss noch einen weiteren Anruf tätigen. Später erzähl ich dir dann alles.«

Sie nickte und zog sich zurück, um ihn nicht zu stören.

Später erzähl ich dir dann alles?

Mann, er konnte von Glück sagen, wenn sie dann überhaupt noch mit ihm sprach.

32

Um fünf Uhr schob Ann den Laptop in ihren Aktenkoffer und wandte sich mit den Worten an Jasha: »Ich fahr jetzt, um ein bisschen Zeit mit Kresley zu verbringen. Ich komm später zu deinem Haus.« Sie nannte es immer *sein Haus* – als wollte sie ihn damit ärgern. Meistens stellte er sich dann taub oder antwortete: *Okay, wir treffen uns zu Hause.*

Zu Hause war seine Retourkutsche.

Als sie an jenem Abend jedoch seinen Blick auffing, waren seine Augen schmal und rot glühend.

»Ist irgendwas?« Ihr schwante Böses. Seit dem Telefonat mit Boris war Jasha einsilbig und reserviert. Sie konnte sich denken, weshalb. Er hatte einen Plan, den er für richtig hielt, den aber sonst niemand billigen würde.

Und sie bestimmt am allerwenigsten.

»Fahr zu deinem Apartment, hol deinen Kater und bring ihn mit«, sagte er schroff.

Obwohl Ann innerlich kochte, bemühte sie sich um einen ruhigen, sachlichen Ton. »Kresley kann dich nicht leiden.«

»Wir kommen schon miteinander klar.« Sein Blick bohrte sich in ihren. »Und bei mir zu Hause fühlt er sich bestimmt wohler als in deinem leeren Apartment.«

»In meinem leeren Apartment?« Ann stutzte und tat mechanisch einen Schritt auf seinen Schreibtisch zu. »Das soll wohl ein Witz sein, oder?«

»Ich hab dich noch nicht über mein morgendliches Telefongespräch informiert.«

»Mit Boris?« Sie blieb stocksteif stehen.

»Ja, mit Boris.« Jasha bemühte sich um Fassung. »Ich hab ihn aus dem Tiefschlaf geholt, aber er ist wie ein Tier. Er war sofort hellwach. Fragte, was mit seinem Sohn sei. Ich erklärte ihm, ich hätte ihn umgebracht und sein Herz verspeist. Er schüttelte diese Nachricht ab wie eine lästige Fliege und beteuerte, dass der Junge ohnehin bloß ein Schlappschwanz war. Und dass er meine skrupellose Brutalität bewundern würde. Er schlug mir einen Waffenstillstand vor.«

Ann hatte umfassend Recherche betrieben. Ihr konnte man kein X für ein U vormachen. »Da kennst du die Varinskis aber schlecht. Dazu würden die sich niemals hergeben.«

»Ich weiß. Ich kenn die Familie besser und länger als du. Mein Vater hat mir ihre Taktiken lang und breit erläutert. Was sie beteuern und was sie tun, sind zwei Paar Schuhe.« Jasha umrundete seinen Schreibtisch, baute sich vor ihr auf. »Ich möchte nicht, dass du weiterhin in dein Apartment fährst.«

»Und deshalb hast du meine Möbel in dein Haus transportieren lassen? *Heute?*« Sie funkelte ihn empört an. »Wieso hast du mich nicht vorher informiert?«

»Hör auf, das Ganze zu dramatisieren.« Er fasste ihre Handgelenke.

»Ich und dramatisieren? Na, hör mal! Du hast mich nicht gefragt, du hast keinen Ton darüber verlauten, sondern einfach meine Möbel abtransportieren lassen, und da soll ich mich nicht aufregen?« Okay, er war überheblich, arrogant und besserwisserisch, aber das hier war der Gipfel!

»Du bist sowieso jeden Abend bei mir. Demnach schien

es mir sinnvoll, deine Möbel zu mir zu holen, hm?« Er machte sich nicht lustig über sie. Es war ihm bitter ernst mit seiner Schnapsidee.

Auf ihren Wangen bildeten sich hektisch rote Flecken. Sie ballte die Fäuste und entwand ihm ihre Handgelenke. Riss die Arme hoch, als wollte sie ihm ins Gesicht boxen. »Das Apartment ist meine erste eigene Wohnung, mit den ersten Möbeln, die ich mir selbst ausgesucht habe. Ich fühle mich dort mit meinem Kater pudelwohl! Im Übrigen – wieso ziehst du nicht bei mir ein? Dann würdest du einen Eindruck bekommen, wie es ist, wenn man immer hin- und hergeschoben wird.«

»Es tut mir leid. Ich wusste nicht, dass es deine erste eigene Wohnung ist.«

Er wirkte ehrlich betroffen, und das schockierte sie. Aber wozu dann das Ganze?

»Ich hätte bestimmt kein Problem damit, bei dir einzuziehen«, gab er zurück, »aber dein Apartment ist im Ernstfall nicht sicher genug.«

»Na und? Die Ikone liegt schließlich in deinem Safe.« Und das verstimmte sie zusätzlich. Okay, das Bild war nicht wirklich ihr persönliches Eigentum, aber alle meinten – nun, wenigstens sie und Zorana –, dass sie die Hüterin der Ikone war.

»Ich sorge mich nicht um die Ikone, sondern um dich.«

»Red nicht um den heißen Brei herum: Du findest dein Haus eben viel schöner«, zog sie ihn auf.

»Nicht schöner. Größer und leichter zu bewachen.«

Aha, daher wehte der Wind. »Ich bitte dich. Als wenn der große Jasha Wilder mit mir in meinem klitzekleinen Apartment wohnen wollte …«

Er küsste sie.

Es war der erste Kuss, seit er sie gebeten hatte, seine Frau zu werden. Damit überrumpelte er Ann. Obwohl sie den ganzen Tag mit ihm zusammen war, fühlte sie sich einsam und von ihm allein gelassen. Völlig verblüfft öffnete sie ihm die Lippen, öffnete ihm ihr Herz und ihre Seele, die so ungeheuer verletzlich war. Sie küsste ihn leidenschaftlich und lustvoll.

Als er sich von ihr löste, machte er den Fehler zu lächeln. Dieses Lächeln kannte sie zur Genüge. Das hatte er schon bei etlichen Frauen eingesetzt. »Bitte, Ann, du musst mir glauben. Ich liebe dich, und ich möchte dich heiraten.«

Noch vor einem Monat wäre sie bei diesen Worten, seinem hinreißenden Lächeln dahingeschmolzen.

Jetzt wäre sie diesem Schuft am liebsten an die Gurgel gegangen. »Wenn du meinst, du kannst so mit mir umspringen wie mit deinen anderen Affären, dann bist du schiefgewickelt. Schreib dir das hinter die Ohren, *Schätzchen!*«

»Du täuschst dich, Ann. Und zwar gewaltig. Du bist etwas ganz Besonderes für mich.« Seine Hände glitten über ihren Po, zogen sie an seinen Schritt, woraufhin sie seine Erektion fühlte. »Andere Frauen schaffen es nämlich nicht, dass ich vierundzwanzig Stunden lang einen Steifen hab.«

»Soll ich mich jetzt geschmeichelt fühlen oder was?« Ihre Stimme troff vor Sarkasmus, obwohl ihre Knospen verheißungsvoll prickelten und ihre Libido verrückt spielte.

Sie war puppenleicht zu durchschauen. Das fühlte er, das witterte der Wolf in ihm.

Umwerfend. Diese Frau war das bezauberndste Geschöpf, das er sich in seiner Fantasie auszumalen vermochte.

»Nein, deswegen nicht. Du könntest dich aber geschmeichelt fühlen, wenn ich dir sage: Ich liebe dich. Das hab ich noch zu keiner Frau gesagt.« Ungeachtet seiner milde gereizten Stimme fuhr seine Hand sinnlich langsam ihre Wirbelsäule entlang, seine Finger kraulten zärtlich ihren weichen Nackenflaum.

»Ich wäre geschmeichelt, wenn du das nicht einfach so dahersagen würdest.«

Sein Gesicht lief dunkelrot an, seine Augen verengten sich zu wütenden Schlitzen. Endlich hatte sie es geschafft, ihn aus der Fassung zu bringen.

»Was soll ich denn noch sagen, du kleine Sicherheitsfanatikerin?«

»Was?« Wie kam er denn darauf? »Das ist nicht wahr.«

»Anfangs warst du auf der Suche nach einem Traummann, irgendeinem Gutmenschen, der dich von deiner Einsamkeit erlöste. Dann, als ich mich in einen Wolf verwandelte, als du die Ikone fandest, als dir auffiel, dass wir um unser Leben und um unsere Seelen rangen, wolltest du türmen – bis ich dir bewies, dass ich dich beschützen würde. Immer. Danach warst du willens, bei mir zu bleiben.«

»Wie kannst du so was behaupten!« Sie rempelte ihn unsanft mit den Ellbogen an, damit er sie endlich losließ.

Er hielt sie fest. »Als ich von Liebe sprach, wolltest du mir nicht glauben. Na schön. Du musst mir nicht glauben. Red dir ruhig weiter ein, dass dir meine Liebe nicht gut genug ist. Dann lass mich wenigstens tun, was ich am besten kann, nämlich dich vor allen Widrigkeiten beschützen.«

Er klang bitter und böse, und das Schlimme war: Er hatte teilweise Recht.

Und damit brachte er Ann erst richtig auf die Palme. »Okay. Ich zieh bei dir ein – bis die Gefahr vorüber ist, egal, wie lange es dauert. Aber das mit der Ehe kannst du getrost vergessen. Ein Mann wie du hat bei mir keine Chance.«

»Ein Mann wie ich hat bei dir keine Chance? Wie meinst du das?« Jasha wurde blass.

»So, wie ich es sage. Du weißt alles besser und überfährst mich dauernd. Du vertraust mir nicht wirklich, sonst würdest du mir deine Geheimnisse beichten.«

»Ich bin bestimmt nicht der Einzige, der hier Geheimnisse hat, oder?«

Ihre Miene gefror unter seinem beschwörenden Blick.

»Das dachte ich mir.« Er kraulte weiterhin ihren Nacken, während ihr Mienenspiel sich veränderte. Zumal seine Geste weniger zärtlich als sexy fordernd anmutete. »Du weißt um meine Geheimnisse«, murmelte er.

»Falsch, du bist immer für eine Überraschung gut«, ätzte sie. »Vielleicht wäre ich sonst …«

»Freiwillig bei mir eingezogen?« Ihre Nervenenden vibrierten, während er sinnlich ihre Ellbogen und Knie, die Innenseiten ihrer Schenkel streichelte. »Wenn ich die kleinste Chance auf dein Einlenken gewittert hätte, hätte ich dich bestimmt vorher informiert. Immerhin ist es normalerweise Aufgabe einer Sekretärin, Umzüge zu arrangieren.«

Seine leise verletzende Anspielung verblüffte sie, und für einen Augenblick fehlten ihr die Worte. Sie war Jashas persönliche Assistentin – das hatte sie sogar schriftlich, in ihrem Anstellungsvertrag –, und er hatte sie noch nie als seine Sekretärin bezeichnet. Er ermutigte sie sogar, Aufgaben an andere Sekretärinnen zu delegieren.

Ann war von sich selbst überrascht, dass sie wie ein Feuerwerkskörper hochging. »Ich hasse dich. Ich hab noch keinen Menschen so gehasst wie dich!« Und das war ihr voller Ernst – aber vielleicht beteuerte sie es in diesem Augenblick auch bloß aus purem Selbsthass.

Jasha schlenderte zur Tür seines Büros. Schloss ab. Als er sich wieder umdrehte, zeigte sich ein gefährliches Glitzern in seinen Augen, woraufhin Ann befremdet zurückstolperte. »Da du mich sowieso abgrundtief und auf immer und ewig hasst, kommt es darauf jetzt auch nicht mehr an. Ich werde deinen Emotionen nämlich ein bisschen nachhelfen und dir beweisen, wie sehr du mich liebst.«

Er kam mit den langen, geschmeidigen Schritten eines Raubtiers auf sie zu, und ihr Herzschlag beschleunigte sich. »Jasha, nein.«

»Wieso nicht? Was willst du denn dagegen machen?« Während er entschlossen näher kam, streifte er sich die Krawatte ab. »Du verachtest mich. Du hasst mich. Du sträubst dich dagegen, mich zu heiraten, nicht? Also, was hab ich noch zu verlieren?«

Sein heißer Atem streifte ihre Ohrmuschel, und als sie herumschwenkte, bekam sie mit, wie er seinen Gürtel aus den Gürtelschlaufen zog. »Du kannst ruhig deine Sachen anbehalten«, stammelte sie. »Hier läuft nämlich gar nichts.«

Den Atem hätte sie sich sparen können, denn er konterte: »Hast du eine Ahnung, wie scharf es mich macht, dich in diesem engen Fummel zu sehen? Klar weißt du das. Gib's zu, du hast den Rock bloß deswegen angezogen, um mich anzumachen.«

Sie registrierte seinen maskulinen Duft, fühlte seinen Atemhauch an ihrem Ohr, als er hinter sie trat. »Nein, hab ich nicht.«

Er lachte ungläubig. »Du trägst die ganze Woche über Röcke, meinst du, ich merk das nicht? Deine Taktik ist genial und vor allem, sie funktioniert. Du hast Wahnsinnsbeine, und der Schlitz in diesem Rock …«

Sie erschauerte, als sich seine Hand über die Innenseite ihres Schenkels schob.

»Der Schlitz in diesem Rock zeigt verdammt viel von deinen schönen Beinen. Ich würde gern wissen, was für ein Höschen du darunter trägst.« Seine Stimme senkte sich zu einem kehligen Flüstern. »Einen Bikinislip? Einen Tanga? Oder vielleicht ein Höschen aus feiner Baumwollspitze?«

Ihr Mund war mit einem Mal wie ausgetrocknet, und sie klemmte unwillkürlich die Beine zusammen, fühlte sich nackt in ihrem winzigen Tanga.

»Weißt du, was ich mir in meiner Fantasie ausgemalt habe?«

»Keine Ahnung. Interessiert mich nicht das Schwarze unterm Fingernagel.« Eigentlich interessierte es sie brennend.

»Wie wir es auf der Hantelbank treiben. Ich sah dich, mit gespreizten Schenkeln, vornübergeneigt, das Gesicht von mir abgewandt, während ich …« Er umschlang blitzartig ihre Taille, dass Ann die Spucke wegblieb und sie nicht mal aufkreischen konnte. Und wirbelte sie mit einer geschmeidig tänzelnden Bewegung herum – wobei ihre Kniekehlen vor die Hantelbank stießen und sie die Balance verlor.

Er fing sie auf, drehte sie mit dem Gesicht zu dem Gerät

und schob mit einer lasziv gekonnten Bewegung ihren Rock hoch.

Ann blinzelte verwirrt. Sie stand am Ende der Bank, vornübergebeugt, ihre Hände umklammerten die chromblitzenden Halterungen.

Seine Fantasie schien mit einem Mal Realität geworden.

Er stöhnte lustvoll, streichelte die vollkommenen Rundungen ihres Hinterns. »Ann, du bringst mich um.«

»Sobald ich dich in die Finger kriege. Darauf kannst du Gift nehmen.« Allerdings schloss sie die Augen, als er den dünnen String ihres Tangas beiseiteschob und sie streichelte. Seine Finger erkundeten ihre Klitoris, schoben sich in sie, erforschten ihre seidigen Tiefen, glitten langsam höher.

Ihre Hände umklammerten die Bank so fest, dass ihre Fingerknöchel weiß hervortraten.

Himmel! Es war heller Tag; sie hatte die Beine weit gespreizt; er sah ihre weibliche Scham, ihr dunkel gelocktes Vlies, und sie fühlte sich ihm hemmungslos ausgeliefert. Und er wartete nicht auf ihre Einladung, er nahm sich, worauf er Lust hatte. Er war eben der geborene Autokrat – und Ann hätte ihn am liebsten bestürmt, nicht lange zu fackeln.

Er streifte ihr den Tanga herunter – ein Schritt in die richtige Richtung. Er bog Ann vornüber, schob ihre Schenkel, die sich an die kühle Hantelbank schmiegten, weiter auseinander.

Sie hörte, wie seine Boxershorts leise raschelnd zu Boden glitten. Dann zwängte er sich dicht hinter sie. Presste sich an ihren Steiß und streichelte sie mit seinem Penis.

Er war groß und prall, seine Haut seidig-heiß, und Ann

wünschte sich, er würde nicht so lange herumfummeln und … »Ich hasse dich«, wisperte sie abermals.

»Und?«

Sie rieb sich an ihm wie eine läufige Wölfin. »Und … Jasha, ich brauch dich jetzt.«

»Ja Baby, das ist es. Genau das wollte ich hören.«

Angesichts seiner arroganten Retourkutsche wäre sie liebend gern herumgeschnellt, um ihn wütend anzupflaumen.

Aber von wegen, er stieß unversehens in sie.

Seine Penisspitze rieb sich erregend an ihrem feuchten Verlies. Durch sein plötzliches Eindringen krampfte sich ihre Vagina spontan zusammen, und Jasha hätte sie beinahe zu einem Orgasmus gebracht. Als er sich zurückzog, gab sie ihn nur widerstrebend frei, und er stöhnte.

Er drängte abermals in sie, wieder und wieder, und Ann stemmte sich impulsiv in jeden seiner wilden, heißen Stöße.

Sie begehrte ihn. Verzehrte sich nach ihm. Und sehnte sich nach der süßen Erlösung, jenen Momenten, in denen sie ihren Körper von purer Lust durchflutet fühlte, während sie und Jasha eins wurden.

Sie beugte sich so weit vor, dass ihre Wange die Hantelbank berührte, ergab sich der Choreografie ihrer Bewegungen, der Melodie ihres Stöhnens, dem animalischen Mix ihrer Düfte. Fieberte ihrem Orgasmus mit allen Sinnen entgegen.

»Bitte«, hörte sie jemanden sagen. »Bitte.« Und erkannte ihre eigene, bettelnde Stimme.

Dann glitt seine Hand zwischen ihre Leiber. Seine Finger rieben behutsam ihre Klitoris, bescherten Anns Lust selige Wonnen. Sie erschauerte, wand sich in krampfhaften

Zuckungen, und als sie es nicht mehr aushalten konnte, schrie sie ihre Lust laut heraus.

Und er war bei ihr. Mit virtuosen Händen dirigierte er ihr Becken, vor und zurück, während er sich tief in sie stemmte, Ann Begehren, Lust, Befriedigung und erneutes Begehren verschaffte.

Ja, wahrhaftig, sie hasste ihn, aber er hatte Recht – ihre Liebe war stärker, und wenn sie nicht aufpasste, hatte er leichtes Spiel mit ihr: Sie konnte sich seinem Einfluss nicht entziehen. Sobald ihre Erregung verebbte, erkannte sie nämlich, dass sie seine Stimmungen daran witterte, wie sich sein Duft veränderte.

Seit wann war das so? Wann hatte er sie dahingehend manipuliert?

Er glitt aus ihr heraus, und sie räkelte sich himmlisch erschöpft auf der lackgepolsterten Bank.

»Ann.« Er umschloss ihre Taille und half ihr, sich aufzusetzen, zog ihr den Rock unter den Po. Er setzte sich neben sie, schob seine Hand in ihre. »So geht es nicht weiter. Wir müssen reden. Wir müssen ehrlich miteinander sein.«

»Genau das finde ich auch.« Sie riskierte einen kurzen Seitenblick zu ihm.

Er sah müde aus, gestresst und befriedigt, alles zusammen.

Womöglich sah sie genauso aus, dachte Ann.

Er wusste nicht, wieso sie ihn kratzbürstig auf Distanz hielt, und das machte es so kompliziert zwischen ihnen. Ann seufzte. Demnach würde sie ihm die ganze verworrene, verwirrende Geschichte erzählen müssen – die Wahrheit und nichts als die Wahrheit.

Zum ersten Mal in ihrem Leben würde sie jemandem ihr Geheimnis erzählen – nein, zeigen.

»Ich hab deinen Antrag nicht bloß deswegen abgelehnt, weil deine Mutter darauf drängte, dass wir heiraten«, begann sie. »Es gab noch andere Gründe.«

»Ich würde niemals heiraten, um meiner Familie einen Gefallen zu tun. Wenn es darum ginge, hätte ich schon mit zwanzig heiraten müssen. Aber bitte – ich bin ganz Ohr. Nenn mir deine Gründe.«

Sie zog das Böse an. Und geriet dauernd an die falschen Menschen.

»Also gut. Ich war noch klein, drei oder höchstens vier Jahre alt. Und entsinne mich dunkel, dass ich in der Badewanne saß. Eine der Hospitantinnen im Konvent badete mich. Sie kreischte plötzlich auf, zeigte mit dem Finger auf mich und brüllte aus Leibeskräften.« Mit einer Freimütigkeit, die Ann selbst verblüffte, stand sie auf und schlenderte mit wiegenden Hüften zum Fenster, durch das die Nachmittagssonne in sein Büro flutete. »Mir schrillt noch im Ohr, was sie gebrüllt hat: *Chimäre, Monster*. Ich wusste damals zwar nicht, was das bedeutet, trotzdem kann ich mich noch genau daran erinnern.« Sie erinnerte sich auch, dass sie zu Tode erschrocken gewesen war. »Das Mädchen lief entsetzt weg. Das ist meine früheste Kindheitserinnerung.«

»Ann, ich hab dich nackt gesehen«, meinte er gedehnt. »An dir ist nichts Monströses.«

»Du hast das nicht gesehen.« Ann drehte sich mit dem Rücken zu Jasha, schob ihren Rock hoch und deutete auf das Mal. »Ich hab es mit Make-up kaschiert, damit es nicht so auffällt.«

Er schlenderte zu ihr, neugierig interessiert und sich seiner Sache sehr sicher. Er wusste, was er gesehen hatte. »Ich hab es vorhin, als wir uns liebten, bemerkt. Es ist ein Tattoo. Ich konnte zwar nicht erkennen, was es darstellt, aber nur, weil ich anderweitig beschäftigt war.« Er grinste, ein aufreizendes Zucken seiner Lippen. Puh, ein Glück, dass sie diese letzte Chance wahrgenommen hatte, sich von ihm verwöhnen zu lassen, schoss es Ann durch den Kopf. Wenn er dieses irrwitzige Ding genauer betrachtete, wäre es sowieso aus mit ihnen.

»Okay, dann sieh es dir ruhig nochmal an.« Mit der Daumenspitze rieb sie das Make-up von dem Mal, mit dem sie gezeichnet war. Und fürs Leben geschlagen, seufzte sie im Stillen.

Er bückte sich, konzentrierte den Blick auf die betreffende Stelle. Ann war klar, dass sie auf Risiko spielte.

Während er mit behutsamen Fingern Konturen und Form nachzeichnete, wartete Ann beklommen. Vielleicht begriff er jetzt, was sie vom Rest der Menschheit abhob.

Seine Augen weiteten sich, und er zog verblüfft die Hand weg. »Was …? Wie …?«

»Ich hab es seit meiner Geburt. Schwester Mary Magdalene sprach zwar nicht gern darüber, nicht mal mit mir, aber sie erläuterte mir ein paar Dinge. Sie erzählte mir beispielsweise, dass dieses Mal vermutlich der Grund war, weshalb meine Eltern mich wie ein Stück Müll in den Container warfen. Sie beschwor mich, mit niemandem darüber zu reden, sonst würde mich das Böse holen.«

»Das ist lächerlich, grotesk.« Er beugte sich erneut über das Mal. Seine Finger verharrten in der Luft, als traute er sich nicht, es noch einmal anzufassen.

»Nein, ist es nicht. Das Böse kam.«

Seine Brauen schossen nach oben. »Was ist passiert?«

»Schwester Catherine war eine junge Nonne. Eine reizende, junge Frau, die sich liebevoll um mich kümmerte. Ich war damals neun Jahre alt, und sie fand wohl, dass ich viel zu ernst war für ein Mädchen in diesem Alter. Deshalb erzählte sie mir lustige Geschichten. Sie spielte mit mir.« Ann strich ihren Rock glatt und konzentrierte sich auf Jasha. »Eines Abends, nachdem ich mit den Hausaufgaben fertig war, liefen wir nach draußen, um zu schaukeln. Sie war so hübsch und so klug, und ich wäre gern wie sie gewesen ... Und wir schaukelten. Doch das Böse nahte ...« Während Ann wie gebannt auf das helle Rechteck aus Sonnenlicht starrte, das sich auf dem Teppich abzeichnete, erwachten die alten Ängste zu neuem Leben, Ängste, die sie krampfhaft ausgeblendet hatte, drängten mit Macht in ihr Bewusstsein zurück. »Sie kamen, um mich zu holen. Als Schwester Catherine merkte, dass sie es auf mich abgesehen hatten, rief sie, ich solle schleunigst weglaufen. Sie kämpfte für mich, sie starb für mich, direkt vor meinen Augen.«

»Ann.« Jasha schloss sie mit einer sanft beschützerischen Geste in seine Arme. »Es war nicht deine Schuld.«

»Schwester Mary Magdalene war da anderer Ansicht.« Die Vision von Schwester Catherine, blutüberströmt und mit zerschmettertem Körper, hatte sich unwiderruflich in Anns Bewusstsein eingebrannt.

»Ich mag diese Schwester Mary Magdalene nicht.«

»Sie ist zwar nicht übermäßig nett, aber immerhin hat sie mir die Augen geöffnet. Sie erklärte mir, dass die Bösen es auf mich abgesehen hätten, es hätte irgendwas mit diesem Geburtsmal zu tun. Was, weiß ich nicht mehr. Jedenfalls setzte sie hinzu, dass Gott eine Aufgabe für mich hätte, und ich solle beten, um die Kraft zu finden, sie zu erfüllen.« Ann besann sich auf die Jahre bedingungslosen Gehorsams, genährt von einer tiefen imaginären Furcht, und sie hätte sich im Nachhinein ohrfeigen mögen.

Sie hatte sich ihr Lebtag von anderen gängeln und instrumentalisieren lassen.

Zunächst hatte sie in einem Waisenhaus gelebt – ohne die kleinste Chance, jemals adoptiert zu werden, weil sie dieses mysteriöse Mal hatte.

Dann hatte sie Sekretärinnenkurse besucht, sich bei Wilder Wines vorgestellt und den Job bei Jasha bekommen. Dort hatte sie sich zu seiner Chef-Assistentin hochgearbeitet – weil sie in ihn verliebt war.

Sie hatte immer, *immer* nach den Regeln einer höheren Instanz gelebt, sie hatte selbstlos Opfer gebracht, nie aufgemuckt, sondern sich immer angepasst.

Niemand hatte sich je Gedanken gemacht, ob Ann glücklich war. Geschweige denn versucht, sie glücklich zu machen. Und wenn, dann bestimmt aus egoistischen Motiven.

Sie fixierte Jasha aus zusammengekniffenen Augen.

Sie hatte es satt, ihn glücklich zu machen. Es hing ihr zum Hals heraus, dauernd die Märtyrerin zu spielen.

Sie wand sich aus seiner Umarmung. »Sollte die göttliche Vorsehung von mir erwarten, dass ich dich heirate, dann muss ich leider passen. Ohne mich. Ich opfere mich weder für Gott noch für Schwester Mary Magdalene oder für deine Familie. Auch nicht für dich.«

»Du liebst mich.«

Obwohl er die ungeschminkte Wahrheit kannte, blieb er hartnäckig, das musste man ihm lassen. »Ja, aber eines weiß ich seit unserem Abenteuer in der Wildnis: Ich verdiene die uneingeschränkte Loyalität und die bedingungslose Liebe, die ich auch zu geben bereit bin.«

»Wie kommst du darauf, dass ich dir beides nicht geben werde?«

»Weil du es mir nicht geben *kannst*, Jasha.« Ann war sich da sehr sicher. »Du kannst nicht, weil dein Leben auf Messers Schneide steht, weil du dein Herz und deinen Verstand in die Waagschale geworfen hast, um den Pakt mit dem Teufel zu besiegen. Was, wenn Schwester Mary Magdalene die Wahrheit gesagt hat?«

»Wie meinst du das?« Er fuhr zusammen, als hätte sie ihn geschlagen.

»Wie ich das meine? Du willst es bestimmt nicht riskieren, eine Frau zu heiraten, die, wenngleich unwissend, mit dem Teufel paktiert, oder?« Sie riss ihr Sakko vom Stuhl und lief zur Tür.

»Ann, lauf doch nicht weg.«

Sie wirbelte herum und maß ihn aus irisierend blauen Tiefen.

»Weißt du was? In der Wildnis bleiben Wölfe ein Leben lang zusammen.« In seinen Blick trat ein rot glühendes Leuchten.

33

Fragen über Fragen, auf die Jasha keine Antwort wusste. Er schwankte zwischen Ärger und Bestürzung, ehe er beschloss, der Sache auf den Grund zu gehen. Seine Miene angespannt vor Besorgnis, nahm er den Hörer auf und wählte die Nummer des Konvents der Heiligen Jungfrau in Los Angeles. »Ich möchte mit Schwester Mary Magdalene sprechen.«

Seine Ansprechpartnerin am anderen Ende der Leitung hatte Haare auf den Zähnen, das merkte man gleich. Sie machte Jasha unmissverständlich klar, dass sie sein Ansinnen aufdringlich fand. »Die Mutter Oberin ist beschäftigt. Kann ich ihr etwas ausrichten?«

»Es geht um die Waise Ann Smith.«

Die Stimme veränderte sich, klang weicher, betroffener. »Warten Sie, ich versuche, Sie zu verbinden.«

Es verblüffte ihn nicht, dass die Nonne direkt abhob.

»Wie geht es Ann?«, erkundigte sich Schwester Mary Magdalene mit stockender Stimme, die von einem weichen Südstaatenakzent gefärbt war.

»Ihr geht es ausgezeichnet.« In seiner Stimme schwang Verärgerung. »Interessiert Sie das überhaupt?«

Eine lange, angespannte Pause schloss sich an. »O ja, es interessiert mich. Seit Ann die Highschool abschloss und uns verließ, bete ich täglich für ihr Wohlergehen.«

»Und für ihre verwerfliche Seele?«

»Hören Sie auf«, versetzte die Nonne scharf. »Ann ist eine Seele von Mensch. An ihr ist nichts Verwerfliches. Sie ist freundlich und sensibel, und noch eins, Mister, ich habe etliche Kinder großgezogen, und sie gehört zu den wenigen, von denen ich das behaupten kann.«

Er wurde das Gefühl nicht los, dass sie ihm gerade eins mit dem Lineal über die Fingerknöchel gezogen hatte.

»Mr. Wilder, Sie sind Anns Arbeitgeber, nicht wahr?«

»Sie hat Ihnen von mir erzählt.« Folglich hielt Ann weiterhin den Kontakt mit dem Konvent.

»Also sind Sie Anns Arbeitgeber.« Die Nonne erwartete klare Antworten auf ihre Fragen und keine fadenscheinigen Ausflüchte.

»Ja.«

»Dann hören Sie mir mal gut zu, Sir. Ann ist ein liebenswertes, hilfsbereites Mädchen, aber auch ungeheuer naiv. Ich war und bin immer in Sorge, dass sie aufgrund dessen irgendwann an jemanden gerät, dem einzig daran liegt, sie für seine schlimmen Machenschaften zu missbrauchen. Ich warne Sie, Sir, eine alte, lebenskluge Nonne macht man sich nicht zum Feind. Und jetzt zu Ihnen. Weshalb rufen Sie überhaupt an?«

Okay. Nicht ausgeschlossen, dass er die Situation falsch interpretierte. »Ich rufe an, weil Ann mir heute ihr Geburtsmal gezeigt hat. Und ich hätte gern gewusst …«

»Sind Sie ihr Mann?«

»Ich habe ihr einen Antrag gemacht, aber sie will mich nicht heiraten.« Aus einer ganzen Reihe von Gründen, wie er inzwischen wusste, letztlich ausschlaggebend war jedoch dieses verdammte Geburtsmal.

Ein langes nachdenkliches Schweigen entstand.

Er suchte nach den richtigen Worten, um die Nonne mit

seinen ehrbaren Absichten zu beeindrucken, aber ihm fiel bloß ein: »Schwester. Ich liebe sie.«

»Wie einleuchtend. Das beteuern sie alle.«

Wow. Eine zynische Nonne. Er war mit seinem Latein am Ende. »Erwarten Sie jetzt etwa, dass ich Ihnen am Telefon beweise, wie ernst ich es meine?«, versetzte er niedergeschlagen.

»Es reicht, wenn ich mich davon überzeugen kann, dass Sie einen guten Charakter haben. Erzählen Sie mir doch mal, Mr. Wilder, wie sieht das Mal für Sie aus?«

»Wie eine blühende Rose, um die sich eine Schlange windet.«

»Und?«

»Und ...« Jasha fühlte sich mit einem Mal wie ein geprügelter Hund. Es ging ihm schwer über die Lippen einzuräumen, was er noch gesehen hatte. Weil es abstrus, absurd, aberwitzig war. Er war bestimmt genauso fassungslos gewesen wie Ann damals, als der Wolf sich vor ihren Augen in einen Menschen verwandelt hatte. »Und die Schlange öffnete ihre Augen, schaute mich an und schloss sie wieder.«

»Ist das alles?«

»Reicht Ihnen das nicht?«

»O doch.«

Es war ein Test gewesen. Keine Ahnung, wieso, er hatte ihn jedenfalls bestanden.

»Hat Ann Ihnen erzählt, was ich mache?«, fragte die Nonne.

»Sie sind Ordensschwester. Ann erwähnte, dass Sie als Lehrerin und Erzieherin tätig sind.« Er machte eine gedankenvolle Pause.

»Inzwischen bin ich die Mutter Oberin dieses Konvents. Wegen der umfassenden Verwaltungsaufgaben und der Vorbereitung der heiligen Messen habe ich meine Lehrtätigkeit aufgegeben.«

Keine Frage, sie war stolz auf ihren Karrieresprung.

»Als Lehrerin unterrichtete ich Religion und Geschichte. Übrigens ist Geschichte mein Lieblingsfach.« Der Klang ihrer Stimme veränderte sich, wurde eindringlicher. »Und im Besonderen das Wissen um den ewigen Kampf zwischen Gut und Böse.«

Er dachte an seine eigene Schulzeit zurück. »Ich kann mich nicht entsinnen, dass ich darüber was in den Geschichtsbüchern gelesen hätte.«

»Stimmt. Und ich erzähle den Kindern noch lange nicht alles, was ich weiß. Würden sie nämlich begreifen, dass der Kampf in uns allen wütet und wie schwer es das Gute hat, sich durchzusetzen, dann würden sie sich halb zu Tode fürchten.«

»Ja.« Im Hintergrund hörte er fröhliche Kinderstimmen. Vermutlich hatte gerade ihre Frühstückspause begonnen. »Der Meinung bin ich auch.«

»Ich weiß nicht, ob sie es Ihnen gegenüber erwähnte, aber man hat Ann in einem Müllcontainer gefunden.«

»Doch, ich weiß Bescheid.«

»Dann vertraut sie Ihnen sehr.« Schwester Mary Magdalene atmete tief durch. »In diesem Teil von Los Angeles kommt es häufiger vor, dass ein Baby ausgesetzt wird. Wie leider überall auf der Welt. Sie war ein Neugeborenes und lag bestimmt schon eine Weile dort, und der Obdachlose, der sie entdeckte, war so entsetzt über ihren Anblick, dass er sie nicht anfassen mochte. Er erzählte seinen Kumpanen von seinem Fund und von dem Mal auf ihrem Rücken.«

Sie schloss die Tür, und das laute Kinderlachen verstummte. »Er beteuerte, es wäre ein Hexenmal.«

»Sieht so ein Hexenmal aus?«

Die Stimme der Nonne nahm einen belehrenden Tonfall an. »Nein, eigentlich spricht man von einem Hexenmal, wenn jemand eine dritte Brustwarze hat. Das hat Ann aber nicht.«

Es fehlte nicht viel, und er hätte ihr dies bestätigt. Gottlob bremste er sich noch rechtzeitig.

»Man informierte mich über den Fund. Ich bin sofort los, um sie da wegzuholen. Ich hatte Angst um das Kind, es war kalt, und Babys brauchen Wärme. Als ich in die fragliche Gasse einbog …« Ihr versagte die Stimme.

Er setzte sich kerzengerade in seinem Bürosessel auf. »Beruhigen Sie sich, Schwester.«

»Eine geistig verwirrte Stadtstreicherin, die liebe gute Mary, hatte das Baby gerettet, es in Zeitungspapier gewickelt und saß mit ihm an einem großen Gemeinschaftsfeuer, um es zu wärmen. Als ich in die Gasse bog, sah ich, wie ein Bettler, den ich vorher noch nie gesehen hatte, versuchte, ihr Ann wegzunehmen.« Und Jasha sah im Geiste, wie Schwester Mary Magdalene die Hände zu Fäusten ballte. »Der Bettler und Mary stritten um das Kind, und die Frau kreischte und tobte, dass er das Baby wolle, um es zu opfern. Bevor ich die Kleine an mich nehmen konnte, hatten sie ihr beide Schultern ausgerenkt, und die Zeitung fing Feuer.«

Vor Jashas geistigem Auge spielte sich die Szene ab – das schreiende Baby, die kreischende Frau, die Nonne, die das Chaos teilte wie Moses das Rote Meer.

»Der Mann ging nicht auf mich los. Stattdessen war er

plötzlich wie vom Erdboden verschluckt. Wir löschten das Feuer, ich rief einen Krankenwagen und bedankte mich bei Mary.«

»Wissen Sie, wo sie inzwischen lebt? Es wäre mir ein Herzensanliegen, mich ebenfalls bei ihr zu bedanken.« Er trommelte mit dem Füller ungeduldig auf seine Schreibtischplatte.

»Sie hat nicht mehr lange gelebt. Eine knappe Woche später fand man sie mit gebrochenem Genick.«

Er hörte auf zu trommeln. »O Gott!«

»Sie sagen es, Mr. Wilder. Als ich das Baby aus der Zeitung wickelte, begriff ich den ganzen Aufruhr. Auf ihrer rechten Hüfte befand sich eine geschlossene Rosenknospe, um die sich eine dünne Schlange wand.«

»Eine Rosenknospe? Ja, aber …«

»Die blühende Rose. Ich weiß. Als Ann größer wurde, veränderte sich das Geburtsmal.«

Jasha lehnte sich in seinem Sessel zurück und bedeckte mit einer Hand seine Augen. Diese Geschichte bei Tageslicht zu hören schien ihm irgendwie makaber. Sie gehörte auf eine Sleepover Party, wo die Teenies sich Horror- und Gruselfilme reinzogen. Er dachte an Ann mit ihrem süßen vollen Mund und den großen blauen Augen, mit denen sie ihn anschaute, als wäre er ein Held. Zumindest hatte sie ihn so angeschaut bis zu dem besagten Tag in Washington, wo er beteuert hatte, sie zu lieben.

Sie hatte ihn spontan einen Lügner genannt, und sie hatte Recht.

Wie üblich hatte sie die Tatsachen erfasst.

Ihm ging es um fantastischen Sex und um einen heißen Flirt.

Sie wollte jedoch mehr. Wollte alles von ihm.

»Ich wusste, sie war ein ganz besonderes Kind. Dennoch brauchte es Jahre, bis ich dahinterkam, was das Mal bedeutete«, meinte Schwester Mary Magdalene abwartend, als ahnte sie bereits, welche Fragen ihm unter den Nägeln brannten. »Offen gestanden eignete sich das Internet nur bedingt für meine Recherchen. Die Kirche stellt ihre alten Texte nicht ins Internet ein. Zudem konnte ich nicht herumreisen, um mir die Texte anzusehen, weil ich Ann nicht allein lassen mochte.«

»Was hätte ihr im Konvent großartig passieren können?«

»Ich hab sie nie von den anderen isoliert, Mr. Wilder. Sie nahm gemeinsam mit den anderen Kindern am Unterricht teil, besuchte sie zu Hause, sie war Mitglied bei den Camp Fire Girls und in der Schwimmmannschaft engagiert. Ich hab nie jemanden auf dieses Mal aufmerksam gemacht – ein Geheimnis ist nur so lange ein Geheimnis, wie man es für sich behält –, demnach konnte ich auch niemandem vertrauen, dass er sich für Anns Sicherheit verbürgte.«

»Korrekt.« Unvermittelt gewann er ein völlig anderes Bild von Anns Kindheit und Jugend. Schwester Mary Magdalene war keine falsche Schlange, sondern eine weise, strenggläubige Frau, die sich für ihren Schützling starkgemacht hatte.

»Meinen ersten Hinweis auf die Bedeutung des Geburtsmals bekam ich, als sie drei Jahre alt war. Wir hatten eine Aushilfe auf der Kinderstation, eine junge Frau, die früher drogenabhängig gewesen war und die wir gelegentlich bei uns beschäftigten. Ich bat sie, Ann zu baden. Nicht lange, und sie kam panisch kreischend aus dem Bad gelaufen. Sie stammelte, dass die Schlange sie angegriffen hätte.«

»Mein Gott.« *Jasha, halt die Klappe. Halt den Allmächtigen aus der Sache raus.*

»Als ich ins Bad gelaufen kam, saß Ann mit angstgeweiteten Augen in der Wanne, sie weinte jedoch nicht – Ann weinte selten –, und als ich das Kind genauer betrachtete, bewegte sich die Schlange. Sie schlängelte sich giftig züngelnd um die Rose. Als sie mich sah, erstarrte sie und schloss die Augen.«

Schlagartig war ihm klar, wieso sie ihn gezielt auf das Geburtsmal angesprochen hatte. Seine Antwort hatte die Nonne zufriedengestellt.

»Ein paar Tage später, als die Frau wieder bei uns aushalf, bat sie darum, sich um Ann kümmern zu dürfen. Sie beteuerte, dass sie sich das mit der Schlange bloß eingebildet hätte.«

»Eine dreiste Lüge.«

»Sie sagen es. Folglich beobachtete ich sie. Ich sah, wie sie sich mit Ann auf dem Arm aus dem Waisenhaus schlich. Sie war rückfällig geworden, wieder ins Drogenmilieu abgestürzt und wollte Ann für eine hohe Summe verkaufen.«

Jasha umklammerte die Schreibtischplatte, dass seine Handballen schmerzten.

»Wenn der Deal geklappt hätte, hätte sie genug Geld gehabt, um sich hundertmal umzubringen. Ich hab sie natürlich achtkantig rausgeworfen. Kurz darauf erledigte jemand anderer den Job für sie.«

»Sie wurde ermordet?«

»Ein Sturz von einem der Wolkenkratzer im Geschäftsviertel von Los Angeles. Eine Autopsie war nicht mehr möglich.«

Jasha blies die Backen auf. »Wie kam sie da hinauf?«

»Das weiß keiner.« Die Nonne senkte die Stimme. »Aber der Vorfall lieferte mir einen entscheidenden Hinweis. Leider Gottes gab es in den sieben Jahren, die ich brauchte, um die Wahrheit über dieses Geburtsmal zu enthüllen, noch einen weiteren tragischen Vorfall.«

»Schwester Catherine.«

»Ja, Schwester Catherine. Die Tragödie brach mir fast das Herz, denn wenn ich sie auf Anns Besonderheit hingewiesen hätte, hätte sie sich vielleicht nicht …« Die Nonne räusperte sich betreten. »Müßig, darüber zu spekulieren. Ich tat, was ich für richtig hielt, aber wer weiß, wahrscheinlich gab es kein Richtig oder Falsch.«

Sie sprach Jasha aus der Seele. Er zermarterte sich dauernd das Hirn, ob es sinnvoll gewesen wäre, die Varinskis konsequent zu observieren. Und wenn sie ihn bemerkt, seine Identität entdeckt und seine Familie schon früher aufgespürt hätten? Oder wäre er dann auf ihren Angriff vorbereitet gewesen? Er riss sich aus seinen brütenden Gedanken. »Was Sie sagen, stimmt, Schwester. Spekulationen bringen uns kein Stück weiter.«

»Richtig, Sir, und natürlich war die eigentliche Tragödie nicht der Tod von Schwester Catherine, sondern Ann, die sich seitdem mit bitteren Selbstvorwürfen quält.«

»Sie ist überzeugt, dass das Mal das Böse anzieht«, meinte er weich. Anns bedauernswertes Schicksal ging ihm sehr zu Herzen. »Wieso hat sie dieses Mal? Und was hat es damit auf sich?«

Schließlich ungewöhnlich redselig, erklärte die Nonne: »Ich fand es erstmals in einem kryptischen Text erwähnt, den ich mir in Polen, aus dem Konvent der St. Agnes in Krakau, entliehen hatte. Die Rose ist zweifellos Ann, die

Unschuldige, die beschützt werden muss, bis sie die Aufgabe erfüllt, die unser aller Herr ihr auf dieser Erde gestellt hat.

Und die Schlange … steht in der biblischen Mythologie nicht unbedingt auf Seiten der Engel.

Die Schlange wird von Gott für seine göttlichen Vorhaben instrumentalisiert. Um den Menschen aus dem Garten Eden zu jagen, damit er sich in der Welt beweist, oder um die Auserwählten zu beschützen.«

»Verstehe.« Er war sich jedoch unschlüssig, ob er ihre Interpretation teilte.

»Folglich mobilisiert der Allmächtige uns alle in dem Kampf zwischen Gut und Böse. Ein russisches Sprichwort besagt: Gott sitzt hoch und er sieht weit.«

»Das hab ich schon mal gehört.« Von seinem Vater.

»Und vielleicht haben Sie bemerkt, dass darin viel Wahres steckt, Mr. Wilder.«

Jasha dachte spontan an seine Mutter und ihre Prophezeiung, an den Blitzeinschlag in jenen Baum, woraufhin Ann die Ikone entdeckt hatte, an die Liebe seiner Eltern – und an seine Liebe zu Ann. »Ja, das kann man wohl so sagen.«

»Ich nenne Ihnen noch ein weiteres Sprichwort: Bete, als läge alles in Gottes Hand, und arbeite, als läge alles in deiner Hand. Also habe ich gebetet und gearbeitet und das getan, was ich für das Beste hielt – nämlich Ann jede Chance auf eine Adoption verbaut. Weil ich glaube, dass Anns Geburtsmal die falschen Menschen anzieht. Weil ich überzeugt bin, dass sie eine besondere Rolle in dem Kampf zwischen Gut und Böse spielt.«

»Sie hat es zumindest einmal bewiesen, indem sie eine

tausend Jahre alte Ikone fand, die für meine Familie von unschätzbarem Wert ist.«

»Ah, tatsächlich? Und wie schützen Sie Ann und die Ikone?«

»Die Ikone habe ich zu Hause in meinem Safe eingeschlossen. Und ich begleite Ann quasi auf Schritt und Tritt.«

»Gut, denn die Satanisten und die Dämonen wollen sie vernichten.«

Nicht alle Dämonen wollten Ann vernichten. *Er* wollte sie in Sicherheit wissen. Weil er fürchtete, dass die Nonne Recht hatte.

»Ann verdient die Liebe und Achtung eines herzensguten Mannes. Sind Sie ein guter Mensch, Mr. Wilder?«

»Eher selten«, räumte er ein.

Die Nonne schmunzelte. »Dann lieben Sie sie mit jeder Faser Ihres Herzens, denn sie ist es wert.«

»Ich weiß. Und ... das mache ich auch.« Natürlich liebte er sie aus tiefstem Herzen. Allerdings echote die Stimme der Nonne unheilsschwer in seinem Kopf.

Anns Geburtsmal zieht das Böse an.

Er sprang unvermittelt auf. »Schwester, ich muss auflegen. Ich muss ...«

Er warf den Hörer auf die Gabel und stürmte durch die Tür.

O nein, es durfte nicht sein! Gott konnte nicht so grausam sein, dass er Jasha erst die große Liebe seines Lebens schenkte und sie ihm dann wieder wegnahm.

34

Ann schlenderte durch ihr Apartment, ihr bezauberndes Apartment, das sie liebevoll und mit ausgesuchtem Geschmack eingerichtet hatte. Ihre Schritte hallten auf den nackten Böden, durch die leeren Räume. Ihr fiel spontan ein, wie begeistert sie damals über ihre erste eigene Wohnung gewesen war – Kresley maunzte hinter der verschlossenen Badezimmertür.

Sie lief hastig zum Bad, öffnete die Tür und erlöste ihn aus seinem Gefängnis. Woraufhin er mit buschig aufgerichtetem Schwanz um sie strich. Er suchte nach seinem Futternapf, seinem Kuschelplatz auf dem Sofa, seinen Spielsachen, und als er nichts davon fand, lief er fauchend durch das Wohnzimmer.

»Ich weiß, Schätzchen, ich weiß.« Die Wohnung war leer, die Luft stickig abgestanden. Sie ging zu den Glasschiebetüren und schob sie auf, trat auf den Balkon hinaus und blickte über die gepflegte Grünanlage hinweg.

Ihr Zuhause. Das hier war ihr Heim, mit einem Swimmingpool und altem schattenspendendem Baumbestand. Sämtliche Apartments hatten Klimaanlage. Sie war die letzten beiden Wochen jede Nacht weg gewesen – und Kresley nahm ihr das schwer übel.

Sie wandte sich von der traumhaften Aussicht ab, kehrte ins Innere zurück, warf einen Blick in ihr kahles Schlafzimmer, das nackte Bad, die leere Küche.

Wieder im Wohnraum, setzte sie sich auf den Boden, lehnte sich mit dem Rücken vor die Wand des Gaskamins und schloss die Augen. Sie kämpfte mit den Tränen.

Sie hatte Jasha eine Abschiedsszene hingelegt von einer Dramatik, um die sie jede Operndiva beneidet hätte.

Und was hatte sie davon? Sie hatte keine Möbel mehr, keine Tasse, keinen Teller, nicht mal eine Zahnbürste – und demnach keine andere Wahl, als zu ihm zurückzukehren. Zwar war sie wütend und verletzt, aber sie wusste auch, dass sie in großer Gefahr schwebte. Sie konnte es drehen und wenden, wie sie wollte: Das Böse ließ nie lange auf sich warten.

Und Jasha wusste das auch. Wenn sie nicht freiwillig zu ihm zurückkehrte, würde er sie holen kommen und bewachen. Wenn es sein musste, mit Zähnen und Klauen.

Inzwischen erkannte sie Schwester Mary Magdalenes Strategie. Sie hatte dafür gesorgt, dass ihr Schützling behütet im Konvent aufwuchs. Die Nonne hatte sie rigoros vor Familien abgeschottet, die den Wunsch nach einer Adoption äußerten. Aus Angst, sie könnte für Kultriten missbraucht oder gar Satan geopfert werden. Zumal die Schwester Oberin um die Gefahren wusste – dass Anns Geburtsmal den Fürsten der Finsternis und seine Anhänger anlocken könnte.

Stattdessen hatte es ihr die Ikone und eine Familie liebenswerter Dämonen eingebracht, die sich warmherzig um Ann kümmerten. Und Jasha. Das Mal hatte Jasha angezogen. Ganz gleich, was sie machte oder sagte, er war da. In ihren Träumen, in ihrem Herzen, in ihrem Körper ....

Kaum dass sie an die erotischen Momente mit ihm dachte, sehnte sie sich nach Jasha. Sie begehrte ihn. Bei der Erinnerung wurde sie feucht. Sie presste die Schenkel zusammen, versuchte den Höhepunkt der Leidenschaft für einen flüchtigen Moment wiederaufleben zu lassen.

Und was hatte sie davon?

Sie saß allein in ihrer leeren Wohnung, verstoßen, ungeliebt und fühlte sich sterbenselend.

Kresley stakste leise maunzend zu ihr und beschnupperte sie. *Wenn er wieder so tut, als könnte er mich nicht leiden, brech ich in Tränen aus,* sann sie frustriert. Er kletterte jedoch auf ihren Schoß und rollte sich zusammen, anheimelnd warm und schwer. Sie kraulte seinen Nacken; er reckte den Hals und schnurrte so laut wie ein Spielzeugmotorrad.

»Du dummer Kater«, muffelte sie und vergrub ihr Gesicht in seinem weichen Fell. »Demnach hast du mir verziehen, hm?«

Er leckte ihr Gesicht mit seiner sandpapierrauen Zunge, und sie lachte.

Ein lautes Klopfen an der Tür ließ sie zusammenfahren.

Welcher Idiot hatte den Nerv, sie bei ihrem kleinen Moralischen zu stören? Jasha?

Nein. Er würde gar nicht erst anklopfen, sondern ohne Vorwarnung hereinplatzen. Oder er würde auf ihrem Handy anrufen, wild herumblöken, ihr mordsgute Ratschläge geben, als hätte sie b-l-ö-d auf der Stirn stehen und wäre total lebensuntüchtig. Dabei wollte sie doch bloß ein bisschen ungestört sein und ihre Wunden lecken …

Der Idiot klopfte erneut, und dieses Mal war es echt aufdringlich.

Mit Kresley auf dem Arm ging sie zur Tür und blinzelte durch den Spion.

Sie sah einen hünenhaften Typen im Overall mit dem Logo des Umzugsunternehmens auf der Brusttasche. Er hielt ein Klemmbrett und kritzelte darauf herum.

Na logo. Der Papierkram. Zu allem Überfluss wollte Jasha wohl auch noch, dass sie den unfreiwilligen Umzug aus eigener Tasche bezahlte. Dieser Mistkerl.

Sie öffnete die Tür.

Der Umzugsmensch würdigte sie kaum eines Blickes, sondern ratterte stereotyp herunter: »Hi, Mrs. Smith, ich bin Max Lederer. Ich brauch Ihre Unterschrift auf diesen Papieren. Zur Bestätigung, dass wir nichts beschädigt haben.«

»Ich ... ich hab noch nicht überall nachgesehen.« Hoffentlich merkte er nicht, dass sie geweint hatte.

»Soll ich warten?« Er spähte zu Kresley, der mit einem Mal stocksteif in ihren Armen lag.

»Ja, das wäre nett.« Sie schob Kresley in eine Armbeuge und griff mit der anderen Hand nach dem Klemmbrett. Auf den Formularen stand CANTU MOVERS, gefolgt von einer Auflistung der Räume.

Max zog einen Stift hinter dem Ohr hervor und tippte auf den Durchschlag. »Inspizieren Sie sämtliche Zimmer, und wenn alles okay ist, unterschreiben Sie bitte hier. Sollte irgendein Problem auftauchen, notieren Sie sich kurz ein paar Stichworte. Dann gehen wir das nachher zusammen durch.« Max war hochgewachsen, blond, sonnengebräunt und er sprach mit leichtem Akzent. Ann tippte darauf, dass er bei Frauen mächtig gut ankam. Er roch zwar säuerlich verschwitzt, aber bei dem Job war das kein Wunder. Vermutlich musste er den ganzen Tag Möbel schleppen, und das bei den hochsommerlichen Julitemperaturen, die derzeit in Napa Valley herrschten. Und er war barfuß. Wie abgefahren.

Er musste ihren Blick aufgefangen haben, denn er erklärte trocken: »Ich hatte heute Morgen neue Stiefel zur Arbeit angezogen, und jetzt tun mir die Füße weh.«

»Und ich kann Ihnen noch nicht mal ein Stück Heftpflaster anbieten.« Weil Jasha, dieser Schuft, heimlich und ohne ihr Wissen den Umzug organisiert hatte. Sie hätte sich auch nicht für Geld und gute Worte dazu breitschlagen lassen, denn ihr schwante, dass er sie so schnell ohnehin nicht wieder zurückließ. Auch nicht, wenn die Gefahr gebannt wäre. »Okay, Max, ich mach schnell. Wenn Sie hier kurz warten wollen.« Sie wollte im Schlafzimmer anfangen und von dort aus ihre Runde drehen.

Kaum war Max über die Schwelle getreten, begann Kresley zu knurren. Es war ein ähnlich kehliges, furchteinflößendes Knurren wie seinerzeit bei Jasha.

»Das ist aber 'ne verdammt große Katze.« Auf Max' Gesicht zeigten sich Abscheu und Ekel.

»Haben Sie ihn etwa im Bad eingeschlossen? Kein Wunder, dass er Sie anfaucht.« Sie drückte den Kater an ihren Busen. Nach seiner Reaktion zu urteilen, schien Kresley fest entschlossen, sich auf Max zu stürzen. Und bei ihrer Glückssträhne hätte sie dann vermutlich ruck, zuck eine Klage am Hals.

»Ich bring ihn so lange weg.« Während sie mit dem Kater ins Bad lief, klingelte ihr Handy.

Hinter ihrem Rücken schnappte unvermittelt die Eingangstür zu, und Max drehte den Schlüssel um.

Ann erstarrte. Jetzt wusste sie, weshalb Kresley dermaßen knurrte und fauchte.

Sie zog das Böse an. Und geriet immer an die falschen Menschen.

Und dieses Mal war sie an ihn geraten.

Sie hatte ihn sogar selbst hereingelassen.

35

Ann wirbelte herum.

Max grinste. Sie hatte dieses Grinsen schon einmal gesehen, in den Wäldern, als der Varinski sich auf den Angriff vorbereitete. Aber damals hatte sie ein Messer dabeigehabt und eine Ikone, die sie beschützte.

Ihr Herz trommelte panisch gegen ihren Rippenbogen. Sie fühlte, wie ihr der kalte Angstschweiß ausbrach. Und das Handy hörte auf zu klingeln.

Jasha glaubte bestimmt, dass sie nicht mit ihm sprechen wollte. Kein Wunder nach ihrer aufgeheizten Debatte. Himmel noch, was sie ihm alles an den Kopf geworfen hatte!

Auweia, was hatte sie sich dabei bloß gedacht?

Das hatte sie davon. Jetzt war sie allein und diesem Typen hilflos ausgeliefert.

Max kam näher, seine nackten Füße gingen geräuschlos über den Parkettboden.

Das Handy klingelte erneut.

Sie stürmte ins Bad. Setzte Kresley auf seine Katzenbox. Knallte die Tür hinter sich zu, schloss ab – verdammt, auf das blöde kleine Schloss war sowieso kein Verlass. Max brauchte bloß mit einem Schraubenzieher in dem kleinen Loch herumzubohren und –

Er trat die Tür auf.

Das Schloss riss aus der Halterung, und die Tür prallte gegen die Wand.

Er füllte den Türrahmen aus. Grinste und stank nach Fäulnis und Verwesung. Berauschte sich an dem Augenblick vor dem Mord. Er tat einen Schritt ins Bad, dann noch einen, in seinem hohlen Lachen schwang die Melodie ihres Todes.

Sie tastete hektisch nach dem Handtuchhalter. Ihre Furcht verlieh ihr scheinbar ungeahnte Kräfte, und sie riss ihn mit einem Ruck aus der Wand. Sie schwang ihn über dem Kopf.

Er packte ihn mit einer Hand.

Sie trat ihm in die Eier.

Er krümmte sich vor Schmerz. Sein Grinsen verzerrte sich zur Fratze.

Der Spaß war ihm gründlich vergangen.

Er reagierte blitzartig, dass Ann gar nicht mitbekam, wie sich seine Hände schraubstockartig um ihren Hals schlossen. Plötzlich bekam sie keine Luft mehr. Sie kratzte mit ihren Fingernägeln nach ihm.

Er verzog keine Miene.

Sie sah sein anziehendes Gesicht und dieses unsägliche Grinsen. Unterbewusst hörte sie das Splittern von Glas, das auf dem Boden zerbarst. Dann wurde es totenstill, und sie hörte einzig ihren Herzschlag, der langsam schwächer wurde. Mit einem Mal wurde ihr schwarz vor Augen.

Und dann war sie schlagartig frei. Sie schwankte benommen vor die Wand, rang japsend nach Atem und hielt sich ihre schmerzende Kehle.

Max stolperte rückwärts, denn ihr Kater krallte sich in seinen Haaren fest. Kresley holte mit den Pfoten aus und kratzte ihn wieder und wieder ins Gesicht.

Max fluchte wie ein Kesselflicker – auf Russisch. Er packte den Kater, riss ihn sich vom Kopf und warf ihn mit Wucht vor die Wand.

Kresley fiel zu Boden und blieb reglos liegen.

Max hatte ihren Kater getötet.

Die Zeit schien stillzustehen.

Der Globus trudelte um seine Achse.

Ann sah rot.

Max kam erneut auf sie zu, sein Gesicht blutig von den tiefen Kratzern auf Stirn, Nase, Kinnbacken. »Dafür wirst du mir büßen …«

In ihrem unbändigen Zorn stürzte sie sich auf ihn. Stemmte sich mit aller Kraft vor seine Brust.

Woraufhin er nach hinten taumelte, schwankte und der Länge nach auf den nackten Parkettboden schlug, mit einem Mordsknall, dass die Wände erzitterten.

Die Sekunden tickten weiter.

Die Erde drehte sich wieder.

Er lag auf dem Boden. Packte sich an die Brust. Über seine Uniform zogen sich vier lange Striemen, aus denen hellrotes Blut sickerte.

Sie hob die rechte Hand vor ihr Gesicht und erhaschte einen Blick auf lange, scharfe, wolfsähnliche Klauen.

Die gleich wieder verschwanden.

Er sah es auch, und ein leises Knurren entfuhr seiner Kehle. Er kam langsam wieder auf die Füße und verharrte in geduckter Haltung, den Kopf eingezogen, mit bengalisch glühenden Augen. Undeutlich guttural, gleich einer Bestie, die der menschlichen Stimme mächtig war, knurrte er: »Widerlicher Abschaum! Keine Frau darf jemals an dem Pakt teilhaben. Ich werde dich töten. Widerlicher Abschaum!«

Er stürzte sich auf Ann.

Und Jasha – der Wolf Jasha – sprang durch die geöffnete Glasschiebetür in den Raum.

Mit einer geschmeidigen Bewegung riss Max sich den Overall vom Leib und wurde zum Wolf, ein massiger, grauer Wolf mit Fangzähnen, die er zu einem martialischen Grinsen bleckte.

Ann drückte sich ängstlich an die Wand, derweil sich die beiden Bestien ineinander verkeilten. Sich verbissen, dass Haare und Fellfetzen nur so flogen.

Sie mochte es nicht mit ansehen, wenngleich sie den Blick nur mit Mühe losreißen konnte. Um sich abzulenken, glitt sie dicht an die Wand gepresst zu Kresley. Sie bückte sich, tastete ihn ab, streichelte sein Fell, er war noch warm. Ihre Kehle schmerzte, ihr Herz raste, und ihr war schwindlig. Hoffentlich fiel sie nicht gleich in Ohnmacht.

Nein, das war nicht drin. Sie durfte Jasha nicht im Stich lassen, musste ihm wenigstens mental beistehen, als könnte sie damit seine letzten Kraftreserven mobilisieren. Weil er für sie kämpfte. Bis in den Tod.

Die Ikone war in Sicherheit. Wenn es darum ging, brauchte er Ann nicht mehr. Sie hatte ihre Pflicht und Schuldigkeit getan. Und trotzdem …

Mein Gott, wie beschränkt war sie eigentlich? Er liebte sie wirklich.

Die beiden Kraftpakete rollten knurrend, mit weiß schimmernden Fängen über bedrohlich hochgezogenen Lefzen, über den Boden. Granatfunkelnde Tropfen stoben aus ihrem wütend aufgerichteten Pelz. Leuchtend rotes Blut bespritzte die Wände, ein metallischer Geruch erfüllte langsam den Raum.

Sie prallten vor die Glastür. Das Glas in der Scheibe zerbarst, und die beiden blieben bewegungslos liegen.

Sie hörte ein schnappendes Röcheln und ein gepresstes Bellen.

Dann … nichts mehr. Keinen Laut.

Beim Anblick der beiden Wölfe, die bewegungslos auf ihrem Parkettboden lagen, war Ann wie gelähmt vor Entsetzen. Während sie sich mühsam aufrappelte, transformierten sich die beiden vor ihren Augen.

Der große Wolf mit dem hellen Fell verwandelte sich in Max, nackt und voller Blut, sein Kopf in einem grausigen Winkel abgeknickt.

Und Jasha … sie sank neben ihm auf die Knie. Er sah schlimm aus. Er hatte Bisswunden an Armen und Beinen, sein Brustkorb war zerfleischt, als hätte Max versucht, ihm das Herz herauszureißen.

Sie presste automatisch zwei Finger auf Jashas Halsschlagader und senkte den Kopf zum stummen Dankgebet.

Er lebte noch.

Sie beugte sich hektisch über Max, untersuchte auch ihn auf Vitalfunktionen.

Er war tot: Genickbruch.

Gut. Einer weniger.

Jashas Kleider. Wo hatte er bloß seine Sachen?

Sie lief auf ihren Balkon.

Eine Etage unter ihr entdeckte sie seine Hose, sein Hemd, seine Schuhe.

»Schätzchen, ist alles in Ordnung bei Ihnen?« Mrs. Edges stand auf ihrem Balkon und blinzelte zu Ann hoch. »Als ich sah, wie der fabelhaft aussehende junge Mann auf Ihrem Balkon einen Striptease hinlegte, dachte ich, holla, Miss Ann hat wahrhaftig Geschmack. Als ich dann jedoch diesen furchtbaren Krach hörte, hatte ich schwere Skrupel, dass er Sie umbringen könnte. Da hab ich vorsichtshalber die Polizei gerufen.«

»Nein, nein, er hat einen Typen überwältigt, der sich in meine Wohnung geschlichen hatte und mich umbringen wollte.« Wie sollte sie der Polizei das mit Max erklären? Ein nackter Mann war ja gut und schön, aber gleich zwei? »Und vergewaltigen.«

Mrs. Edges presste eine Hand auf ihr Herz. »Meine Güte, wie sieht denn Ihr Hals aus? Fehlt Ihnen auch bestimmt nichts?«

»Jasha hat mich gerettet.« Schon wieder. Jasha hatte sie wieder einmal gerettet. »Würden Sie so nett sein und mir seine Sachen hochwerfen, ja?«

»Aber natürlich, Schätzchen.«

Ann lehnte über der Brüstung und fing das zusammengerollte Bündel auf.

Nach einem »Achtung, aufgepasst!« warf Mrs. Edges seine Schuhe hinterher.

»Danke, Mrs. Edges.« Ann stürmte in ihr Apartment.

»War mir ein Vergnügen«, rief Mrs. Edges hoch. »Ist lange her, dass ich einen attraktiven jungen Mann nackt gesehen hab.«

Sie hätte ihn vor seiner Verwandlung sehen müssen.

Ann blieb im Türrahmen stehen.

Jasha hatte sich aufgesetzt und lehnte mit seinem blutigen Rücken vor der Wand. In seine Augen trat ein warmes belustigtes Funkeln. »Deine Mrs. Edges ist mit Geld nicht zu bezahlen.«

Sie lief zu ihm. Es fehlte nicht viel, und sie hätte ihn stürmisch umarmt. »Du blutest ja. Du bist ernsthaft verletzt.«

Sein Körper war übersät mit Prellungen und Blutergüssen. »Ja, und vergiss nicht, Dämonenbisse heilen schlecht.«

»Du musst schleunigst ins Krankenhaus.«

»Aber nur, wenn du mitkommst.« Er streichelte die roten Würgemale an ihrem Hals. »Wenn ich überlege, dass ich dich fast verloren hätte …«

»Ach was.« Sie umklammerte seine Finger. »Ich bin okay.«

»Jedenfalls müssen wir uns schleunigst eine plausible Erklärung einfallen lassen, von wegen Wolfsbisse und Fleischwunden. Dass ich die im Kampf mit irgendeinem Typen abbekam, der meine Verlobte um die Ecke bringen wollte, glaubt einem doch kein Mensch.«

Ann hatte einen grandiosen Einfall. »Wir beteuern einfach, dass du über das Grundstück rennen musstest, um mich aus den Armen dieses Killers zu retten. Dabei kam dir irgendein bissiger Schäferhund in die Quere.«

»Kennst du denn hier jemanden, der einen Schäferhund hat?«

Sie zuckte mit den Schultern. »War ja bloß so 'ne Idee von mir.«

»Klingt ganz plausibel.« Jasha musterte den toten Varinski, der lang hingestreckt auf dem Parkett lag. »Wo zum Teufel kam der denn auf einmal her? Und wie kam er in deine Wohnung?«

»Er sagte, er käme vom Umzugsunternehmen. Und da hab ich ihn reingelassen.« Sie errötete beschämt. »Ich dachte, du hättest ihn geschickt, damit ich die Rechnung bezahle.«

»Weil ich das immer so mache, hm?«, meinte er verschnupft.

»Nein, weil ich bescheuert war.« Sie legte ihren Kopf sanft an seine Schulter. »Das alles tut mir wahnsinnig leid, Jasha. Im Nachhinein bedauere ich, was ich gesagt habe und so ... Kannst du mir noch einmal verzeihen?«

»Ist schon okay. Wir haben uns beide idiotisch benommen.« Trotz seiner Schmerzen drückte er sie an sich. »Was meinst du, werden die Beamten zu Protokoll geben, wenn sie die splitternackte Leiche eines Möbelpackers finden?«

»O Gott, Jasha.« Sie schluckte schwer, umarmte ihn kurz und trat einen Schritt zurück. Tastete mit den Fingerspitzen behutsam über seine Wunden. »Du rettest mich andauernd, und du bist schwer verletzt, und ich dachte, du würdest sterben, und ich liebe dich, auch wenn ich versuche, es nicht zu ...«

»Stopp, stopp – das wollte ich hören.« Er schloss sie in seine Arme, zog sie an sich.

Sie sträubte sich dagegen. »Ich werde dir bloß wehtun.«

»Ich liebe diesen Schmerz.«

Sie schmiegte sich sanft in seine Umarmung.

Er küsste ihre Schläfe.

Sie küsste seine Schulter.

Was, wenn er den Kürzeren gegen seinen Gegner gezogen hätte? Dann wäre vieles ungesagt geblieben. Dabei hätte der Varinski den Kampf spielend leicht gewinnen können. Und es war beileibe nicht die letzte Schlacht. Wenn er sich jetzt nicht aufrichtig zu ihr bekannte, verdiente er Ann nicht. »Seitdem wir wieder in Washington sind, trage ich mich mit dem Gedanken, in die Wälder zurückzukehren. Da warst du bei mir in Sicherheit. Hier habe ich jedes Mal Skrupel, wenn du auf eigene Faust losziehst.«

»Ich kann mich nicht ständig verstecken. Das ist kein Leben für mich.« Sie lachte freudlos. »Ich müsste mir unbedingt neue Schuhe kaufen!«

»Klar. Schuhe sind wichtig.« Er drückte Ann liebevoll. »Ich hab einfach Angst um dich. Angst, dass ich dich verlieren könnte. Ann, ohne dich fühle ich mich wie ein halber Mensch, unvollkommen. Vielleicht ist das nicht die Art Liebe, die dir vorschwebt. Vielleicht suchst du einen Mann, der dich nicht wirklich braucht, der auch ohne dich gut zurechtkommt. Ich verspreche, ich werde dir meine ganze Liebe schenken, wenn du mich so nimmst, wie ich bin.« Eine Träne kullerte über ihre Wange, kitzelte seine Schulter. Rollte über seine Brust, in seine Wunden, brannte salzig, indes nicht unangenehm.

»Jasha, du bist meine große Liebe, die Liebe, die ich zeitlebens gesucht habe. Aber … aber das Geburtsmal … du brauchst nicht noch mehr Feinde, und ich schwöre dir, dieser Fleck zieht das Böse an.«

Er hob ihr Kinn an, betrachtete zärtlich ihr Gesicht. »Ann, Liebes, sei doch nicht immer so selbstlos. Wie kommst du darauf, dass es mich knüppelhart trifft und dich nicht?« Sie musterte ihn fragend, aus strahlend blauen Tiefen, und er musste grinsen.

»He, wie meinst du das jetzt wieder?«

»Du bist bereit, mich zu akzeptieren, und ich habe einen Pakt mit dem Teufel geschlossen. Eines Tages werde ich die Quittung dafür bekommen, dass ich mich in einen Wolf verwandeln kann. Du wärest wesentlich besser beraten, wenn du mir schleunigst den Laufpass geben und kneifen würdest.«

»Na ja … aber … das wäre …«

»Feige? Okay, ja, da ist was dran. Also, weshalb sollte ich wegen eines Geburtsmals kneifen?«

»Wenigstens hast du die Kontrolle über deine spezielle …« Sie verstummte auf der Suche nach einer passenden Umschreibung.

»… Macke?«, gab er zurück. »Täusch dich nicht, Ann. Die ganze letzte Woche hab ich gegen mein unseliges Varinski-Erbe ankämpfen müssen. Weil ich scharf auf dich war und dich zu gern vernascht hätte. Ich hab mich tapfer gehalten, bis ich dich in ernster Gefahr glaubte, da sind bei mir sämtliche Sicherungen durchgebrannt.« Die Erinnerung an jene verheißungsvollen Minuten in seinem Büro erfüllten ihn mit Euphorie, aber auch mit Ernüchterung. Euphorie wegen der rauschhaften Sinnenfreuden, Ernüchterung, weil er sich bei Ann nicht zu kontrollieren vermochte. »Liebes, es tut mir so leid. Bitte verzeih mir.«

»Da gibt es nichts zu verzeihen. Es war wild, und es war schnell, und es war … gut.« Sie streichelte sein Gesicht, als wollte sie sich jede Linie einprägen. »Im Übrigen nehm ich dir die Entschuldigungen eher ab, wenn deine Augen nicht so rot glühen.«

Er stöhnte und schloss die Lider, um die Lust zu verbergen, die ihn mal wieder verriet. »Das Geburtsmal macht dich zu etwas ganz Besonderem. Für mich bist du das sowieso.«

»Dabei hab ich mich immer so angestrengt, normal zu sein, nicht aufzufallen.«

Er lächelte larmoyant. »Du bist nicht mehr und nicht weniger normal als ich.«

Es war einer jener bewegenden Augenblicke, von einer

emotionalen Tiefe, wie es sie vielleicht nur einmal im Leben gibt. Momente, die man nie vergisst –

Ein lang gezogenes Fauchen, und Anns dummer Stubentiger setzte als geballte Fellkugel durch den Raum.

Ann sprang zurück. »Kresley. Mein armer, kleiner Liebling. Ich dachte, du wärst tot.« Sie griff nach dem flauschigen Kater.

Kresley glitt jedoch an ihr vorbei, kletterte auf Jashas Schoß und – knallte sich hin.

Jasha stöhnte auf – worüber Kresley vermutlich hämisch grinste.

Ann bückte sich und streichelte ihm über den Kopf. »Er hat mir tapfer geholfen. Als der Varinski mich würgte, hat er mich verteidigt.«

»Ach so, daher stammten die Kratzer auf seiner Brust und im Gesicht.« Jasha kraulte Kresley unter dem Kinn.

Kresley ließ sich das sogar gefallen und schnurrte hingebungsvoll.

»Nicht alle. Die anderen waren von mir.«

»Von dir? Wie hast du das denn geschafft?«

Sie erzählte es ihm und zeigte ihm ihre Hand.

Sie sah normal aus. Völlig unauffällig, wie eine ganz normale Hand. Während ihrer gemeinsamen Zeit hatte Jasha jedoch eins gelernt: Das wahre Wunder war nicht die Ikone. Es war Ann.

»Ich vermute, das kommt daher, weil sich dein Blut mit meinem vermischt hat. Aber wieso verwandelte sich die Hand ausgerechnet in der Situation?«, rätselte sie. »Weshalb nicht schon vorher?«

»Ich bin überzeugt, dass dieses spezielle Wunder die idealen Voraussetzungen braucht: dein Geburtsmal, mein

Blut, dein schäumender Zorn, weil jemand ein unschuldiges Tier tötete.« Ja, das machte Sinn. Bei Ann brannten sämtliche Sicherungen durch, wenn Tiere misshandelt wurden. Und als der Varinski ihren geliebten Kater gequält hatte –

»Hörst du es auch? Polizeisirenen.« Er rappelte sich auf und begann sich anzuziehen.

Ihr grauen Zellen arbeiteten auf Hochtouren, während sie ihn versunken betrachtete. »Jasha, ich weiß, dass sich dein Blut mit meinem vermischt hat. Dadurch war ich in der glücklichen Lage, mich und den armen Kresley zu retten. Als ich dir den Pfeil rauszog, vermischte sich mein Blut aber auch mit deinem. Und, hast du etwas von mir bekommen?«

Er knöpfte soeben seine Hose zu und widmete sich den Schuhen. »Eine Seelengefährtin, meine süße Ann – und Liebe. Unendlich viel Liebe.«

Jasha und Ann war gar nicht wohl in ihrer Haut, als die Polizei eintraf. Wie sollten sie das ganze Durcheinander plausibel machen?

Ihre Bedenken waren indes völlig grundlos. Sergeant Black akzeptierte ihre Schilderungen von dem bissigen Hund, dem Typen im Overall, dem Angriff auf Ann und wie Jasha ihr beigestanden hatte. Black wies einen Streifenbeamten an, das Grundstück abzusuchen. Und man fand tatsächlich einen der Umzugsleute, tot und mit zerrissenem Overall.

Der Sergeant erkundigte sich weder nach den krallenförmigen Abdrücken noch nach den Bissen, die die sterblichen Überreste des Varinski aufwiesen. Stattdessen zog er eilends den Leichensack zu und ließ ihn in die Gerichtsmedizin abtransportieren. Jasha und Ann sicherte er ausdrücklich zu, dass der Tathergang in ihrem abschließenden Untersuchungsbericht als Unfall mit Todesfolge nach einer Notwehrhandlung dargestellt würde.

Nachdem die Sanitäter Ann und Jasha in einen Krankenwagen gesteckt hatten und mit blinkender Sirene losgefahren waren, sah Doug Black ihnen nach – und in seine Pupillen trat ein rot glühendes Leuchten.

Danksagung

Eine neue Buchserie bedeutet jede Menge Intuition, Fantasie und Planung. Ich danke meiner Lektorin, Kara Cesare, für die fabelhafte Betreuung und die konstruktive Zusammenarbeit. Und natürlich ihrer Assistentin Lindsay Nouis. Ein riesiges Dankeschön auch an Kara Welsh und Claire.

Ich danke meinen SchriftstellerkollegInnen, RezensentInnen, Freunden und Freundinnen aus der Branche.

Ich danke den Squawkers, die mich wahnsinnig toll unterstützt haben.

Danke, Scott. Danke für alles.